ullstein

Das Buch

Silke Sommer, seit mehreren Monaten glücklich geschieden und Single mit Katze, feiert ihren 36. Geburtstag. Und ihre Mutter hat als Geschenk eine ganz besondere Überraschung für sie: Silkes Tagebücher aus der Teenagerzeit, die sie beim Aufräumen im Keller gefunden hat. Silke fängt neugierig an zu blättern ... Wie viel hat sich verändert seit jener Zeit, als sie alles mit ihrer besten Freundin Martina teilte, die Sommerferien mit der Familie im Allgäu verbrachte und vor allem unsterblich in ihren Klassenkameraden Markus verliebt war! Was der wohl heute macht? Und die anderen Jungs, für die sie in den folgenden Monaten schwärmte – Stefan aus dem Allgäu oder der Popsänger Victor David? Silkes Neugier ist geweckt: Vielleicht lohnt sich ja ein zweiter Blick? Sie beschließt, sich die Traumprinzen von damals noch einmal genauer anzusehen ...

Die Autorin

Heike Wanner ist 41 Jahre alt, arbeitet als kaufmännische Angestellte und lebt in der Nähe von Frankfurt. Sie ist verheiratet und hat einen Sohn. *Der Tod des Traumprinzen* ist ihr erster Roman.

HEIKE WANNER

Der Tod des Traumprinzen

ROMAN

Ullstein

Besuchen Sie uns im Internet:
www.ullstein-taschenbuch.de

Umwelthinweis:
Dieses Buch wurde auf chlor- und säurefreiem Papier gedruckt.

Originalausgabe im Ullstein Taschenbuch
1. Auflage August 2008
© Ullstein Buchverlage GmbH, Berlin 2008
Umschlaggestaltung: HildenDesign, München
Titelabbildung: Frosch: © Sascha Burkard/shutterstock;
Katze: © Fesus Robert/shutterstock
Satz: LVD GmbH, Berlin
Gesetzt aus der Garamond
Druck und Bindearbeiten: CPI – Ebner & Spiegel, Ulm
Printed in Germany
ISBN 978-3-548-26806-4

Vorwort
für neugierige Leser

Wenn ich ein neues Buch in den Händen halte, lese ich immer gern die letzten paar Seiten zuerst. Man will ja schließlich vorher wissen, ob auch alles gut ausgeht.

Natürlich weiß ich, dass das nicht ganz richtig ist. Aber es erspart mir eine Menge Ärger. Bücher, die schlecht enden, lese ich nämlich erst gar nicht.

Um Sie also gleich zu beruhigen und Ihnen das Blättern an den Schluss des Buches zu ersparen: Diese Geschichte geht gut aus. Zwar nicht ganz so, wie ich es mir zu Beginn erhofft hatte – aber was wäre das Leben ohne die kleinen Überraschungen?

Als Nächstes lese ich bei einem neuen Buch stets die Inhaltsangabe auf den Umschlagseiten. Das hilft mir, die Lektüre richtig einzuordnen. Historische Liebesromane sind etwas für den Urlaub, Krimis eignen sich für lange Winterabende bei Kerzenschein und heißem Tee, und heitere Kurzgeschichten lese ich am liebsten in der Badewanne.

Dieses Buch ist weder historisch noch kriminell oder kurz. Sie entscheiden am besten selbst, wann und wo Sie es lesen.

Es geht um eine Frau Mitte dreißig, die loszieht, um die Traumprinzen ihrer Teenagerzeit aufzuspüren. Sie ist nicht verzweifelt oder einsam oder beziehungsgestört. Sie probiert nur eine neue Art der Partnersuche aus. Eine, bei der man den Partner schon einmal getroffen hat und weiß, dass er toll ist.

Oder zumindest glaubte man das, als man noch jung war ...

Haben Sie als Teenager Tagebuch geschrieben? Dann haben Sie Ihr Tagebuch sicherlich viele Jahre später auch mal wieder durchgeblättert und sich gefragt, was aus den Menschen geworden ist, in die Sie mal unsterblich verliebt waren. Haben Sie sich daraufhin auf die Suche nach Ihren ehemaligen Traumprinzen oder -prinzessinnen gemacht?

Ich habe es getan. Und anschließend habe ich die ganze Geschichte aufgeschrieben. Somit ist dieses Buch über eine Frau und ihre Suche nach den Traumprinzen meine eigene, ganz persönliche Geschichte.

I

Der vierundzwanzigste Mai fällt in diesem Jahr auf einen Samstag. Und an diesem Tag regnet es wie aus Kübeln. Außerdem ist es mein Geburtstag. Mein sechsunddreißigster Geburtstag, um genau zu sein. Das macht den vierundzwanzigsten Mai aber auch nicht schöner. Im Gegenteil – ich hasse Geburtstage.

Wenn man mal davon ausgeht, dass der durchschnittliche Mensch ungefähr siebzig Jahre alt wird, so muss dieser Durchschnittsmensch siebzig Geburtstage ertragen.

Okay, in den ersten zwanzig Jahren macht Geburtstag noch Spaß. Geschenke, Kuchen, Freunde, Party. Bleiben noch fünfzig Geburtstage übrig.

Vielleicht machen ja auch die letzten zwanzig wieder Spaß, weil man sich freut, überhaupt so alt zu werden. Bleiben also dreißig Geburtstage im mittleren Drittel des Lebens, die man mehr oder weniger vergessen kann.

Ich rechne schnell nach. Mein zwanzigster Geburtstag ist schon sechzehn Jahre her, der fünfzigste Geburtstag nur noch vierzehn Jahre entfernt. Also habe ich immerhin schon die zweite Hälfte des mittleren, freudlosen Geburtstagsdrittels erreicht.

Andererseits – wenn ich die durchschnittliche Lebenserwartung meiner Rechnung auf mein eigenes Leben übertrage, dann bin ich mit dem heutigen Tag leider auch schon in der zweiten Hälfte meines Lebens angelangt.

Seufzend ziehe ich mir die Decke über den Kopf. Optimistisches Denken ist noch nie meine Stärke gewesen. Um ehrlich zu sein, weiß ich auch jetzt, mit sechsunddreißig Jahren, noch gar nicht so genau, was eigentlich meine Stärken sind.

Hier liege ich, Silke Maria Sommer, geborene Kuhfuß, mittelgroß, mittelblond, mittelschlank, an einem Samstagmorgen um acht Uhr im Bett und versuche krampfhaft, nicht über Geburtstage nachzudenken. Vielleicht sollte ich einfach so tun, als sei heute ein ganz normaler Samstag.

In diesem Moment klingelt das Telefon. Mutti und Vati wollen die Ersten sein, die ihrer Tochter zum Geburtstag gratulieren. »Und sei bitte heute Nachmittag pünktlich! Nicole und Jens kommen auch. Ich habe eine ganz besondere Überraschung für dich«, sagt Mutti aufgeregt.

Ich überlege, was ich bis zum Nachmittag anfangen könnte. Von meinen Freundinnen kommt heute keine, denn wir haben uns erst für morgen Abend bei mir zum Fondue verabredet.

Einen Herrn Sommer, der zu mir gehört und mir liebevoll ein Geburtstagsfrühstück zubereiten könnte, gibt es schon seit zwei Jahren nicht mehr. Die Scheidung ist seit dem vorigen August rechtskräftig. Keine Komplikationen, keine Kinder, keine Verpflichtungen. Das Schönste, das Rolf mir nach der Trennung hinterlassen hat, ist sein Name. Silke Sommer klingt tausendmal besser als Silke Kuhfuß.

Nicht einmal mein Kater Gurke will mich heute sehen. Er hat sich durch die Katzenklappe in den Garten verzogen und putzt sich unter einer Tanne sein getigertes nasses Fell.

Ich könnte irgendwo frühstücken gehen. Aber wo?

Zwei Stunden später finde ich mich in der Cafeteria eines schwedischen Möbelhauses wieder. Ich brauche dringend ein paar neue Kissen für mein Sofa, und außerdem kostet das Frühstück hier nur zwei Euro. Kaffee kann man sich nachfüllen, sooft man will. Also sitze ich bereits bei der vierten Tasse Kaffee und beobachte meine Umgebung.

Das Restaurant ist gut gefüllt, hauptsächlich mit Familien

und Rentnern. Viele Eltern sehen übernächtigt und resigniert zu, wie ihr Nachwuchs kreischend umherrennt, Apfelsaft verschüttet und den Ketchup- und Senfspender ausprobiert.

Ich grinse hämisch in mich hinein, während ich eine Mutter beobachte, die sich gerade abmüht, eine Ladung Senf vom Boden aufzuwischen. Das Single-Dasein hat doch seine guten Seiten: Ich habe einen Beruf, der mir Spaß macht, eine kleine Eigentumswohnung, eine Katze und meine Ruhe beim Frühstück. Was will ich mehr?

An der Kasse stelle ich fest, dass mir zu meinem Glück doch noch einige Dinge gefehlt haben. Nicht nur die Sofakissen, sondern auch bunt gestreifte Servietten, eine Vorlegeplatte aus weißem Porzellan, ein Beutel mit hundert Teelichtern, eine neue Knoblauchpresse und diese verteufelt leckeren schwedischen Kartoffelchips.

Im Supermarkt nehme ich dann unter anderem auch noch eine Flasche Champagner mit. Die werde ich heute Abend brauchen, wenn ich vom Kaffeetrinken im Kreis der Familie zurückkomme.

Pünktlich um halb vier stehe ich vor der Tür des kleinen Einfamilienhauses, in dem ich meine Kindheit verbracht habe. Meine Mutter empfängt mich mit einem Blumenstrauß, mein Vater umarmt mich gerührt, und beide singen mir tatsächlich »Happy Birthday« vor. Meine Schwester Nicole und ihr Mann Jens sind noch nicht da.

»Dann kannst du dir ja in aller Ruhe meine Überraschung ansehen.« Mutti schiebt mich zum Küchentisch, auf dem ein Geschenkkarton steht. »Ich habe das beim Aufräumen im Keller entdeckt und ich finde, dass du es unbedingt haben solltest.«

Jetzt hat sie mich neugierig gemacht. Bekomme ich endlich die weißen Spitzendecken von Oma, auf die ich schon immer scharf war? Oder die wunderschön illustrierte Ausgabe von *Tausendundeiner Nacht*, die Mutti hütet wie einen Schatz?

Ich öffne den Karton. Darin liegen drei Bücher, große Notizbücher, in Stoff mit chinesischen Motiven gebunden. Eines in Rot, eines in Blau und eines in Grün. Meine alten Tagebücher!

Ungläubig blicke ich auf die Bücher und dann zu Mutti. Ich habe mit fünfzehn Jahren angefangen, Tagebuch zu schreiben. Meine gesamte Teenagerzeit liegt sozusagen vor mir in diesem Karton.

Mutti nickt, lächelt und deutet auf einen Stuhl. »Ich muss noch schnell den Tisch im Wohnzimmer decken. Vati wird dir einen Kaffee holen. Fang doch schon mal an zu lesen!«

Ich greife mir das erste Buch – das Rote, denn Rot ist meine Lieblingsfarbe, deshalb habe ich damit angefangen. Außerdem ist Rot ja bekanntlich auch die Farbe der Liebe. Wenn man fünfzehn Jahre alt ist, erscheint einem so ziemlich alles rosarot ...

Mittwoch, 18. August 1982

Heute habe ich dieses Tagebuch von meiner Oma geschenkt bekommen. Eigentlich hat sie gesagt, dass ich meine Kochrezepte hineinschreiben soll. Aber warum Rezepte aufschreiben, wenn man sie gesammelt und gedruckt in einem Kochbuch kaufen kann? Deshalb habe ich mich entschieden, in diesem Buch lieber meine Erlebnisse und meine ganz persönlichen Gedanken zu notieren. Zurzeit passiert nämlich so viel, dass es sich lohnt, das alles aufzuschreiben! Aber zuerst sollte ich mich und alle wichtigen Personen in meinem Leben vorstellen:

Ich

Ich heiße Silke Maria Kuhfuß und bin fünfzehn Jahre alt. Ich habe lange (wirklich lange!), dunkelblonde Haare, bin 1,65 m groß, schlank, gehe aufs Schiller-Gymnasium und komme bald in die zehnte Klasse. Ich habe graue Augen, bin kurzsichtig, trage aber selten eine Brille. Da ich in der Klasse recht weit vorn sitze, geht das bis jetzt gut. Allerdings befürchte ich, dass ich demnächst Kontaktlinsen brauchen werde. Hoffentlich erlauben mir Mutti und Vati welche!

Mutti und Vati
Mit meinen Eltern verstehe ich mich eigentlich ganz gut. Mutti arbeitet als Verkäuferin in einer Metzgerei und Vati ist Grundschullehrer. Wir wohnen in einem Haus im Süden von Wiesbaden.

Nicole
Der Vollständigkeit halber will ich sie hier auch erwähnen, denn als große Schwester gehört sie schließlich zur Familie, auch wenn sie ständig raushängen lässt, dass sie zwei Jahre älter ist als ich. Sie nervt die meiste Zeit und hält sich für unheimlich hübsch und intelligent. Meiner Meinung nach ist sie keines von beidem.

Markus Steiger
Im Augenblick ist er für mich der wichtigste Mensch. Ich bin in ihn verliebt und er auch in mich (das ist so gut wie sicher). Gesagt haben wir uns das aber noch nicht. Er geht in meine Klasse, ist größer als ich, hat grüne Augen und ist unheimlich toll in Sport. Er hat am 30. März Geburtstag und wohnt nur wenige Kilometer von uns entfernt.

Martina Holzmacher
Meine beste Freundin. Sie ist ebenfalls verliebt (zum Glück nicht in Markus, sondern in Bernd), und so kommt es vor, dass wir, wenn mal eine bei der anderen übernachtet, mehr reden als schlafen. Sie ist sehr nett, genau wie man sich die beste Freundin wünscht.

Sonja Hausmann
Auch eine gute Freundin von mir. Sie wohnt nebenan mit ihren Eltern und ihrem kleinen Bruder und ist zwei Jahre jünger als ich. Bevor ich Martina kannte, war Sonja meine beste Freundin, aber jetzt macht sich der Altersunterschied doch bemerkbar.

Stefan Hinteregger
Er wohnt in Oy-Mittelberg im Allgäu, wo wir immer Urlaub machen. Er ist genauso alt wie ich und der netteste Junge, den ich kenne (außer

Markus natürlich). Ich freue mich schon wieder auf den nächsten Sommer mit ihm! Übrigens sind Hausmanns immer mit im Urlaub dabei, und Stefan, Sonja und ich haben eine Menge Spaß miteinander.

Und dann gibt es da noch ...
... Oma (Vatis Mutter), die bei uns im Haus wohnt,
  ... Opa (Muttis Vater), der sehr früh Witwer geworden ist und jedes Wochenende bei uns verbringt,
  ... Tante Hilde und Onkel Fred Hausmann, Sonjas Eltern und gleichzeitig sehr gute Freunde meiner Eltern,
  ... diverse Onkel und Tanten mit Kindern,
  ... Hansi, meinen Wellensittich,
  ... Susie, den Wellensittich meiner Schwester,
  ... und Chico, den Pudel von Hausmanns.

... ach ja, und Victor David
Der zurzeit angesagteste britische Popsänger. Lange, blonde Haare, wunderschöne blaue Augen und eine Stimme zum Dahinschmelzen. Ich verpasse keine Popsendung im Radio und kaufe mir jedes Heft, in dem etwas über ihn steht. Für Victor würde ich glatt Markus sitzenlassen!

Ich lasse das Tagebuch sinken und trinke geistesabwesend einen Schluck Kaffee, den Vati mir inzwischen hingestellt haben muss.

In den gut zwanzig Jahren, die seit meinen einführenden Worten zu Beginn des Tagebuches vergangen sind, hat sich vieles verändert.

Meine Großeltern sind inzwischen gestorben, und auch die Wellensittiche und der Pudel von Hausmanns leben nicht mehr. Diverse Onkel und Tanten haben sich scheiden lassen – und nicht zuletzt ich ja auch.

Ich trage inzwischen ständig eine Brille und stehe zu meiner

Kurzsichtigkeit. Die ewige Fummelei mit den Kontaktlinsen gehört der Vergangenheit an.

Mit Martina, meiner damals besten Freundin, treffe ich mich heute noch, sooft es sich einrichten lässt. Sie lebt mit ihrem Mann, drei Kindern und zwei Hunden in einem kleinen Dorf im Taunus, wo sie eine Gärtnerei betreiben. Trotz der vielen Arbeit hat sie sich ihre ruhige und ausgeglichene Art bewahren können.

Die Freundschaft zu Sonja, der Nachbarstochter, hat sich in den letzten Jahren wieder vertieft. Auch Sonja ist momentan Single, allerdings hat sie einen Sohn. Niklas ist inzwischen vier Jahre alt. Sonja ist nach der Trennung von Niklas' Vater wieder zu ihren Eltern gezogen. Seitdem sehen wir uns regelmäßig und diskutieren unsere Männergeschichten.

Allerdings muss ich gestehen, dass es überwiegend Sonjas Bekanntschaften sind, die wir analysieren. Sie ist attraktiv und lebhaft und hat keine Schwierigkeiten, einen Flirt zu beginnen.

Ich hingegen bin immer schon froh, wenn mal ein Mann mehr zu mir sagt als »Das mit dem Auspuff wird ganz schön teuer werden« oder »Keine Angst, mit Spritze tut das gar nicht weh«!

Verträumt drücke ich das Tagebuch an mich. Was wohl aus den drei erwähnten Jungs – Markus, Stefan und Victor – geworden ist?

Bevor ich weiterlesen kann, klingelt es an der Tür. Meine Schwester spaziert herein, mit Babybauch und Ehemann. Sofort reißt sie das Gespräch an sich, erzählt vom letzten Ultraschall, von den Vorteilen der Unterwassergeburt und dem Testsieger unter den Kinderwagen.

»Ich störe dich ja ungern, geliebtes Schwesterherz.« Das ist gelogen, verfehlt aber seine Wirkung nicht. Nicole unterbricht ihren Redeschwall und schaut mich leicht irritiert an. »Falls du es vergessen hast – vielleicht wegen der Hormone oder so –, ich habe heute Geburtstag und würde jetzt gern meinen Kuchen probieren.«

Nicole lächelt süßlich und umarmt mich. »Natürlich habe ich dich nicht vergessen. Schließlich sind wir ja eine Familie – und zurzeit die Einzige, die du hast ...«

Das hat gesessen. Blöde Zicke! Ich werde sie nachträglich aus meinem alten Tagebuch streichen. Sie spielt sowieso keine Rolle darin.

Jens überreicht mir feierlich ein Geschenk. Ich packe ein »Kochbuch für Singles« aus und bedanke mich höflich.

Dann ruft Mutti uns alle zu Tisch. Das Kaffeetrinken zieht sich dahin. Nicole redet wieder von Hebammen, Kreißsälen und den Vorteilen, eine »Spätgebärende« zu sein. Jens nickt bei jedem zweiten Satz und darf sogar ab und zu selbst etwas sagen.

Ich ignoriere die beiden, so gut es geht, und konzentriere mich auf die Marzipantorte, die Mutti extra für mich gebacken hat. Ich liebe Marzipan und nehme sogar ein drittes Stück Torte. Schließlich ist heute mein Geburtstag, da darf ich mir auch mal etwas gönnen!

Gern würde ich jetzt im Tagebuch weiterlesen, aber das wäre meinen Eltern gegenüber unhöflich. Was Nicole und Jens denken, ist mir hingegen herzlich egal.

»Silke!« Mutti reißt mich aus meinen Gedanken. »Könntest du das nicht schnell machen?«

»Äh ...« Ehrlich gesagt weiß ich gar nicht, um was es gerade geht. Also lieber nicht sofort zustimmen!

Vati kommt mir zur Hilfe. »Klar macht sie das. Sie hat doch Tim noch gar nicht wiedergesehen, seit er aus Amerika zurück ist.«

Tim aus Amerika? Von wem ist hier eigentlich die Rede?

Der einzige Tim, den ich kenne, ist der Nachbarsjunge, Sonjas kleiner nerviger Bruder. Inzwischen muss er so um die dreißig sein. Als ich ihn das letzte Mal gesehen habe, saß er in seinem Auto vor dem Haus und war so intensiv mit einer Blondine beschäftigt, dass er mich gar nicht bemerkt hat. Das muss aber jetzt auch schon gut drei Jahre her sein.

In der Zwischenzeit war er, wie mir jetzt einfällt, in Kalifornien, um dort das Studium der Tiermedizin zu beenden und seine Doktorarbeit zu schreiben. Er hat sich auf Meeressäuger spezialisiert.

»Natürlich, Tim aus Amerika!«, rufe ich erleichtert.

An den Blicken der anderen erkenne ich, dass sie längst das Thema gewechselt haben.

Mutti steht auf, packt ein paar Stücke Torte in eine Tupperdose und drückt sie mir in die Hand. »Hier, das ist für Tim. Sonja hat gesagt, er ist heute Nachmittag zu Hause. Er weiß, wo die Kiste mit den Babysachen steht.«

Endlich fällt bei mir der Groschen. Sonja hat für Nicole ein paar von Niklas' alten Babysachen herausgesucht, die meine Schwester heute mit nach Hause nehmen will.

»Also gut, ich laufe schnell rüber.« Zur Sicherheit nehme ich die drei Tagebücher mit, sie passen gerade eben in meine Handtasche. Um nichts in der Welt würde ich meine Schwester mit meinen Tagebüchern allein lassen!

Ich klingele bei Hausmanns, aber drinnen regt sich nichts. Erst nach dem zweiten Läuten wird die Tür geöffnet. Vor mir steht eine Art Yeti in gestreiften Boxershorts.

»Tim?«, frage ich ungläubig.

Der Yeti nickt. »Hallo, Silke!«

Wenigstens die Stimme kommt mir ansatzweise bekannt vor. Der Rest von ihm ist unter einer dicken Mähne verborgen. Seine langen braunen Haare gehen nahtlos in einen zotteligen Bart über. Lieber Himmel, was ist bloß aus Sonjas kleinem Bruder geworden?

Ich räuspere mich und strecke ihm die Tupperdose entgegen. »Hier – das ist für dich, mit schönen Grüßen von meiner Mutter. Ich soll die Sachen für Nicole abholen.«

Der Bart verschiebt sich leicht nach oben. Ich vermute, dass sich hinter den Haaren ein Grinsen verbirgt. Er nimmt die Tupperdose entgegen und beäugt sie interessiert, macht jedoch keine Anstalten, mich hereinzubitten.

Langsam wird mir hier draußen kalt. Es ist zwar Mai, aber trotzdem zeigt das Thermometer nur fünfzehn Grad an. »Kann ich reinkommen?«

Tim nickt und winkt mich herein. »Meine Eltern und Sonja sind heute leider nicht da. Sie sind mit Niklas im Museum.«

Vorsichtig schlüpfe ich an ihm vorbei ins Wohnzimmer und halte dabei einen gewissen Sicherheitsabstand. Wer weiß, wie viele Kleinstlebewesen in seinen Haaren nur darauf warten, sich ein neues Zuhause zu suchen!

Vor dem schweren Eichentisch bleiben wir stehen.

»Hier.« Tim deutet auf einen großen Windelkarton. »Das sind die Babysachen.«

»Ja, danke.« Ich nehme den Karton und gehe Richtung Tür.

»Wie geht es dir denn so? Meine Schwester hat erzählt, dass du geschieden bist?«, fragt er ganz ungeniert.

Was geht ihn das an? »Das ist schon eine Weile her.«

»Schade. Ich mochte deinen Mann.«

»Ich auch. Das hat die Sache nicht gerade erleichtert.« Nach einer kleinen Pause füge ich hinzu: »Aber jetzt geht es mir wieder gut.«

»Aha.« Mehr nicht. Nur: »Aha«.

»Und du?«

Tim zuckt mit den Schultern. »Ich bin erst seit drei Tagen aus San Francisco zurück, und die Zeitumstellung macht mir noch zu schaffen. Außerdem brauche ich dringend eine eigene Wohnung. Mit fast dreißig sollte man nicht mehr bei den Eltern wohnen. Erst recht nicht, wenn die große Schwester mit ihrem kleinen Sohn auch wieder zu Hause eingezogen ist.«

»In welchem Zimmer schläfst du eigentlich? Deine alte Studentenbude im Dachgeschoss ist ja schon besetzt.« Dort wohnen jetzt Sonja und Niklas.

»Leider.« Tim seufzt. »Jetzt muss ich mich mit Sonjas früherem Zimmer begnügen.«

Schmunzelnd stelle ich mir Tim zwischen den weißen Möbeln und der zartrosa Blümchentapete vor. »Wie schön für dich!«

»Ja. Danke für dein Mitleid!« Er öffnet die Tupperdose und blickt erfreut auf die Marzipantorte. »Hat bei euch jemand Geburtstag?«

»Ja. Ich«, bestätige ich und warte auf seinen Glückwunsch.

Aber er sagt nichts. Vermutlich hat er in Amerika nicht nur Rasierapparat, Kamm und Schere verloren, sondern auch seine guten Manieren.

Inzwischen bin ich mit dem Karton bei der Tür angelangt. »Bis dann, wir sehen uns.« Hoffentlich nicht so bald, setze ich in Gedanken hinzu.

»Ja.« Tim hält mir die Tür auf. Als ich gerade den Garten verlassen will, ruft er mir hinterher: »Wie alt wirst du eigentlich? Vierzig?«

»Tim Hausmann!« Vor Empörung lasse ich fast den Karton fallen.

Er lacht. »War nur ein Scherz.« Dann winkt er mir zu und ist gleich darauf wieder im Haus verschwunden.

Der restliche Nachmittag verläuft mehr als anstrengend. Nicole packt Sonjas Babykleidung aus und schreit bei jedem Teil entzückt auf. Nach dem vierten Strampelanzug halte ich das nicht mehr aus und flüchte mich in die Küche.

Aber auch hier finde ich keine Ruhe. Mutti und Jens spülen ab und verdonnern mich zum Helfen. Und weil Nicole im Wohnzimmer keine Zuschauer mehr hat, kommt sie nun mit dem Karton in die Küche und setzt ihre Entzückungsschreie hier fort. Wohin hat sich eigentlich Vati verzogen? Und warum hat er mich nicht mitgenommen? Sehnsüchtig blicke ich auf meine Handtasche, in der ich die Tagebücher sicher verstaut habe.

Erst abends, bei mir zu Hause, komme ich wieder zum Lesen. Den Ärger über meine Schwester habe ich mit einem Glas Champagner hinuntergespült. Mit einem weiteren Glas habe ich mir selbst zum Geburtstag gratuliert. Jetzt bin ich beim dritten Glas, knabbere dazu die schwedischen Chips und habe es mir mit einer Decke auf dem Sofa gemütlich gemacht.

Wo war ich stehen geblieben? Ach ja, es ist Spätsommer 1982, ich bin fünfzehn Jahre alt und unsterblich in meinen Klassenkameraden Markus verliebt.

Montag, 30. August 1982

Es ist Montagmorgen, kurz vor halb acht. Mutti ist schon zur Arbeit, Vati rasiert sich gerade, und Nicole hat eben ein Bad genommen. Lächerlich! Wer braucht schon zu Beginn des neuen Schuljahres um diese Uhrzeit ein Vollbad?

Das Blöde ist nur, dass meine Haare noch nass sind vom Duschen. Ich bräuchte dringend den Fön. Aber der wird gerade von meiner Schwester blockiert, die sich in aller Seelenruhe ihre viel zu dünnen Haare fönt.

Na gut, dann gehe ich eben mit nassen Haaren aus dem Haus.

(später am Nachmittag)

In der Schule wurde erst einmal Wiedersehen mit allen gefeiert. Katja hat noch mehr Sommersprossen bekommen, Claudia hat eine neue Dauerwelle und Martina ist richtig braun geworden. Vor lauter Gucken habe ich ganz verpasst, wie Markus eintraf. Habe ihn nur einmal kurz von hinten gesehen. Aber dann, als ich auf meinem Platz saß, kam er zur Tür herein. Wir schauten uns an. Die anderen waren auf einmal alle nicht mehr wichtig. Nur er und ich.

In zwei Wochen fahren wir auf Klassenfahrt an die Nordsee. Ich freue mich total darauf. Wer weiß, was ich dort erleben werde?

Samstag, 18. September 1982

Wir sind zurück von der Klassenfahrt. Und ich weiß, irgendetwas wird passieren. Aber um das zu erklären, muss ich erst einmal schreiben, was sich bis jetzt alles ereignet hat.

Letzten Sonntag sind wir mit dem Zug an die Nordsee gefahren.

Am Montag gingen wir dann gleich ans Meer baden. Ich nicht, da ich meine Tage hatte. Und da setzte sich Markus einfach neben mich. Neben mich!!! Geredet haben wir aber nicht miteinander. Ging auch schlecht, denn er holte seinen Walkman raus und hörte Musik.

Am Dienstag machten wir eine Wattwanderung. Katrin Meier (sie läuft Markus immer hinterher) ging die ganze Zeit neben ihm. Auf dem Rückweg sah ich, wie Markus mit Timo, seinem besten Freund, sprach. Danach wich Timo nicht mehr von seiner Seite. Katrin hatte keine Chance mehr. Ich glaube, Markus erzählt Timo alles, so wie ich Martina alles erzähle. Oder haben Jungs keine besten Freunde?

Abends kamen die Zweifel wieder. Markus ging noch mit den anderen ins Dorf, während ich in der Jugendherberge blieb. Ich hatte auf einmal schreckliche Angst, dass Markus doch etwas an Katrin liegt. Und dann musste ich auch noch Martina trösten. Sie hatte endlich mal ein längeres Gespräch mit ihrem Schwarm Bernd und erfuhr dabei, dass er eine Freundin hat.

Am Mittwoch besichtigten wir das Küstenmuseum und am Donnerstag fuhren wir mit dem Schiff nach Helgoland.

Und dann kam der Freitag. Morgens waren wir wieder am Strand.

Danach gingen einige von uns noch ins Aquarium. Ich auch, ebenso wie Markus, Katrin aber nicht. Sie hatte wohl gehofft, er würde mit ihr in die Stadt kommen. Tja, Pech gehabt. Und dann, an der Bushaltestelle, passierte etwas, was mich unheimlich glücklich machte. Jemand fragte Markus, warum er nicht mit Katrin und den anderen angesagten Mädels in die Stadt gegangen war. Er fragte zurück: »Warum?«

»Wegen Katrin. Die steht doch auf dich.«

Und da antwortete er: »Katrin? Ach – ich finde sie zwar ganz nett, aber irgendwie ziemlich anhänglich. Wie ein Hündchen. Bei der Wattwanderung am Dienstag – wie nervend!«

In diesem Augenblick wusste ich, dass uns nichts mehr trennen kann. Wir gehören zusammen. Und wenn auch weiter nichts passiert ist – irgendetwas wird bestimmt passieren!!!

Ich lasse das Buch sinken. Eine leise Wehmut befällt mich. Es ist ein Gefühl, wie wenn man einen Film sieht, dessen Ende man schon kennt.

Gar nichts ist passiert.

Irgendwie habe ich das zwar bis zum Abitur nicht wahrhaben wollen, habe mir immer wieder eingeredet, dass da doch was zwischen uns ist – aber letztendlich kam nach dem Abitur der Abschied, und irgendwann habe ich Markus tatsächlich vergessen.

Ich wüsste wirklich gern, was aus ihm geworden ist.

In diesem Moment reißt mich das Telefon aus meinen Gedanken. Es ist Martina, die mir gratulieren will. Wie passend!

»Alles Gute zum Geburtstag! Ich freue mich schon auf das Fondue morgen Abend.«

»Weißt du, was ich gerade mache?« Wenn sie schon anruft, dann muss sie jetzt auch mit mir in Erinnerungen schwelgen. »Ich lese in meinen alten Tagebüchern. Stell dir vor: September 1982. Du und ich und Bernd und Markus in der Jugendherberge ...«

Sie unterbricht mich: »Gut, dass du das erwähnst. Hast du die Einladung zum Klassentreffen auch schon bekommen?«

Tatsächlich habe ich heute noch gar nicht nach der Post gesehen. »Klassentreffen? Aber das Abitur ist doch erst siebzehn Jahre her. Warum ausgerechnet eine so krumme Zahl?«

»Das Schiller-Gymnasium feiert am achtundzwanzigsten Juni sein hundertjähriges Bestehen. Aus diesem Anlass werden alle Ehemaligen eingeladen. Und das wollen ein paar aus unserer Klasse dann gleich mit einem Klassentreffen am siebenundzwanzigsten Juni verbinden.«

Jetzt bin ich erst einmal sprachlos. Aber das macht nichts,

Martina redet weiter. »Stell dir vor: Wir werden sie alle wiedersehen. Katja, Claudia, Markus, Bernd ...«

»... und Katrin Meier.«

Martina lacht. »Ja, die auch. Ich bin echt gespannt, was aus all den Leuten geworden ist.«

Wir plaudern noch eine Weile lang und verabschieden uns dann. Als ich den Hörer auflege, fällt mein Blick auf die Tagebücher.

Eigentlich wollte ich die endlose Silke-Markus-Geschichte heute nicht mehr weiterlesen. Jetzt aber, mit der Aussicht auf ein Wiedersehen, kann ich es nicht lassen, noch ein paar Seiten im roten und blauen Buch durchzublättern und einige der Einträge zu lesen.

Mittwoch, 20. Oktober 1982

Wie konnte ich jemals den Schwimmunterricht hassen? Ich finde ihn jetzt wunderschön. Früher fand ich es ziemlich doof, Bahn um Bahn durchs Schwimmbecken zu hecheln, beinahe abzusaufen und dabei einer hämisch grinsenden Schwimmlehrerin in die Augen zu blicken, die ungerechterweise nicht im kalten Wasser ist, sondern am Beckenrand im Warmen steht.

Und heute? Ja, zum Beispiel gerade heute: Wir kommen herein und sollen uns erst einmal einschwimmen. Natürlich schwimmt der Langsamste zuerst, und so gibt es ein tolles Durcheinander. Beim Brustschwimmen spricht mich Markus auf einmal an. »Puh, ist das anstrengend ...«, oder so ähnlich ruft er mir zu. Natürlich fällt mir nichts Besseres ein, als ihn idiotisch anzulächeln. Dann Kraulen – oder das, was bei mir Kraulen sein soll. Ich verliere etwas die Orientierung und greife statt nach dem Beckenrand nach einem Arm. Seinem Arm! Er hilft mir zum Rand und lächelt mich an.

Mehr passiert nicht. Und doch reicht es aus, um mich mal wieder sehr glücklich zu machen!

Donnerstag, 13. Januar 1983
Es ist das Ende der ersten großen Pause. Ich komme vom Sport. Eine Zwei habe ich bekommen für den Handstand vom Trampolin auf den Kasten. Ich habe also gute Laune. Ich setze mich auf meinen Platz und beschließe, noch einmal schnell die Aufgabe für Biologie durchzugehen.

Martina sitzt auch schon auf ihrem Platz und strickt. Seit neuestem dürfen wir im Biologie-Unterricht stricken. Martina ist echt begabt, sie strickt sich bereits ihren zweiten Pulli. Bei mir reicht es immer nur zu langen, einfarbigen Schals, die schnell ausleiern. Eigentlich das ideale Geschenk für meine Schwester. Sie hat in ein paar Tagen Geburtstag.

Ich sitze also da und studiere die Zusammensetzung des menschlichen Blutes. Da höre ich, wie sich Markus bei Bernd nach der Tanzschule erkundigt, in die ich neuerdings gehe. Wegen Jungenmangel dürfen die Jungs kostenlos an jedem Tag der Woche zum Tanzen kommen. »Ich wollte auch mal hingehen und zuschauen«, sagt Markus da tatsächlich. Vor lauter Schreck vergesse ich alles über die Blutplättchen. Ich verspüre den Drang, laut loszujubeln, stattdessen konzentriere ich mich aber auf mein Buch und flüstere lauter als nötig »Blutserum« vor mich hin.

Er will zum Tanzen kommen!!!

Freitag, 14. Januar 1983
Ich fasse es nicht.

Heute hat sich Markus in der Freistunde beim Bäcker einfach neben mich gesetzt und sich mit mir unterhalten. Wir hatten die dritte Stunde frei, weil unsere Deutschlehrerin krank ist. Martina, Kerstin, Sabine und ich beschlossen, die Zeit beim Bäcker Kämper zu verbringen. Der hat freitags immer frischen Streuselkuchen.

Wir saßen also dort, aßen den warmen Streuselkuchen und tranken Tee. Da ging auf einmal die Tür auf, und Markus und Timo kamen herein. Sie bemerkten uns zuerst nicht, sondern bestellten ihren Kuchen und sahen sich dann nach einem Platz um.

Gott sei Dank war nichts mehr frei bis auf zwei Plätze an unserem Tisch. Und genau da setzten sich die beiden hin, Markus direkt neben mich. Eine Weile lang haben wir uns alle über die neuesten Songs von Victor David unterhalten. Dann begannen Martina und Timo ein Streitgespräch darüber, ob Victor David der beste Sänger aller Zeiten ist oder nicht. Ich persönlich bin natürlich der Meinung, dass er es ist, aber das war mir in diesem Moment beim Bäcker total egal.

Markus zupfte mich nämlich am Ärmel und fragte mich nach der Tanzschule. Er ließ sich von mir den Weg erklären und versprach, bald auch mal zu kommen.

Dann wollte er noch wissen, was ich am Wochenende vorhabe. Mehr als »Nichts Besonderes« habe ich aber nicht herausgekriegt. Ich war so nervös, dass ich ihn nicht einmal gefragt habe, was er denn am Wochenende so vorhat.

Noch jetzt, Stunden später, bin ich ganz zittrig vor Aufregung. Wie soll ich nur das Wochenende überstehen? Ich wollte, es wäre schon wieder Montag!

Dienstag, 01. Februar 1983

»Und An-fang-eins-zwei-drei ...« Die Stimme des Tanzlehrers dröhnt mir in den Ohren. Dröhnt an mir vorbei. Denn ich kann nur denken: »Wo ist Markus?« Heute hätte er kommen sollen. Wo ist er?

Wieder dröhnt es »An-fang-eins-zwei-drei ...«. Wie kann ich jetzt anfangen, ohne Markus? Er wollte doch kommen und ich hatte mich so darauf gefreut.

Volker, mein Tanzpartner, der mich schon fast blödsinnig anlächelt, sagt jetzt: »Ich glaube, du bist etwas aus dem Takt gekommen.«

»Ja, bin ich wohl«, kriege ich nur heraus.

Allerdings, ich bin aus dem Takt gekommen. Ich bin so enttäuscht! Mechanisch tanze ich weiter und schaue immer wieder zur Tür. Aber Markus kommt nicht.

Ich bin total ratlos. So langsam glaube ich, dass ich niemals erfahren werde, ob Markus etwas für mich empfindet!!!

»Das ist bestimmt Schicksal!« Sonja spießt das letzte Stück Fleisch auf und versenkt es im Fondue-Topf. »Das ist Fügung, glaub's mir. Dass du gerade jetzt, kurz bevor du ihn wiedersiehst, über die Erinnerung an ihn stolperst.«

Martina schüttelt den Kopf. »Ich denke, das ist nur Zufall. Aber ein sehr schöner.«

Es ist Sonntagabend, genau genommen schon Sonntagnacht. Nachdem zwei meiner Freundinnen bereits gegangen sind, sitzen wir nur noch zu dritt bei den Resten des Fondues an meinem Küchentisch und diskutieren den seltsamen Zufall von bevorstehendem Klassentreffen und wiedergefundenen Tagebüchern.

Sonja ist hellauf begeistert und malt unser Wiedersehen in den schönsten Farben aus. »Markus wird überrascht sein, wenn er dich trifft. Du siehst jetzt eindeutig besser aus als vor zwanzig Jahren.«

Sie ignoriert meinen bösen Blick und nimmt sich die letzten beiden Scheiben Brot aus dem Korb. »Wir kaufen dir noch ein schönes Kleid, du lässt deine Haare offen und schminkst dich dezent, und schon wird er nur noch Augen für dich haben ...«

Martina unterbricht sie. »Was, wenn er verheiratet ist und noch dazu glücklicher Vater von zwei süßen Kindern?«

Daran habe ich noch gar nicht gedacht!

Martina setzt noch einen drauf. »Was, wenn er mit Katrin Meier verheiratet ist?«

Jetzt reicht es mir. Ich lasse mir meine schönen Tagträume doch nicht so leicht zerstören!

»Wir werden ja sehen. In einem Monat sind wir schlauer.« Ich nehme einen kräftigen Schluck Rotwein.

Sonja kaut gedankenverloren an der ersten Brotscheibe herum und taucht diese dann in die Reste der Knoblauchsauce. »Nehmen wir mal an, er ist tatsächlich schon vergeben.« Sie deutet mit dem Knoblauchbrot auf meine Tagebücher, die auf dem Küchenschrank liegen. »Hast du dann noch mehr Eisen im Feuer?«

Ich verstehe nicht und schaue sie fragend an.

Martina kommt ihr zur Hilfe. »Sonja meint, ob es noch mehr verflossene Kandidaten deiner unglücklichen Liebe gibt, die man suchen könnte.«

Jetzt fällt bei mir der Groschen. »Ihr meint, ich soll die Jungs aufspüren, in die ich als Teenager mal verliebt war? Wieso?«

»Na, ganz einfach.« Sonja zieht ihr Fleisch aus dem Fonduetopf und würzt es hingebungsvoll mit Chilisauce. »Diese Jungs hast du doch quasi schon einmal geprüft und für gut befunden. Wenn du sie jetzt wiedertriffst, dann weißt du bereits, an wen du gerätst. Das ist besser als jedes normale Date!«

Ich nehme noch einen Schluck Rotwein. Irgendwie hilft das, meine Aufregung zu verbergen.

»Die Idee ist genial. Schade, dass ich selbst nicht Tagebuch geschrieben habe.« Sonja zwinkert mir zu. »Ich hätte allerdings mit meinen vielen Freundschaften und Bekanntschaften mindestens zehn Tagebücher gefüllt. Du warst da wesentlich beständiger.«

»Ja, das stimmt wohl.« Fasziniert beobachte ich, wie sie die zweite Scheibe Brot mit Ketchup bestreicht und dann genüsslich verspeist.

Sonja gehört zu den Menschen, die alles essen können und niemals zunehmen. Sie ist wesentlich kleiner und zierlicher als ich und leider auch viel hübscher. Normalerweise hasse ich solche Frauen. Bei Sonja mache ich aber eine Ausnahme – schließlich ist sie meine Freundin.

Jetzt ist sie so richtig in Fahrt gekommen. »Wer wäre denn außer diesem göttlichen Markus noch in der engeren Wahl?«

»Victor David!«, schreit Martina, bevor ich es verhindern kann.

»Stefan aus dem Allgäu!« Sonja schlägt mit der Hand auf den Tisch.

Ich schüttele den Kopf und sehe die beiden entsetzt an. »Ihr seid ja völlig übergeschnappt.« Aber ich muss zugeben, die Idee reizt mich.

Leider sieht man mir wohl an, dass ich nicht abgeneigt bin, diese ungewöhnliche Form der Partnersuche auszuprobieren.

»Dann ist es also abgemacht.« Sonja erhebt feierlich ihr Glas. »Silke wird die Traumprinzen ihrer Tagebücher aufspüren und das zu Ende bringen, was sie in ihrer Teenagerzeit nicht geschafft hat.«

»Moment!« Das geht mir jetzt doch ein bisschen zu schnell. »Was, wenn der Erste gleich der Richtige ist?«

»Was, wenn keiner der Richtige ist?« Das kommt natürlich von Martina. Wie immer ist sie diejenige, die einen kühlen Kopf bewahrt.

»Tja.« Sonja überlegt kurz. »Im ersten Fall: Glückwunsch an Silke, dann kann sie die Suche einstellen. Im zweiten Fall: Pech gehabt. Aber wenigstens weiß Silke dann, dass ihre Traumprinzen sozusagen vor der Hochzeit verstorben sind.«

»Also gut.« Martina lehnt sich zurück und lächelt mich an. »In einem Monat geht es los. Mal sehen, was Prinz Markus so zu bieten hat.«

2

Einen Monat später stehe ich an einem Freitagmittag mit einer Tasse Kaffee in der Turnhalle meiner alten Schule und warte auf die übrigen Helfer. Frau Gruhn, unsere Turnlehrerin von damals, läuft erstaunlich flink umher und verteilt die Aufgaben. Ich werde für die Dekoration der Wände eingeteilt. Frau Gruhn drückt mir eine Leiter in die freie Hand. Gehorsam setze ich mich in die angegebene Richtung in Bewegung und verschütte prompt den Kaffee auf meine Bluse. Genau auf den linken Busen.

Warum habe ich mich nur freiwillig zum Helfen gemeldet? Ich sollte jetzt beim Frisör oder bei der Kosmetikerin sitzen und mich für heute Abend zurechtmachen lassen, statt hier mit fleckiger Bluse in der Turnhalle zu stehen. Gott sei Dank kenne ich keinen der anderen Helfer.

»Hallo, Silke. Du bist doch Silke Kuhfuß, oder?«

Ich blicke auf. Eine Frau mit kurzem braunen Haar steht vor mir. Das dümmliche Grinsen kommt mir bekannt vor.

»Hallo, Katrin.« Ihre Haare sind bestimmt gefärbt. »Ja, ich bin Silke. Allerdings heiße ich jetzt Sommer.«

»Oh, wie schön. Du bist verheiratet? Hast du Kinder?«

»Äh ... nein.« Ich lasse offen, ob das die Antwort auf die erste oder die zweite Frage ist. Ich muss ihr ja nicht gleich von der Scheidung erzählen. »Und du?«

Jetzt kommt es. Ich halte den Atem an und denke wieder an Martinas Befürchtung, Katrin könnte Markus' Frau geworden sein.

»Nein.« Sie schüttelt den Kopf. »Zurzeit bin ich solo.«

Ich würde jede Wette eingehen, dass sie noch nie etwas anderes als solo war.

»Na, da haben sich ja zwei Freundinnen gefunden! Katrin, Sie können Silke beim Wandschmuck helfen.« Frau Gruhn übergibt Katrin die Girlanden und nickt uns aufmunternd zu.

Ich deute auf meine Bluse. »Ich laufe noch schnell auf die Toilette und versuche, wenigstens das Gröbste auszuwaschen. Bin gleich wieder da.« Soll sie doch schon mal ohne mich anfangen!

Doch als ich von der Toilette wiederkomme, erlebe ich mein blaues Wunder: Da steht sie, lässig gegen die Leiter gelehnt, und ist völlig in ein Gespräch vertieft.

Mich trifft fast der Schlag. Derjenige, mit dem sie sich da unterhält, ist Markus. Um ein paar Jahre gealtert, aber unverkennbar mein Markus!

Verdammt. Ausgerechnet hier und jetzt. Mit Jeans und einer nassen Bluse, durch die der Sport-BH durchschimmert. Warum habe ich heute Morgen nicht zur Spitzenunterwäsche gegriffen?

Eigentlich wollte ich ihm erst am Abend gegenübertreten. Frisch frisiert, frisch geschminkt und in einem traumhaften Kleid.

Ich könnte jetzt davonlaufen und erst heute Abend wieder auftauchen. Nein, kommt gar nicht infrage. Das Feld kampflos Katrin überlassen? Niemals.

Ich hole tief Luft und gehe auf die beiden zu. »Hallo, Markus.«

Markus lächelt mich an. »Silke!« O Mann, sieht er gut aus! Dieselben grünen Augen, die ich so gut in Erinnerung habe. Dieselben braunen Haare, nun mit feinen grauen Strähnen durchsetzt. Unverschämt gut.

»Silke ist verheiratet und heißt jetzt Sommer«, verkündet Katrin spitz.

»Irrtum. Ich *war* verheiratet, bin aber seit fast einem Jahr geschieden.« Ich hätte nie gedacht, dass ich das mal mit solchem Stolz sagen würde.

»Ich bin auch wieder solo.« Katrin lächelt Markus zuckersüß an.

»Na, dann haben wir das Wichtigste ja schon geklärt.« Markus blinzelt leicht irritiert.

Katrin schüttelt den Kopf. »Nein, haben wir noch nicht.« Sie nimmt tatsächlich Markus' Hände und untersucht seine Ringfinger. »Was ist denn mit dir?«

Zum zweiten Mal an diesem Morgen halte ich den Atem an.

Markus zieht seine Hände zurück. Sein Gesicht wird auf einmal sehr traurig. »Ich hatte eine sehr glückliche Beziehung. Alex ist vor einem Jahr gestorben. Autounfall.«

O Gott, das darf ja wohl nicht wahr sein. Vor Rührung könnte ich zusammenbrechen. Da steht er vor mir, mein Traumprinz aus Teenagertagen, und ist tatsächlich zu haben. Und noch dazu vom Schicksal schwer getroffen.

»Wie schrecklich!« Katrin fasst erneut seine Hand. »Du musst sie sehr vermissen.«

Moment mal, diese falsche Schlange stiehlt mir gerade die Show! Ich räuspere mich. »Ich will euch ja nicht stören, aber vielleicht sollten wir uns jetzt an die Arbeit machen. Für tiefsinnige Gespräche ist bestimmt später noch Zeit.« Entschlossen dränge ich mich zwischen die beiden und klappe die Leiter aus.

Täusche ich mich oder schaut mich Markus dankbar und erleichtert an?

»Der Fleck ist aber nicht herausgegangen. Deine Bluse sieht fürchterlich aus.« Katrin hat die Arme in die Seiten gestemmt und mustert mich herausfordernd.

Ich zucke mit den Schultern und spüre Markus' Blick auf meiner Bluse. Er lächelt mich an. »Ich finde den Fleck gar nicht so schlimm.«

Jetzt merkt auch Katrin, dass Markus interessiert auf meinen Busen schaut. »Ja, halb so wild«, sagt sie schnell und beginnt, mit den Girlanden zu hantieren.

Eine Weile lang arbeiten wir schweigend zu dritt. Katrin rollt die Girlanden aus, ich halte die Leiter fest und reiche Markus die Girlanden an, und er steht auf der Leiter, um sie zu befestigen.

»Was machst du eigentlich beruflich?«, fragt Katrin nach einer Weile und schaut zu Markus hoch.

»Ich bin Rechtsanwalt in München.«

»Welche Fachrichtung?«

»Familienrecht.«

»Wohnst du auch in München?«

»Ja, ich habe eine Wohnung in Schwabing.«

Eigentlich praktisch, dass Katrin ihn so ausfragt. Ich brauche nur zuzuhören und erfahre alles.

»Wo hast du Alex kennengelernt? Ist sie auch hier auf die Schule gegangen? Ich kann mich gar nicht an eine Alex erinnern.«

»Wir haben uns in München kennengelernt. Während meines Studiums.«

»Hattet ihr Kinder?«

An diese Möglichkeit habe ich gar nicht gedacht. Das wäre ja wirklich tragisch.

Zum Glück schüttelt Markus den Kopf. »Nein.«

Anscheinend wartet Katrin nun darauf, dass er sich seinerseits nach ihrem Leben erkundigt, aber Markus tut ihr den Gefallen nicht.

»Ich arbeite als Ärztin in der Anästhesie hier am Klinikum«, platzt sie nach einiger Zeit heraus.

Toll, sie schläfert Patienten ein. Bei mir würde sie das auch ohne Spritze schaffen.

»Ich wohne am Schlosspark in einer alten Villa«, fährt sie fort. »Die solltest du dir mal ansehen.«

Markus reagiert nicht auf die Einladung. Stattdessen wendet er sich an mich. »Was ist mit dir? Was machst du beruflich?« Er lächelt mir aufmunternd zu.

Mir wird ganz warm ums Herz. Dummerweise allerdings auch im Kopf – ich werde knallrot. »Ich bin Lehrerin hier an der Grundschule.«

»Und sonst?« Anscheinend will Markus tatsächlich mehr wissen.

»Sonst lebe ich zusammen mit meiner Katze in einer Wohnung nahe der Innenstadt.«

»Wirklich? Ich habe auch zwei Katzen.« Markus nimmt mir eine weitere Girlande ab.

»Ich habe zwei Hunde. Boxer.« Katrin raschelt heftig mit den letzten Girlanden.

Nach einem langen, eintönigen Vortrag über den Vorteil von Hunden zur Bewachung eines großen Anwesens sind wir am Ende der Turnhalle angelangt. Die nächste Stunde verbringen wir damit, Stühle aufzustellen und Sitzkissen zu verteilen.

Frau Gruhn ist mit unserer Arbeit zufrieden. »Jetzt seht zu, dass ihr nach Hause kommt! Wir treffen uns dann morgen Mittag zur Jubiläumsfeier.«

Katrin unternimmt einen letzten Versuch bei Markus. »Kommst du noch mit auf einen Kaffee zu mir?«

Wieso fällt mir so etwas Einfaches eigentlich nicht ein?

Markus schüttelt den Kopf. »Ich muss noch zu meinen Eltern. Wir sehen uns dann heute Abend.« Er lächelt uns beiden zu und verschwindet durch die Umkleidekabine für Jungen.

»Tja.« Ich sehe Katrin an. »Schneller Abgang.«

Katrin seufzt. »Willst du vielleicht noch auf einen Kaffee mitkommen?« Sie muss wirklich frustriert sein, wenn sie mich freiwillig einlädt. Aber so weit geht mein Mitleid dann doch nicht.

»Tut mir leid, Katrin. Ich habe noch einiges zu erledigen.« Das stimmt sogar: Ich muss noch einkaufen, zum Frisör und dann in die Badewanne. Heute Abend muss ich perfekt aussehen.

»Also, bis dann.«

Ich gehe zu Fuß durch den Kleingartenverein und genieße meinen alten Schulweg. Wie oft bin ich hier entlanggelaufen – und wie oft war ich verwirrt, weil ich nicht wusste, was ich von Markus halten sollte.

So wie jetzt auch. Er war sehr nett zu mir. Aber gleichzeitig so unnahbar. Andererseits: Wie sollte er auch sonst sein? Wir haben uns schließlich seit siebzehn Jahren nicht mehr gesehen.

»Silke!« Eine Stimme reißt mich aus meinen Gedanken. *Seine* Stimme! Und da kommt er auch schon angelaufen.

»Ich dachte, du musst zu deinen Eltern?« Falsch, ganz falsch! Ich mache ihm Vorhaltungen, obwohl ich doch überglücklich bin, ihn endlich einmal für mich allein zu haben.

»Ja, muss ich auch noch. Aber das hat Zeit. Ich wollte nur weg von Katrin. Sie hat so was von einem anhänglichen ...« Er sucht nach dem richtigen Wort.

»Hündchen?«, helfe ich ihm aus.

Überrascht blickt er auf. »Ja, das wollte ich sagen. Wie kommst du darauf?«

»Ach, nur so.« Er braucht nicht zu wissen, was ich alles in meinem Tagebuch festgehalten habe.

»Gehen wir noch auf einen Kaffee zum Bäcker Kämper?«, fragt er mich. »Heute ist doch Freitag. Da müsste es frischen Streuselkuchen geben.«

»Gern.« Ich muss mich beherrschen, um nicht laut loszujubeln. Markus und ich beim Bäcker Kämper, wie früher – aber diesmal nur wir zwei!

Okay, die Bäckerei ist vielleicht nicht gerade ein romantischer Ort. Die Neonreklamen und die grellen Halogenlampen töten jegliche Gemütlichkeit ab. Und man sitzt im Schaufenster wie auf dem Präsentierteller.

Aber was soll's? Markus will mit mir Kaffee trinken gehen!

Wir finden tatsächlich noch einen freien Tisch. Markus nimmt einen Cappuccino und ich einen Tee. Dazu bestellen wir beide Streuselkuchen. Der schmeckt tatsächlich noch so wie früher. Himmlisch.

Wir plaudern eine Weile lang über vergangene Zeiten, alte

Freunde und unser jetziges Leben. Es macht Spaß, sich mit ihm zu unterhalten. Ich könnte stundenlang so weitermachen.

»Warum hast du dich eigentlich scheiden lassen?«, fragt Markus jetzt und bestellt für uns beide noch zwei Tassen Tee.

Dieses Mal nimmt er das Gleiche wie ich. Ist das ein Zeichen?

Ich lehne mich zurück. »Ich glaube, mein Mann und ich haben uns einfach auseinandergelebt. Wir haben relativ jung geheiratet und im Laufe der Zeit gemerkt, dass unsere Vorstellungen von der Zukunft sehr unterschiedlich waren.«

»Inwiefern?«

»Er hat recht schnell in seiner Firma Karriere gemacht und wollte das Leben genießen. Schnelle Autos, ein tolles Haus, viele Fernreisen und möglichst keine Verpflichtungen.«

»Und du?«

»Ich wollte ein bisschen weniger Luxus und ein bisschen mehr Familienleben.«

»Du wolltest also Kinder«, stellt er fest.

Ich nicke und bin insgeheim tief beeindruckt. Er scheint meine geheimen Wünsche auf Anhieb zu erkennen – der perfekte Mann!

Er lächelt verständnisvoll.

»Wünscht du dir Kinder?«, frage ich schüchtern.

Er zuckt mit den Schultern. »Dazu braucht man erst mal eine Frau.«

Das ist wahr. Und offensichtlich hat er noch nicht wieder die richtige Frau getroffen.

»Redest du noch mit deinem Exmann?«

»Ja, klar. Wir haben uns nicht im Streit getrennt. Rolf ist inzwischen nach Hamburg gezogen, aber wenn er in die Stadt kommt, treffen wir uns immer noch regelmäßig zum Essen.«

»Und hat einer von euch einen neuen Partner?«

Mein Herz klopft jetzt ziemlich schnell. Interessiert ihn das wirklich?

»Ich bin Single. Rolf hat eine neue Frau. Sie ist sehr nett und passt gut in sein Leben.«

Die Bedienung kommt mit dem Tee. Markus lächelt mich an. »Es ist toll, dass ich dich wiedergetroffen habe. Ich habe mich sehr gefreut, dich zu sehen.«

Hat er das gerade wirklich gesagt? Ich könnte heulen vor Glück. Verlegen nehme ich einen großen Schluck Tee und verbrenne mir die Zunge. Jetzt kommen mir tatsächlich die Tränen.

Doch er bemerkt es nicht. Er rührt in seinem Tee herum und schaut mich dann nachdenklich an.

»Ich würde dir gern etwas sagen«, beginnt er dann.

Bestimmt wird er mir gleich seine Liebe gestehen. Das geht jetzt selbst mir etwas zu schnell.

»Hier?«, frage ich. Irgendwie habe ich mir das romantischer vorgestellt. Hektisch greife ich nach meiner Teetasse und stoße sie dabei um. Die heiße Flüssigkeit tropft vom Tisch auf meine Oberschenkel.

Aber was kümmern mich schon Verbrennungen ersten Grades an den Beinen, wenn der Traumprinz aus Teenagertagen kurz davor ist, mir seine Liebe zu gestehen?

»Ich wollte ...«, beginnt Markus. Dann bricht er ab und deutet auf die Teeflecken auf meiner Hose. »Wir sollten besser gehen. Das tut bestimmt weh.«

»Nein, überhaupt nicht«, beruhige ich ihn. Ich würde stundenlang in nassen Hosen sitzen bleiben, nur um sein Liebesgeständnis hören zu dürfen!

Er blickt auf seine Uhr. »Aber es wird langsam Zeit für mich.«

Blitzartig fällt mir mein Frisörtermin wieder ein. Ich springe auf. »Für mich auch.«

»Was hältst du davon, wenn ich dich heute Abend abhole und wir zusammen zum Klassentreffen gehen?«

»Äh ... ja, gern«, antworte ich lahm – mehr fällt mir vor Verblüffung zunächst nicht ein.

»Ich bin allerdings heute Abend vor der Feier bei meinen Eltern. Ist das ein Problem für dich?«, platze ich nach kurzem Schweigen heraus. O Gott, wie albern das klingt.

Amüsiert runzelt er die Stirn. »Eigentlich nicht. Ist es denn ein Problem für deine Eltern?«

»Sie werden gar nicht zu Hause sein. Sie sind bei Freunden eingeladen.«

»Und warum bist du dann bei ihnen?«

»Ich werde dort übernachten. Von meinem Elternhaus bis zu dem Gasthof, in dem wir feiern, sind es nur zehn Minuten Fußweg. Da kann ich wenigstens etwas trinken und nachts bequem zurücklaufen.«

»Keine Angst, ich bringe dich auch wieder nach Hause«, versichert Markus. »Kommt gar nicht infrage, dass du nachts allein durch die Gegend läufst.«

Er scheint aufrichtig besorgt um mich zu sein. Das macht mich erst recht nervös.

Schnell notiere ich ihm die Adresse meiner Eltern.

Er lächelt mir zum Abschied zu. »Gegen sieben?«

Ich nicke. »Ja. Ich freue mich.«

Um sieben Uhr stehe ich gebadet, frisiert und geschminkt in meinem alten Kinderzimmer und betrachte mich zufrieden im Spiegel. Das neue Kleid sieht umwerfend aus, die paar überflüssigen Pfunde fallen gar nicht auf.

Markus klingelt pünktlich und ich laufe zum Gartentor. Er sieht mindestens so umwerfend aus wie ich und drückt mir zur Begrüßung einen Kuss auf die Wange. »Hallo, schöne Frau.«

Meine Knie werden weich. Ich räuspere mich.

»Hallo, Markus.«

»Entschuldigung«, ertönt da plötzlich eine dritte, äußerst unfreundliche Stimme. »Ist das Ihr Auto da draußen? Sie blockieren mir die Ausfahrt.«

Tim steht vor unserem Gartentor. Was zum Teufel tut er hier?

»Oh, das habe ich gar nicht gesehen. Ich parke das Auto gleich um.« Markus lächelt Tim entschuldigend an.

Tim grinst durch seinen schrecklichen Bart zurück. »Ist schon okay. Es ist nur – ich bin Tierarzt und es könnte ja jederzeit einen Notfall geben.«

Markus ist beeindruckt, ich hingegen eher wütend. »Du hast in Kalifornien deine Doktorarbeit über Meeressäuger geschrieben. Wie viele Seekühe haben wohl in dieser Stadt täglich einen Autounfall?«

Tims Grinsen wird noch breiter. »Keine Ahnung. Wenn sie so schlecht fahren wie du, sind es sicherlich einige.«

Jetzt lacht auch Markus. Unverschämtheit! Die beiden Männer mustern einander freundlich, dann reicht Markus Tim die Hand. »Markus Steiger, Rechtsanwalt aus München und ein alter Schulfreund von Silke. Wir haben heute Abend Klassentreffen.«

Tim ignoriert meinen finsteren Blick, schüttelt Markus die Hand und erwidert: »Ich bin Tim Hausmann, Tierarzt, und wohne derzeit noch bei meinen Eltern. Ich bin erst vor ein paar Wochen von meinen Forschungsarbeiten in San Francisco zurückgekommen.«

Um Tim loszuwerden, sage ich: »Dann wollen wir jetzt mal gehen, du hast sicher viel zu tun.«

Er schüttelt den Kopf. »Ich wollte gerade zu deinem Vater und mir eure Heckenschere ausleihen.«

»Dann kommt dein Bart also ab? Gratuliere!«

Er sieht mich verächtlich an. »Gefällt er dir nicht?«

Böse blinzele ich zurück. »Nein.«

Er zuckt mit den Schultern. »Egal.« Dann verabschiedet er sich und geht weiter zu unserem Haus.

Markus schaut ihm nach. »Deine Eltern sind doch gar nicht da.«

»Na und?«, entgegne ich gereizt. »Das wird er schon merken.«

Dann nehme ich seinen Arm. »Lass uns gehen. Auf uns wartet ein schöner Abend.«

Katrin Meier kommt uns schon an der Tür des Gasthofes »Zum goldenen Schwan« entgegen.

»Ich habe auf dich gewartet«, säuselt sie und will sich zwischen Markus und mich drängen.

»Ja, entschuldige bitte. Wir sind aufgehalten worden«, entgegne ich schlagfertig und fasse Markus am Arm. »Ich glaube, ich habe einen Stein im Schuh. Kannst du mich mal kurz halten?«, frage ich unschuldig, lächele ihn an und entferne den nicht vorhandenen Stein aus meinem linken Schuh.

Katrin blickt ungläubig von Markus zu mir. »Ihr seid gemeinsam gekommen?«

»Ja.« Markus nickt und wendet sich dann fürsorglich an mich. »Hast du den Stein rausbekommen?«

»Ich denke schon.« Schade, jetzt muss ich ihn wieder loslassen.

Dafür ergreift Katrin nun die Gelegenheit. »Komm«, sagt sie und fasst Markus an der Hand. »Da drüben stehen Timo, Katja und Britta.«

Mit diesen Worten zieht sie ihn mit sich. Bedauernd dreht Markus sich noch einmal zu mir um und lächelt mir entschuldigend zu.

Tapfer lächele ich zurück.

»Das alte Spiel geht wieder los«, bemerkt eine spöttische Stimme neben mir. Martina ist eingetroffen und beobachtet mit mir zusammen, wie Markus und Katrin von ein paar Klassenkameraden begrüßt werden.

»Dieses Mal habe ich die besseren Karten«, antworte ich und erzähle ihr kurz vom Vormittag.

»Das klingt doch gut. Sieh nur zu, dass du es nicht vermasselst!«, ermahnt sie mich.

»Was soll Silke nicht vermasseln?« Vor uns steht auf einmal

ein Muskelpaket mit gelb glänzenden Haaren, Sonnenbrille, Goldkette und Lederanzug.

»Wer sind Sie?« An so einen schmierigen Schönling in der Klasse kann ich mich gar nicht erinnern.

»Ich bin Bernd.«

Martina zuckt zusammen. »Bist du da auch wirklich sicher?«

Der Muskelmann lacht und schiebt sich die Sonnenbrille auf den Kopf. Dabei werden drei klobige goldene Ringe an seiner rechten Hand sichtbar. »Willst du meinen Ausweis sehen?«

Noch ehe wir es verhindern können, holt er seine Brieftasche heraus und zeigt uns bei der Gelegenheit auch gleich ein Foto seiner harmonisch gruppierten Familie, ein Bild seines schlossähnlichen Anwesens sowie den Schlüssel zu seinem nagelneuen Ferrari.

»Toll«, sagt Martina lahm.

»Meine Frau war Model für Dessous. Trotz der Schwangerschaften hat sie ihre Figur gehalten«, erzählt Bernd stolz.

»Aha.« Mehr bringt Martina immer noch nicht heraus.

»Sie hat natürlich ein bisschen nachgeholfen.« Bernd beugt sich zu uns vor. »Ein paar kleine Schönheitsoperationen, und schon war alles wieder da, wo es hingehört. Hat mich allerdings eine schöne Stange Geld gekostet.«

»Genauso viel wie der Ferrari?« Endlich hat Martina sich wieder gefangen.

Er schüttelt den Kopf. »Der Ferrari war teurer, weil er ein paar Extras hat.«

Noch bevor Martina sich nach den fehlenden »Extras« bei seiner Frau erkundigen kann, stoße ich sie heimlich in die Rippen.

»Du hast es ja wirklich zu einigem gebracht«, sage ich schnell.

»In jeder Hinsicht«, ergänzt Martina liebenswürdig und lässt ihren Blick über Bernds Lederanzug gleiten. Dabei schaudert sie ein wenig.

»Ja.« Bernd nickt. »Und jetzt entschuldigt mich, ich bin neugierig, wen ich hier sonst noch treffe.«

»Er wird den ganzen Abend lang jedem, der nicht rechtzeitig flüchten kann, seine Bilder zeigen«, prophezeit Martina, nachdem er gegangen ist. »Nur schade, dass ich keine Fotos von meiner Familie, meinem Haus und meinem Auto dabeihabe.«

»Was soll ich denn sagen – ich habe weder ein Haus noch eine Familie«, erwidere ich düster und denke an meine kleine Eigentumswohnung, die ich mit einem kastrierten Kater teile.

Aber bevor ich deshalb depressiv werden kann, ist Markus wieder an meiner Seite.

»Komm, lass uns reingehen!« Er nimmt meine Hand.

»Hat Katrin dir Freigang gegeben?«, fragt Martina, ehe ich es verhindern kann. Ich versetze ihr erneut einen Stoß mit dem Ellenbogen.

Aber Markus nimmt die Bemerkung nicht übel. Er lacht. »Ich bin ihr entkommen, als sie sich frisch machen wollte.«

»Dann pass bloß auf! Das nächste Mal wird sie dich auf die Damentoilette mitnehmen«, prophezeit Martina grinsend.

»Ich wollte immer schon mal wissen, was genau sich an diesem geheiligten Ort alles abspielt.«

Wir sind inzwischen am Tisch angekommen und setzen uns. Die Stimmung ist fröhlich und ausgelassen. Und das Schönste von allem: Markus kümmert sich rührend um mich. Kann das wirklich wahr sein?

»Kneif mich mal!«, flüstere ich Martina zu, die beim Essen neben mir sitzt.

»Kann ich nicht«, wispert sie zurück. »Ich bin einfach zu fassungslos.« Sie deutet auf Bernd, der am anderen Ende des Tisches sitzt.

»Schlimm, oder?«, frage ich mitfühlend.

Sie verdreht die Augen. »Es kann nicht jeder so ein Glück haben wie du«, zischt sie zurück.

Sie hat recht. Ich bin sehr stolz darauf, dass »mein« Markus sich so gut gehalten hat und heute fast noch besser aussieht als damals.

»Das ist nur fair. Du bist doch sowieso verheiratet und hast drei Kinder«, erinnere ich sie.

Sie lächelt. »Gott sei Dank!«

Martina spricht nicht viel über ihre Ehe oder ihr Familienleben, doch man merkt ihr deutlich an, wie glücklich sie ist. Sie strahlt eine innere Zufriedenheit aus, um die ich sie immer wieder beneide.

Ich räuspere mich. Dies ist nicht der Zeitpunkt, um über so etwas nachzudenken. Jetzt muss ich mich erst einmal um meine eigene innere Zufriedenheit kümmern.

»Kommst du nachher noch mit auf einen Tee zu mir?«, frage ich deshalb Markus, der an meiner anderen Seite sitzt.

Etwas verwundert sieht er mich an. Warum habe ich meine Klappe nicht halten können?

Aber da lächelt er schon wieder. »Gern. Warum nicht?«

Ich atme auf – aber nur, um gleich darauf in Hysterie zu verfallen. Was habe ich mir nur dabei gedacht? Was soll ich denn mit ihm machen, mitten in der Nacht im Wohnzimmer meiner Eltern?

Drei Stunden später, nach einem herzlichen Abschied von den alten Schulkameraden, weiß ich die Antwort: Wir trinken tatsächlich Tee.

Einträchtig sitzen wir nebeneinander auf dem Sofa und halten uns an den Teetassen fest.

Markus seufzt. »Das war ein schöner Abend.«

»Ja. Es ist, als ob man noch einmal zwanzig Jahre jünger wäre«, entgegne ich träumerisch.

Nachdenklich sieht er mich an. »Du hast dich eigentlich kaum verändert«, stellt er fest.

Ich werde rot und weiß nichts zu erwidern.

Aber er redet schon weiter. »Ich habe dich früher sehr gemocht, weißt du das eigentlich?«

Ich schüttele den Kopf.

Er räuspert sich verlegen. »Du warst anders als die anderen Mädchen. So ruhig, fast still. Du hast dich nie in den Vordergrund gedrängt, warst immer sehr zurückhaltend. Und du hast mich immer so schön angelächelt.«

Vielleicht sollte ich jetzt etwas sagen? Aber was? Ich fürchte, ich bringe keinen zusammenhängenden Satz heraus.

»Ich ... ich ... tja, ich habe dich auch sehr gern ... sehr gern gemocht. Ja, habe ich ...« Wusste ich es doch, ich kann nur stammeln.

»Ich wollte dir eigentlich schon den ganzen Tag etwas sagen.« Er sieht mich ernst an.

O Gott! Nicht jetzt, nicht hier!

Aber er spricht schon weiter. »Ich habe dir ja von Alex erzählt ...«

Ich unterbreche ihn. »Markus, das ist erst ein Jahr her. Du solltest nichts überstürzen. Du musst dir Zeit zum Trauern lassen. Du wirst sie sicherlich nie vergessen.«

Er schüttelt den Kopf. »Silke, ich ... Alex war keine Frau.«

Meine Ohren beginnen zu rauschen. Habe ich mich verhört? »Aber ...« Wenn Alex keine Frau war, dann ... dann ist Markus ... O nein, das kann doch nicht wahr sein!

»Alex war ein Mann. Ich bin schwul.« Er sagt es tatsächlich.

Ich grinse ihn an. Ich kann einfach nicht anders, mein Gesicht gehorcht mir nicht mehr. »Nein. Das ist nicht wahr!«

»Doch.«

»Das ist nicht wahr!«, schreie ich ihn an und springe auf. »Weißt du eigentlich, wie sehr ich dich damals gemocht habe? Ich war bis über beide Ohren in dich verschossen! Und dann tauchst du auf einmal wieder in meinem Leben auf und siehst so gut aus und bist so nett zu mir – und jetzt das! Das ist nicht wahr! Das ist nicht fair!«

»Silke Kuhfuß! Setz dich sofort wieder hin!« Er zieht mich auf das Sofa zurück.

»Ich heiße Silke Sommer«, schluchze ich. »Ich war nämlich verheiratet. So richtig, Frau und Mann.«

»Silke!« Er hält mir ein Taschentuch hin. »Jetzt beruhige dich erst einmal wieder.«

Ich trockne meine Tränen und putze mir die Nase. Markus sagt kein Wort, sondern wartet einfach nur ab.

So einfach und schnell stirbt die Hoffnung auf Liebe. Aber hat er mir überhaupt je Hoffnung gemacht? War nicht immer ich diejenige, die alle möglichen Anzeichen gesehen hat?

»Warum erzählst du das heute ausgerechnet mir?« Meine Stimme klingt zwar verheult, aber langsam werde ich ruhiger.

»Ich weiß es nicht. Vielleicht, weil ich dich von allen Mädchen schon immer am liebsten gemocht habe.«

Ich muss es wissen. »Warst du schon immer schwul? Ich meine ... Wie sehr hast du mich damals gemocht?«

Er lächelt. »Ich glaube, ich war tatsächlich ein bisschen verliebt in dich. Damals wusste ich noch nicht so richtig, was mit mir los war. Du warst so anders als all die anderen Mädchen, die was von mir wollten. Du warst so harmlos und lieb.«

Harmlos und lieb. Mit anderen Worten: völlig bescheuert!

Er scheint nicht zu merken, dass er mich gekränkt hat. »Ich hätte damals so gern mehr mit dir unternommen. Aber du bist immer gleich geflüchtet, wenn ich mal mit dir reden wollte. Und etwas hat mich dann auch zurückgehalten. Ich wusste wohl damals schon, dass ich irgendwie anders war.«

Mein Ärger verschwindet langsam, dafür erwacht jetzt die Neugierde. »Und wann hast du dir eingestanden, dass du Männer liebst?«

Markus kratzt sich nachdenklich am Kopf. »Ich denke, das war während des Studiums. Ich habe es lange geheim gehalten und rede heute noch nicht gern darüber.«

»Wissen es deine Eltern?«

Er nickt. »Ja, aber sie wollen nicht weiter darüber sprechen. Das akzeptiere ich.«

»Du Armer! Und was war mit Alex? Erzähl mir von ihm!«

»Alex war der Mann, mit dem ich alt werden wollte. Meine große Liebe. So jemand, bei dem man sich einfach wohlfühlt.«

»Jemand, bei dem man sich wohlfühlt ...«, wiederhole ich leise. Bis eben habe ich mich bei ihm auch noch sehr wohlgefühlt.

»Nach seinem Autounfall hatte ich lange das Gefühl, ich wollte selbst am liebsten auch sterben«, sagt Markus und sieht auf einmal sehr traurig aus.

Wieder kommen mir die Tränen. Ich ergreife seine Hand. Er lächelt mich an.

Dann steht er auf. »Ich glaube, ich gehe jetzt besser. Das war wohl alles etwas zu viel für dich.«

Damit könnte er recht haben. Ich bin völlig verwirrt und außerdem schrecklich müde.

»Ich rufe dir ein Taxi. Dein Auto kannst du morgen abholen.«

Er nickt. »Das nehme ich mit, wenn wir von der Schulfeier kommen.«

Als ich ihn zum Gartentor begleite, treffen wir auf Tim. Der hat mir jetzt gerade noch gefehlt!

»Was macht ihr um diese Zeit noch im Garten?«, fragt er unfreundlich.

»Das geht dich überhaupt nichts an«, entgegne ich böse. »Verrat mir lieber, was du schon wieder hier zu suchen hast.«

»Die Heckenschere«, antwortet er knapp.

»Sie sind doch der Tierarzt von vorhin, oder?«, mischt sich jetzt Markus ein.

»Ja.« Tims Gesichtsausdruck wird etwas freundlicher. »Ich habe das Licht im Wohnzimmer gesehen und dachte, dass Silkes Eltern wieder da sind.«

»Ist das mit der Heckenschere denn so eilig?«, erkundigt sich Markus.

Tim nickt. »Mein Vater ist Frühaufsteher und will gleich morgen in der Früh die Brombeerhecke schneiden. Unsere Schere ist leider kaputt. Als guter Sohn wollte ich ihm eine Freude machen und die Schere von Silkes Eltern ausleihen.«

»Als guter Sohn würdest du ihm bestimmt noch mehr Freude machen, wenn du die Hecke dann auch selbst schneidest«, bemerke ich bissig.

Sein Blick streift mich verächtlich. »Du bist schlimmer als meine Schwester. Es ist höchste Zeit, dass ich hier ausziehe!«

»Suchen Sie eine Wohnung?«, fragt Markus.

Tim nickt.

»Ich wüsste vielleicht eine. Im Haus meiner Eltern ist das Dachgeschoss frei. Hier, ich gebe Ihnen mal die Nummer.« Markus zieht eine Visitenkarte hervor und notiert etwas auf der Rückseite. »Und keine Angst, meine Eltern sind nette Leute«, versichert er Tim.

Der strahlt. »Das glaube ich gern, sie haben ja auch einen netten Sohn.«

O Gott, die beiden werden sich doch jetzt nicht anfreunden? Ich sollte Tim warnen. Oder ist Tim am Ende etwa auch ...?

Doch meine Befürchtungen sind unbegründet – hinter Tim taucht jetzt eine junge Blondine auf. Sehr jung und sehr blond, Typ Barbiepuppe. Sein Frauengeschmack hat sich offensichtlich mit den Jahren nicht geändert. Aber wenigstens steht er auf Frauen.

»Timmy, Baby, kommst du? Wir sind spät dran!«

Tim winkt uns zum Abschied zu. »Na dann, Leute, gute Nacht!«

Als Tim und seine Barbie verschwunden sind, räuspere ich mich. »Markus?«

»Ja?«

»Bist du dir ganz sicher, dass du richtig schwul bist?« Noch während ich frage, merke ich, wie dumm das klingt. Hastig füge ich hinzu: »Ich meine ... Vielleicht bist du beides?«

Er schüttelt den Kopf.

»Vielleicht … wenn ich damals nicht immer weggelaufen wäre … vielleicht hättest du dann gemerkt, wie schön die Liebe zu einem Mädchen sein kann. Womöglich bin ich ja schuld!«

»Silke!« Er zieht die Stirn in Falten. Fatalerweise macht ihn das noch attraktiver.

»Bist du dir wirklich sicher, dass wir keine Chance gehabt hätten?«

»Völlig sicher. Es wäre niemals gut gegangen. Ich bin, was ich bin.« Er sieht mich bittend an. »Ich kann dir keine Liebe von Mann zu Frau bieten. Aber ich biete dir meine Freundschaft an – wenn dir das reicht.«

Ich atme tief durch. Der erste Traumprinz ist soeben gestorben. Aber ich glaube, ich habe einen wirklich guten Freund gewonnen.

»Das reicht mir voll und ganz. Allerdings« – Ich schaue ihn verschwörerisch an – »unter einer Bedingung: Du wirst morgen bei der Schulfeier nicht von meiner Seite weichen. Katrin soll platzen vor Neid.«

Er grinst. »Mit dem größten Vergnügen.«

Am nächsten Mittag stehe ich Hand in Hand mit Markus in der Turnhalle unserer ehemaligen Schule und lächele stolz vor mich hin.

Martina hat sich mit einem Glas Sekt in eine Ecke verzogen und beobachtet Markus und mich erstaunt. Ich werde ihr früher oder später die Wahrheit sagen müssen, sonst wird sie mir die Freundschaft kündigen.

In diesem Moment legt Markus den Arm um mich. Gut fühlt sich das an. Sehr gut sogar.

»Hallo, Katrin! Wir haben schon auf dich gewartet.« Markus reicht Katrin die Hand, ohne den anderen Arm von mir zu nehmen. Das fühlt sich jetzt noch besser an!

Katrin macht ein entsetztes Gesicht, nickt Markus und mir kurz zu und verschwindet an den Tisch, an dem schon Martina sitzt. Wortlos schiebt ihr Martina ein Glas Sekt hin, das Katrin in einem Zug leert.

Wie sehr sich Katrin in den nächsten Stunden auch bemüht, Markus hält sein Versprechen und weicht nicht von meiner Seite. Irgendwann resigniert sie und ertränkt ihren Kummer mit reichlich Sekt.

Nach den Festreden finde ich endlich eine Gelegenheit, Martina unter vier Augen zu sprechen. Wir verziehen uns auf die Damentoilette und werfen einen kurzen Blick in die Toilettenkabinen. Beide sind frei, wir sind also ungestört.

»Mann, das läuft ja wie am Schnürchen. Als ob er nur auf dich gewartet hat!« Martina kann ihre Aufregung kaum verbergen.

»Martina ...«

»Wie er den Arm um dich legt. Das ist ja so romantisch. Und hast du Katrins Blick gesehen? Die würde dich am liebsten umbringen.«

»Martina!«, unterbreche ich ihren Wortschwall. »Es ist nicht so, wie es aussieht.«

»Na klar, das ginge ja auch viel zu schnell«, erwidert sie unbeeindruckt. »Aber der Anfang ist gemacht. Zuerst dachte ich ja, dass Sonjas Idee mit dem Tagebuch ziemlich albern ist. Aber es funktioniert.«

»Jetzt lass mich doch mal ausreden«, falle ich ihr erneut ins Wort. »Markus will gar nichts von mir. Er steht auf Männer.«

Es dauert einen Moment, bis die Information zu ihr durchdringt. »Oh!«, stößt sie dann ernüchtert hervor. »Er ist schwul?«

Ich nicke.

Martina sieht mich mitleidig an. »Du Arme!«

Ich zucke mit den Schultern. »Da kann man wohl nichts machen.«

»Irgendwie habe ich in der Schule schon so etwas geahnt. Ich meine, er hatte ja nie eine Freundin«, sagt sie nachdenklich.

»Und warum hast du mir dann nie etwas von deinem Verdacht erzählt?«

»Na ja.« Sie wirkt etwas verlegen. »Hätte ich deine Illusion zerstören sollen? Und ich war mir ja auch gar nicht sicher.« Sie sieht mich herausfordernd an. »Außerdem hast du dir schließlich auch Zeit gelassen mit einer Beziehung. Du hattest deinen ersten festen Freund erst mit dreiundzwanzig, wenn ich mich richtig erinnere!«

»Ja, das stimmt. Und den fand ich dann so toll, dass ich ihn fünf Jahre später sogar geheiratet habe. Was daraus geworden ist, haben wir ja gesehen.« Ich schüttele den Kopf. »Ach, lassen wir das.«

Martina zupft sich vor dem Spiegel die Haare zurecht. »Eines musst du mir aber trotzdem verraten: Wie hast du ihn dazu gebracht, dass er den Tag mit dir verbringt und so tut, als könne er kein Auge von dir lassen?«

Ich lächele sie an. »Das bleibt mein kleines Geheimnis.« Dann gehe ich in Richtung Tür. »Komm, lass uns den Rest des Tages genießen.«

Und das tun wir auch. Wir feiern noch sehr lange und sehr ausgelassen.

Als Markus mich gegen Abend nach Hause bringt, bekomme ich zum Abschied sogar einen Kuss auf die Wange.

»Wir müssen uns unbedingt wiedersehen.«

»Gern.«

»Gibst du mir deine Telefonnummer? Dann rufe ich dich an.«

Warum nicht? Es ist schön mit ihm. Wenn auch nicht ganz so, wie ich mir das erhofft hatte. Nachdem er sich meine Nummer notiert hat, verabschiedet er sich mit einem weiteren Kuss auf die Wange.

Ich blicke ihm seufzend nach, als er in sein Auto steigt. Es hätte so romantisch sein können. Aber leider fehlen mir zum

Liebesglück mit Markus ein Bart, ein paar männliche Hormone und andere wichtige Teile.

Nein, entscheide ich mich bei weiterem Nachdenken. Das wäre es wirklich nicht wert.

3

»Schwul?«

Sonja legt den Kopf in den Nacken und beginnt, herzhaft zu lachen. Wir sitzen in Hausmanns Küche auf der Eckbank, trinken Kaffee und essen Kekse. Es ist der Morgen nach dem Schulfest. Sonntagmorgen. Meine Eltern sind mit Hausmanns und Sonjas kleinem Sohn in der Kirche.

»Sonja!« Ich werde richtig wütend. »Kannst du mal aufhören zu lachen?«

»Aber das ist so komisch. Schneewittchen zog aus, um ihren Traumprinzen zu suchen. Und dann stellt sich heraus, dass der viel lieber die sieben Zwerge vernascht.«

»Das ist wirklich witzig«, ertönt es von der Tür her. Ausgerechnet Tim!

»Nimm deinen Kaffee und verzieh dich.« Wenigstens ist Sonja jetzt auf meiner Seite.

»Falls du es noch nicht gemerkt hast, liebes Schwesterherz: Ich trinke keinen Kaffee mehr. Ich trinke Kräutertee.« Seelenruhig geht er zum Wasserkocher und bereitet sich einen Tee.

»Vielleicht will deine Barbie ja einen Kaffee?«, mische ich mich ein.

Wie auf Kommando erscheint jetzt die Blondine von gestern, nur in ein Badetuch gehüllt. »Timmy, Baby, ich mag deinen komischen Tee nicht. Ich möchte einen Kaffee.«

Sonja und ich prusten los.

Tim schiebt Barbie aus der Küche, nimmt seinen Tee und

bleibt noch kurz an unserem Tisch stehen. Erfreut will er nach der Packung mit den Keksen greifen. Aber Sonja ist schneller und rettet sie vor ihrem Bruder.

Frech grinst er mich an. »Falls du die Telefonnummer von Markus brauchst – ich habe sie bekommen.«

Damit ist er draußen.

Sonja schüttelt den Kopf. »Kleine Brüder sind eine echte Plage. Sei froh, dass du eine große Schwester hast.«

Sie beißt nachdenklich in einen Keks und schüttelt dann wieder den Kopf. »Andererseits – nein, ich muss gestehen, wenn ich die Wahl zwischen Nicole und Tim hätte, wäre mir Tim wohl doch lieber.«

Ich trinke noch einen Schluck Kaffee. »Woher kennt er diese Blondine eigentlich? Er ist doch gerade mal seit einem Monat wieder hier.«

»Sie ist Flugbegleiterin und war oft auf Flügen nach San Francisco im Einsatz. Da haben sie sich wohl in einer Diskothek kennengelernt.«

Dann vertilgt sie zwei weitere Kekse und spült sie mit Kaffee hinunter.

»Traumprinz Nummer eins ist jetzt also aus dem Rennen.« Sie legt eine effektvolle Pause ein. »Jetzt muss Traumprinz Nummer zwei ran: Stefan Hinteregger, der Mann aus den Bergen. Der Cowboy aus dem Allgäu.«

Ich schüttele den Kopf. »Ach, hör auf. Ich kann ja nicht gut einfach hinfahren und ihn fragen, ob er noch zu haben ist.«

»Bei Markus hat es doch auch geklappt.«

»Das war etwas anderes. Ich hätte Markus sowieso auf dem Klassentreffen wiedergesehen, auch ohne die Tagebücher. Und überhaupt – diese Idee von dir mit den Jungs aus meinen alten Tagebüchern war einfach blöd.«

Sonja ist kein bisschen beleidigt. »Das war keine blöde Idee«, widerspricht sie mir. »Und wenn du gerade sowieso nichts Besseres zu tun hast, kannst du dir doch im Juli eine Woche Urlaub im Allgäu gönnen. Wozu hast du als Lehrerin schließlich sechs Wochen Ferien?«

Natürlich! Alle bilden sich ein, wir Lehrer hätten die Hälfte der Zeit frei und säßen faul zu Hause. Dass schulfrei nicht gleich arbeitsfrei ist, wissen die wenigsten. Aber ich gehe jetzt nicht darauf ein. Sonja ist sowieso schon wieder ein paar Gedankengänge weiter.

»Am besten fragst du mal telefonisch bei der Zimmervermittlung in Oy-Mittelberg an, ob Hintereggers noch vermieten. Und dann fährst du hin.«

Ich bin noch nicht überzeugt. »Ach, das wäre doch irgendwie peinlich.«

Sonja seufzt. »Er braucht dich ja nicht mal wiederzuerkennen, schließlich hast du jetzt einen anderen Nachnamen.«

»Ich weiß nicht. Ich muss erst einmal darüber nachdenken.« Mit diesen Worten beende ich die Diskussion. Insgeheim nehme ich mir vor, heute Abend zu Hause meine Erlebnisse mit Stefan in den Tagebüchern nachzulesen.

Freitag, 22. Juli 1983

Heute Nacht geht es los – wir fahren wieder ins Allgäu. Mutti hat Frikadellen gebraten für die Fahrt. Das Auto platzt aus allen Nähten. Nicole und ich haben uns schon mal den Rücksitz unterteilt. Eine Zone für mich und eine für meine Schwester.

In meiner Zone liegen ein Kissen, eine Decke und mein Walkman. Nicole hat sich ein paar Zeitschriften gekauft und eine Tüte Chips dazugelegt. Wenn ich sie mal an meinem Walkman hören lasse, gibt sie mir sicher ein paar Chips ab.

Wie jedes Jahr werden wir für drei Wochen in Oy-Mittelberg auf dem Bauernhof der Familie Hinteregger Urlaub machen. Ich glaube, ich habe mich noch nie so sehr darauf gefreut wie dieses Jahr. Hausmanns kommen Gott sei Dank mit. Bestimmt werde ich mit Sonja wieder viel Spaß haben.

Montag, 25. Juli 1983

Jetzt sind wir seit Samstag wieder im Allgäu.

Die Fahrt war ziemlich anstrengend, weil Vati und Onkel Fred hintereinander herfahren wollten. Hausmanns haben jede Stunde angehalten, denn Tim musste sich ständig übergeben. Sonja tat mir echt leid – sie hatte bestimmt dauernd Angst, dass er ihr auf den Schoß kotzt. Da habe ich doch lieber eine große Schwester neben mir, die zwar kein Wort redet und ständig Chips frisst, aber immerhin das Autofahren verträgt.

In Oy haben wir dann erst einmal unsere Zimmer bezogen und sind danach vors Haus gegangen. Auf einmal ertönte hinter uns eine Stimme: »Hallo, kennt ihr mich noch?«

Stefan – wie oft habe ich mir das Wiedersehen mit ihm vorgestellt. Er hat sich kaum verändert, ist nur größer geworden und irgendwie erwachsener. Fast schüchtern reichten wir uns die Hand und wussten zuerst gar nicht, was wir sagen sollten.

Aber das gab sich bald. Schon eine Stunde später saßen wir hinter der Scheune – Stefan, Sonja, Tim und ich – und erzählten einander, was wir im letzten Jahr so alles erlebt haben.

Nicole war Gott sei Dank nicht dabei. Sie hat sich erst einmal in die Badewanne verzogen, angeblich, weil sie so müde ist. Ich glaube aber eher, sie macht sich schön für Peter. Peter ist Stefans großer Bruder, und Nicole hat ein Auge auf ihn geworfen. Das kann noch lustig werden!

Sonntag, 07. August 1983

Ich glaube, ich bin gerade drauf und dran, mich in Stefan zu verlieben.

Wir unternehmen so viel zusammen. Er ist bei unseren Bergwanderungen dabei. Meistens laufen Sonja, er und ich vorn und unterhalten uns blendend.

Er sitzt auch mit uns morgens nach dem Frühstück vor dem Haus, wenn wir den Tag planen.

Und gestern hat er mich – nur mich! – in den Stall mitgenommen und hat mir gezeigt, wie man melkt. (Oder heißt es milkt???) Ganz *sanft und behutsam hat er meine Hände genommen und sie an das Euter der Kuh gelegt. Ich hätte stundenlang melken können!*

Nicole hat es übrigens tatsächlich geschafft, sich Peter zu angeln. Die beiden unternehmen lange Spaziergänge zu zweit und gehen manchmal abends bei Sonnenuntergang im See schwimmen. Ich weiß ja nicht genau, was sie sonst noch so treiben, aber Peter muss schon ziemlich blind und taub sein, sich freiwillig mit dieser eingebildeten Ziege abzugeben!

Samstag, 13. August 1983
Wir sind wieder zu Hause. Beim Abschied gestern musste ich echt weinen. Ich würde am liebsten sofort wieder zurück ins Allgäu.

Zum Glück war ich nicht die Einzige im Auto, die geheult hat. Nicole hatte auch Tränen in den Augen – natürlich weil sie sich von Peter trennen musste. Die beiden waren während der letzten drei Wochen sozusagen unzertrennlich. Sie hat mir fast leidgetan. Schließlich vermisse ich Stefan ja auch.

Ein ganzes Jahr, bis wir uns wiedersehen – ich weiß gar nicht, wie ich diese lange Zeit überstehen soll!

Irgendwie habe ich das Jahr dann wohl doch überstanden. Ich kann mich noch erinnern, dass Sonja und ich in dieser Zeit einen regen Briefwechsel mit Stefan führten.

Und dann gab es ja auch noch Markus. Die vielen Tagebucheinträge bis zum nächsten Urlaub wimmeln nur so von Geschichten über ihn. Ich überschlage die Markus-Texte. Das bringt ja doch nichts mehr!

Mittwoch, 11. Juli 1984
Am Samstag geht es endlich wieder los in den Sommerurlaub. Dieses Mal wird es sogar noch schöner, weil Nicole nicht mitkommt. Sie fährt mit ihrem derzeitigen Freund Jens nach Italien. Das bedeutet, ich habe den Rücksitz des Autos ganz für mich allein. Super!

Sonntag, 15. Juli 1984

Wir sind wieder bei Hintereggers auf dem Hof. Aber etwas fehlt. Stefan ist noch nicht da. Er ist mit ein paar Jungs aus seiner Klasse in einem Zeltlager und kommt erst übermorgen zurück. Ich kann es kaum erwarten!

Auch Peter ist dieses Jahr nicht auf dem Hof. Er ist mit seiner Freundin Gittie nach Italien gefahren. Ist das nicht der Knaller? Jetzt fehlt nur noch, dass er dort Nicole und Jens über den Weg läuft, dann wäre der Skandal perfekt. Schade, dass ich das dann nicht sehen kann.

Donnerstag, 19. Juli 1984

Stefan hat sich irgendwie verändert. Er ist nicht mehr so häufig bei uns, sondern geht lieber mit seinen Kumpels weg. Und wenn er dann mal da ist, benimmt er sich ziemlich unausstehlich.

Nur wenn ich mit ihm allein bin, ist er wie immer. Dann reden wir darüber, was wir mal werden wollen, was uns wichtig ist im Leben und wie wir das erreichen können.

Stefan bedeutet mir mehr, als ich mir selbst eingestehen will. Aber hat diese Freundschaft Zukunft?

Wir sehen uns nur einmal im Jahr für ein paar Wochen und wohnen ansonsten hunderte Kilometer voneinander entfernt.

Vielleicht sollte ich mir den Gedanken an mehr als eine Freundschaft mit ihm ganz schnell aus dem Kopf schlagen und stattdessen den Sommer genießen. Ja, genau das werde ich jetzt tun!

Sonntag, 05. August 1984

Ich glaube, ich werde so langsam verrückt.

Da habe ich endlich mal einen Jungen gefunden, der mich auch mag. Und dann muss ich mich von ihm trennen, kaum dass wir zueinander gefunden haben!

Gestern Abend sind wir aus dem Allgäu zurückgekommen. Und seitdem sitze ich in meinem Zimmer und heule. Oma und Opa sind schon furchtbar besorgt, Mutti und Vati schütteln nur den Kopf und

Sonja hat sich beleidigt verzogen, weil ich ihr nicht sagen will, was los ist.

Am Freitagabend hat Stefan mich zum Abschied geküsst!!! Halt – ich fange schon wieder mit dem Schluss an. Also, schön der Reihe nach:

Unser Urlaub war wie immer toll, außer dass Stefan viel seltener als sonst mit von der Partie war. Aber das habe ich ja schon geschrieben.

Am Freitagabend haben wir zum Abschluss mit Hintereggers gegrillt. Nach dem Essen haben wir Mädchen, Tim und Stefan das Geschirr in die Küche gebracht. Stefan schlug vor, noch eine kleine Runde im Dunkeln um den Moorweiher zu spazieren. Das ist ein kleiner See, den man bequem in einer halben Stunde zu Fuß umrunden kann.

Sonja musste sich erst noch feste Schuhe anziehen und Tim wollte auf sie warten. So gingen Stefan und ich schon mal allein voraus zum See.

Zu Anfang war das schon ein bisschen unheimlich, weil es so dunkel war. Aber Stefan hat wohl meine Angst gespürt. Er sagte: »Wenn es dir wohler ist, nehme ich dich an die Hand. Keine Angst, ich kenne hier jeden Stein.« Mit diesen Worten nahm er tatsächlich meine Hand und wir gingen schweigend weiter, bis wir das Seeufer erreicht hatten. Dann fragte Stefan plötzlich: »Kennst du Hermann Hesse?«

Irgendwo hatte ich den Namen schon mal gehört, und ich war mir ziemlich sicher, dass es nicht im Zusammenhang mit Popmusik war. Vielleicht ein bayerischer Schauspieler? Ich überlegte fieberhaft. Gott sei Dank redete Stefan schon weiter. »Der hat tolle Bücher geschrieben.«

Da Sonja und Tim sich Zeit ließen, redeten wir noch eine ganze Weile lang über Bücher, bis die beiden dazukamen. Dann spazierten wir zu viert um den See. Als wir uns wieder dem Bauernhof näherten, fielen Stefan und ich ein wenig zurück. Er wartete, bis die anderen beiden außer Sichtweite waren, dann blieb er stehen und sagte: »Ich verabschiede mich am besten schon hier und jetzt von dir.« Mit diesen Worten zog er mich an sich und küsste mich mitten auf den Mund. Ich war so erschrocken, dass ich gar nicht wusste, wie ich reagieren sollte. Ich glaube, ich habe ihn nicht einmal umarmt. Er ließ mich los und fragte: »Das durfte ich doch, oder?«

Ich nickte. Sprechen konnte ich nicht, dazu war ich immer noch zu aufgeregt. Mein erster Kuss, so richtig romantisch unter dem Sternenhimmel – und ich blöde Kuh war zu geschockt, um darauf einzugehen! Während ich noch krampfhaft überlegte, was ich denn nun sagen könnte, riefen Sonja und Tim vom Haus her nach uns, und die romantische Stimmung war dahin.

Bis zur Abreise am nächsten Morgen hatte ich keine Gelegenheit mehr, unter vier Augen mit ihm zu reden. Und so fuhr ich ab, ohne ihm sagen zu können, wie sehr mir der Kuss gefallen hat.

Jetzt sitze ich also hier in meinem Zimmer und heule. Aber wenn erst mal der schlimmste Schmerz überwunden ist, werde ich losgehen und mir den »Steppenwolf« von Hermann Hesse besorgen. Und bis nächstes Jahr werde ich alles gelesen haben, was er je geschrieben hat! Wenn wir uns das nächste Mal sehen, bin ich vorbereitet.

Es gab kein nächstes Mal. Ich habe Stefan nie wiedergesehen, ihm nicht einmal geschrieben. Ich habe damals auch kein Buch von Hermann Hesse zu Ende gelesen. Die ersten paar Seiten des »Steppenwolfs« reichten schon aus, um mich für immer abzuschrecken. Welche Siebzehnjährige beschäftigt sich schon gern mit der existenziellen Krise eines männlichen Außenseiters mit dem Namen Harry Haller?

Im Sommer 1985 starb meine Oma, sodass wir den Urlaub in Oy-Mittelberg absagen mussten. Und im Sommer 1986 fuhr ich nach dem Abitur lieber mit Martina nach Italien. Im selben Jahr entdeckten meine Eltern und Hausmanns, wie viel angenehmer eine Urlaubsreise mit dem Flugzeug ist. Keiner von uns war je wieder in Oy-Mittelberg.

Seufzend lege ich die Tagebücher zur Seite und hole mir eine Tasse Tee aus der Küche. Es ist inzwischen Sonntagabend und ich habe es mir auf meiner Terrasse gemütlich gemacht.

Heute Morgen habe ich Sonja erklärt, dass ich vorerst keine

Lust habe, mich auf die Suche nach Stefan zu machen. Jetzt bin ich mir da gar nicht mehr so sicher. Eigentlich hat sich das zwischen uns beiden schon irgendwie gut angefühlt. Zumindest habe ich es als Teenager so empfunden. Außerdem war es – im Gegensatz zu der Geschichte mit Markus – keine einseitige Schwärmerei. Immerhin gab es ja einen Kuss.

In diesem Moment klingelt das Telefon. Es ist Markus.

»Hallo, Silke. Ich wollte nur fragen, wie es dir geht.«

»Hallo, Markus. Schön, dass du dich meldest. Mir geht es gut und dir?«

»Auch gut. Ich fliege morgen früh zurück nach München.«

»Ach, schon so bald? Ich dachte, wir könnten uns vorher noch einmal sehen.« Ich bin ehrlich enttäuscht.

»Das wird nicht gehen, tut mir leid. Ich habe morgen Nachmittag einen Termin mit einem wichtigen Mandanten.«

»Schade. Dann vielleicht ein anderes Mal?« Es täte mir wirklich leid, Markus jetzt so schnell wieder aus den Augen zu verlieren.

Doch dann überrascht er mich mit der Frage: »Warum kommst du mich nicht im Juli in München besuchen? Da sind doch bestimmt Sommerferien.« Auch er glaubt anscheinend, Lehrer hätten die gesamten sechs Ferienwochen frei.

Ich überlege kurz, ob ich ihn aufklären soll, lasse es dann aber bleiben. Seine Einladung nach München ist aufregend genug.

»Ich würde gern kommen.«

»Wie wäre es am dritten Juli-Wochenende? Da ist bei uns im Stadtviertel Sommerfest, das ist immer sehr nett. Du könntest natürlich bei mir schlafen, ich habe ein breites Bett.«

Meint er das jetzt ernst? »Äh ... ja ...« Ich muss schlucken und versuche, mich auf die Tatsachen zu konzentrieren. »Du meinst das Wochenende vom 18. bis zum 20. Juli? Ja, warum eigentlich nicht?«

»Also dann, abgemacht. Ich freue mich schon darauf, dir München zu zeigen.«

»Darauf freue ich mich auch.« Aber das mit dem breiten Bett macht mich doch ein bisschen nervös. Vorsichtig erkundige ich mich: »Und ist es dir wirklich recht, wenn ich bei dir übernachte? Ich nehme mir auch gern ein Hotelzimmer.«

Markus lacht. »Bei mir ist genug Platz, ich habe ein Gästezimmer. Keine Angst, du musst nicht bei mir im Bett schlafen.«

Schade eigentlich. Schwul oder nicht – mal eine Nacht neben Markus zu schlafen, das hätte schon was! »Dann lass uns kurz vorher noch einmal telefonieren. Ich weiß nämlich noch nicht, ob ich mit dem Flugzeug oder mit dem Auto komme.«

»Alles klar. Bis dann.«

Kaum dass ich aufgelegt habe, klingelt es erneut. Sonja meldet sich ganz aufgeregt. »Ich habe hier etwas, das dich interessieren wird.«

»Und das wäre?«

»Hör zu: ›Wir vermieten auf unserem Bio-Bauernhof vier wunderschöne Doppelzimmer mit Dusche und WC. Unser Hof ist traumhaft gelegen, mit freiem Blick auf die Berge. Reichhaltiges Frühstück mit Hof-Produkten und selbst gebackenem Brot. Kommen Sie und entdecken Sie unser Paradies!‹ Na, was sagst du?«

»Wovon redest du da eigentlich?« Ich schüttele den Kopf.

»Das ist von der Internetseite des Bio-Bauernhofes Hinteregger in Oy-Mittelberg.« Sonja spricht betont langsam.

Jetzt fällt bei mir der Groschen. »Du hast im Internet nach Stefan gesucht?« Auf die Idee bin ich selbst noch gar nicht gekommen.

Sonja lacht stolz. »Genau. Und ich bin auch gleich fündig geworden. Es gibt eine Seite der Zimmervermittlung in Oy-Mittelberg mit Links zu den einzelnen Hotels und Pensionen. Und da habe ich den Bauernhof gefunden. Auf den Bildern sieht alles noch so aus wie vor zwanzig Jahren.«

Jetzt bin ich neugierig geworden. »Und was steht da sonst noch?«

»Guck selbst nach! Hast du was zu schreiben?« Sonja nennt mir die Internetadresse. »Aber ich kann dir gleich sagen, dass da nichts über Stefan steht. Es heißt immer nur ›Familienbetrieb‹ und ›Familie Hinteregger‹.«

»Vielleicht sehe ich morgen mal nach.« Nachdenklich kaue ich auf meinem Stift herum.

Sonja ist überrascht. »Woher das plötzliche Interesse? Heute Morgen warst du doch noch völlig dagegen.«

»Tja, da wusste ich auch noch nicht, dass ich eine Einladung nach München bekommen würde.«

»Von Markus?«

»Ja, genau. Ich besuche ihn Mitte Juli für ein Wochenende.«

»Prima, das kannst du doch dann gut mit ein paar Tagen im Allgäu verbinden. Aber, Silke – bitte ohne diesen Markus! Der verdirbt dir jede Männerbekanntschaft.«

Am nächsten Nachmittag schaue ich mir tatsächlich im Internet die Seite des Bio-Bauernhofes Hinteregger an. Die Bilder kommen mir sehr bekannt vor, die typisch alpenländische Architektur und die traumhafte Gebirgskulisse wecken alte Erinnerungen in mir.

Aber wie Sonja schon gesagt hat, findet sich kein Hinweis darauf, ob Stefan noch auf dem Hof lebt und ob er Familie hat. Kurz entschlossen klicke ich auf den Mail-Kontakt und tippe los.

Liebe Familie Hinteregger,

ich möchte in diesem Sommer zusammen mit meinem Patenkind, einem zweijährigen Mädchen, ein paar Tage auf Ihrem Bauernhof verbringen und würde mich freuen, wenn Sie mir folgende Fragen beantworten könnten:

Haben Sie in der Zeit vom 20. Juli bis zum 25. Juli ein Doppelzimmer frei? Zu welchem Preis?

Haben Sie ein Kinderbett und evtl. auch einen Kinderstuhl für meine Nichte?

Ist das mit dem kleinen Kind ein Problem oder sind Kinder bei Ihnen willkommen?

Ich bedanke mich im Voraus.

   Mit freundlichen Grüßen

   Maria Sommer

Die Idee mit dem Kind finde ich genial. Natürlich habe ich weder ein Patenkind noch eine Nichte. Bisher jedenfalls. Das Baby meiner Schwester kommt erst Ende August.

Aber auf diese Weise kann ich hoffentlich herausfinden, ob es auf dem Hof eigene Kinder gibt. In diesem Fall wäre Stefan dann wohl der Vater, und welcher Vater würde auf meine Mail nicht sofort antworten, dass er Kinder liebt, weil er selbst welche hat? Dann wüsste ich wenigstens, ob sich eine Reise ins Allgäu lohnt.

Ob Maria Sommer etwas zu altmodisch klingt? Aber mit diesem Namen wird Stefan mich nicht auf Anhieb erkennen. Maria ist mein zweiter Vorname und mit »Sommer« bringt er mich garantiert nicht in Verbindung. Da außerdem meine Mail-Adresse nur ein »Sommer« vor dem »@« hat, kann gar nichts passieren.

Zufrieden mit mir selbst und meinen guten Ideen klicke ich auf »Senden« und warte.

Es dauert drei Tage. Dann – endlich! – kommt die Antwort.

Sehr geehrte Frau Sommer,
vielen Dank für Ihr Interesse an unserem Haus. Normalerweise sind wir im Sommer immer ausgebucht. Aber Sie haben Glück: Ein langjähriger Gast musste seine Reservierung absagen und so können wir Ihnen tatsächlich für den von Ihnen gewünschten Zeitraum ein Doppelzimmer anbieten.

Das Zimmer hat Dusche/WC und kostet für Sie und das Kind 45 € pro Nacht. Darin enthalten ist ein reichhaltiges Frühstück mit Bio-Produkten aus eigener Erzeugung.

Kinder sind bei uns immer willkommen. Wir freuen uns schon darauf, Sie und Ihre Nichte im Juli bei uns begrüßen zu dürfen. Kinderbetten und Hochstühle für unsere kleinen Gäste halten wir selbstverständlich bereit.

Bitte bestätigen Sie Ihre Reservierung innerhalb der nächsten drei Tage. Ansonsten behalten wir uns das Recht vor, das Zimmer anderweitig zu vergeben.

Mit freundlichen Grüßen aus dem Allgäu
Stefan Hinteregger

Es ist tatsächlich Stefan, der mir da zurückgeschrieben hat. Leider verrät seine Antwort aber nicht viel, sie klingt nach einem Standardtext.

Doch was habe ich eigentlich erwartet? Schließlich habe ich ihn ja nicht konkret nach seinen Familienverhältnissen gefragt. Und warum sollte er vor einer ihm völlig unbekannten Maria Sommer per Mail seine Lebensgeschichte ausbreiten?

Tja, da muss Maria Sommer jetzt wohl selbst ins Allgäu fahren und herausfinden, ob es schon kleine Hintereggers gibt!

Allerdings hat Maria Sommer vorher noch ein Problem: Sie muss ihre nicht existente Nichte verschwinden lassen.

Vielleicht weiß Sonja einen Ausweg, sie hat schließlich Erfahrung mit Kleinkindern. »Verkehrsunfall« ist ihr erster Vorschlag, als ich sie am Telefon um Rat frage.

»Sonja! Ich bitte dich – wenn die Kleine einen schweren Unfall hat, dann kann ich als Patentante wohl nicht gut seelenruhig Urlaub machen.«

»Na gut. Dann eben Windpocken oder so.«

Das ist eine ausgezeichnete Idee. Natürlich kann ich nicht gut jetzt schon schreiben, dass die Kleine im Juli krank sein wird – ich werde einfach bis kurz vor der geplanten Reise warten und Hintereggers dann mitteilen, dass ich allein komme, weil meine Nichte leider die Windpocken bekommen hat. Erleichtert verabschiede ich mich von Sonja. »Gib Niklas einen dicken Kuss von mir.«

»Mache ich. Und du meldest dich bitte, wenn du was Neues von Stefan hörst.«

Ich kehre zu meinem Computer zurück und lese noch einmal die Mail von Stefan. Bevor ich es mir anders überlegen kann, tippe ich eine Antwort.

Sehr geehrter Herr Hinteregger,
vielen Dank für Ihr Angebot. Hiermit bestätige ich die Reservierung.
Ich freue mich schon auf den Urlaub in Oy-Mittelberg und verbleibe
mit freundlichen Grüßen
Maria Sommer

Dann klicke ich schnell auf »Senden« und genehmige mir zur Feier des Tages ein Glas Rotwein auf der Terrasse.

Bereits am nächsten Tag kommt eine kurze Mail aus dem Allgäu, die meine Reservierung bestätigt.

Liebe Frau Sommer,
vielen Dank für Ihre Buchung. Wir erwarten Sie also am 20. Juli zu einem erholsamen Urlaub in den Bergen.
Falls Sie einen Transport vom Bahnhof bis zu unserem Haus benötigen, dann melden Sie sich bitte telefonisch bei uns.
Wir freuen uns schon darauf, Sie bei uns begrüßen zu dürfen.
Ihre Familie Hinteregger

Ich überlege kurz: Brauche ich einen Transport vom Bahnhof? Dann müsste ich die gesamte Reise mit dem Zug machen. Warum eigentlich nicht? Ich habe noch zwei gute Bücher herumliegen, die ich schon längst mal wieder lesen wollte.

Ein paar Tage später kaufe ich meine Fahrkarten im Reisebüro und lasse mir auch gleich die entsprechenden Zugverbindungen ausdrucken. Dann rufe ich Markus an. Leider erreiche ich nur den Anrufbeantworter. Ich hinterlasse eine kurze Nachricht, in der ich mich für den 18. Juli um 17.53 Uhr ankündige.

Vor meinem zweiten Anruf zögere ich ein bisschen. Immerhin könnte es sein, dass ich gleich mit Stefan verbunden sein werde. Zumindest telefonisch.

Ich atme noch einmal tief durch, ermahne mich selbst, mich mit »Maria Sommer« zu melden, und wähle dann.

»Hinteregger. Grüß Gott.« Das ist eindeutig eine weibliche Stimme. Sie klingt sehr herzlich und eher etwas älter. Vermutlich ist es Stefans Mutter.

»Guten Tag, hier ist Maria Sommer. Ich werde vom 20. bis zum 25. Juli bei Ihnen Urlaub machen«, sage ich und berichtet dann, meine Nichte könne leider doch nicht wie geplant mitkommen, da sie plötzlich an Windpocken erkrankt sei. Hoffentlich klingt das in ihren Ohren nicht allzu trocken und gleichgültig.

Nachdem das geklärt ist, erkundige ich mich, ob mich wohl jemand vom Bahnhof abholen könne.

»Aber selbstverständlich«, antwortet Frau Hinteregger. »Wann soll denn der Zug eintreffen?«

Ich werfe einen raschen Blick auf meine Reservierung. »Ich komme am 20. Juli um 17.16 Uhr an.«

Frau Hinteregger scheint sich das zu notieren. Es bleibt für einen Moment still in der Leitung, dann meldet sie sich wieder. »Wahrscheinlich werde ich es sein, die Sie abholt. Wir werden uns bestimmt leicht finden. Der Bahnhof in Oy-Mittelberg ist nicht besonders groß und so viele Leute kommen nicht mit dem Zug. Waren Sie schon einmal bei uns?«

»Nein. Noch nie. Ich kenne das Allgäu nicht. Überhaupt nicht!«, beteuere ich. Gleich darauf ärgere ich mich. War das jetzt etwas zu heftig?

Aber sie schöpft keinen Verdacht. »Sie werden sich hier bestimmt wohlfühlen. Wir sehen uns dann also am 20. Juli um 17.16 Uhr am Bahnhof.«

Sie wünscht mir eine gute Fahrt, dann verabschieden wir uns.

Am nächsten Tag besuche ich Martina und ihre Familie. Wir reden viel über das Klassentreffen und das Schulfest. Natürlich sind wir beide der Ansicht, dass alle anderen Mädchen aus unserer Klasse älter und schlechter ausgesehen haben als wir selbst. Von den Jungs wollen wir erst gar nicht reden – mit Ausnahme von Markus und Bernd.

»Stell dir vor, du hättest Bernd geheiratet! Dann hättest du jetzt einen vergrößerten Busen, einen gestrafften Po und ein geliftetes Lächeln.«

Martina muss lachen. »Ich bin richtig erschrocken, als ich ihn gesehen habe. Er war so ...« – Sie sucht nach dem richtigen Wort – »... künstlich.«

»Und schmierig«, setze ich hinzu.

Martina schüttelt sich. »Nur gut, dass nicht alles so kommt, wie wir es uns als Teenager erträumen.« Sie blickt mich prüfend an. »Wie hast du denn das mit Markus verkraftet?«

Ich zucke mit den Schultern. »Gut. Schließlich hatten wir ja nie etwas miteinander. Und jetzt, nachdem das alles geklärt ist, verstehen wir uns blendend. Er hat mich sogar nach München eingeladen. Nächstes Wochenende fahre ich ihn besuchen.«

»Das hört sich nach dem Beginn einer echten Freundschaft an. Prinz verloren, Freund gewonnen.«

Ich zögere etwas, bevor ich ihr von meiner Reise ins Allgäu erzähle. Sie lächelt, hält sich aber mit einem Kommentar sehr zurück. »Ich kenne diesen Stefan nicht. Du musst wissen, was du tust.« Das ist alles, was sie dazu sagt.

Erst beim Abschied kommt sie noch einmal auf das Thema zu sprechen. »Viel Glück! Aber erwarte nicht zu viel«, rät sie mir.

Ich schüttele den Kopf.

»Wir sehen uns dann in vier Wochen wieder.« Sie umarmt mich.

»Ich wünsche dir einen schönen Urlaub!«

Martina fährt mit ihrer Familie für drei Wochen nach Dänemark und steht mir damit für dringende telefonische Beratungsgespräche in der nächsten Zeit leider nicht zur Verfügung.

Sonja ist hellauf begeistert, als ich ihr von meinen Reiseplänen erzähle. »Ich hätte nie gedacht, dass du das tatsächlich machst.«

Sie kramt in ihrer Tasche und zieht einen großen braunen Umschlag heraus. »Das trage ich mit mir herum, seit du mir gesagt hast, dass du vielleicht zu Stefan fährst.« Damit hält sie mir das Päckchen hin.

Ich nehme es. Der Umschlag ist zugeklebt. »Was ist das?«

Sonja grinst mich an. »Das sind die Briefe, die wir Stefan geschrieben haben. Und natürlich die Briefe, die er uns geschrieben hat. Weißt du noch, dass wir uns in einem Jahr ganz eifrig geschrieben haben?«

Natürlich erinnere ich mich. Ich muss damals sechzehn gewesen sein. Sonja und ich haben Stefan stets zusammen geschrieben und damit die Zeit bis zum nächsten Urlaub verkürzt.

Ich weiß noch, dass Stefan uns dann zum Abschied im nächsten Sommer alle unsere Briefe wiedergegeben hat mit der knappen Begründung: »Ich würde sie doch nur wegwerfen. Ihr könnt selbst entscheiden, was ihr damit macht.«

Ich wollte die Briefe damals nicht, weil ich davon überzeugt war, dass Stefan mir noch viel schönere Briefe schreiben würde. Welche, die nur an mich allein adressiert sein würden. Leider habe ich keinen einzigen solchen Brief bekommen …

»Nachdem du sie nicht haben wolltest, habe ich sie genommen«, reißt Sonja mich aus meinen Gedanken. »Ich habe sie alle noch einmal gelesen, bevor ich sie für dich verpackt habe. Zum Totlachen!«

Ich will den Umschlag öffnen, aber sie hält mich zurück. »Die darfst du erst lesen, wenn du im Zug Richtung Oy-Mittelberg sitzt. Sozusagen als Einstimmung auf Stefan.«

Das muss ich ihr tatsächlich hoch und heilig versprechen. Wie gut, dass ich in München Markus treffen werde! Das wird mich hoffentlich ein wenig von meiner Neugierde ablenken.

4

Mein Zug fährt pünktlich in München ein. Es ist Freitagnachmittag. Um diese Zeit sind sehr viele Leute am Bahnhof unterwegs, aber ich entdecke Markus dennoch schnell. Er trägt einen dunkelgrauen Anzug, lehnt lässig an einem Fahrkartenautomaten und beobachtet die vorbeieilenden Fahrgäste. Zur Begrüßung bekomme ich eine herzliche Umarmung und einen Kuss auf die Wange, was mir neidische Blicke von einer Frau einbringt, die zusammen mit mir aus dem Zug gestiegen ist.

»Schön, dass du tatsächlich gekommen bist.« Markus strahlt mich an. Ich bekomme weiche Knie. Offenbar habe ich immer noch eine Schwäche für ihn.

Er jedoch bemerkt es nicht. Fröhlich nimmt er meine Reisetasche in die eine Hand, hakt sich mit der anderen bei mir unter und steuert auf den Durchgang zur S-Bahn zu. »Ich wohne in Schwabing. Das sind nur wenige Fahrminuten von hier.«

Auf der Fahrt zu seiner Wohnung erzählt er mir von seinen Plänen für das Wochenende. »Heute bleiben wir bei mir zu Hause. Du hattest eine lange Zugfahrt und mein Tag war auch sehr anstrengend. Ich werde uns was Leckeres kochen. Morgen gehen wir auf Entdeckungsreise durch die Stadt. Abends ist das Altstadtfest. Und am Sonntag können wir in aller Ruhe irgendwo frühstücken. Du fährst ja erst mittags, oder?«

Ich nicke, noch ein wenig benommen von den Aussichten auf das Wochenende.

Und dann sind wir auch schon in Markus' Wohnung. Sie liegt im Dachgeschoss eines alten Schwabinger Stadthauses und ist mit viel Geschmack eingerichtet. Nicht ganz mein Stil, aber doch irgendwie gemütlich.

Markus zeigt mir das Gästezimmer. »Zieh dir ruhig etwas Bequemes an. Heute gehen wir nicht mehr aus und es kommt auch keiner vorbei. Ich selbst will auch endlich aus diesem Anzug raus.« Er zerrt an seiner Krawatte und verschwindet in einem anderen Zimmer. Schnell mache ich mich frisch und ziehe mich um.

Als ich ins Wohnzimmer komme, hat Markus bereits ein paar Kerzen angezündet. Im Hintergrund läuft Musik aus »Carmen«. Die Tür zum Balkon ist weit geöffnet, sodass die warme Sommerluft hereindringt. Auf dem Sofa liegen zwei weiße Perserkatzen und schlafen.

»Sie heißen Siegfried und Roy.« Markus steht in Jeans und T-Shirt in der offenen Küche, die nur durch einen langen Tisch vom Wohnzimmer getrennt ist, und schneidet Zwiebeln. Er winkt mich heran.

»Du könntest schon mal den Wein öffnen und danach den Salat waschen.« Gehorsam öffne ich die Flasche Rotwein und fülle zwei Gläser.

Markus legt sein Zwiebelmesser zur Seite, wischt sich die Hände trocken und erhebt sein Glas. »Auf ein tolles Wochenende!«

Nach dem ersten Glas Wein legt sich meine Befangenheit. Ich genieße es, mit Markus zusammen hier in der Küche zu stehen. Wir plaudern über alles Mögliche, während ich den Salat zubereite und er die Nudelsauce kocht.

Zum Essen gehen wir auf den Balkon. Die Nudeln schmecken vorzüglich. Zufrieden lehne ich mich nach dem Essen mit meinem Espresso zurück. »Himmlisch. Ich hätte für länger herkommen sollen.«

»Du kannst mich gern jederzeit wieder besuchen kommen. Ich bin immer noch solo. Da ist die Wohnung sowieso viel zu groß und ich freue mich über jede Gesellschaft.«

»Soll ich das Katrin Meier sagen?«

»Ich warne dich. Es reicht schon, dass sie mich ständig anruft.«

»Sie ruft dich an? Woher hat sie denn deine Nummer?«

Er seufzt. »Meine Eltern haben sie ihr gegeben. Sie konnten ja nicht wissen, wie nervig sie ist.«

Ich muss grinsen. »Du Armer! Sag ihr doch einfach die Wahrheit.«

»Am Telefon?« Er schüttelt den Kopf. »Das kann ich nicht. Irgendwann wird sie schon merken, dass ihre Mühe vergeblich ist.«

Offenbar ist ihm das Thema peinlich. »Was läuft denn zurzeit bei dir an der Männer-Front?«, fragt er unvermittelt.

Ich seufze. »Nicht viel. Und doch irgendwie vieles durcheinander.«

»Das verstehe ich jetzt nicht.«

Nachdenklich schaue ich in meine Espressotasse. »Im Moment habe ich das Gefühl, dass mir zu viele Männer im Kopf herumspuken.«

Markus runzelt die Stirn. »Willst du darüber reden?«

»Warum nicht?« Es tut gut, seine Gedanken mal einem anderen, halbwegs neutralen Menschen mitteilen zu können. Außerdem darf er ruhig wissen, dass er mir nicht gleichgültig ist.

»Zunächst einmal muss ich ständig über dich nachdenken.«

»Was daran liegen könnte, dass ich dir gerade gegenübersitze.« Markus nimmt es mit Humor.

»Nicht nur. Es liegt einfach daran, dass ich mal unsterblich in dich verliebt war und dass da immer noch Reste dieses Gefühls sind.« Markus will etwas sagen, doch ich rede hastig weiter. »Ich weiß, dass aus uns nie etwas werden kann. Aber du musst mich verstehen: Vor mir sitzt ein wirklich netter und umwerfend gut aussehender Mann, der sich zudem auch noch für mein Leben interessiert. Da kann ich gar nicht anders, als mich ein bisschen zu verlieben.«

»Verstehe ich sehr gut«, bemerkt Markus trocken und wir müssen beide lachen.

»Aber damit kann ich inzwischen umgehen. Ich genieße es sogar. Und ich bin froh, dass du das zulässt.« Ich lächele ihn an und er lächelt zurück.

Ich nehme das als gutes Zeichen und erzähle ihm von der Sache mit den Tagebüchern und den Traumprinzen. Er grinst ein paar Mal amüsiert, hält sich aber mit Bemerkungen zurück.

»Wenn ich recht verstehe, war ich deine erste Hoffnung. Nachdem ich aber aus den bekannten Gründen ausscheide, wer ist nun der nächste Prinz?«, fragt er schließlich.

»Das ist der zweite Mann, an den ich ständig denken muss.« Ich erzähle ihm von Stefan und meiner geplanten Reise ins Allgäu.

»Das ist mutig. Und du weißt gar nichts von ihm?«

Ich schüttele den Kopf. »Nein. Ich weiß nicht einmal, ob er überhaupt noch zu haben ist.«

»Wirklich mutig«, wiederholt Markus. Dann blickt er mich neugierig an. »Und wer ist der dritte Mann?«

»Es gibt keinen Dritten.« Bestimmt werde ich ihm nicht von Victor David erzählen. Der läuft außer Konkurrenz.

»Du hast aber gesagt, dass du über viele Männer nachdenken musst. Zwei sind nicht viele.«

»Zwei Männer können aber viele Probleme bereiten.«

»Silke!« Er grinst mich an.

Ich schüttele den Kopf. »Lass uns das Thema wechseln.«

»Also gut. Jetzt reden wir erst einmal über deine Zeit hier in München. Ich verspreche dir, du wirst gar nicht mehr dazu kommen, dir den Kopf über Männer zu zerbrechen ...«

Er behält recht. In den nächsten beiden Tagen komme ich wirklich nicht mehr dazu, weiter über Männer nachzudenken. Ich genieße einfach Markus' Gesellschaft.

Er ist nicht nur ein begnadeter Koch, sondern auch noch ein

toller Fremdenführer und der ideale Berater beim Shopping. Selbst nach fünf Stunden Einkaufstour durch unzählige Münchner Boutiquen zeigt er keine Ermüdungserscheinungen. Im Gegenteil – er bringt mir unbeirrt neue Kleidungsstücke in die Umkleidekabine, tauscht falsche Größen aus und lässt mir so lange Zeit, bis ich das Richtige gefunden habe.

Das »Richtige« besteht aus einem engen roten Kleid, dazu passenden hochhackigen Sandalen und einem geblümten Seidentuch, das wunderbar zur Farbe des Kleides passt. »Das ziehst du später an!«, bestimmt Markus. »Dann bist du die Königin der Altstadt.«

Ich bin an diesem Abend zwar nicht die Königin der Altstadt, aber ich amüsiere mich trotzdem prächtig. Wir sitzen bis drei Uhr in der Früh bei Bier, Weißwurst und Brezeln zusammen. Ich lerne auch ein paar seiner Freunde kennen.

»Fred, Guido, Karsten und Martin«, stellt Markus sie mir nacheinander vor. »Und bevor du dein hübsches Köpfchen anstrengen musst: schwul, schwul und zweimal hetero.«

Die vier Männer lachen. Ich habe schon reichlich Bier getrunken und lache herzlich mit.

Am nächsten Tag stellt sich allerdings heraus, dass es wohl leider zu viel Bier war. Mein Kopf brummt und ich schleppe mich in die Küche, um die Kopfschmerztablette, die ich glücklicherweise in meiner Tasche finde, mit einem Schluck Wasser hinunterzuspülen. Dort treffe ich auf Markus, der offensichtlich die gleichen Probleme hat.

»Ich koche uns jetzt erst einmal einen starken Kaffee«, sagt er, nachdem wir unsere Tabletten geschluckt haben.

»Ich helfe dir. Gemeinsam sind wir stark.«

Er lächelt gequält. Als der Kaffee fertig ist, steht Markus auf. »Ich glaube, ich muss noch ein bisschen liegen. Komm doch mit. Dann fühle ich mich zwar auch nicht besser, aber wenigstens nicht so allein.«

Wir nehmen unsere Tassen und machen es uns auf Markus'

Bett bequem. Siegfried und Roy, die wohl nachts neben ihm schlafen dürfen, rücken unwillig ein Stück zur Seite.

Eigentlich habe ich diese beiden Katzen während meines ganzen bisherigen Besuches noch nie wach erlebt. Markus versichert mir aber, dass sie sich zumindest erheben, um zu fressen oder aufs Katzenklo zu gehen.

Nach einiger Zeit wirken die Tabletten und der Kaffee. Wir können sogar wieder miteinander plaudern. Da klingelt das Telefon. Markus stöhnt, steht auf und begibt sich leise fluchend auf die Suche nach dem Telefon, das er schließlich in der Küche findet.

»Steiger«, meldet er sich und nach einer Pause sagt er: »Hallo, Katrin. Nein, du hast mich nicht geweckt.« Er kommt wieder ins Schlafzimmer und setzt sich neben mich aufs Bett.

Ich kann nicht verstehen, was Katrin sagt. Aber offensichtlich hat sie eine Menge zu sagen.

Markus verdreht die Augen. »Das ist ja interessant. Und wo findet dieser Ärztekongress statt?«

Katrin redet weiter. Ich höre nur ein leises Schnattern.

»In München?« Jetzt sieht Markus richtig erschrocken aus. »Ob ich Zeit für ein Treffen habe? Ich weiß nicht ...«

Hilfesuchend blickt er mich an. Dann beginnen seine Augen, durchtrieben zu funkeln. »Ich muss mal Silke fragen.«

Wieder schnattert Katrin ins Telefon.

Markus' Grinsen ist inzwischen nicht mehr zu übersehen. »Ja, Silke Kuhfuß. Beziehungsweise Sommer. Ja, genau die. Ich werde sie fragen. Warte mal ...« Er hält den Hörer nur ein Stück von sich und redet gerade so laut, dass Katrin es hören muss. »Silke, mein Schatz! Meinst du, wir haben am Dienstag in zwei Wochen Zeit für Katrin?«

Aus dem Telefon ist aufgeregtes Rufen zu hören. Markus nimmt den Hörer wieder ans Ohr und beantwortet Katrins Fragen. »Wo ich bin? Im Bett. Silke? Die liegt neben mir. Wir hatten eine anstrengende Nacht und wollten es uns gerade ein bisschen gemütlich machen. Seit wann? Tja, eigentlich schläft sie seit zwei Tagen bei mir.«

Ich ziehe mir die Bettdecke über den Kopf, weil ich so sehr lachen muss. Siegfried starrt mich erstaunt an, als ich zu ihm unter die Decke krieche. Leider verpasse ich dadurch das Ende des Telefonates.

Als ich wieder hervorkomme, sieht Markus sehr zufrieden aus. »Ich glaube, das war's. Danke! Dafür hole ich uns jetzt noch einen Kaffee. Außerdem kriege ich langsam Hunger. Ich habe ein paar Schokoladen-Croissants im Schrank. Magst du auch eins?«

Ein Schokocroissant wäre jetzt nicht schlecht. »Aber die krümeln doch so.«

»Macht nichts. Die Katzen fressen die Reste ganz gern. Und ich muss das Bett nachher sowieso neu beziehen.«

Damit ist er auch schon in der Küche verschwunden und kommt wenig später mit einem Tablett zurück.

Den übrigen Tag bis zu meiner Abreise verbringen wir mit einem langen Spaziergang durch Schwabing. Und dann ist es leider schon Zeit, zum Bahnhof zu fahren.

Markus umarmt mich zum Abschied. »Viel Glück bei deinem nächsten Abenteuer!«, wünscht er mir. »Und vergiss nicht, dass du mich jederzeit anrufen kannst, wenn du mal Beratung in Sachen Männer brauchst.«

»Und was tue ich, wenn du dann gerade mit einer anderen im Bett liegst und Croissants isst?«

»Baby, du bist die Einzige ...« Er zwinkert mir zu.

Ich winke ihm nach, als der Zug langsam anfährt. Dann suche ich mir einen schönen Platz am Fenster und hole mir aus dem Bord-Bistro einen Kaffee. Mir fällt das Päckchen wieder ein, das Sonja mir gegeben hat. Jetzt darf ich es öffnen.

Die Briefe stammen größtenteils aus dem Jahr, in dem wir zum letzten Mal bei Hintereggers Urlaub gemacht haben. Sie wurden geschrieben, bevor das mit dem Kuss passierte. Ich war damals sechzehn, Sonja also erst vierzehn.

Der erste Brief ist von Stefan. Er muss ihn gleich nach unserer Abfahrt aus Oy-Mittelberg verfasst haben.

19. 08. 1983

Hallo, ihr beiden,
seid ihr wieder gut nach Hause gekommen?

Hier ist seit eurer Abfahrt nicht viel passiert. Im Moment sind Gäste aus Holland da, die zwei kleine Kinder haben und morgens stundenlang frühstücken. Die Kinder heißen Willem und Annemieke und sind vier und sechs Jahre alt. Besonders Willem ist eine ziemliche Nervensäge und hat schon mehrmals die Hühner fast zu Tode gejagt. Da kriegt man richtig Sehnsucht nach euch beiden! Verglichen mit den kleinen holländischen Monstern seid ihr ja richtig brav und ruhig.

Bei uns geht bald die Schule wieder los. Ich komme dann in die elfte Klasse. Viele meiner Mitschüler sind nach der Zehnten abgegangen, aber ich will das Abitur zumindest mal versuchen.

Mein Bruder macht im nächsten Jahr sein Abitur und wird danach ziemlich sicher Mathematik studieren. Meine Eltern sind etwas enttäuscht, dass er den Hof nicht übernehmen will. Jetzt ruhen alle Hoffnungen auf mir. Aber wer weiß, vielleicht mache ich auch etwas ganz anderes. Fliegen wäre toll. Oder Ausgrabungen im alten Ägypten.

Habt ihr zufällig das neueste Lied von Victor David gehört? Das ist einfach spitze. Es heißt »Love is the best weapon«. Victor David stellt sich damit voll hinter die Friedensbewegung. Eigentlich mag ich ihn gar nicht so, weil er was von einem Teenie-Schwarm hat. Aber dieser Song hat echt Tiefgang und überzeugt mich total.

Ihr könnt mir ja mal schreiben, wie euch das Lied gefällt. Ich finde, es hat das Zeug, zur nächsten Hymne auf den Friedensmärschen zu werden.

Bis dann,
Stefan

28. 08. 1983

Lieber Stefan,

natürlich kennen wir das neue Lied von Victor David und wir finden es genauso toll wie du. Allein schon der Anfang (»I love all other people, and I hope they all love me«) ist doch echt der Knaller, oder? Der Text bringt seine Friedens-Message super rüber. Wir haben ja schon immer gewusst, dass es dieser Junge mal zu was bringt. Auch schon zu den Zeiten, als er nur Schmuselieder gesungen hat.

Wir beide wissen auch noch nicht so genau, was wir werden sollen. Silke schwärmt davon, mal ein großes Hotel zu leiten. Irgendwo auf den Malediven oder so. Und Sonja möchte am liebsten Kosmetikerin werden. Mal sehen, wo wir letztendlich landen ...

Wir haben dir mal Bilder von uns selbst und unserem Zuhause beigelegt. Das rechte Haus auf dem einen Bild gehört der Familie Kuhfuß und in dem Haus links wohnen Hausmanns. Der kleine Hund, der da im Vordergrund sitzt, heißt Chico und ist der Pudel von Sonjas Eltern. Du kennst ihn nicht, weil Hausmanns ihn immer bei Verwandten lassen, wenn wir in den Urlaub fahren.

Wir bearbeiten übrigens gerade unsere Eltern, dass wir im nächsten Jahr wieder zu euch können. Irgendwie träumen sie wohl davon, mal nach Spanien zu fliegen. Wir tun, was wir können, um das zu verhindern!

Bis bald, viele Grüße von deinen beiden Traumfrauen
Silke und Sonja

19. 10. 1983

Hallo, Silke und Sonja,

das mit den Traumfrauen ist ja wohl leicht übertrieben. Wenn ich schon mal von euch träume, dann wache ich immer schreiend wieder auf.

Entschuldigt bitte, dass ich mich erst jetzt bei euch melde. Wir hatten hier auf dem Hof einiges zu tun. Bis zum Viehscheid (für Preußen: der Tag, an dem das Jungvieh von den Almwiesen zurückkommt) haben wir die Ställe repariert und neu gestrichen. Und nach dem Vieh-

scheid waren wir erst einmal damit beschäftigt, unsere Rinder zu untersuchen und auszusortieren.

Inzwischen ist eure Buchung für den nächsten Sommer hier angekommen. Euer profimäßiges Nörgeln bei euren Eltern hatte also Erfolg. Gut gemacht!

Wart ihr zufällig die letzte Zeit mal im Kino? Wir leben hier im Allgäu ja etwas hinter dem Mond, aber ab und zu erreicht uns dann doch mal ein guter Film. Letzte Woche lief »The Day After« bei uns im Gemeindezentrum. Mann, der hat mich ganz schön umgehauen. Jetzt bin ich total deprimiert.

Zu meiner Stimmung passt wunderbar der neue Song von Victor David: »Is there hope for this world?« Der läuft bei mir gerade rauf und runter, mein Bruder ist schon total angenervt.

Peter hat übrigens eine neue Freundin. Dieses Mal sogar eine von hier. Sie heißt Gittie, hat lange braune Haare mit schrecklich missglückter Dauerwelle und sie schielt ganz leicht. Aber zumindest weiß sie, was sie will, und Peter steht total unter ihrem Pantoffel.

Falls die Welt noch steht, wenn ihr diesen Brief bekommt, grüße ich euch herzlich.

Euer tieftrauriger Stefan

01. 12. 1983

Lieber Stefan,

das klingt ja regelrecht dramatisch! Wir waren so geschockt, dass wir erst einmal ein paar Wochen brauchten, um deinen Brief zu verarbeiten. Wir hoffen, du hast dein Stimmungstief inzwischen überwunden ... Die Welt steht ja Gott sei Dank noch!

Schneit es bei euch schon? Hier ist es zurzeit richtig nasskalt. Schnee haben wir natürlich keinen. Seit gestern hat der Weihnachtsmarkt geöffnet. Wir waren mit unseren Familien zur Eröffnung dort. Es gab warmen Apfelsaft, Bratwurst mit Pommes und anschließend gebrannte Mandeln.

Nur Nicole war nicht dabei. Sie hat seit einem Monat einen Freund. Er heißt Jens und geht in ihre Klasse. Er ist ziemlich groß, ein biss-

chen dicklich und furchtbar langweilig. Aber wenigstens ist Nicole jetzt nur noch mit ihm beschäftigt und hat gar keine Zeit mehr, sich in unsere Angelegenheiten einzumischen. Wenn sie mal zu Hause ist, dann läuft sie mit einem dümmlichen Grinsen herum und ist erstaunlich friedlich.

Falls wir uns bis dahin nicht mehr schreiben, wünschen wir dir und deiner Familie jetzt schon mal frohe Weihnachten und einen guten Rutsch!

Viele Grüße
Silke und Sonja

30. 01. 1984

Hallo, ihr zwei,

ihr werdet es kaum glauben, aber ich komme so allmählich aus meinem Tief wieder heraus.

Und das Beste ist: Ich habe mich selbst motiviert. Wenn alle nur jammern und keiner was tut, dann ändert sich die Welt auch nicht. Und diese ganzen Demonstrationen und Friedensmärsche beweisen ja, dass die Menschheit so langsam aufwacht. Deshalb werde ich jetzt hier im Ort eine Friedensinitiative gründen. Wollt ihr Mitglied werden?

Weihnachten und Silvester haben wir ja nun Gott sei Dank gut überstanden. Ich mag solche Familienfeste überhaupt nicht. Wir feiern immer zusammen mit meinen Großeltern und zu Mitternacht muss die ganze Familie in die Christmette. Da steht man dann eine Stunde lang vollgefressen, müde und zu Tode gelangweilt in einer kalten Kirche herum und singt Weihnachtslieder. Schrecklich!

Peter macht übrigens immer noch mit dieser Gittie rum. Zu Weihnachten hat er von ihr ein total kitschiges Bild geschenkt bekommen. Gittie malt nämlich in ihrer Freizeit. Aber keine eigenen Motive – sie malt lieber Zeichnungen von Sarah Kay oder ähnlich geschmacklosen Typen ab. Peter hat jetzt ein Bild auf dem Nachttisch stehen von einem kleinen Marienkäfer, der auf einer Rose sitzt und mit seinem Hut winkt. Sieht einfach total besch… aus! Er tut aber so, als ob es ein tolles Kunstwerk wäre.

Habt ihr gelesen, dass Victor David bei seiner Welttournee auch nach Deutschland kommt? Leider ist Hamburg ein bisschen weit weg für mich, sonst hätte ich mir glatt überlegt, auf das Konzert zu gehen.

So, jetzt muss ich für heute Schluss machen. Es ist schon fast elf und ich muss morgen früh raus. Wir schreiben eine Lateinarbeit. Drückt mir mal die Daumen.

Bis dann,
Stefan

30. 04. 1984

Hallo, Stefan,

wir sind ja echt froh, dass es dir wieder gut geht.

Dieses Mal hat es ziemlich lange gedauert, bis wir dir antworten konnten. Das lag daran, dass Sonja im Februar auf Klassenfahrt in Berlin war. Im März waren wir beide ziemlich mit der Schule beschäftigt. Und jetzt, im April, sind Osterferien und wir waren beide mit unseren Familien unterwegs.

Sonja war mit ihren Leuten für eine Woche an der Nordsee.

Aber jetzt kommt der Hammer: Silke war mit ihren Eltern in Hamburg bei Verwandten. Und weißt du, was da passiert ist? Sie hat tatsächlich bei einem Radioquiz eine Karte für das Konzert von Victor David gewonnen. Aber nicht nur irgendeine Karte, sondern gleich für den VIP-Bereich mit Zugang zur Backstage. Und sie durfte dort sogar Victor David die Hand schütteln! Ein großes Foto von diesem Augenblick hängt jetzt bei ihr im Zimmer an der Wand.

Rechtzeitig zu Ostern waren wir alle wieder zu Hause. Wir frühstücken an Ostersonntagen abwechselnd bei Hausmanns und Kuhfuß. Danach kommt das traditionelle Eiersuchen im Garten. Eigentlich ist Tim inzwischen der Einzige, der da begeistert mitmacht. In diesem Jahr allerdings war auch Nicole wieder voll bei der Sache. Das lag daran, dass ihr Freund Jens (ja, sie hat ihn immer noch!) zum Frühstück kommen durfte. Die beiden sind beim Eiersuchen total albern geworden und haben sich gegenseitig mit Schokoladenhasen gefüttert. Das war echt ekelig!

Ansonsten gibt es hier nicht viel Neues zu berichten. Uns allen geht es gut. Nicht mehr ganz drei Monate und wir sind wieder bei euch im Allgäu. Darauf freuen wir uns natürlich jetzt schon.

Bis zum nächsten Brief,

Sonja und Silke

5

Hier reißt der Briefkontakt ab. Was dann noch kam, war der Urlaub in jenem Jahr. Und der Kuss zum Abschied.

Eigentlich war Stefan zu dieser Zeit so etwas wie mein soziales Gewissen. Er hat sich sehr für Sachen engagiert, die ihm am Herzen lagen. Ich selbst war da – wenn überhaupt – immer nur mit halber Kraft dabei. Gedanken über den Weltfrieden oder die Atomkraft habe ich mir nicht wirklich gemacht. Wenn ich ehrlich bin, tue ich das auch heute noch nicht.

Und ganz bestimmt werde ich jetzt nicht damit anfangen! Hinter mir liegt ein tolles Wochenende in München. Die kommenden paar Tage im Allgäu sollen genauso schön werden.

Ich packe die Briefe wieder ein und schaue eine Weile lang aus dem Fenster. Langsam kommen die Alpen in Sicht. Das Wetter ist sonnig und klar. Ein idealer Tag für eine Reise ins Allgäu.

Zweimal muss ich noch umsteigen, zuerst in Buchloe von einem Schnellzug in einen Regionalexpress. Mit viel Glück erwische ich noch einen Sitzplatz. In Kempten muss ich erneut den Zug wechseln. Der kleine Schienenbus hält in jedem Dorf. Ich habe das Fenster weit geöffnet und atme zufrieden die frische Luft ein. Es riecht nach Heu und Kuhmist.

So langsam kommt mir alles wieder bekannt vor. Und dann sind wir auch schon in Oy-Mittelberg. Ich nehme meine Tasche und steige aus. Am Bahnhof hat sich nicht viel verändert. Ich blicke mich suchend um. Am Ende des Bahnsteigs steht eine Frau und schaut den ausgestiegenen Fahrgästen erwartungsvoll entgegen. Ich erkenne sie beinahe auf den ersten Blick – es ist Stefans Mutter. »Frau Hinteregger!«, rufe ich erleichtert.

Sie schaut mich irritiert an. »Frau Sommer? Kennen wir uns schon?«

Ich schüttele rasch den Kopf. »Nein. Natürlich nicht. Aber es stimmt. Ich bin Si... Maria Sommer.« Verdammt, jetzt hätte ich mich beinahe verraten!

Sie bemerkt es jedoch nicht, sondern mustert mich nur interessiert. Auch ich schaue sie neugierig an. Sie hat sich kaum verändert. Aber das darf ich ihr nicht sagen. Ich bin ja inkognito hier. Das wird schwieriger, als ich es mir vorgestellt habe!

Sie reicht mir die Hand. »Grüß Gott und willkommen in Oy-Mittelberg!«

»Ja, grüß Gott.« Am besten, ich rede so wenig wie möglich. Dann kann ich wenigstens nichts Falsches sagen.

Frau Hinteregger führt mich zu ihrem Auto. Wir verstauen meine Reisetasche im Kofferraum und fahren los. Stefans Mutter redet unentwegt. Sie zeigt mir die Post, den Bäcker und den Metzger. Dann erzählt sie mir, wie das Wetter in den nächsten Tagen wird. Und sie erwähnt, dass ihr Mann zurzeit in Kur ist und ich ihn deshalb nicht kennenlernen werde. Ich nicke ab und zu und schweige im Übrigen. Offensichtlich macht ihr das aber nichts aus. Schließlich erreichen wir den Bauernhof.

Im ersten Moment bin ich überwältigt. Es ist unbeschreiblich schön, wieder hier zu sein. Von außen hat sich fast nichts verändert. Die Büsche und Bäume sind größer geworden, es sind neue Bänke vor dem Haus dazugekommen und auf dem Dach die unvermeidliche Satellitenschüssel, aber das ist auch alles.

Frau Hinteregger öffnet mir die Autotür. »Willkommen auf unserem Hof. Ich hoffe, Sie werden hier schöne Tage verbringen.«

»Da bin ich mir ganz sicher.« Ich steige aus, nehme meine Tasche und folge ihr zum Haus.

In der Eingangstür bleibt sie stehen. »Ich habe einen Kuchen im Ofen und gehe rasch mal in die Küche, um zu schauen, wie weit er ist. Sie können so lang gern im Aufenthaltsraum warten. Dort steht den ganzen Tag frischer Kaffee für unsere Gäste bereit.« Sie verschwindet in die Küche.

Ich nicke und gehe den langen Gang entlang. Ich erinnere mich gut: Der Aufenthaltsraum ist ganz hinten links. Gerade in dem Moment, als ich die Tür öffnen will, ruft Frau Hinteregger aus der Küche: »Der Aufenthaltsraum ist übrigens den Gang runter ganz hinten links.« Hastig lasse ich die Türklinke los und trete einen Schritt zurück. Gerade noch rechtzeitig, denn schon kommt sie aus der Küche.

Wir betreten den Raum gemeinsam. Hier hat sich doch einiges verändert. Die schweren alten Eichenmöbel wurden gegen neue helle Kiefermöbel ausgetauscht. Die Gardinen leuchten zitronengelb. Außerdem entdecke ich viele Zeichnungen an den Wänden. Die meisten stellen niedliche kleine Hunde, Katzen oder Hasen dar, gelegentlich ist auch ein Kind zu sehen.

»Meine Schwiegertochter hat alle diese Bilder selbst gemalt.«

Natürlich, jetzt weiß ich, woher mir die Bilder bekannt vorkommen. Wie hat Stefan damals geschrieben? »Gittie malt Zeichnungen von Sarah Kay oder ähnlich geschmacklosen Typen ab.« Ich muss mich erst einmal setzen, so überrascht bin ich. Peter hat Gittie also tatsächlich geheiratet?

Frau Hinteregger holt zwei Tassen Kaffee und setzt sich zu mir. Dann erklärt sie mir, wann es Frühstück gibt und was ich sonst noch wissen muss. Ich höre zu und trinke währenddessen meinen Kaffee. Auf einmal öffnet sich die Tür und ein kleines blondes Mädchen kommt herein.

»Oma, meine Hose ist kaputt.«

Vor lauter Schreck verschlucke ich mich und huste los. Es gibt also Kinder im Haus. Die spannende Frage ist nur, von wem.

Frau Hinteregger deutet mein Husten falsch. Sie schaut mich mitleidig an. »Wie geht es denn Ihrer kleinen kranken Nichte? Schade, dass sie nicht mitkommen konnte. Elisabeth hätte sich sicher über eine Spielkameradin gefreut. Sie ist die

Jüngste hier, ihre Geschwister sind alle schon etwas älter und spielen nicht mehr mit ihr.«

Elisabeth hat also noch Geschwister. Interessant!

»Wie alt sind denn Ihre anderen Enkel?«

»Dominik ist elf, Johannes zehn, Bianca acht und Elisabeth ist erst vier.« Wie zur Bestätigung nickt die Kleine jetzt, dass ihre blonden Haare wippen. Eigentlich sieht sie ganz niedlich aus. Ist das Stefans Tochter?

Ich muss schlucken. Dann hätte er vier Kinder.

»Oma, kannst du mir die Hose wieder nähen? Die Mama hat gerade keine Zeit. Sie malt.«

Sie malt? Vielleicht ist das dann doch eher Gitties Tochter? Falls die Schwiegertochter überhaupt Gittie heißt. Aber eigentlich lassen die Bilder keinen Zweifel daran. So etwas Scheußliches kommt hoffentlich nicht mehr als einmal in einer Familie vor.

»Ihre Schwiegertochter hat Talent.« Das ist mehr als gelogen, aber darauf kann ich jetzt keine Rücksicht nehmen. Ich muss mehr erfahren.

Frau Hinteregger lächelt stolz. »Gittie malt schon seit ihrer Jugend.«

Tatsächlich Gittie. Ich seufze erleichtert auf. Das bedeutet, dass die vier Kinder zu Peter und Gittie gehören. Aber warum leben sie dann hier? Oder sind sie nur zu Besuch? Und wieso antwortet Stefan auf die Anfragen für die Gästezimmer?

Ich schüttele verwirrt den Kopf.

Wieder deutet Frau Hinteregger meine Geste falsch. »Unglaublich, nicht? Wie sie neben den Kindern und der Arbeit auf dem Hof immer noch Zeit für ihre Kunst findet.«

»Sie meinen, Ihre Schwiegertochter lebt hier auf dem Hof?« Schon als ich den Satz beende, merke ich, wie blöd die Frage klingt.

Entsprechend knapp fällt die Antwort von Frau Hinteregger aus. »Ja, wo denn sonst?« Sie runzelt die Stirn.

Jetzt muss mir schnell was Intelligentes einfallen. »Ich …

ich dachte, bei diesem Talent wurde sie vielleicht von einer Trickfilm-Produktion engagiert und lebt jetzt in München oder London.« Hoffentlich ist das nicht etwas zu dick aufgetragen.

Aber die Wirtin schluckt es und lächelt geschmeichelt. »Nein, Gittie wohnt seit ihrer Hochzeit hier. Sie und mein Sohn haben den Hof vor zwölf Jahren übernommen. Mein Mann und ich werden langsam zu alt.«

Wenn Gittie und Peter den Hof übernommen haben, wo ist dann Stefan?

»Haben Sie noch mehr Kinder und Enkel?« Im Stillen gratuliere ich mir selbst zu dieser Frage. Gleichzeitig halte ich den Atem an. Jetzt werde ich die Wahrheit erfahren.

»Ja, wir haben noch einen Sohn. Aber der ist nicht verheiratet. Er ist Pilot bei Austria Airways und lebt in Wien.«

Stefan ist also tatsächlich Pilot geworden, wie er es mal in einem seiner Briefe angedeutet hat. Und er ist nicht verheiratet. Meine Reise war nicht umsonst. Andererseits – was soll ich eigentlich hier, wenn Stefan in Wien lebt? Und wie kann er von Wien aus die Buchungen für die Gästezimmer bearbeiten? Warum hat Peter den Hof, wo er doch unbedingt Mathematik studieren wollte?

Die ganze Geschichte verwirrt mich zusehends. Ich muss dringend mit Sonja telefonieren. Rasch trinke ich meinen Kaffee aus und sage Frau Hinteregger, dass ich jetzt gern in mein Zimmer gehen möchte. Sie führt mich die Treppe hinauf in den ersten Stock. Die kleine Elisabeth hüpft fröhlich hinter uns her.

Früher haben Hausmanns hier gewohnt. Onkel Fred und Tante Hilde in dem einen Zimmer, Tim und Sonja in dem anderen. Meine Eltern, Nicole und ich waren im Dachgeschoss untergebracht. Die gemeinsame Toilette und die Dusche befanden sich ebenfalls unter dem Dach.

Frau Hinteregger bleibt vor dem Zimmer stehen, das früher Tim und Sonja gehörte. Sie öffnet die Tür und lässt mir den Vortritt. Das Zimmer ist ein wenig kleiner geworden, aber dafür hat es jetzt offensichtlich ein eigenes Bad. Auch hier sind die Möbel aus Kiefer und mit Schnitzereien verziert. Die Vorhänge strahlen ebenso gelb von den Wänden wie im Aufenthaltsraum.

»Das ist aber schön geworden.« Vor lauter Begeisterung merke ich gar nicht, was ich sage. Die Aussicht vom Balkon auf die Berglandschaft ist überwältigend.

Jetzt wird Frau Hinteregger misstrauisch. »Waren Sie nicht doch schon einmal hier?«

»Nein. Aber ich habe eine Freundin, die schon mal hier war. Und die hat mir Bilder von den Zimmern gezeigt. Da sah alles noch ganz anders aus«, rede ich mich hastig heraus.

»Wie heißt denn Ihre Freundin?«, fragt Frau Hinteregger neugierig.

O Gott, welchen Namen soll ich jetzt nennen? Ich kann ja schlecht meinen eigenen oder den von Sonja nehmen. Gott sei Dank kommt mir ein Geistesblitz.

»Sie heißt Annemieke und kommt aus Holland.«

»Wir hatten mehrere Annemiekes hier. Wie ist denn der Nachname?«

Wie heißen Holländer mit Nachnamen? Der einzige Holländer, der mir spontan einfällt, ist Rudi Carell. »Annemieke Carell. Wie der Showmaster.« Wird sie mir glauben? Nach kurzem Zögern setze ich zur Sicherheit hinzu: »Das ist aber nicht ihr Mädchenname. Ich habe sie erst kennengelernt, als sie schon verheiratet war. Den Mädchennamen weiß ich leider nicht.«

Frau Hinteregger reicht das offensichtlich als Begründung. Sie nimmt Elisabeth an die Hand und nickt mir freundlich zu. »Jetzt packen Sie erst einmal aus und erholen sich von der Fahrt. Später können Sie gern zu mir in die Küche kommen. Wir beide holen jetzt den Kuchen aus dem Ofen.« Der letzte Satz ist an Elisabeth gerichtet. Fröhlich verlassen die beiden mein Zimmer.

Ich atme auf. Jetzt brauche ich erst einmal eine Dusche. Und dann muss ich dringend Sonja anrufen.

Glücklicherweise hat mein Handy auch hier in den Bergen Empfang. Sonja meldet sich nach dem dritten Klingeln. Ihr »Ja, bitte?« klingt eher nach »Wer zum Teufel stört mich da?« Im Hintergrund höre ich das Schreien eines Kindes. Das muss Niklas sein.

»Ich bin es, Silke.«

»Silke!« Das klingt schon weitaus freundlicher. »Warte mal.« Sie redet sanft auf Niklas ein. Das Schreien verstummt und gleich darauf ist Sonja wieder am Telefon.

»Entschuldige. Niklas ist gerade hingefallen und hat sich das Knie aufgeschlagen. Ich musste ihn erst einmal beruhigen.«

»Der Arme. Wieso ist er jetzt so still?«

»Ich habe ihn zu meiner Mutter in den Garten geschickt.«

»Hast du einen Moment Zeit?«

»Klar. Ich bin doch schon ganz gespannt auf deinen Bericht. Wie war es bei Markus? Hast du ihn verführen können?«

»Sonja!«

»Also nicht. Na ja, wäre ja auch wirklich ein Wunder gewesen.«

»Wir hatten aber eine ganz tolle Zeit miteinander.«

»Ich hoffe doch, du bist nicht auf die Idee gekommen, ihn ins Allgäu mitzunehmen?« Sonjas Stimme klingt alarmiert.

»Nein, natürlich nicht«, beruhige ich sie.

»Bist du schon bei Hintereggers?«

»Ja.«

»Und …?«

Ich erzähle kurz, was ich bis jetzt herausgefunden habe. Sonja ist beeindruckt.

»Dann hat Peter also tatsächlich diese Gittie geheiratet? Die müssen dann ja schon seit fast zwanzig Jahren zusammen sein. Sehr ungewöhnlich.«

»Nicole und Jens sind doch genauso lange ein Paar«, gebe ich zu bedenken.

Sonja lacht bitter. »Du meinst wohl eher, Nicole hat Jens vor zwanzig Jahren eingefangen und ihn bis jetzt noch nicht wieder von der Leine gelassen.«

»Hat sie dich irgendwie geärgert?«

»Das kann man wohl sagen. Seit sie in den Mutterschutz gegangen ist, sitzt sie jeden Tag bei deinen Eltern im Garten, beobachtet Niklas und gibt mir wertvolle Ratschläge für seine Erziehung.«

Das kann ich mir lebhaft vorstellen. Arme Sonja! »Ich lade dich nächste Woche mal zum Kaffee ein.«

»Du kannst ja nichts dazu, dass du eine ekelige Schwester hast.«

Zurück zum Thema. »Und was sagst du zu Stefan?«, frage ich eifrig.

»Hört sich gut an. Pilot, und dann auch noch zu haben. Nur schade, dass er in Wien lebt.«

»Ja. Allerdings verstehe ich immer noch nicht, wieso ausgerechnet er meine Mails an Hintereggers beantwortet hat.«

»Das liegt daran, dass Piloten massenhaft freie Tage haben. Vermutlich ist es ihm langweilig und er erledigt die elektronische Korrespondenz seiner Eltern von Wien aus. Das ist technisch ohne große Probleme möglich.«

»Woher willst du das wissen?«

»Das mit der Technik? Das ist doch allgemein bekannt.«

»Nein, ich meine, woher willst du wissen, dass Piloten sich in ihrer Freizeit langweilen?«

»Das hat mir Mandy erzählt. Wenn man viel Zeit hat und sie ausreden lässt, dann bringt sie wirklich sinnvolle Sätze zusammen.«

»Mandy?« Ich bin etwas verwirrt.

»Die dürre Blondine, die seit ein paar Wochen bei meinem Bruder ein und aus geht.«

»Die ist also immer noch aktuell?«

Sonja schnauft hörbar ins Telefon. »Allerdings. Sie kommt inzwischen auch vorbei, wenn Tim arbeitet. Dann sitzt sie mit

Nicole im Garten und hört ihr andächtig zu. Die beiden scheinen regelrecht zueinander gefunden zu haben. Das geht sogar so weit, dass Mandy Nicole Getränke aus der Küche holt, wenn Nicole danach verlangt.«

»Tim arbeitet wieder? Das wusste ich gar nicht.«

»Ja. Er ist in der Praxis eines Freundes eingesprungen, weil dort ein Arzt für längere Zeit ausfallen wird. Und er hat sich endlich den Bart abnehmen lassen.«

»Wieso?«

»Ich glaube, Mandy hat es von ihm verlangt.« Sonja kichert.

»Und da pariert er so einfach? Ich kann nicht verstehen, dass sich ein halbwegs intelligenter Mann, immerhin ein Doktor der Tiermedizin, mit so einem Mädchen zufriedengibt.«

»Du darfst nicht vergessen, dass er in den letzten drei Jahren ausschließlich mit amerikanischen Frauen und Seekühen zusammen war. Im Vergleich zu denen kann man Mandy fast schon intelligent nennen.«

Schon wieder sind wir vom Thema abgekommen. »Um mal auf mein Problem zurückzukommen: Was soll ich denn jetzt machen? Eigentlich könnte ich meinen Urlaub hier doch gleich abbrechen, wenn ich Stefan nicht mal sehen werde.«

»Bist du verrückt? Erstens hast du schon bezahlt, also genieße die freien Tage gefälligst auch! Sie werden dann ja wohl wesentlich ruhiger verlaufen, als du dachtest. Und zweitens kannst du die Zeit doch trotzdem dazu nutzen, etwas mehr über Stefan in Erfahrung zu bringen.«

»Wie denn?«

»Sei kreativ! Erzähle einfach, du möchtest auch fliegen. Vielleicht geben sie dir dann Stefans Adresse.«

»Sonja! Sehe ich aus wie eine werdende Flugbegleiterin?«

Sie zögert einen Augenblick lang. »Nein«, gibt sie dann ehrlich zu. »Aber vielleicht wie eine Pilotin?«

»Ich bin sechsunddreißig Jahre alt und stark kurzsichtig. Welche Fluggesellschaft dieser Welt würde mir einen Job geben?«

Sie überlegt kurz. »Du bist viel zu negativ eingestellt. Erfinde eine zweite Nichte, die unbedingt fliegen will«, schlägt sie vor.

»Ich habe mich ja nicht mal weiter um meine erste erfundene Nichte gekümmert. Wie soll ich da noch eine zweite unterbringen? Ich bin eine schlechte Tante.«

»Lass das bloß nicht Nicole hören!« Sonjas Stimme klingt bitter. Sie scheint sich wirklich über meine Schwester zu ärgern. Ich muss seufzen. In dieser Stimmung ist Sonja keine große Hilfe. Ich versuche noch eine Weile lang erfolglos, sie aufzuheitern, dann beenden wir das Gespräch.

Die nächste halbe Stunde verbringe ich damit, meine Tasche auszupacken und mich frisch zu machen. Dann beschließe ich, Frau Hintereggers Angebot anzunehmen und sie in der Küche zu besuchen. Ich habe ihre Kuchen in guter Erinnerung. Vielleicht bekomme ich ja ein kleines Stück Kuchen ab.

Doch in der Küche treffe ich nicht auf Frau Hinteregger, sondern auf eine jüngere Frau. Sie steht mit dem Rücken zu mir am Ofen. Ihre langen braunen Haare sind zu einem Zopf geflochten, der ihr fast bis zur Taille reicht. Oder zumindest dahin, wo mal ihre Taille gewesen sein muss. Jetzt ist es eher ein fließender Übergang vom Ober- zum Unterkörper.

Auf mein schüchternes Klopfen hin dreht sie sich um und ich kann die Frau, von der ich annehme, dass es Gittie ist, genauer betrachten.

Sie trägt eine blaue Stoffhose mit Gummibund und darüber eine weite Bluse mit einem schrecklich geschmacklosen Muster. Wo werden solche Scheußlichkeiten heute noch hergestellt? Ihr piepsiges »Grüß Gott«, das so gar nicht zu ihrer Körperfülle passt, reißt mich aus meiner Erstarrung.

»Guten Tag. Ich bin Si... Si... Sie wissen sicher schon, dass ich Maria Sommer bin?« Allein der Anblick dieser Frau hat mich gänzlich aus der Fassung gebracht.

Sie sagt irgendetwas mit ihrer hohen, zarten Stimme. Leider verstehe ich kein Wort, denn ihr Dialekt ist einfach fürchterlich. Ich versuche es noch einmal. »Maria Sommer«, sage ich und strecke ihr die Hand entgegen. Das funktioniert. »Brigitte Hinteregger«, kommt es zurück und sie lächelt mich freundlich an. Ihr Gesicht ist rund und ein wenig teigig. Die Augen stehen weit auseinander und strahlen in einem kalten und blassen Grau. Sie schielt – nicht stark, aber es genügt, um mich weiter zu verunsichern.

»Kaffee und Kuchen?« Offensichtlich bemüht sie sich jetzt, hochdeutsch zu sprechen.

Ich nicke. »Ja, danke.« Sie deutet zum Küchentisch und ich nehme Platz. Dann bringt Gittie Kaffee und Kuchen für uns beide und setzt sich zu mir.

Ich räuspere mich. »Eigentlich dachte ich, dass Ihre Schwiegermutter hier in der Küche ist.«

Gittie schiebt sich ein großes Stück Kuchen in den Mund und blickt sich suchend um. Dann schüttelt sie den Kopf. »Sie ist aber nicht hier«, sagt sie, als sie mit dem Kauen fertig ist.

»Das sehe ich.« Will sie mich auf den Arm nehmen?

»Soll ich sie suchen gehen?«, fragt sie eifrig.

»O nein, das ist nicht nötig.«

Eine Weile lang schweigen wir beide, während wir den Kuchen essen. Gittie schafft die doppelte Portion in der halben Zeit. Ich halte mich lieber an meiner Kaffeetasse fest und überlege krampfhaft, wie ich die Unterhaltung wieder in Gang bringen könnte.

»Ich habe Ihre Bilder im Aufenthaltsraum hängen sehen. Sie sind sehr schön.«

»Danke.« Sie wird tatsächlich rot.

»Malen Sie nach Vorlage?«

»Ja. Ich sammle hübsche Motive, wo immer ich welche finde.«

»Das ist bestimmt nicht einfach.« Diese unbeschreiblich kitschigen Bilder sind garantiert in keinem normalen Geschäft zu kaufen.

»Die meisten Motive sind aus alten Kinderbüchern.«

»Aha.« Das müssen aber sehr alte Kinderbücher sein.

Wieder sind wir an einem toten Punkt angekommen. Gittie schweigt, isst ihr drittes Stück Kuchen und grinst selig vor sich hin. Allmählich macht mich ihre harmlose Naivität aggressiv. Ich unternehme einen letzten Versuch. »Sie haben vier Kinder, nicht wahr?«

Sie lächelt und nickt. »Bald sind es fünf.« Zur Bekräftigung – oder vielleicht auch für den Fall, dass ich ihren Dialekt wieder nicht verstehe – streckt sie mir die fünf Finger ihrer linken Hand entgegen.

»Wie schön für Sie.« Das erklärt zumindest teilweise ihre Rundungen.

Sie nickt heftig und strahlt mich an. »Kinder sind das größte Glück auf Erden.« Dann verdüstert sich ihr Blick wieder. »Warum haben Sie keine Kinder?«

Was geht sie das an? Wir kennen uns gerade mal seit ein paar Minuten. Ich nehme einen großen Schluck Kaffee und überlege mir eine Antwort.

»Ich habe auch Kinder. Sogar drei.« O Gott, ich bereue diesen Satz, sobald er heraus ist. Was zum Teufel hat mich da geritten?

»Oh.« Gittie lehnt sich zurück und blickt mich freundlich an. Offensichtlich bin ich in ihrer Wertschätzung gerade um drei Ränge gestiegen. Dann aber runzelt sie die Stirn. »Warum haben Sie die Kinder nicht dabei?«

Verdammt, daran hätte ich denken sollen! Was mache ich denn jetzt?

Da kommt mir der rettende Einfall. »Sie sind schon zu groß und wollten lieber bei meinem Mann bleiben.«

Gittie nickt zufrieden. Wahrscheinlich ist sie sogar glücklich, dass meine Kinder in geordneten Familienverhältnissen leben.

»Wie alt sind denn Ihre Kinder? Sie müssen ja früh angefangen haben.«

»Die Zwillinge sind achtzehn. Es sind zwei Mädchen. Und dann habe ich noch einen Jungen, der gerade sechzehn geworden ist. Ich selbst bin sechsunddreißig.« Wenigstens Letzteres entspricht der Wahrheit. Ich rechne schnell nach – das mit den Kindern wäre möglich gewesen, wenn ich im zarten Alter von achtzehn Jahren Mutter geworden wäre. Ich beglückwünsche mich im Stillen zu meiner Idee der frühen Mutterschaft.

Gittie braucht noch eine Weile, ehe sie mit dem Rechnen fertig ist. »Sie waren ja erst achtzehn«, sagt sie dann bewundernd.

»O ja, und es war nicht einfach. Aber mein Mann und ich haben es trotzdem geschafft, unser Studium abzuschließen. Markus ist heute ein erfolgreicher Rechtsanwalt und ich bin Grundschullehrerin.« Allmählich macht mir das Lügen richtig Spaß. Gott sei Dank wird Markus nie erfahren, dass ich ihn soeben zum dreifachen Vater gemacht habe!

»Was führt Sie dann hierher zu uns?«

»Ich habe Freunde hier in der Nähe besucht und wollte einfach mal ein paar Tage ausspannen. Und wo kann man das besser als hier im schönen Allgäu?«

Sie lächelt geschmeichelt. »Nicht wahr? Hier ist es am schönsten. Ich möchte nie im Leben weg.«

Das glaube ich gern. Woanders wäre sie wohl kaum fähig zu überleben. Hastig trinke ich meinen Kaffee aus und stehe dann auf. »Danke für die nette Bewirtung. Ich werde mich jetzt mal ein bisschen auf dem Hof umsehen.«

Sie erhebt sich ebenfalls und stützt stöhnend die Hände in den Rücken. »Ja, tun Sie das. Ich werde mich ein wenig hinlegen.«

»Soll ich Ihnen noch rasch helfen, das Geschirr wegzuräumen?«, biete ich an.

Gittie schüttelt den Kopf. »Lassen Sie nur. Das kann mein Mann machen, wenn er aus dem Stall kommt.«

Ich schlendere gemächlich über den Hof. Es ist immer noch recht warm. Die Abendsonne taucht die Berge in ein goldenes Licht. Man hört Vögel singen, Kühe muhen und im Dorf ertönen die Kirchenglocken. Ein perfekter Abschluss für den ersten Urlaubstag. Jetzt muss ich mir nur noch überlegen, wo ich heute Abend essen gehe.

Die Tür zum Stall steht offen. Ich trete zögernd ein. Im hinteren Teil des Stalls entdecke ich einen Mann, der Stroh aufschüttet – das muss Peter sein. Voller Wiedersehensfreude stürme ich auf ihn zu, bremse mich jedoch gerade noch rechtzeitig. Verdammt, jetzt hätte ich mich schon wieder beinahe verraten!

Peter hat meine Schritte gehört und dreht sich um. Mich trifft fast der Schlag, denn der Mann vor mir ist nicht der Peter, den ich in Erinnerung habe. Peter war groß, schlank und gutaussehend.

Dieser Mann hier ist zwar groß, aber ziemlich dick und kurzatmig. Und er hat fast keine Haare mehr auf seinem ungesund rot aussehenden Kopf. Doch was mich wirklich aus der Fassung bringt, ist die Tatsache, dass es nicht Peter ist, der vor mir steht.

Es ist Stefan. Oder täusche ich mich?

»Grüß Gott, ich bin Stefan Hinteregger.«

Ich täusche mich nicht. Mechanisch schüttele ich ihm die Hand. »Ich heiße Maria Sommer«, sage ich lahm. Wenigstens besinne ich mich noch darauf, den falschen Namen zu nennen. Im Übrigen weigert sich mein Verstand jedoch zu glauben, was ich da vor mir sehe.

Wieso ist Stefan so dick geworden? Und wo sind seine herrlichen Haare geblieben? Wie passt er mit dieser Figur ins Cockpit? Und überhaupt – warum ist er hier? Sollte er nicht in Wien sein und Flugzeuge fliegen?

»Haben Sie sich schon auf dem Hof umgeschaut?« Wenigstens seine Stimme ist noch dieselbe wie damals. Vielleicht gelingt es mir ja, die Illusion noch ein wenig aufrechtzuerhalten, wenn ich die Augen schließe?

Aber auch das funktioniert nicht.

»Ist Ihnen nicht gut?«, erkundigt er sich sofort.

Ich öffne die Augen wieder. »Doch. Ich ... ich hatte nur etwas im Auge.« Wie zur Bestätigung rücke ich meine Brille zurecht und reibe an der rechten Wimper herum. Das verschafft mir auch ein wenig Zeit zum Nachdenken.

Wo ist Peter? Hat Stefan gerade Urlaub? Und wieso verbringt er seine freie Zeit ausgerechnet im Kuhstall seiner Eltern? Nun, vielleicht ist das seine Art, ein wenig auszuspannen.

»Ach, für uns Stadtmenschen ist so ein kurzer Aufenthalt auf dem Bauernhof doch herrlich entspannend, nicht?«, sage ich vage in dem Versuch, ein Gespräch anzuknüpfen.

Er nickt. »Dann hoffe ich, dass Sie sich hier gut erholen werden.«

Das bezweifele ich inzwischen stark. Innerhalb der letzten Stunde habe ich aus mir eine verheiratete Frau und dreifache Mutter mit einer holländischen Freundin gemacht. Heute Abend werde ich mir das alles mal in Ruhe aufschreiben, sonst komme ich noch völlig durcheinander mit meiner erfundenen Lebensgeschichte.

Stefan hat sich unterdessen einen Besen genommen und arbeitet weiter. Er macht das sehr fachmännisch. Kaum zu glauben, dass er außerdem noch ein Verkehrsflugzeug lenken kann.

Ich räuspere mich. »Die Arbeit hier ist doch bestimmt ein toller Ausgleich für Sie. Hier müssen Sie nicht viel denken und stehen auch nicht so stark unter Druck wie sonst ...«

Stefan schaut mich misstrauisch an. »Wie meinen Sie das? Welcher Druck?«

Ist denn das wirklich so schwer zu begreifen? »Immerhin tragen Sie doch eine gewaltige Verantwortung für so viele ...«

»... Kühe?«, unterbricht er mich. Der Gedanke scheint ihn zu erheitern.

Kühe? Fliegt er Fracht? Lebende Tiere?

Ich schüttele den Kopf. So kommen wir nicht weiter. »Wo

ist eigentlich Ihr Bruder?«, frage ich stattdessen und blicke mich suchend um.

»Peter? Kennen Sie ihn?«

»Nein, aber ich soll ihm etwas von seiner Frau ausrichten.«

»Von seiner Frau«, wiederholt Stefan. »Und was?« Er stützt sich auf seinen Besen und grinst mich sichtlich belustigt an. Dieser Blick kommt mir bekannt vor. Endlich erkenne ich in ihm etwas von dem »alten« Stefan wieder. Offenbar amüsiert er sich gerade prächtig. Und zwar über mich, wie ich mir seufzend eingestehen muss.

Hier stimmt etwas ganz und gar nicht. Stefan sollte nicht in diesem Stall sein – und außerdem sollte er nicht so dick und ungesund aussehen!

»Er muss das Geschirr in der Küche wegräumen«, brumme ich ziemlich barsch. »Wo ist er denn nur?«, setze ich ungeduldig hinzu.

»In Wien.« Stefan schmunzelt still vergnügt vor sich hin und kehrt in aller Ruhe den Stallboden.

»Aber ...« Allmählich dämmert es mir. Das darf doch nicht wahr sein! »Wenn Ihr Bruder in Wien ist, dann ... dann sind Sie ja gar nicht der Pilot – Sie sind Gitties Ehemann!«

Und ich habe mich gerade bis auf die Knochen blamiert ...

»Genau so ist es.« Stefan unterbricht seine Arbeit, lehnt den Besen gegen die Mauer und schaut mich an. »Und jetzt entschuldigen Sie mich. Ich muss das Geschirr wegräumen.« Kopfschüttelnd geht er an mir vorbei und verschwindet durch die Stalltür nach draußen.

6

Ich stehe noch eine Weile lang vollkommen erschüttert im Stall und beobachte die Fliegen am Fenster. Am liebsten würde ich mich ins Haus schleichen, mich in mein Zimmer verkriechen und erst in fünf Tagen wieder herauskommen. Oder, besser noch, auf der Stelle nach Hause fahren.

Aber heute werde ich keine Zugverbindung mehr finden. Also muss ich mindestens bis morgen früh bleiben und mich so lange zusammenreißen.

»Frau Sommer?«, piepst es da auf einmal neben mir. Gittie schaut mich prüfend an.

Wie lange sie wohl schon da steht? Sie hat die Hände wieder in den Rücken gestemmt und atmet schwer. Nein, entscheide ich, sie kann nicht lange dort gestanden haben. Ihr Stöhnen wäre mir aufgefallen.

»Ja?«

»Ich wollte nur mal schauen, wie es Ihnen geht. Mein Mann meinte, Sie schienen etwas zerstreut zu sein.«

Etwas zerstreut – das hat sie nett gesagt. Vermutlich hat er sehr viel deutlichere Ausdrücke gebraucht, um meinen peinlichen Auftritt zu beschreiben.

»Mir geht es gut.« Fieberhaft suche ich nach einer Erklärung für mein Verhalten, die auch eine Frau wie Gittie versteht. »Es ist nur so, dass mir meine Kinder sehr fehlen.«

Gittie strahlt mich an. »Das verstehe ich«, sagt sie dann auch prompt. Das war einfacher als erwartet.

Ich betrachte die Frau, die Stefan geheiratet hat. Sieht er etwas in ihr, das ich beim besten Willen nicht erkennen kann? Ich schüttele den Kopf. Diese Überlegung kann ich erst fortführen, wenn ich etwas gegessen habe. »Ich werde jetzt zum Abendessen gehen.«

»Wissen Sie schon, wohin? Ich kann Ihnen ein paar Tipps geben.«

Das glaube ich gern. Sie hat bestimmt in allen Restaurants des Ortes einen Stammplatz.

»Ich möchte nicht weit gehen. Ich denke, ich werde den ›Grünen Baum‹ ausprobieren.«

»Das ist eine gute Wahl. Sie machen dort die besten Kässpatzen im ganzen Allgäu.«

»Ich weiß.« Das war schon vor zwanzig Jahren so.

»Woher?«

Verdammt, jetzt habe ich mich schon wieder verplappert. Solange das bei Gittie passiert, muss ich mir jedoch keine Sorgen machen. »Es steht in meinem Reiseführer.«

Auch diese Lüge schluckt sie bereitwillig. »Na dann, guten Appetit!«

Sie geht schwerfällig in Richtung Ausgang und stöhnt bei jedem Schritt. In der Stalltür dreht sie sich noch einmal um. »Heute Abend macht meine Familie für unsere Gäste Hausmusik. Sie sind herzlich eingeladen. Es geht um acht Uhr los.«

Auch das noch. Hausmusik mit vier blonden Kindern, einem kurzatmigen Stefan und der schielenden Gittie. Kann es noch schlimmer kommen?

»Ich singe und jodele auch ein bisschen«, fügt Gittie hinzu.

Es kann tatsächlich noch schlimmer kommen! Wie will sie mit dieser Piepsstimme singen? An das Jodeln mag ich gar nicht denken. Das muss ungefähr so klingen, als würde man Micky Maus zu Tode quälen.

»Ich komme gern. Vielen Dank.« Vielleicht lässt sich der Abend besser ertragen, wenn ich mich vorher betrinke. Ich weiß noch, dass der »Grüne Baum« Bier vom Fass hat. »Jetzt muss ich aber los.«

Eine Stunde später sitze ich im »Grünen Baum« beim Nachtisch. Es gibt Vanilleeis mit Sahnebaisers. Eigentlich hasse ich es, allein im Restaurant zu sitzen. Das hat so etwas von einer einsamen, verlassenen alten Jungfer an sich. Heute allerdings genieße ich die Ruhe. Ich kann ungestört meinen Gedanken nachhängen und mich nebenbei mit diversen Köstlichkeiten der bayerischen Küche vollstopfen.

Das Resultat meiner Überlegungen ist vernichtend: Die Reise ins Allgäu muss leider als völliger Misserfolg verbucht werden. Nicht nur weil Stefan verheiratet ist und damit als potenzieller Traumprinz nicht mehr infrage kommt. Viel mehr erschüttert mich, was aus ihm geworden ist.

Wo ist sein Wille geblieben, die Welt zu verbessern? Der Stefan, den ich kannte, wollte etwas aus seinem Leben machen. Wann genau hat er seine Träume begraben müssen? Warum?

Der Kellner reißt mich aus meinen Gedanken. »Darf ich den Dessertteller abräumen?«

»Ja, danke.«

»Wünschen Sie noch etwas?« Sein Blick gibt mir zu verstehen, dass ich seiner Meinung nach bereits viel zu viel gegessen habe. Aber was geht ihn das an?

»Ja. Ich hätte gern noch einen Cappuccino und einen Obstler.« Den Schnaps brauche ich jetzt dringend. So langsam fängt es nämlich an, in meinem Bauch zu kneifen. »Und dann können Sie mir auch gleich die Rechnung bringen.«

Er nickt. »Gern.«

Während ich auf den Kaffee warte, überlege ich mein weiteres Vorgehen. Ich werde auf jeden Fall morgen früh abreisen, weil ich Stefans Anblick nicht mehr länger ertragen kann. Ich bedauere inzwischen sogar, mich überhaupt auf die Suche nach ihm gemacht zu haben. Damit habe ich mir eine schöne Illusion zerstört.

Aufgewühlt greife ich zum Handy, um Sonja anzurufen, überlege es mir dann aber anders. Eigentlich trägt meine Freundin mit Schuld an dieser verzwickten Situation. Da kann ich sie ruhig noch ein paar Tage im Ungewissen lassen.

»Hier ist Ihr Kaffee und der Obstler. Und hier die Rechnung.« Der Kellner unterbricht erneut meine Grübeleien, indem er die Getränke serviert und anschließend die Rechnung vorliest. »Das waren eine schwäbische Maultaschensuppe, ein bunter Salat, gebackene Wiesenchampions in Sahneschaum, eine Portion Allgäuer Kässpätzle und zum Abschluss das Eis. Dazu hatten Sie drei Gläser Bier vom Fass, den Cappuccino und den Obstler.«

O Gott, habe ich das wirklich alles vertilgt? Kein Wunder, dass der Kellner mich so misstrauisch ansieht. Vermutlich rechnet er jederzeit damit, dass ich platze.

Er ahnt ja nicht, dass ich Krisensituationen am besten durch Essen bewältigen kann. Das hilft zwar auch nicht bei der Problemlösung, aber es macht einen so angenehm satt und müde.

Ich bezahle, trinke in aller Ruhe meinen Kaffee und den Obstler aus und mache mich dann auf den Heimweg. Noch immer ist mir kein Vorwand eingefallen, unter dem ich morgen abreisen kann. Leider bin ich inzwischen jedoch auch zu faul und zu schläfrig, um mir darüber Gedanken zu machen.

Um kurz nach acht Uhr erreiche ich den Bauernhof. Als ich die Tür zum Aufenthaltsraum öffne, richten sich mehrere Augenpaare erwartungsvoll auf mich. Verdammt, ich habe die Hausmusik vergessen! Jetzt ist es zu spät, um noch kehrtzumachen.

»Da ist sie ja endlich.« Frau Hinteregger, Gittie, Stefan und ihre Kinder sitzen in der Mitte des Raumes, ihre Musikinstrumente auf dem Schoß.

Auf den Bänken am Rand haben die anderen Hausgäste Platz genommen. Stefan übernimmt es, uns bekannt zu machen. »Das ist Frau Sommer. Sie ist nur für eine Woche bei uns.« Dann zeigt er nacheinander auf die übrigen Gäste. »Das sind die Ehepaare Baker und Smith aus Amerika. Sie sind auf einer großen Europareise und machen ein paar Tage hier Station, um sich die Gegend um die Königsschlösser anzusehen.«

Die beiden Paare erheben sich, begrüßen mich laut und herzlich und versichern mir, dass sie Germany »great« und »lovely« finden.

Die beiden anderen Gäste sind zwei Schwestern aus dem Ruhrgebiet, die schon seit vielen Jahren hierherkommen. Sie nicken mir freundlich zu.

Ich nehme zwischen den Amerikanern und den Schwestern Platz. Jetzt habe ich Gelegenheit, mir das Arrangement in der Mitte des Raumes anzusehen. Die drei älteren Kinder halten eine Gitarre, eine Geige und ein Akkordeon in den Händen. Die kleine Elisabeth winkt mir freundlich mit ihrer Blockflöte zu. Gittie sitzt inmitten ihrer Kinder auf einem Stuhl und lächelt sanft vor sich hin. Frau Hinteregger stellt die Notenständer vor die Kinder und setzt sich dann zu uns auf die Bank.

»Möchten Sie etwas trinken, Frau Sommer?«, erkundigt sich Gittie. Ich nicke. »Ein Wasser, bitte.« Das viele Essen hat mich durstig gemacht.

Gittie wendet sich an Stefan. »Steffi – könntest du wohl ...?«

Stefan nickt gehorsam und holt mir ein Wasser aus der Küche. Dann stellt er sich zu seiner Familie und nickt Gittie zu. Sie lächelt. »Dann können wir ja jetzt anfangen.«

»Mami, ich muss mal.« Elisabeth lässt die Flöte sinken.

Gittie seufzt und runzelt die Stirn. »Steffi, machst du das?«

Wieso kann sie das nicht selbst machen? Und was ist das überhaupt für ein Name – »Steffi«?

Stefan verschwindet mit Elisabeth und kehrt nach ein paar Minuten zurück. Die Familie gruppiert sich erneut. Gittie hat ihr mildes, mütterliches Lächeln wieder angeknipst.

Und dann geht es tatsächlich los. Bereits nach den ersten Tönen wird mir klar, dass ich längst nicht genug getrunken habe, um das hier unbeschadet zu überstehen. Es klingt wie ein schlecht vertontes Zugunglück.

Die Amerikaner hingegen sind hellauf begeistert. Ich höre immer wieder ihr »great« und »lovely«.

Aber es kommt wohl noch schlimmer. Gittie setzt sich in Pose, wippt mit den Füßen und greift nach ihren Noten. Sie will doch wohl jetzt nicht auch noch singen?

Ich habe Glück: Gerade in dem Moment, als Gittie den Mund aufmacht, klingelt ein Handy. Dem Himmel sei Dank! Empört schließt Gittie ihren Mund wieder.

Die Musik bricht ab. Vorwurfsvoll schauen mich alle an. Wieso eigentlich? Das Handy klingelt wieder. Plötzlich begreife ich: Das ist mein Handy!

Hastig murmele ich eine Entschuldigung und krame das Gerät aus der Hosentasche. »Sommer«, melde ich mich.

»Hallo, hier ist Markus. Bist du gut angekommen?«

»Markus!«, rufe ich laut, glücklich über die Unterbrechung. Gleich darauf bereue ich meinen Ausruf jedoch schon wieder.

Gittie nickt nämlich verständnisvoll und klärt die Übrigen auf: »Das ist ihr Ehemann.«

Wieder richten sich alle Augen auf mich und mein Telefon. Ich hasse es, vor Publikum zu telefonieren. Und erst recht in dieser verzwickten Situation.

»Silke, bist du noch da?«

»Ja, sicher. Ich … Wir sitzen hier gerade bei der Hausmusik.«

»Klingt toll.«

»Du hast keine Ahnung …«

Markus lacht. Wenn er wüsste, wie ahnungslos er wirklich ist!

»Grüßen Sie Ihren Mann von uns!«, mischt sich Gittie ein.

»Äh, ja.« Ich nicke gehorsam. »Ich soll dich schön von allen grüßen«, sage ich lahm ins Telefon.

»Und die Kinder natürlich auch«, befiehlt Gittie.

»Und die Kinder natürlich auch«, wiederhole ich langsam.

»Welche Kinder?« Markus ist verwirrt. »Silke, hast du zu viel getrunken?«

»Bei weitem nicht genug.«

»Silke! Was ist los?«

»Viel mehr, als du glaubst. Aber das erzähle ich dir später.« Hoffentlich gibt er sich damit zufrieden.

»Später bin ich aber im Kino in der Spätvorstellung. Du musst es mir jetzt erzählen«, fordert Markus ungeduldig.

»Jetzt ist es aber gerade nicht so günstig.«

Vermutlich spürt er meine Verzweiflung, denn er gibt nach.

»Also gut, dann eben später oder morgen. Ich habe sowieso geschäftlich in Kempten zu tun und komme auf dem Hinweg kurz bei dir vorbei. Du hast nämlich dein neues rotes Kleid hier hängen lassen. Das wollte ich dir bei der Gelegenheit bringen.«

»Oh.« Das passt ja wunderbar! Er kommt und kann mich bis Kempten mitnehmen. Dort setze ich mich dann in den Zug Richtung Norden. Das ist der perfekte Ausweg aus dieser unmöglichen Situation. »Du kommst vorbei und holst mich ab. Wie schön!«, zwitschere ich ins Telefon.

»Nein. Ich bringe dir nur dein Kleid. Was ist denn heute Abend mit dir los?« Markus' Stimme klingt ziemlich ärgerlich an meinem rechten Ohr. Gleichzeitig empfängt mein linkes Ohr eine Botschaft von Gittie. »Dann lernen wir ja Ihren Mann kennen!«

Es braucht eine Weile, bis die beiden Informationen in meinem Gehirn aufeinandertreffen und ich sie sortiert habe. Man sollte sich keine zweite Persönlichkeit zulegen und dann auch noch in dieser erfundenen Scheinwelt mit der Wirklichkeit telefonieren. Ich fürchte, ich bin am Ende.

»Ich rufe dich später zurück, okay?« Wenn mich niemand hört, setze ich im Stillen hinzu. »Dann werde ich dir alles in Ruhe erzählen.«

»Also gut. Bis dann.«

»Bis dann.«

Ich klappe mein Handy zu und blicke auf. Gittie strahlt mich an. »Ihr Mann kommt her?«

Ich nicke. »Ja. Morgen früh. Und er nimmt mich wieder mit nach Hause.«

»Wieso?« Die Frage kommt von Stefans Mutter.

»Ich ... Er ... Also, wir sind noch nie getrennt gewesen. Er hat schreckliche Sehnsucht nach mir und will mich sofort zurück.«

Die Amerikaner finden das »lovely« und »great«. Selbst die beiden Schwestern aus dem Ruhrgebiet lächeln nachsichtig. Frau Hinteregger hingegen schüttelt skeptisch den Kopf, sagt jedoch nichts. Ich befürchte, sie ahnt etwas.

»Ihr Mann kommt eigens her, um Sie abzuholen?«, erkundigt sich Gittie.

Ich schüttele den Kopf und lächele gekünstelt. »Nein, er ist sowieso gerade geschäftlich in der Gegend.«

»An einem Sonntag?« Frau Hinteregger wird mir zunehmend unsympathisch. Sie fragt zu viel.

»Ja. Anwälte haben nie frei. Das Verbrechen schläft nicht.« Ich muss aufpassen, was ich sage. Wenn ich hier noch länger sitzen bleibe, dann glaube ich irgendwann selbst noch an das, was ich den anderen vorlüge. Außerdem muss ich unbedingt noch einmal mit Markus sprechen.

Ich stehe auf. »Bitte entschuldigen Sie mich, aber ich werde jetzt wohl doch lieber auf mein Zimmer gehen. Wenn ich morgen schon wieder fahre, muss ich meine Tasche packen.«

Alle nicken verständnisvoll. Nur Gittie verzieht enttäuscht ihr Gesicht. »Aber dann verpassen Sie ja unsere Hausmusik.«

An diesen positiven Nebeneffekt habe ich noch gar nicht gedacht. Es fällt mir schwer, meine Erleichterung zu verbergen. »Ja, das ist wirklich schade.« Um sie zu besänftigen, füge ich hinzu: »Aber ich habe meinen Kindern versprochen, sie noch heute Abend anzurufen. Das verstehen Sie doch sicher, oder?«

Natürlich, das versteht Gittie. »Möchten Sie noch einen Tee mit ins Zimmer nehmen?«, fragt sie freundlich.

Warum eigentlich nicht? »Gerne.«

Ich hätte mir denken können, was jetzt kommt. Und richtig, Gittie dreht sich um und piepst: »Steffi – könntest du wohl …?«

Um elf Uhr abends habe ich Markus immer noch nicht erreicht. Wie lange dauert eine Spätvorstellung im Kino? Und wieso hat er sein Handy nicht dabei? Ich habe doch gesagt, dass ich zurückrufen werde!

Verzweifelt trinke ich die letzte Tasse Tee der aus der Thermoskanne, die mir »Steffi« gebracht hat. Wenigstens auf ihn ist Verlass.

Flüchtig überlege ich, was wohl aus uns geworden wäre, wenn er nicht Gittie, sondern mich geheiratet hätte.

Mit Sicherheit wäre er nicht so fett, sondern sähe immer noch schlank und gut aus.

Er müsste auch keine niederen Hausarbeiten verrichten. Für so etwas hätten wir ein Au-pair-Mädchen. Natürlich keine rassige Italienerin, sondern eher eine kleine, mollige Polin. Die könnte sich dann auch um die Kinder kümmern.

Es wären aber mit Sicherheit keine fünf Kinder geworden. Das hätte mir meine Figur und meine Nerven ruiniert. Nein, entscheide ich schnell, drei Kinder wären es geworden. Vielleicht wäre ja sogar so ein niedliches Mädchen wie Elisabeth dabei gewesen.

Stefan und ich hätten eine Pferdezucht aufziehen können. Ich sehe geradezu bildlich vor mir, wie wir beide, braun gebrannt und gut aussehend, dem Sonnenuntergang entgegenreiten.

Seufzend schüttele ich den Kopf. Ich sollte mich lieber wieder auf meine realen Probleme konzentrieren.

Aber Markus ist immer noch nicht zu erreichen. Auch nicht um Mitternacht oder um ein Uhr in der Früh. Gegen zwei Uhr schlafe ich ein mit dem festen Vorsatz, Markus um sieben Uhr aus dem Bett zu klingeln.

Leider wache ich erst um halb neun auf. Natürlich ist Markus' Handy ausgeschaltet. Er wird schon unterwegs sein. Verdammt! Jetzt gilt es, schnell zu handeln. Ich muss Markus erwischen, bevor er einem Mitglied der Familie Hinteregger in die Hände fällt.

Es ist ein warmer, sonniger Morgen. Ich dusche rasch und ziehe mich an. Auf dem Weg in den Aufenthaltsraum werfe ich einen Blick in die Küche. Stefan und Frau Hinteregger bereiten gerade das Frühstück vor.

»Guten Morgen!«, rufe ich betont fröhlich.

»Guten Morgen! Haben Sie gut geschlafen?« Frau Hinteregger folgt mir, mit zwei Kaffeekannen beladen, in den Aufenthaltsraum. Dort sind bereits alle anderen Gäste versammelt. Ich setze mich an den einzigen freien Tisch, der für zwei Personen gedeckt ist. O Gott – erwarten sie jetzt etwa, dass ich in aller Ruhe hier mit Markus frühstücke?

Von meinem Platz aus sehe ich weder die Straße noch die Einfahrt zum Hof. Hier kann ich nicht sitzen bleiben. »Das Wetter ist so schön – kann ich meinen Kaffee mit nach draußen nehmen?« Ich warte die Antwort gar nicht ab, sondern stehe schon wieder auf.

Frau Hinteregger schenkt mir einen Kaffee ein und reicht mir die Tasse. »Selbstverständlich. Soll ich Ihnen auch etwas zu essen nach draußen bringen?«

»Nein, danke. Ich habe noch keinen Hunger.« Das stimmt sogar. Nach dem Abendessen im »Grünen Baum« werde ich vermutlich nie wieder etwas essen können.

Ich nicke den anderen Gästen zu und verschwinde mit meiner Tasse durch den langen Gang. Vor dem Haus treffe ich auf Gittie, die entspannt in einem Liegestuhl liegt und an ihrer Teetasse nippt.

Warum liegt sie hier? Will sie sich einen Platz in der ersten Reihe sichern, um das Wiedersehen zwischen Markus und mir in allen Einzelheiten beobachten zu können? Oder hat Frau Hinteregger sie hier postiert, um mir nachzuspionieren?

Ich atme tief durch. Jetzt hilft nur eines: die Ruhe bewahren.

»Guten Morgen!«, sage ich so freundlich wie möglich und setze mich neben sie.

»Hallo!« Sie lächelt schon wieder ihr harmloses, gütiges Lächeln.

»Wollen Sie auch diesen herrlichen Morgen genießen? Und das ohne Ihre Kinder?« Vielleicht kann ich ihr ja ein schlechtes Gewissen machen und sie verschwindet, um sich um ihre Familie zu kümmern.

Doch sie schüttelt den Kopf. »Ach nein. Mir ist morgens nur immer so schlecht, dass ich erst mal einige Zeit brauche, um in Schwung zu kommen. Sie kennen das bestimmt: diese dumme Morgenübelkeit ...«

Ich nicke und bemühe mich, eine wissende Miene aufzusetzen. »Und wer hat die Kinder in die Schule gebracht?«

»Steffi.« Das hätte ich mir denken können. Wer sonst?

Gerade will ich sie fragen, ob »Steffi« auch noch die Zimmer putzen muss, als Markus' Auto in den Hof einbiegt. Jetzt heißt es, schnell zu sein. Obwohl – bis sich diese dicke Ziege aus dem Liegestuhl gequält hat, habe ich genug Zeit, Markus ins Bild zu setzen.

Leider habe ich meine Rechnung ohne den Rest der Familie Hinteregger gemacht. Wie auf Kommando erscheinen Stefan und seine Mutter in der Tür.

Ich beschleunige meinen Schritt und falle Markus um den Hals, sobald dieser nichtsahnend aus dem Auto steigt.

»Markus!«, rufe ich begeistert und vergrabe meinen Kopf strategisch günstig an seinem Hals. So kann keiner sehen, dass ich ihm schnell ein paar erklärende Worte ins Ohr flüstere. »Du bist mein Ehemann, ich heiße Maria und du hast furchtbare Sehnsucht nach mir. Bitte, bitte spiel mit!«, flehe ich ihn an.

Er nimmt meinen Kopf in beide Hände und strahlt mich an. »Wieso sollte ich?«, fragt er so leise, dass nur ich es hören kann.

»Ich sage nur zwei Worte: Katrin Meier«, zische ich ihm drohend zu. »Ich habe dir gestern auch geholfen, als sie am Telefon war.«

Markus verdreht die Augen kurz zum Himmel. »Überredet.« Damit drückt er mir einen langen Kuss auf den Mund.

In diesem Moment erreichen uns Stefan, Gittie und Frau Hinteregger. Markus unterbricht seinen Kuss und stellt sich vor. »Mein Name ist Markus Steiger und ich bin der Ehemann dieser wunderbaren Frau.« Er begrüßt die Familie herzlich.

Ich bin noch ganz benommen von dem Kuss. Mein erster richtiger Kuss mit Markus! Vermutlich wird es auch der einzige Kuss bleiben, aber allein dafür hat sich das ganze Theater hier gelohnt.

Frau Hinteregger reißt mich aus meinen Träumen. »Wieso heißen Sie eigentlich nicht Sommer?«, fragt sie Markus ganz unschuldig.

Markus lächelt souverän. »Fragen Sie lieber meine Frau, warum sie nicht Steiger heißen wollte. Aber Maria hatte ja schon immer ihren eigenen Kopf, nicht wahr, Liebling?«

Der lügt ja noch besser als ich! Ich nicke eifrig und ziehe Markus dann mit mir in Richtung Haus. »Komm, Schatz, lass uns kurz aufs Zimmer gehen. Ich kann es kaum erwarten, dich für mich allein zu haben.« Erst nachdem ich das gesagt habe, wird mir bewusst, wie zweideutig es klingt. Eigentlich brenne ich nur darauf, Markus in Ruhe alles zu erzählen.

»Ich komme ja schon.« Markus folgt mir bereitwillig, den Arm um meine Schultern gelegt.

Doch leider habe ich nicht mit Gitties Neugierde gerechnet, was unseren nicht vorhandenen Nachwuchs betrifft. Sie verfolgt uns bis zur Treppe. »Was haben Sie denn mit Ihren Kindern gemacht? Sie haben sie hoffentlich nicht allein gelassen.«

Markus schüttelt entrüstet den Kopf. »Nein, natürlich nicht.

Sie sind bei den Großeltern. Was meinen Sie, wie die sich gefreut haben, dass sie mal wieder bei Oma und Opa im Bett schlafen dürfen.«

»Alle drei?« Gittie erinnert sich besser, als ich es ihr zugetraut hätte.

»Meine Schwiegereltern haben ein überbreites Bett«, mische ich mich ein.

»Meine Mutter liebt es, ihre Enkel zu verwöhnen. Abends liest sie ihnen Geistergeschichten vor und morgens bringt sie Milch und Kekse ans Bett.« Jetzt ist Markus voll in Fahrt gekommen und ignoriert meine heimlichen Rippenstöße. »Außerdem dürfen sie bei meinen Eltern immer viel länger aufbleiben als bei uns. Das genießen sie natürlich.«

Selbst Gittie kommt das komisch vor. »Sie meinen, auch die achtzehnjährigen Zwillinge lassen sich noch Geschichten vorlesen?«

»Äh ...« Endlich hat Markus verstanden, dass er lieber still sein sollte.

Ich komme ihm zur Hilfe. »Meine Schwiegermutter hat eine schwere psychische Störung. Sie hält ihre Enkel immer noch für klein. Unsere Kinder machen ihr die Freude und tun so, als könnten sie tatsächlich noch nicht lesen. Eine traurige Geschichte, nicht wahr?«

Gittie nickt ergriffen. Bevor sie weitere Fragen stellen kann, schiebe ich Markus ins Zimmer und schließe schnell die Tür.

Markus lässt sich auf mein Bett fallen und rauft sich die Haare. »Schwere psychische Störung«, wiederholt er kopfschüttelnd. Dann sieht er mich an. »Die einzige Person, die hier nicht richtig tickt, bist du. Was hast du dir eigentlich dabei gedacht, so eine abenteuerliche Geschichte zu verbreiten?«

Jetzt kann ich ihm endlich in Ruhe erzählen, was ich hier erlebt habe. Ich lasse kein Detail aus, weder das enttäuschende Wiedersehen mit Stefan noch meinen peinlichen Auftritt im Stall. Ich vergesse aber auch nicht, Gitties egoistisches Verhalten zu beschreiben. »Im Grunde ist sie an allem schuld. Wenn sie nicht wäre, dann wäre Stefan vielleicht heute noch frei. Auf jeden Fall wäre er glücklicher«, schließe ich meinen Bericht.

Markus schüttelt den Kopf. »Das ist zu einfach gedacht. Warum glaubst du, dass er unglücklich ist?«

»Du kanntest ihn nicht. Er ist so ganz anders als früher. Damals wollte er die Welt verändern. Heute steht er gänzlich unter dem Pantoffel einer Frau, deren einziges Lebensziel es zu sein scheint, Nachwuchs in die Welt zu setzen ...«

»Silke!«, ermahnt er mich. »Du kannst nicht von einem Tag auf sein gesamtes Leben schließen. Offensichtlich hat er sie doch freiwillig geheiratet.«

»Wer weiß? Würdest du dich trauen, ihr zu widersprechen? Diese Frau walzt alles nieder, das ihr im Weg steht«, brumme ich.

Markus muss lachen. »Nun komm schon! Beruhige dich! Betrachte dieses Abenteuer als abgeschlossenes Kapitel! Auch dein zweiter Traumprinz war also leider ein völliger Fehlgriff.«

»Der Erste war kein Fehlgriff. Der kann super küssen.« Beim Gedanken an den Begrüßungskuss werde ich jetzt noch rot.

»Wir sollten jetzt fahren.« Markus nimmt meine Tasche und beendet damit unsere Diskussion. »Ich muss um elf Uhr in Kempten sein.«

Der Abschied von den anderen Hausgästen fällt kurz aus. Ich habe nicht die geringste Lust, mich an den Tisch zu setzen und zu frühstücken. Und Markus hat Gott sei Dank sowieso keine Zeit dazu. Also drücken wir nur schnell allen die Hand und gehen dann weiter in die Küche.

Stefan, Gittie und Frau Hinteregger erwarten uns schon. Markus verabschiedet sich und bringt schon mal meine Tasche zum Auto, während Stefan mir die Rechnung präsentiert und mir großzügigerweise das Geld für die nicht in Anspruch genommenen Nächte wieder auszahlt.

Als ich mich dafür bedanken will, winkt er ab. »Das ist schon in Ordnung. Wir haben kurzfristig eine neue Anfrage hereinbekommen. Wir können das Zimmer ab morgen wieder vermieten.« Dann wünscht er mir alles Gute und verlässt die Küche.

Gittie räuspert sich. »Auch wenn Sie leider nur so kurz bleiben konnten – ich hoffe, Sie haben sich trotzdem ein wenig erholt.«

»Aber ja. Es ist wunderschön hier.« Das ist nicht einmal gelogen.

Sie lächelt geschmeichelt. »Dann kommen Sie doch ein anderes Mal mit Ihrer Familie wieder«, schlägt sie mir vor.

Das werde ich ganz sicher nicht tun. Ich kann mich hier mit meiner Familie – ob erfunden oder nicht – nie wieder blicken lassen. »Ich werde darüber nachdenken«, sage ich deshalb nur.

»Ich muss mich jetzt ein wenig hinlegen, deswegen komme ich nicht mehr mit nach draußen. Auf Wiedersehen!«

Sie streckt mir die Hand entgegen. Ihr Händedruck ist schlaff und kalt.

»Auf Wiedersehen. Und alle Gute für das Baby!« Schnell ziehe ich meine Hand wieder zurück. Gittie nickt mir noch einmal zu und steigt dann mühsam die Treppen hinauf.

Jetzt bin ich allein mit Frau Hinteregger. Das könnte gefährlich werden. Diese Frau spürt, dass ich gelogen habe. Vielleicht kann ich mich ja schnell verabschieden.

»Na dann, vielen Dank für alles und auf Wiedersehen!« Ich greife nach meiner Handtasche und gehe in Richtung Tür.

»Frau Sommer?« Sie hält mich zurück.

Verdammt! Beinahe wäre es gut gegangen. »Ja?«

»Ihr kleines Geheimnis ist bei mir gut aufgehoben.« Sie blickt mich verschwörerisch an.

»Geheimnis?« Ich stelle mich ahnungslos.

»Ich weiß, dass der Mann da draußen nicht Ihr Ehemann ist«,

flüstert sie mir zu. »Sie haben ein Verhältnis mit ihm, nicht wahr?«

»Aber wieso ...?« So langsam wird mir meine selbst erfundene Lebensgeschichte unheimlich.

»Sie müssen sich mir gegenüber nicht rechtfertigen.« Sie schaut mich sorgenvoll an. »Aber denken Sie an Ihre drei Kinder! Manchmal ist es besser, im Interesse der Kinder eine Ehe weiterzuführen.« Sie seufzt. Redet sie jetzt aus eigener Erfahrung oder denkt sie dabei an die Beziehung zwischen Stefan und Gittie?

Doch die Wirtin lächelt schon wieder und tätschelt mir beruhigend die Hand. »Wie gesagt – bei mir ist Ihr kleines Geheimnis sicher aufgehoben.«

Jedes Wort von mir wäre jetzt wohl zu viel. Deshalb begnüge ich mich mit einem »Danke!«

»Bitte. Gern geschehen.« Damit hakt sie sich bei mir unter und wir gehen hinaus auf den Hof.

Dort stehen Stefan und Markus zusammen und unterhalten sich. Die Szene versetzt mir einen kleinen Stich.

Da sind sie, meine beiden Traumprinzen aus Teenager-Tagen. Den einen würde ich sofort nehmen, aber er will mich nicht (wenigstens aber auch keine andere Frau!). Der andere ist auch nicht mehr zu haben, doch selbst wenn – ich würde ihn unter keinen Umständen wollen.

»Da bist du ja endlich, Liebling.« Markus öffnet mir die Beifahrertür und steigt selbst auf der Fahrerseite ins Auto.

Stefan kommt noch einmal auf mich zu. »Gute Fahrt!«, wünscht er mir.

»Danke.« Ich lächele ihn an.

Wenn ich mich anstrenge, erkenne ich in ihm trotz der Falten und der Glatze noch den Jungen von damals.

Er runzelt die Stirn. »Ich überlege die ganze Zeit, ob wir uns schon einmal gesehen haben. Sie kommen mir irgendwie bekannt vor.« Er betrachtet mich eingehend.

»Vielleicht fällt es Ihnen ja irgendwann wieder ein.« Ich werde ihm nicht auf die Sprünge helfen. Aber ich kann ihn auch nicht belügen, wenigstens dieses eine Mal nicht. »Graben Sie einfach ein wenig in Ihrem Gedächtnis!«

Bevor er noch etwas sagen kann, setze ich mich zu Markus ins Auto und schließe die Tür. Langsam rollen wir vom Hof.

»Und?« Markus sieht mich prüfend an, während er auf die Landstraße abbiegt.

»Und – was?«

»Bist du zufrieden mit deiner Mission?«

»Nein. Die letzten paar Stunden waren die Hölle!«

»Daran bist du aber selbst schuld. Warum hast du ihnen denn nicht die Wahrheit gesagt?«

Tja, warum eigentlich nicht? »Irgendwie ergab sich die Gelegenheit einfach nicht.«

Markus schüttelt den Kopf. »Und was genau ist passiert, das dich dann zu dieser unmöglichen Geschichte mit den drei Kindern verleitet hat?«

Die Antwort auf diese Frage ist einfach. »Gittie.«

»Wie bitte?«

»Gittie war es. Wenn ich es mir recht überlege, ist sie sowieso an allem schuld.«

»Silke!«

Ich atme tief durch. »Ist ja schon gut. Natürlich weiß ich, dass das nicht stimmt. Aber irgendwie hilft es mir, diese Sache zu verarbeiten.«

»Und jetzt?«

»Jetzt fahre ich erst einmal nach Hause, um den Rest der Ferien zu genießen.«

»Und die Sache mit den Tagebüchern?«

»Ich weiß nicht … Es gibt eigentlich keinen ernst zu nehmenden Kandidaten mehr.«

Er lacht. »Falls doch: Wirst du mir eines versprechen?«

»Was denn?«

»Beim nächsten Versuch hältst du mich bitte gänzlich aus der Sache raus. Ich eigne mich nicht zum Familienvater mit drei Kindern. Und außerdem ...«

»Ja?«

»... außerdem verdirbst du mir auf diese Weise alle Chancen bei den Männern!«

7

Die nächsten Tage verbringe ich genau so, wie ich es Markus gegenüber angekündigt habe: Ich genieße meine Ferien. Ich gönne mir sogar den Luxus, mich erst nach drei Tagen bei meiner Familie zurückzumelden. In der Zwischenzeit plaudere ich lediglich ein paar Worte mit der Nachbarin, die während meiner Abwesenheit auf Gurke aufgepasst hat.

Ich telefoniere nicht, gehe nur das Nötigste einkaufen und liege die meiste Zeit faul auf der Terrasse herum. Gurke ist das einzige Lebewesen, mit dem ich mich länger unterhalte. Ich erzähle ihm die ganze Stefan-Gittie-Geschichte ausführlich. Glücklicherweise hält er sich mit Kommentaren zurück.

Erst am Freitag fahre ich zu meinen Eltern. Es ist immer noch sonnig und heiß. Mutti und Vati sitzen in der Küche und studieren Reiseführer.

»Wieso seid ihr denn bei dem schönen Wetter nicht im Garten?« Ich hole mir eine kalte Limonade aus dem Kühlschrank und setze mich zu ihnen an den Küchentisch. »Und was wollt ihr mit diesen vielen Broschüren über Teneriffa?«

Mutti strahlt. »Wir fliegen am 6. August mit Tante Hilde, Onkel Fred, Sonja und Niklas nach Teneriffa!«

»Für wie lange?«

»Zwei Wochen.«

»Schön.« Ich freue mich wirklich für sie. Solange ich hier bleiben darf!

Mutti blickt mich von der Seite an. »Ich hätte allerdings eine Bitte an dich.«

Ich wusste es. Ich will aber nicht mit nach Teneriffa!

»Wir bräuchten jemanden, der auf das Haus und den Garten aufpasst.«

Ich atme auf. »Das ist doch kein Problem. Ich komme jeden Tag einmal vorbei und sehe nach dem Rechten.«

Vati schüttelt bedauernd den Kopf. »Das reicht nicht. Es wäre besser, du würdest die ganze Zeit hier wohnen.«

»Warum?«

Mutti seufzt. »Letzte Woche wurde gegenüber bei dem netten britischen Ehepaar eingebrochen. Die Polizei hat uns gewarnt, dass so etwas in den Ferien noch öfter vorkommen könnte. Anscheinend ist hier eine Einbrecherbande am Werk.«

»Und ich soll die Einbrecher fernhalten?«

»Ja.« Mutti ist froh, dass ich endlich verstanden habe. »Die Polizei meint, es ist besser, wenn das Haus bewohnt aussieht.«

»Aber was mache ich mit Gurke?«

»Den bringst du mit. Er wird unseren Garten genießen.« Sie stellen sich das wirklich sehr einfach vor.

»Warum kann das nicht Nicole übernehmen?«

»Weil Nicole noch Jens hat.«

»Den kann sie doch auch mitbringen. Der genießt den Garten bestimmt ebenso wie Gurke. Und er ist nicht so scharf auf die Meisen.«

Vati seufzt. »Siehst du, ich habe dir doch gesagt, dass sie nicht will.«

Aber Mutti gibt noch nicht auf. »Deine Schwester ist hochschwanger. Deshalb kann ich sie schlecht darum bitten, für zwei Wochen hierher zu ziehen.«

Aber mich kann sie bitten. Ich bin Single, kinderlos und viel zu gutmütig für diese Welt.

»Also gut, ich mache es.«

Beide strahlen mich an. »Das ist lieb. Vielen Dank.«

Und Mutti fügt noch hinzu: »Ich werde dir den Kühlschrank gut füllen und auch noch einen Kuchen backen. Und für Gurke werde ich das beste Katzenfutter der ganzen Stadt besorgen.«

Sie drückt mir einen Kuss auf die Wange und vertieft sich dann wieder in die Lektüre der Reiseführer.

Ich nehme meine Limonade und gehe nach draußen. Vielleicht kann ich mich ja ein wenig in die Sonne legen. Es ist noch zu früh, um bei Sonja vorbeizuschauen. Sie wird erst in einer Stunde aus dem Büro kommen.

Auf der Terrasse sitzen Nicole und Mandy. Nicole hat Niklas auf dem Schoß und redet auf ihn ein. Der kleine Kerl hat ein großes gemaltes »R« auf der rechten und ein großes »L« auf der linken Hand. Nicole hält seine Hände hoch und deutet nun abwechselnd in beide Richtungen. »Das ist rechts und das ist links.«

»Rechts und links«, wiederholt Niklas brav.

Mandy beobachtet die Szene fasziniert. Vermutlich kann sie dabei auch noch etwas lernen.

»Und jetzt, Niklas, kommt die große Frage: Welche Richtung ist das?« Nicole hebt die Hand mit dem »L«.

»Rechts?«, rät Niklas.

»Nein, mein Schatz.« Nicole schüttelt unzufrieden den Kopf.

»Lass es doch Mandy mal versuchen«, schlage ich vor.

Nicole schaut mich böse an. »Was willst du denn hier?«

»Ich bin auf Besuch bei Mutti und Vati. Genauso wie du.«

»Links. Das war links«, mischt sich Mandy ein.

Ich unterdrücke ein Grinsen, dann wende ich mich wieder an Nicole. »Niklas ist erst vier Jahre alt. In dem Alter kann er das doch noch gar nicht unterscheiden. Das lernen Kinder erst, wenn sie in die Schule kommen.«

»Das glaubst du. Ich weiß es besser.« Sie streicht sich ihre Haare aus dem Gesicht. Niklas nutzt die Chance, von Nicoles Schoß zu entkommen. Jetzt habe ich freien Blick auf ihren enormen Bauchumfang. Demonstrativ setze ich mich so hin, dass mein T-Shirt etwas nach oben rutscht und den Blick auf meinen Bauch freigibt. Wenn ich den Bauch nur ein bisschen einziehe, sieht er glatt und flach aus.

Nicole räuspert sich und rutscht auf ihrem Stuhl hin und her. Dabei fallen mir ein paar Kabel an ihrem Hosenbund auf. »Was hast du da? Ist das ein Wehenschreiber?«

»Nein. Das ist dein alter Walkman.« Nicole sieht mich herausfordernd an. »Was dagegen?«

Natürlich habe ich etwas dagegen, dass mein Walkman samt Kopfhörer in ihrer Hose hängt. Aber noch mehr interessiert mich, warum er da hängt.

»Das Baby lernt gerade Englisch. Ich habe Nicole eine meiner Sprachkassetten geliehen«, verkündet Mandy.

»Das ist nicht dein Ernst, oder?« Ich blicke Nicole fassungslos an.

Meine Schwester lächelt überheblich. »Es ist erwiesen, dass Kinder schon im Mutterleib hören können. Was spricht dagegen, sie schon einmal mit dem Klang einer Fremdsprache vertraut zu machen?«

»Es ist doch toll, wenn Kinder zweisprachig aufwachsen«, wirft Mandy ein.

»Ja. Es wird bestimmt ein erhebendes Gefühl sein, wenn das Baby auf die Welt kommt und den Arzt in reinstem Oxford-Englisch um einen Tee mit Milch bittet.« Ich schaue mir die Kabel an ihrer Hose genauer an. »Woher weißt du eigentlich, dass die Kopfhörer nicht genau an den Füßen des Babys liegen?«

»Wenn du etwas von Schwangerschaft und Geburt verstündest, mein liebes Schwesterlein, dann wüsstest du, dass sich das Baby ein paar Wochen vor der Geburt nach unten dreht.« Sie deutet auf die Kopfhörer. »Genau hier liegt der Kopf.«

»Verwirrt es das Baby nicht, wenn es Englisch hört und wir gleichzeitig Deutsch reden?«

Nicole mustert mich geringschätzig. »Mit dir werde ich mich nicht mehr länger über dieses Thema unterhalten. Krieg du erst einmal selbst ein Kind!«

»Zuerst werde ich jetzt das Kind suchen gehen, das du mit deinen blöden Rechts-Links-Spielchen vertrieben hast.« Ich nehme meine Limonadenflasche und mache mich auf die Suche nach Niklas. Wenn ich richtig gesehen habe, bewegt sich da etwas im Apfelbaum.

Aber es ist nicht Niklas, der im Baum sitzt, sondern Tim.
»Tim, was machst du denn hier?«, frage ich nach oben.
Er sitzt auf einem großen Ast und lässt die Beine baumeln.
»Ich sitze im Baum und denke nach.«
Sein Bart ist tatsächlich verschwunden und die langen lockigen Haare sind zu einem Zopf zusammengebunden. Das sieht zwar immer noch nicht gut aus, aber besser als vorher.
»Musst du nicht arbeiten?«
»Freitagnachmittag hat die Praxis geschlossen.«
»Und warum bist du nicht bei Mandy?«
»Wird das ein Verhör? Warum bist du denn hier?«
»Meine Schwester hat mich losgeschickt, ich soll ein Baby kriegen.«
»Soll ich dir dabei helfen?«
»Nein, danke.«
»Allein wird dir das aber nicht gelingen, wie dir vielleicht bekannt ist.«
»Warum nicht?«, mischt sich Niklas' Stimme ein.
»Niklas, wo steckst du?« Ich kann ihn nirgendwo sehen.
»Er hockt in den Büschen«, klärt Tim mich auf.
Tatsächlich, ich entdecke Niklas zwischen den Kirschlorbeer-Bäumen. »Komm mal da raus, kleiner Mann!«
Ich beuge mich zu ihm hinunter, stelle meine Flasche ab und nehme seine Hand mit dem großen »L«. Bereitwillig krabbelt er unter den Büschen hervor und lässt sich von mir hochnehmen. »Was hast du denn da unter den Sträuchern gemacht?«
»Ameisen gefangen. Hier!« Er hält mir seine Hand hin, auf der ungefähr zehn kleine Ameisen hektisch hin- und herlaufen.

»Willst du auch welche?« Ohne meine Antwort abzuwarten, schüttelt er seine Hand in meinen Ausschnitt.

»Niklas!« Ich stelle ihn schnell ab und versuche, mich von den Ameisen zu befreien. Vergeblich. Die Insekten laufen bereits panisch in Richtung meines Büstenhalters.

Niklas spürt meinen Ärger und verzieht sich lieber. »Oma, ich will Eis!«, ruft er und läuft zu Tante Hilde, die auf ihrer Terrasse Wäsche aufhängt.

Neben mir springt Tim vom Baum. »Darf ich dir wenigstens jetzt helfen?«

»Ja, bitte. Mach mir mal schnell den BH auf!«

»Okay.« Es gelingt ihm auf Anhieb.

»Du scheinst Übung darin zu haben«, stelle ich fest, während ich versuche, den Büstenhalter samt Ameisen unter meinem T-Shirt herauszuziehen. Danach klopfe ich noch vorsichtshalber meinen Bauch und meinen Rücken ab.

»Jetzt hast du sie alle erschlagen. Erzähl das bloß nicht Niklas.« Tim klettert wieder auf den Baum.

Ich schüttele den Kopf. »Und das als Dank dafür, dass ich ihn aus der Gewalt meiner Schwester befreit habe!«

»Ich beobachte das schon seit einer Weile. Er hat nicht lange leiden müssen, bis du kamst.«

Ich lege meinen BH neben die Limonadenflasche und blicke wieder den Baum hinauf. Früher haben Sonja und ich hier viele schöne Abende verbracht. Der Apfelbaum war der geheime Treffpunkt für uns Kinder.

»Ist da oben noch Platz für mich?« Im Baum ist es sicher gemütlicher als bei Nicole und Mandy auf der Terrasse. Im Zweifelsfall ist sogar Tim die angenehmere Gesellschaft – zumindest so lange, bis Sonja da ist.

Tim nickt und rückt bereitwillig den Ast entlang. »Wenn du noch klettern kannst …«

»Na klar.« Aber leider überschätze ich meine Kletterkünste. Grinsend reicht mir Tim die Hand und hilft mir auf den Ast.

Von hier oben hat man eine gute Sicht auf beide Gärten. Tante Hilde hängt noch immer Wäsche auf. Niklas hockt neben ihr im Gras und isst Eis. Auf unserer Terrasse sitzen Nicole und Mandy und unterhalten sich angeregt.

»Die beiden scheinen sich ja blendend zu verstehen. Ich frage mich wirklich, was Nicole an Mandy findet ...« Erschrocken halte ich inne und werfe einen Seitenblick auf Tim. »Entschuldige. Das habe ich nicht so gemeint.«

Doch Tim ist nicht beleidigt. Er lächelt nur ein wenig bitter. »Ist schon okay. Ich frage mich ja selbst gerade, was ich an Mandy finde.«

Da kann ich ihm leider auch nicht weiterhelfen. Ich versuche es mit einem Themenwechsel. »Hast du schon gehört, dass unsere Eltern mit Sonja und Niklas nach Teneriffa fliegen?«

Er nickt. »Ich bleibe hier und passe auf das Haus auf.«

»Du auch? Ich wurde ebenfalls dazu verdonnert.«

»Prima!«, freut er sich. »Dann kannst du mir ja jeden Abend was Schönes zu essen kochen, wenn ich aus der Praxis komme.«

»So weit kommt es noch«, brumme ich. »Das habe ich nicht einmal für meinen Exmann gemacht.«

»Vielleicht hat er dich deshalb verlassen.«

»Er hat mich nicht verlassen. Wir haben gemeinsam beschlossen, dass es keinen Sinn hat.« Wieso erzähle ich ihm das eigentlich?

Ich erwarte einen weiteren bissigen Kommentar, aber Tim lächelt nur. »Schön, wenn man so etwas rechtzeitig feststellt. Oft genug lebt man doch einfach nur so in den Tag hinein und wird älter und älter.«

»Was ist denn mit dir los?«

»Ich werde in einer Woche dreißig. Das ist los.«

Jetzt dämmert es mir, was ihn bewegt. Der gute Tim hat Angst vor dem Älterwerden!

»Und was ist so schlimm daran?«

Sein Blick spricht Bände. »Ich hasse es. Was hast du gemacht, als du dreißig wurdest?«

»Da muss ich mal überlegen. Das ist schon so lange her.«
Nachdenklich kratze ich mich am Ausschnitt. Offensichtlich hat eine Ameise überlebt.

»So lange ist das doch auch nicht her. Gerade mal sechs Jahre.« Manchmal kann Tim richtig nett sein.

»Danke!«

»Ab jetzt wird mein Leben nur noch öde und langweilig sein.«

»Wer sagt das?«

»Alle. Ich werde mir einen sicheren Job suchen müssen, werde ein Haus bauen, einen Baum pflanzen und einen Sohn zeugen.«

»Wieso das denn?« Ich schüttele den Kopf.

»Weil ich über dreißig bin. Da macht man so etwas.«

»Aha.«

»Was – aha?«

»Ich habe weder ein Haus noch einen Baum oder ein Kind.« Tim sieht mich überrascht an. »Stimmt.«

»Und ich habe trotzdem überlebt. Eigentlich sogar ganz gut.«

»Richtig.« Seine Miene hellt sich zusehends auf. »Aber du bist so ... vernünftig.«

»Ich und vernünftig? Da kann ich dir aber etwas ganz anderes erzählen!«

»Nur zu. Ich habe massenhaft Zeit und bin für jede lustige Geschichte dankbar.«

Warum eigentlich nicht? Ich persönlich finde meine Erlebnisse in Oy-Mittelberg zwar nicht unbedingt lustig, aber für einen Außenstehenden hat die Sache bestimmt eine gewisse Komik. Und so wie ich Tim und Sonja kenne, würde er früher oder später ohnehin durch seine Schwester erfahren, was passiert ist.

»Na gut. Du musst aber schwören, dass du unseren Eltern nichts davon erzählst.«

Tim nickt und sagt feierlich: »Ich schwöre!«

Also erzähle ich ihm alles. Ich beginne mit dem kindischen Plan, den Sonja, Martina und ich ausgeheckt haben. Die Geschichte mit Markus streife ich nur kurz, weil Tim sie zum großen Teil schon kennt. Dann berichte ich von den beiden Tagen im Allgäu.

Zuerst zuckt sein Mund nur ganz leicht. Später kann er sich ein Grinsen nicht mehr verkneifen. Und bei meiner Schilderung von Gitties missglückter Hausmusik fällt er vor Lachen tatsächlich vom Baum.

»Was treibt ihr beide denn hier so Lustiges?« Plötzlich steht Sonja da und hilft ihrem Bruder wieder auf die Beine. Dabei bemerkt sie auf dem Boden meinen Büstenhalter. »Und wieso hier im Baum?«

Warum werde ich jetzt rot? Es ist doch gar nichts passiert. »Wir machen überhaupt nichts.«

»Doch.« Tim reibt sich den schmerzenden Rücken. »Silke hat mich von meinen Depressionen geheilt.«

Sonja hebt meinen BH mit spitzen Fingern auf. »Ich kann mir auch lebhaft vorstellen, wie ...«

»Kannst du nicht.« Ich springe ebenfalls auf den Boden. »Frag lieber mal deinen Sohn, warum er mir Ameisen in den Ausschnitt gesteckt hat.«

»Ja«, kommt Tim mir zur Hilfe. »Und dann lass dir von Silke erzählen, was aus eurem geliebten Stefan geworden ist.«

»Das weiß ich schon«, erwidert Sonja ungerührt. »Er ist Pilot.«

»Irrtum«, korrigiere ich sie. »Leider ist alles ganz anders.«

»Ja.« Tim nickt eifrig. »Aus Traumprinz Nummer zwei wurde nach dem Kuss durch die Prinzessin ein hässlicher, dicker Frosch.«

Sonja sieht mich fragend an.

Ich seufze. »Hast du Zeit?«

Sie nickt. »Meine Mutter kümmert sich um Niklas. Und zu

denen da drüben« – Sie zeigt auf Nicole und Mandy – »gehe ich bestimmt nicht.«

Tim klopft ihr auf die Schulter. »Dann komm einfach mit uns in den Baum, liebes Schwesterherz! Silke hat dir viel zu erzählen ...«

Also gebe ich die Geschichte mit Stefan und Gittie zum zweiten Mal an diesem Tag zum Besten. Im Gegensatz zu Tim, der sich auch jetzt vor Lachen kaum halten kann, wirkt Sonja ehrlich bestürzt.

»Das ist ja fürchterlich. Arme Silke!« Wenigstens einer hat Mitleid mit mir.

»Wieso? Sie ist doch selbst schuld!« Tim kennt keine Gnade. »Schließlich hat sie niemand darum gebeten, in der Vergangenheit zu wühlen.«

»Doch«, verteidige ich mich. »Deine Schwester. Aber jetzt ist Schluss damit.«

»Und was wird aus den übrigen Kandidaten? Oder waren das schon alle?« Tim sieht mich fragend an.

Ich schüttele den Kopf. »Das geht dich gar nichts an.«

»Stehe ich eigentlich auch in deinen Tagebüchern?«, will er wissen.

Ich muss lachen. »Ja. Aber hauptsächlich dann, wenn ich mich über dich geärgert habe.«

Jetzt mischt sich Sonja ein. »Was ist denn mit Victor David?«

Tim prustet los. »Victor David? Silke steht auf Victor David? Das ist doch dieser ständig bekiffte englische Popsänger, der schon längst wieder in der Versenkung verschwunden ist.«

»Ach was. Ich stehe nicht auf Victor David, ich habe nur mal für ihn geschwärmt. Und er ist auch nicht ständig bekifft. Er hat einfach die falschen Freunde. Übrigens ist er auch gar nicht in der Versenkung verschwunden. Gerade ist eine neue CD von ihm herausgekommen.« Wieso verteidige ich Victor eigentlich?

»Eine CD, die niemand haben will«, bemerkt Tim spöttisch.
»Sag bloß, du hast sie gekauft?«

»Nein, natürlich nicht.« Mein Musikgeschmack hat sich seit meiner Teenagerzeit doch glücklicherweise verbessert.

»Ich auch nicht.« Sonja lehnt sich an den Baumstamm. »Aber früher fand ich ihn einfach toll.«

»Und dabei sollten wir es belassen. Ich werde bestimmt nicht nach London fliegen und ihn besuchen.« Für mich ist die Diskussion damit beendet.

Sonja sieht das ähnlich und wechselt das Thema. »Habt ihr auch so einen Hunger?«

Tim und ich nicken. Sonja sieht ihren Bruder bittend an. »Timmy, Baby, gehst du und holst uns was zu essen?«, fragt sie in Mandys Tonlage.

Tim funkelt seine Schwester böse an. »Kannst du nicht vernünftig reden?«

»Natürlich kann ich das. Im Gegensatz zu ihr ...« Sie deutet mit dem Kopf in Richtung unserer Terrasse. Dort sitzen immer noch Nicole und Mandy. Inzwischen hat sich Jens zu ihnen gesellt.

»Jens ist da«, sage ich überflüssigerweise. Ich habe es schon als Kind gehasst, wenn Sonja und Tim sich in meinem Beisein gestritten haben.

»Ja, Jens ist da«, wiederholt Sonja und blinzelt mich amüsiert an. »Geh doch rüber zu ihnen, Tim. du kannst Nicole bestimmt ein paar nette Geburtsgeschichten aus der Praxis erzählen.«

»Ich weiß nicht recht, ob es Nicole interessiert, dass ich gestern Nacht bei einer Zangengeburt für ein paar wertvolle Zuchtferkel assistiert habe.«

»Lass es bloß nicht Nicole hören, dass du ihren Namen in einem Atemzug mit den Geburtskomplikationen bei einem Schwein erwähnt hast«, warne ich Tim.

Er grinst und schweigt, und ich atme auf. Wenigstens streiten sie nicht mehr. Sonja macht sogar ein Friedensangebot. »Ich gehe selbst und hole uns etwas zu essen.« Damit springt sie vom Baum und läuft ins Haus ihrer Eltern.

Tim beobachtet eine Weile stirnrunzelnd das Geschehen auf unserer Terrasse.

»Warum guckst du so böse?«, will ich wissen.

»Deine Schwester hat viel zu starken Einfluss auf Mandy.«

»Das könnte daran liegen, dass du sie zu viel allein lässt.« Ich hätte nie gedacht, dass ich Mandy einmal verteidigen würde. »Warum bist du zum Beispiel jetzt nicht bei ihr?«

»Weil es mir auf die Nerven geht, dass ständig nur von Familienglück und Kindern die Rede ist.«

»Du könntest doch mit ihr woanders hingehen. Der Garten ist groß genug.«

Tim seufzt. »Das nutzt nichts. Da würde sie auch nur über dasselbe Thema reden wollen.« Sieh mal an. Die gute Mandy hört ihre biologische Uhr ticken.

»Was ist so schlimm daran? Willst du keine Kinder?«

»Schon. Aber doch nicht mit ihr!« Er rauft sich verzweifelt die Haare.

»Dann solltest du ihr das sagen«, schlage ich vor. »Das würde ungemein helfen.«

»Ich weiß. Ich warte nur noch auf den richtigen Zeitpunkt.«

»Wie rücksichtsvoll von dir.« Kopfschüttelnd sehe ich ihn an. Jetzt hätte ich selbst große Lust, mich mit ihm zu streiten.

Glücklicherweise kommt Sonja in diesem Moment zurück. Sie trägt ein Tablett mit drei Gläsern, einer Packung Saft, einer Flasche Sekt und zwei Tüten Chips vor sich her.

»Lasst uns diesen Abend genießen. Was kümmern uns schon die Männer aus dem Allgäu?«

Sie lässt den Sektkorken knallen und lächelt mir aufmunternd zu. »Auf uns!«

8

Am nächsten Tag schließe ich meine Tagebücher in eine alte Schmuckschatulle ein und gelobe feierlich, dass ich sie nie wieder lesen werde. Dann besiegele ich meinen Schwur, indem ich den Schlüssel unter Gurkes Lieblingstanne im Garten vergrabe.

Mein Kater guckt zwar etwas misstrauisch, macht es sich dann aber in der frisch aufgeworfenen Erde bequem. Gott sei Dank kommt er nicht auf die Idee, den Schlüssel wieder auszugraben!

Danach stürze ich mich in das samstägliche Treiben in der Innenstadt und tätige ein paar lebensnotwendige Frustkäufe.

Um sechs Uhr abends sitze ich zufrieden mit einem Glas Weißwein auf meiner Terrasse und esse den Krabbensalat, den ich mir aus der Stadt mitgebracht habe.

Da klingelt das Telefon. Es ist Sonja.

»Kann ich mir für morgen deine Jahreskarte für den Zoo ausleihen? Niklas möchte mal wieder zu den wilden Tieren.«

»Klar, warum nicht?« Ich habe seit drei Jahren eine Jahreskarte für den Zoo und teile diese regelmäßig mit Sonja und Niklas.

»Super, du bist ein Schatz! Ich schicke gleich Tim bei dir vorbei, weil ich Niklas noch baden will, bevor er ins Bett geht. Tim muss sowieso noch mal raus und Mandy zum Flughafen bringen. Sie hat heute Abend Dienst und fliegt nach Rio de Janeiro.«

»Beneidenswert.«

Sonja lacht. »Wegen Tim oder Rio?«

»Rio natürlich.« Auch ich muss grinsen. »Weiß Tim, wo ich wohne?«

»Ich habe es ihm erklärt.«

Wir verabschieden uns bald, weil Niklas im Hintergrund lautstark die Aufmerksamkeit seiner Mutter fordert.

Eine halbe Stunde später steht Tim vor meiner Tür.

»Hallo, Silke!«

»Komm doch rein. Ich bin gerade mit dem Essen fertig. Möchtest du vielleicht auch einen Espresso?«

Bin ich verrückt geworden? Vermutlich liegt es am Wein. Ich sollte um sechs Uhr abends noch keinen Alkohol trinken! Eigentlich will ich Tim so schnell wie möglich wieder loswerden.

Er schaut mich überrascht an, nickt dann aber. »Okay.«

Dann kommt er herein und sieht sich interessiert um. »Ich war noch nie in deiner Wohnung.«

»Schau dich ruhig um!« Zum Glück habe ich gestern gründlich aufgeräumt.

Ich gehe in die Küche und bereite den Espresso zu. Als ich wieder ins Wohnzimmer komme, steht Tim vor meinen Büchern und studiert die Titel. »Du hast eine Vorliebe für die alten englischen Damen«, stellt er fest. »Agatha Christie, Jane Austen, die Brontë-Schwestern ... und dann auch noch alles im englischen Original. Ich bin beeindruckt.«

Gut, dass meine Sammlung der immer ein wenig kitschigen, aber dafür heiteren Romanzen im Schlafzimmerschrank eingeschlossen ist!

Tim ist mittlerweile an meinem Schreibtisch angekommen und betrachtet die Hefte und Bücher, die dort liegen. »Das weckt alte Erinnerungen«, sagt er und blättert in einem Sachkundebuch für die dritte Klasse. »Unterrichtest du gern?«

»Ja. Ich liebe meinen Beruf.«

»Kann ich mir gar nicht vorstellen.« Er grinst mich frech an. »Früher hattest du immer was gegen kleine Kinder. Ich kann mich noch gut daran erinnern, wie du mich in euren Schuppen gesperrt hast.«

»Irrtum. Ich hatte nichts gegen kleine Kinder. Nur was gegen besonders nervige Jungs, die ihre große Schwester und deren beste Freundin keine Minute in Ruhe lassen konnten. Den Schuppen hattest du dir nach der Sache mit den Spinnen wirklich verdient!«

Mit den Tassen in der Hand schiebe ich ihn in Richtung Terrasse.

Die nächste Stunde verbringen wir damit, alte Erinnerungen auszutauschen. Es ist ein wunderschöner Abend. Der Wind streicht warm über den Balkon, die Vögel zwitschern in der Dämmerung, und von der Straße her sind nur gelegentlich Kinderlachen und Hundebellen zu hören.

Sogar Gurke fühlt sich in unserer Gesellschaft wohl. Er beschnuppert meinen Besucher neugierig und macht es sich dann auf seinem Schoß gemütlich.

Tim krault ihn ausgiebig und untersucht dabei Gebiss, Nase, Augen und Ohren. Der Kater lässt die Prozedur geduldig über sich ergehen. Er scheint es sogar zu genießen, weil Tim dabei keinen Moment aufhört, ihn zu kraulen.

»Ein schönes und gesundes Tier. Aber ein bisschen zu dick. Du solltest ihn auf Diät setzen.« Mit diesen Worten beendet Tim seine Untersuchung.

»Ich finde ihn genau richtig so.«

»Wenn er weiter so viel frisst, passt er bald nicht mehr durch die Katzenklappe.« Er zeigt auf die kleine Öffnung in der Terrassentür.

Die nette Stimmung ist dahin. Warum muss Tim mich ausgerechnet jetzt mit den Gewichtsproblemen meines Katers nerven? Ich verwerfe den Gedanken an die zwei Gläser Wein, die ich noch vor wenigen Minuten aus der Küche holen wollte. Ich werde meinen kostbaren Wein doch nicht an einen geltungssüchtigen Tierarzt verschwenden, der über die Figur meiner Katze lästert!

Tim scheint meinen finsteren Blick gar nicht zu bemerken. »Ich ziehe übrigens in einem Monat um. Ich habe die Wohnung deines schwulen Freundes gemietet.«

»Er ist nicht mein schwuler Freund«, versetze ich gereizt.

»Aber er ist doch dein Freund, oder? Und er ist schwul. Also ist er dein schwuler Freund. Rein platonisch, versteht sich.« Für Tim ist die Sache klar.

Jetzt werde ich wirklich wütend. Was geht ihn die Sache zwischen Markus und mir an? »Wenn das so ist, dann ist Mandy wohl deine hohlköpfige Freundin. Denn sie ist deine Freundin und sie ist so hohl wie ...« Leider fällt mir so schnell kein Vergleich ein.

Ich komme auch nicht mehr dazu, den Satz zu beenden. Auf der Straße hupt ein Auto. Gleich darauf hört man Bremsen quietschen und dann das langgezogene Heulen eines Hundes und den Schrei eines Kindes, gefolgt von jämmerlichem Weinen.

Wir springen beide erschrocken auf. »Da ist etwas passiert«, rufe ich und eile zur Tür. Tim folgt mir.

Im Hausflur überholt er mich und ist als Erster auf der Straße. Dort steht ein Kleinwagen. Der Fahrer, kreidebleich im Gesicht, ist gerade ausgestiegen. Vor dem Auto kniet ein Kind, ein kleiner Junge von höchstens zehn Jahren, der leise vor sich hin weint. Vor ihm auf der Straße liegt ein schwarzer Mischlingshund, der verzweifelt versucht aufzustehen. Er blutet aus mehreren Wunden.

Ein Anflug von Übelkeit überkommt mich, der jedoch rasch überwunden ist. Ich habe ähnliche Situationen viele Male in diversen Ersthelfer-Lehrgängen durchgespielt. Jetzt kann ich zeigen, was ich gelernt habe.

Auch Tim stockt für einen Moment der Atem. »Du lieber Himmel!«, presst er heraus und dann ist er auch schon bei dem Hund und redet beruhigend auf ihn ein.

Ich kümmere mich zuerst um den Jungen. Als ich ihn leicht

am Arm berühre, zuckt er zusammen. »Bist du verletzt? Bist du vor das Auto gelaufen?« Er schüttelt den Kopf.

»Der Hund! Der Hund ist mir vors Auto gelaufen. Der Junge kam erst dazu, als der Hund schon dalag«, sagt eine zitternde Stimme hinter mir. Der Fahrer des Wagens steht leichenblass hinter mir auf der Straße. Es ist ein älterer Herr um die sechzig.

»Sind Sie verletzt?«, frage ich ihn.

Er schüttelt den Kopf.

»Sind Sie in der Lage, uns zu helfen?«, erkundige ich mich, während ich den Jungen behutsam in die Arme nehme.

Der Mann nickt erleichtert, anscheinend froh, etwas tun zu können. Ich blicke zu Tim, der immer noch den Hund untersucht. Er nimmt mich gar nicht wahr.

»Dann versuchen Sie als Erstes, uns die Schaulustigen vom Hals zu schaffen. Wer nicht helfen will, soll gehen.« Der Mann dreht sich gehorsam um und schreit den Leuten zu, die sich langsam um uns versammeln: »Hier gibt es nichts zu sehen. Gehen Sie weiter!« Offensichtlich hat er sich wieder gefangen. Seine Stimme klingt respekteinflößend.

Ich wende mich erneut dem Kind zu. »Ich heiße Silke und ich bleibe jetzt so lange bei dir, bis deine Eltern kommen. Du musst keine Angst haben. Alles wird gut.« Ich streiche ihm über den Kopf.

Tim springt auf. »Ich brauche sofort meine Tasche. Wir dürfen keine Zeit verlieren. Hier, halte den Hund mal fest.« Ohne eine Antwort abzuwarten, eilt er zu seinem Auto. Ich kraule den Hund vorsichtig hinter den Ohren. Er wimmert leicht und versucht wieder aufzustehen. Ich drücke ihn sanft zurück und wende mich an den Jungen. »Sagst du mir, wie du heißt?«

»Jonas Schulz.«

»Also gut, Jonas. Komm doch mal her und streichle deinen Hund ein bisschen. Es tut ihm sicher gut, wenn er merkt, dass du bei ihm bist.«

»Wird er sterben?«, fragt Jonas tränenerstickt.

»Nein, bestimmt nicht. Sieh mal, der Mann da hinten ist Tierarzt. Er wird helfen, so gut er kann. Wie heißt der Hund eigentlich?«

»Bounty.« Jonas ist schon nicht mehr ganz so verzweifelt. Er rückt näher und streichelt den Hund.

Tim kommt zurück und öffnet eilig seinen Koffer. Als Erstes holt er eine Spritze und eine kleine Flasche hervor. Während er die Spritze aufzieht, habe ich Gelegenheit, mich kurz umzuschauen. Der Autofahrer hat ganze Arbeit geleistet: Die Schaulustigen haben sich zurückgezogen. Jetzt kommt er zu uns zurück. »Ich sollte einen Tierarzt rufen«, schlägt er vor.

Kopfschüttelnd deute ich auf Tim. »Nicht nötig. Er ist Tierarzt.« Ich räuspere mich. »Wir sollten die Eltern des Jungen verständigen. Sagst du mir, wo du wohnst?«, frage ich Jonas.

Er nennt mir bereitwillig seine Adresse.

»Das ist hier gleich um die Ecke. Können Sie hingehen und ihnen Bescheid sagen?«, erkundige ich mich bei dem Autofahrer. Er nickt. »Ich heiße übrigens Erwin«, sagt er und streckt mir seine Hand entgegen.

»Ich heiße Silke.« Ich erkläre Erwin den Weg und er eilt davon.

»Erwin holt jetzt deine Eltern. Dann wird es dir auch bald bessergehen, Jonas.« Ich drücke das Kind noch einmal fest an mich. Jonas schüttelt den Kopf. »Und was ist mit Bounty?«

Tim hat dem Hund inzwischen eine Spritze gegeben. Langsam wird Bounty schläfrig. Tim streichelt ihn sanft und blickt dann auf. »Dein Hund hat mehrere Wunden und vermutlich auch innere Verletzungen. Ich fürchte, er würde es nicht lebend bis zur Tierklinik schaffen. Ich muss die schlimmsten Blutungen möglichst schnell stillen, damit er überhaupt eine Chance hat.«

»Hier auf der Straße?«, frage ich schwach.

»Nein, natürlich nicht hier. Dein Küchentisch wäre besser.«

Hat er das ernst gemeint? Offenbar schon, denn er schaut mich abwartend an.

Ich nicke. Schließlich geht es um das Leben des Hundes.

Hinter uns ertönen Stimmen. Jonas' Eltern kommen angelaufen und schließen ihr Kind in die Arme. Tim stellt sich kurz vor und erklärt ihnen mit wenigen Worten die Situation.

Wenige Minuten später liegt Bounty in meiner Küche auf dem Tisch. Die Narkose wirkt inzwischen. Tim ist im Bad verschwunden, um sich die Hände zu waschen.

Erwin hat es übernommen, Jonas und seine Eltern zu betreuen. Die vier sitzen im Wohnzimmer und unterhalten sich leise.

»Silke?« Tim kommt in die Küche. »Hast du einen Rasierer?« Als ich ihn verständnislos ansehe, fügt er hinzu: »Ich muss den Hund rasieren.«

Wortlos hole ich meinen Epilierer und gebe ihn Tim. Er bedankt sich und hält mich zurück. »Da ist leider noch etwas. Ich werde deine Hilfe brauchen. Du musst mir assistieren.«

Mir bleibt heute wirklich nichts erspart. »Okay. Sag mir, was ich tun soll.«

»Wasch dir erst mal gründlich die Hände. Und am besten ziehst du dir etwas an, das du danach wegwerfen kannst. Ich befürchte, das hier wird eine blutige Angelegenheit.«

Das wird ja immer schlimmer! Ich muss schlucken und nicke mechanisch.

Tim, der meine Unsicherheit zu spüren scheint, lächelt mir aufmunternd zu und fasst mich an den Schultern. »Du kannst das. Ich bin ja bei dir. Allein schaffe ich es nicht.«

Flüchtig kommt mir der Gedanke, dass ich vermutlich bei den gleichen Worten – unter anderen, weniger blutigen Umständen und vielleicht von einem etwas älteren Mann gesprochen – vor Rührung in Ohnmacht fallen würde.

Jetzt wird mir eher übel davon. Vielleicht ist das mit der Ohnmacht gar keine schlechte Idee!

Tim ist schon weiter ins Wohnzimmer gegangen und spricht kurz mit Jonas und seinen Eltern. Dann bittet er Erwin, bei einer Tierklinik anzurufen und anzukündigen, dass wir in ein bis zwei Stunden kommen werden.

Als ich umgezogen und mit sauberen Händen in die Küche zurückkehre, hat Tim inzwischen den Hund rasiert und sich Gummihandschuhe übergestreift. Er reicht auch mir ein Paar. Dann zeigt er mir, wie ich den Mundschutz aufsetzen soll. Aufmunternd lächelt er mir noch einmal zu, ehe sein Mund hinter dem hellgrünen Stoff verschwindet.

»Ich werde dir immer erklären, was ich gerade tue. Und ich werde dir sagen, was ich von dir erwarte. Es ist wichtig, dass du zügig, aber konzentriert arbeitest.« Mit diesen Worten greift er zum Skalpell und setzt den ersten Schnitt.

In der nun folgenden Stunde lerne ich eine Menge über mich selbst. Der Mensch ist zu viel mehr fähig, als er ahnt! Ich tupfe Blut weg, klemme Adern ab, fühle den Puls und überprüfe den Herzschlag mithilfe des Stethoskops. Tims ruhige Stimme lenkt jede meiner Bewegungen. Er ist vollkommen bei der Sache. Noch nie habe ich ihn so ernst und konzentriert erlebt.

Nach einer Stunde blickt er auf. »Das Nötigste ist getan. Gott sei Dank ist Bountys Kreislauf stabil. Ich denke, wir können es wagen, ihn in die Klinik zu bringen.« Er wirkt erschöpft, aber glücklich.

Ich nicke. »Sag schnell Jonas und seinen Eltern Bescheid.«

Im Wohnzimmer ist es schon vor längerer Zeit still geworden. Als Tim jetzt in der Tür erscheint und die erlösenden Worte spricht, bricht leiser Jubel aus.

Ich stehe immer noch am Küchentisch. Langsam werden meine Knie weich und ich beginne zu zittern. Die vergangene Stunde war wohl doch etwas zu viel für mich. Tränen laufen mir über das Gesicht und sickern in meinen Mundschutz.

»Hey!« Tim ist zurückgekommen und sieht mich prüfend an. »Alles in Ordnung?«

Ich nicke und verheddere mich bei dem Versuch, den Mundschutz abzustreifen. Tim hilft mir lächelnd. »Du warst toll«, sagt er leise. Dann räuspert er sich. »Ich fahre jetzt den Hund in die Klinik. Anschließend komme ich wieder und helfe dir beim Saubermachen.«

Die Küche gleicht einem Schlachtfeld. Da wir vor der Operation so wenig Zeit wie möglich verlieren durften, konnten wir keine Rücksicht auf Ordnung und Sauberkeit nehmen. Auch wir beide sehen furchtbar aus. Mein T-Shirt und meine Shorts sind blutverschmiert und Tims kurzärmeliges weißes Hemd wird vermutlich nie wieder richtig sauber werden.

Ich sehe der kleinen Gruppe nach, als sie meine Wohnung verlässt. Tim geht voran, den Hund auf dem Arm. Ihm folgen Jonas, seine Eltern und zuletzt Erwin, dem die Erschütterung nun doch anzusehen ist. Beim Abschied bedankt er sich noch einmal bei mir und verspricht, sich bald wieder zu melden.

Dann steigen Tim und Jonas' Vater zu Erwin ins Auto. Er will es sich nicht nehmen lassen, den Hund persönlich in die Tierklinik zu fahren. Jonas und seine Mutter gehen langsam nach Hause. Bevor sie um die Ecke biegen, winken sie mir noch einmal zu.

Jetzt brauche ich zuerst eine Dusche! Ich lasse das heiße Wasser lange über meinen Nacken laufen. Diese Angewohnheit habe ich schon seit meiner Teenagerzeit. Vati hat deshalb immer geschimpft und mir die »steigenden Energiekosten« vorgehalten. Auch mein Exmann versuchte, mich zu kurzem Duschen zu erziehen. Ohne Erfolg. Inzwischen ist es wenigstens ganz allein mein Geld, das ich verschwende.

Nach dem Duschen hülle ich mich in meinen alten Bademantel. Das müsste für den Rest des Abends reichen. Es ist ja nur Tim, der vorbeikommt. Meine Haare föhne ich trotzdem – ich muss ihn ja nicht unbedingt mit meinem Aussehen erschrecken.

Eine halbe Stunde später habe ich das meiste aufgeräumt. Nur Tims Sachen lasse ich liegen. Die soll er lieber selbst einpacken.

Da klingelt es auch schon an der Tür. Tim kommt herein. Er sieht müde aus und trägt immer noch sein blutbeflecktes Hemd. Aber wenigstens hat er gute Neuigkeiten. »Der Hund ist jetzt in den besten Händen. Ich denke, er schafft es.« Mit diesen Worten lässt er sich aufseufzend in meinen besten Fernsehsessel fallen.

»Tim?« Das geht mir jetzt wirklich zu weit.

»Hm?«

»Würde es dir etwas ausmachen, dich umzuziehen?«

Er runzelt die Stirn und blickt auf sein Hemd. Dann springt er auf. »Entschuldige, ich sehe ja verboten aus. Ich kann auch nach Hause fahren, wenn dir das lieber ist.«

»Nein.« Ich will nicht, dass er jetzt schon geht.

Wahrscheinlich habe ich das jetzt aber eine Spur zu schnell gesagt, denn er zieht die Augenbrauen hoch und grinst mich frech an.

»Ich meine nur ... Ich will jetzt einfach noch nicht allein sein, sondern würde gern mit dir in aller Ruhe eine Tasse Tee trinken. Schließlich haben wir heute einiges zusammen erlebt.«

Er nickt und wird wieder ernst. »Ja, einen Tee könnte ich jetzt auch vertragen.«

»Und während ich den Tee koche, ziehst du dich um.«

»Ich habe aber kein Ersatzhemd dabei.«

»Ich leihe dir ein T-Shirt.«

Er mustert völlig ungeniert meine Oberweite. »Deine T-Shirts sind mir bestimmt zu klein.«

Tim kennt meine Vorliebe für Schlaf-Shirts in XXL nicht. »Ich bringe dir etwas Passendes.«

»Okay.« Er zögert. »Darf ich kurz duschen? Ich fühle mich ziemlich blutig.«

»Sicher, da ist das Bad.« Ich gebe Tim ein frisches Handtuch und gehe dann weiter in mein Schlafzimmer.

Dort wühle ich längere Zeit im Schrank. Das rosafarbene Shirt mit den kleinen Katzen scheidet als Erstes aus. Auch das grüne Hemd mit der Aufschrift »Unbeschreiblich weiblich« und ein knallgelbes Etwas mit roten Punkten werden für ungeeignet befunden. Übrig bleibt ein weißes T-Shirt mit der Botschaft »Love, Peace and Mickey Mouse«, die quer über die Brust geschrieben steht. Das müsste gehen.

Tim betrachtet das Kleidungsstück misstrauisch. »War dein Exmann ein pazifistischer Preisboxer mit einem Hang zu kleinen sprechenden Mäusen?«

Ich muss lachen. »Nein, das ist von mir. Und ich fürchte, das ist das einzige, was du akzeptieren wirst.«

Ich schiebe ihn ins Bad und gehe in die Küche, um Tee zu kochen.

Gurke, der gleich nach dem Unfall in den Garten geflüchtet war, kommt maunzend herein und verlangt sein Abendessen. Ich öffne ihm zur Feier des Tages eine Dose mit besonderen Leckerbissen. Genussvoll fängt er an zu fressen.

Dann bringe ich den Tee, die Tassen, die Löffel und die Zuckerdose ins Wohnzimmer. Inzwischen ist es dunkel geworden und auch ein wenig frisch. Ich schließe die Terrassentür und zünde auf dem Tisch eine Kerze an. Zusammen mit der Stehlampe neben dem Sofa ergibt das ein gemütliches Licht.

Tim kommt aus dem Bad und riecht frisch geduscht. Dem Geruch nach zu urteilen hat er mein teuerstes Duschgel benutzt. Und er trägt mein T-Shirt. »Jetzt fühle ich mich wieder wohl.« Aufseufzend lässt er sich zum zweiten Mal an diesem Abend in meinen Sessel fallen. Dann bemerkt er meinen kritischen Blick. »Was ist?«

»Ach, nichts. Es ist nur so komisch, wenn das eigene Nachthemd hier hereinspaziert kommt und dann auch noch nach einem selbst riecht ...« Wir müssen beide lachen.

Gurke schleicht neugierig ins Zimmer. Er hat wohl sein Abendessen beendet und ist auf der Suche nach einem gemütlichen Platz. Als er Tim entdeckt, springt er auf seinen Schoß und lässt sich schnurrend nieder.

Wir trinken unsere erste Tasse Tee, ohne viel miteinander zu reden.

»Du hast heute richtig gut reagiert. Das hätte ich dir gar nicht zugetraut.« Damit bricht er nicht nur das angenehme Schweigen, sondern reduziert mit dem letzten Satz zugleich meine ansatzweise positiven Gefühle ihm gegenüber wieder auf ein Mindestmaß.

»Tja, manchmal bin ich noch für eine Überraschung gut. Trotz meines Alters«, erwidere ich bissig.

»Das war als Kompliment gemeint«, verteidigt er sich.

»Das solltest du beim nächsten Mal besser dazusagen.« Ich stelle meine Tasse auf den Tisch zurück und nehme meinen Kater von seinem Schoß. Dummerweise will Gurke aber sofort zurück zu Tim.

Der versucht gar nicht erst, sein amüsiertes Lächeln zu verbergen. Er streichelt Gurke lange und hingebungsvoll.

»Das war mein erster richtiger Notfall, seit ich wieder hier in Deutschland bin«, sagt er schließlich, wohl um das Thema zu wechseln.

»Wirklich? Du arbeitest doch wieder.«

»Na ja, aber so ein richtiger Notfall war bis jetzt nicht dabei.«

»Was hast du eigentlich längerfristig beruflich vor? Willst du irgendwann eine eigene Praxis eröffnen?« frage ich.

»Ich weiß es noch nicht. Vielleicht vertiefe ich die Meereskunde. Ich schreibe derzeit nebenbei ein paar Artikel und Berichte für das Marine Mammal Center in San Francisco, für das ich gearbeitet habe. Außerdem habe ich zwei Angebote von deutschen Instituten für Meereskunde erhalten. Eventuell ergibt sich dort etwas.«

»Haben wir denn hier überhaupt so viele Meeressäuger?«

Er schüttelt den Kopf. »Nein, eigentlich nicht. Bei uns in Deutschland sind nur der Schweinswal, der Seehund und die Kegelrobbe heimisch. Aber im Zuge der internationalen Zusammenarbeit auf diesem Gebiet werden auch die deutschen Einrichtungen immer wichtiger.«

»Meinst du nicht, dir fehlt etwas, wenn du nur in der Forschung arbeitest?«

Er seufzt. »Das ist genau der Punkt. Ich fürchte, deshalb kann ich mich im Moment auch so schwer für eines der Angebote entscheiden.«

Ich muss an Tante Hilde und Onkel Fred denken. »Das hören deine Eltern bestimmt gar nicht gern, wie?«

Tim seufzt. »Sie drängen mich jeden Tag, ich soll mich endlich entscheiden.«

»Versuch es doch mal aus ihrer Perspektive zu sehen: Sie haben sich auf einen ruhigen Lebensabend gefreut, die Kinder waren aus dem Haus. Aber dann tauchen beide innerhalb eines halben Jahres wieder auf. Erst zieht Sonja mit Kind, aber ohne Mann wieder ein. Und als Nächstes kommt auch noch ihr Sohn zurück und lebt erst einmal ohne festes Ziel einfach so in den Tag hinein. Ich glaube, so haben sich die beiden diese Zeit nicht vorgestellt.«

»Ich ziehe ja bald aus. Dann haben sie schon mal eine Sorge weniger. Und was mein liebes Schwesterlein betrifft – ich glaube, meine Eltern sind im Grunde ganz froh, wieder Leben im Haus zu haben.«

»Wann ziehst du denn um?«

»In vier bis fünf Wochen.«

»Aha.«

»Habe ich dich eigentlich schon zu meiner Geburtstagsparty nächsten Samstag eingeladen?«

Vor Überraschung verschlucke ich mich am Tee. »Was?«, huste ich.

»Ob ich dich schon eingeladen habe?«, wiederholt er und klopft mir auf den Rücken.

Ich schüttele den Kopf.

»Kommst du?«

»Meinst du das im Ernst?«

»Na klar. Ich feiere bei uns im Garten. Sonja, meine Eltern und der Rest deiner Familie werden auch dort sein.«

»Du meinst, du hast sogar Nicole eingeladen?« Ich fasse es nicht.

»Ja, und ihren Mann.«

»Und sie kommen?«

Tim nickt. »Sie haben zugesagt.«

»Warum hast du meine ganze Familie eingeladen?«

Er zuckt mit den Schultern. »Weil ich sentimental bin und mal wieder alle versammelt haben wollte. Außerdem steht ihr uns näher als unsere richtigen Verwandten.«

»Ich dachte, du kannst Nicole nicht leiden.«

»Du bist auch nicht gerade meine Traumfrau und trotzdem lade ich dich ein.«

»So etwas hört man immer gerne«, gifte ich zurück. »Da bekomme ich richtig Lust auf deine Party!«

»Silke!« Ungeduldig zieht er die Augenbrauen hoch.

Eine Feier mit lauter Dreißigjährigen ist sicher leichter zu ertragen, wenn meine Eltern, Tante Hilde, Onkel Fred und vor allem Sonja mit dabei sind. Außerdem hat Tim recht – es ist lange her, dass wir alle miteinander im Garten gefeiert haben.

»Also gut«, gebe ich deshalb nach. »Ich komme.«

»Schön.« Er steht auf und drückt mir den Kater in den Arm. Aber Gurke will immer noch nicht bei mir bleiben, sondern verschwindet durch die Katzenklappe nach draußen. Wenigstens bleibt er nicht mit dem Bauch hängen, wie es manchmal vorkommt, wenn er zu viel gefressen hat.

Tim sieht auf die Uhr. »Ich sollte jetzt gehen, es ist schon spät.«

Gemeinsam tragen wir das Geschirr in die Küche und räumen seine Sachen zusammen. Zum Schluss denke ich sogar an die Karte für den Zoo.

Meinen Rasierer nimmt Tim auch mit. »Du kriegst einen neuen von mir«, verspricht er.

Vor der Tür bleibt er noch einmal stehen.

»Gute Nacht«, wünsche ich ihm.

»Gute Nacht«, sagt er und drückt mir nach kurzem Zögern einen Kuss auf die Stirn. Dann ist er auch schon verschwunden.

9

Genau eine Woche später weckt mich am Morgen um neun Uhr das Telefon.

»Sommer«, murmele ich unfreundlich in den Hörer.

»Frau Sommer? Hier ist Erwin Langer. Habe ich Sie geweckt?«

Wer zum Teufel ist Erwin Langer? Und was soll die dumme Frage, ob er mich geweckt hat?

»Nein«, lüge ich. Warum eigentlich? Manchmal wünsche ich mir, ich könnte weniger höflich sein.

»Dann ist es ja gut.«

»Ja.« Ich zermartere mir mein verschlafenes Gehirn, wo ich diese Stimme schon einmal gehört habe.

»Ich wollte Sie fragen, ob ich Sie am nächsten Dienstag zum Abendessen einladen darf. Jonas und seine Eltern kommen auch.«

Jetzt fällt der Groschen: Das ist der nette Erwin, der vor einer Woche den Unfall mit dem Hund hatte.

»Aber gern.« Dieses Mal muss ich mich nicht einmal anstrengen, höflich zu sein. Ich sage wirklich gern zu. Mir war Erwin sofort sympathisch.

»Wir treffen uns um sieben Uhr beim ›Schlosswirt‹. Kennen Sie das Restaurant?«

»Ja. Dort gibt es ganz ausgezeichnete Schnitzel.«

»Ich wollte auch noch Doktor Hausmann einladen. Er hat mir seine Handynummer gegeben. Meinen Sie, ich kann ihn um diese Zeit schon anrufen?« Wieso war er bei mir nicht so rücksichtsvoll?

»Aber sicher doch. Tim ist Frühaufsteher.« Eigentlich habe ich nicht die geringste Ahnung, ob Tim früh oder spät aufsteht. »Außerdem hat er heute Geburtstag. Er wird dreißig«, füge ich noch hinzu.

»Wirklich? Dann werde ich gleich mal anrufen und gratulieren.«

»Ja, tun Sie das. Er wird sich freuen.« Grinsend stelle ich mir vor, wie Tim unsanft aus seinen Träumen geweckt wird. Ich bin mir inzwischen ziemlich sicher, dass er noch schläft.

»Also dann, bis nächsten Dienstag beim ›Schlosswirt‹.«

»Grüßen Sie Doktor Hausmann von mir!« Tim soll ruhig wissen, wer hinter Erwins frühem Anruf steckt.

Als ich den Hörer auflege, fällt mir siedend heiß ein, dass ich noch kein Geschenk für seine Geburtstagsparty habe. Was schenkt man einem dreißigjährigen Tierarzt mit einer Schwäche für Barbiepuppen und Seekühe?

Nach längerem Nachdenken entscheide ich mich für ein neues weißes Hemd. Die Blutflecken aus dem Hemd, das er bei der Operation von Bounty getragen hat, sind bestimmt nicht wieder herausgegangen. Die Flecken aus meinem T-Shirt übrigens auch nicht. Ich habe es zum Putzlappen degradiert, weil ich ungern mit Hundeblut herumlaufen möchte.

Welche Größe hat Tim? Er ist zwar größer, aber deutlich schlanker als Rolf, mein Exmann. Rolf hatte Hemdgröße vierundvierzig. Tim, so vermute ich, hat höchstens einundvierzig.

Da ich nun einmal wach bin und auch bestimmt nicht mehr einschlafen werde, ziehe ich mich kurzentschlossen an und mache mich auf den Weg in die Stadt. Zuerst gönne ich mir in einem Kaufhaus ein kleines Frühstück. Dann schlendere ich in aller Ruhe durch die Hemden-Abteilung.

An einem Tisch auf der Sonderfläche werde ich schnell fündig. Ich erwische sogar ein richtiges Schnäppchen: ein Hemd von Daniel Hechter zum halben Preis. Zufrieden mit mir selbst und meinem Glück stelle ich mich an der Kasse an.

»Hallo, Silke.« Das darf doch nicht wahr sein! Vor mir steht Katrin Meier.

»Äh ... Hallo, Katrin.« Ich blicke mich verstohlen um. An der Kasse stehen mindestens fünf Leute vor mir. Das müsste reichen, um sie von einem tätlichen Angriff auf mich abzuhalten. Es sei denn, es macht ihr nichts aus, einen Mord vor Zeugen zu begehen.

»Wieso bist du nicht in München?«

So ruhig wie möglich lächele ich sie an. Offensichtlich hat sie nicht vor, mich sofort zu verprügeln. »Ich bin heute auf einem Geburtstag eingeladen«, erkläre ich wahrheitsgemäß.

»Ist das Hemd für Markus?«

Was soll ich darauf erwidern? Soll ich wirklich Markus zuliebe lügen? Ich schaue Katrin ins Gesicht. Eigentlich tut sie mir ein wenig leid – der Gedanke, dass Markus und ich ein Paar sind, scheint ihr richtig wehzutun.

Flüchtig spiele ich mit dem Gedanken, ihr die Wahrheit zu sagen. Aber nein, das kann ich nicht machen. Nicht nach dem, was Markus letzte Woche bei Hintereggers für mich getan hat.

Deshalb nicke ich. »Ja.«

Sie betrachtet das Hemd kritisch. »Meinst du nicht, dass es ihm am Hals zu eng sein wird?«

Das stimmt natürlich. Markus würde niemals in ein Hemd der Größe einundvierzig passen.

»Ach, weißt du, Markus möchte ein paar Kilo abnehmen. Das Hemd ist als Anreiz gedacht«, behaupte ich rasch.

»Man nimmt aber nicht am Hals und an den Schultern ab. Außerdem finde ich Markus überhaupt nicht zu dick. Du etwa?« Sie sieht mich herausfordernd an.

»Nein, gar nicht. Aber er selbst meint, dass er etwas abnehmen sollte. Er steht nun einmal auf schlanke, wohlgeformte Körper.«

Katrin mustert mich kurz von oben bis unten. Ich weiß genau, was sie jetzt denkt. Mein Körper mag zwar einigermaßen schlank sein, aber wohlgeformt ist er nicht. Sicherlich wird sie gleich eine entsprechende Spitze äußern.

Doch ich habe mich getäuscht.

»Ich muss weiter.« Sie nickt mir kurz zu und verschwindet dann in der Menge. Ich atme erleichtert auf. Inzwischen bin ich an der Reihe, das Hemd zu bezahlen.

Auf dem Weg zum Ausgang komme ich noch an einem Stand mit kleinen Stoffhunden vorbei. Einige haben gewisse Ähnlichkeit mit Bounty. Entschlossen kaufe ich zwei davon. Der eine kommt als Dekoration auf Tims Geschenk, der andere Hund ist für Jonas bestimmt.

Dann mache ich mich auf den Heimweg. Tims Party beginnt schon am Nachmittag mit Kaffee und Kuchen. Bis dahin will ich mich zu Hause noch ein wenig ausruhen.

Als ich gegen vier Uhr nachmittags den Garten von Hausmanns betrete, sitzen Nicole, Mandy und Jens bereits am gedeckten Kaffeetisch und unterhalten sich angeregt. Tante Hilde und Mutti laufen geschäftig zwischen Terrasse und Küche hin und her und bringen Kaffeekannen und Kuchen heraus.

Onkel Fred und Vati stehen auf der Wiese und beobachten sorgenvoll den Himmel. Es ist sehr schwül und am Horizont ziehen dunkle Wolken auf. »Das hält bestimmt«, ermuntere ich die beiden, bevor ich mich auf die Suche nach dem Geburtstagskind mache.

Ich finde Tim zusammen mit Sonja und Niklas unter unserem Apfelbaum. Er hat Niklas auf dem Schoß und liest ihm eine Geschichte vor.

Sonja liegt im Gras. Als ich die drei begrüße, öffnet sie die Augen. »Woher hast du denn dieses Kleid?«, fragt sie und richtet sich auf.

»Ich habe es letzte Woche in München gekauft. Markus hat mich beraten.«

Sie nickt. »Das dachte ich mir. Schwule haben einen tollen Geschmack.«

»Was sind Schwule?«, will Niklas wissen.

»Das sind Männer, die lieber mit Männern zusammen sind statt mit Frauen«, erkläre ich Niklas. Ich setze mich neben Tim und Niklas ins Gras und streiche dem Kleinen über den Kopf.

»Tim hat heute Geburtstag. Du musst ihm gratulieren, ihm ein Geschenk geben und ihn küssen!«, verlangt Niklas. »Mandy, Oma, Mama und ich haben das auch gemacht.«

Sonja nickt amüsiert. »Das mit der Gratulation und dem Kuss hat sogar Mandy richtig hinbekommen. Nur das Geschenk hat sie leider zu Hause liegen lassen.«

Tim blickt seine Schwester böse an. Bevor die beiden wieder anfangen können zu streiten, beuge ich mich vor und drücke Tim einen Kuss auf die Wange. »Alles Gute zum Geburtstag!« Mit diesen Worten überreiche ich ihm mein Geschenk.

»Vielen Dank. Übrigens auch für den Anruf heute Morgen. Du scheinst ja gut über meine Schlafgewohnheiten Bescheid zu wissen.«

»Hat Erwin dich etwa geweckt?«, frage ich unschuldig.

»Wer ist Erwin?«, will Sonja wissen.

»Natürlich hat er mich geweckt!« Tim beachtet die Frage seiner Schwester gar nicht.

»Das tut mir aber leid«, sage ich scheinheilig, kann mir jedoch ein Grinsen nicht verkneifen.

»Darf ich das auspacken?«, fragt Niklas und greift nach dem Geschenk. Tim nickt und Niklas beginnt völlig hemmungslos, mein sorgfältig gefaltetes Geschenkpapier aufzureißen.

»Ein Hund! Ist der für mich?« Niklas hat den kleinen Stoffhund entdeckt und schwenkt ihn begeistert hin und her.

Tim schüttelt den Kopf. »Nein, der ist ausnahmsweise mal für mich.« Er betrachtet den Hund näher. »Er sieht aus wie Bounty.«

»Das dachte ich auch, deshalb habe ich ihn mitgenommen.«

»Wer ist Bounty?«, mischt sich Sonja erneut ein.

Inzwischen hat Niklas das Hemd ausgepackt und wirft es achtlos zur Seite. Tim kann es gerade noch auffangen, bevor es im Gras landet. »Ein Hemd, und sogar in der richtigen Größe. Danke!«

»Ich dachte mir, dass dein anderes weißes Hemd bestimmt ruiniert ist. Ich habe die Blutflecken aus meinen Sachen jedenfalls nicht wieder herausbekommen.«

Tim schlägt sich mit der Hand an die Stirn. »Du lieber Himmel, ich habe deinen Rasierer ganz vergessen! Und dein Nachthemd habe ich auch immer noch!«

»Bounty? Erwin? Nachthemd? Rasierer?« Sonja ist sichtlich verwirrt.

»Hat dir dein Bruder nichts von der Notoperation in meiner Küche erzählt?«, frage ich sie.

»Doch.« Sonja nickt. »Allerdings hat er wohl einige Einzelheiten ausgelassen. Ich wusste nicht, dass ihr im Nachthemd und mit Rasierer operiert habt. Das hätte ich gern gesehen.«

Tim lacht und erklärt ihr kurz das Nötigste. Währenddessen lasse ich meinen Blick durch den Garten schweifen. Vati und Onkel Fred haben weitere Tische und Stühle auf die Wiese gestellt. Jetzt haben sie es sich mit einem Glas Bier vor einem alten Radio gemütlich gemacht und hören eine Sportsendung

Mutti und Tante Hilde sitzen inzwischen zusammen mit Nicole, Jens und Mandy am Kaffeetisch. Nicole bestimmt natürlich das Gespräch. Ich kann nicht hören, was sie sagt, aber ihre Gesten sprechen für sich. Mandy und Jens hängen gebannt an ihren Lippen, während sich Mutti und Tante Hilde voll und ganz auf den Kuchen konzentrieren.

In diesem Moment geht die Gartentür bei Hausmanns auf und herein kommen drei blonde Mädchen.

»O Gott!«, entfährt es Sonja. »Mandy hat sich geklont.«

Tim springt auf und läuft seinen Gästen entgegen.

»Küsschen links, Küsschen rechts ...«, lästert Sonja neben mir. »Ich wette, das sind Mandys Freundinnen.«

Sie behält recht. Als wir mit Niklas im Schlepptau die Terrasse erreichen, werden wir den drei jungen Frauen vorgestellt.

»Das sind Jacqueline, Natascha und Konstanze, meine drei besten Freundinnen«, sagt Mandy voller Stolz. Die drei Blondinen nicken einträchtig. Sie sehen sich tatsächlich sehr ähnlich.

»Wie die Jacob Sisters«, flüstert Sonja. »Es fehlen nur noch die hübsch frisierten Pudel.«

»Und das sind Tims Schwester Sonja und ihre alte Freundin Meike.« Mandy deutet auf Sonja und mich.

»Silke«, korrigiere ich.

»Was?« Jetzt habe ich Mandy aus dem Konzept gebracht.

»Silke. Ich bin Sonjas alte Freundin und heiße Silke«, wiederhole ich ihren Text. Sie hat tatsächlich »alt« gesagt!

»Äh ... ja.« Mandy denkt einen Moment lang nach und wendet sich dann an Sonja und mich. »Möchtet ihr beiden großen Mädels euch nicht zusammen mit dem kleinen süßen Nicki zu meinen Freundinnen an den Nebentisch setzen?« Sie kichert und deutet auf einen Tisch in der Wiese.

»Ich will aber nicht der kleine Nicki sein«, sagt Niklas mit dünner Stimme. Leider beachtet ihn keiner.

Sonja hilft Niklas mit dem Stuhl und versorgt sich und ihn mit Kuchen und Getränken, ehe sie selbst Platz nimmt. Ich bediene mich ebenfalls und setze mich dann neben Niklas. Wir drei lassen es uns schmecken, Konstanze, Natascha und Jacqueline hingegen begnügen sich mit einer Tasse Kaffee.

»Das sind viel zu viele Kalorien«, erklärt uns Natascha.

»Mindestens fünfhundert pro Stück«, setzt Jacqueline hinzu.

Mit schlechtem Gewissen betrachte ich den köstlichen Schokoladenkuchen auf meinem Teller. Kann etwas, das so harmlos und lecker aussieht, tatsächlich so gemein sein? Und wenn schon – Sonja, Niklas und ich lassen uns heute nicht davon abhalten, hemmungslos zu schlemmen.

»Was macht ihr eigentlich beruflich?«, erkundigt sich Sonja, während sie ihre Gabel ableckt.

Jacqueline arbeitet als freie Kosmetikerin, Konstanze ist Trainerin in einem Fitnessstudio und Natascha ist Verkäuferin in einer Modeboutique. Nebenher arbeitet sie als Model.

»Wie interessant.« Sonja wendet sich an ihren Sohn. »Niklas, Schatz, soll ich dir noch ein bisschen Kakao mit Sahne holen?«

Aber Niklas möchte nichts mehr trinken, sondern verzieht sich zu seinen Großeltern.

»Sonja, meine Süße«, flöte ich. »Wenn du so lieb wärest, mir noch einen Kaffee mit Sahne zu holen? Und bitte zwei Stücke Zucker!« Ich genieße die sehnsüchtigen Blicke der drei dürren Mädchen.

»Gute Idee. Ich werde mir auch noch so einen Kaffee holen.« Sonja zwinkert mir zu und verlässt den Tisch.

»Seid ihr zwei zusammen?«, fragt Jacqueline, nachdem Sonja mit dem Kaffee zurückgekehrt ist.

Ich trinke gerade den ersten Schluck, bekomme die Sahne in den falschen Hals und muss furchtbar husten.

Sonja hat sich besser im Griff. »Du meinst sicher befreundet, oder?«

»Nein.« Jacqueline schüttelt den Kopf. »Ich meine lesbisch.«

»Wie kommt ihr denn darauf?« Sonja muss grinsen.

»Na ja«, erklärt Jacqueline. »Ihr seid beide weit über dreißig und Single. Und ihr seid zusammen hier.«

Weit über dreißig – welch eine Frechheit! Das schreit nach Rache. Ich wechsle einen verschwörerischen Blick mit Sonja und beuge mich zu den drei Mädchen vor. »Könnt ihr ein Geheimnis für euch behalten?«

Kollektives Nicken.

»Ja, wir sind lesbisch. Wir sind schon seit zehn Jahren ein Paar«, flüstere ich.

»Das weiß hier aber niemand. Nicht einmal unsere Eltern oder Tim«, ergänzt Sonja leise. »Und wir bitten euch, es niemandem zu sagen.«

»Nicht einmal Mandy?«, will Natascha wissen.

»Mandy kann es ruhig erfahren. Bei ihr ist das Geheimnis bestimmt gut aufgehoben.« Sonja zwinkert mir zu.

»Und was ist mit Niklas? Ich meine, wie ...?«, stammelt Konstanze.

»Samenspende.« Sonja sagt nur dieses eine Wort und nickt dazu gewichtig in die Runde.

Ich beiße mir kräftig auf die Lippen, um nicht laut loszuprusten, und füge hinzu: »Sein Vater ist ein berühmter Preisboxer.«

Sonja schaut mich böse an, sagt aber nichts. Die drei Mädchen seufzen fasziniert.

»Dann müssen wir eure Konkurrenz gleich ja gar nicht fürchten.« Konstanze ist die Erste, die wieder spricht.

»Was meinst du damit?«, will Sonja wissen.

»Gleich kommen doch Tims Freunde. Alles Tierärzte«, erklärt Natascha.

»Ja – und?« Ich kann immer noch nicht ganz folgen.

»Tierärzte sind eine tolle Partie, findet ihr nicht?« Jacqueline wirft uns einen Seitenblick zu und schüttelt dann den Kopf. »Nein, natürlich findet ihr das nicht. Ihr seid ja anders.«

»Ihr meint, ihr wollt euch einen von denen angeln?« Sonja muss lachen.

»Ja.« Natascha nickt ernsthaft. »So, wie es Mandy schon getan hat. Deshalb sind wir heute hier.«

Sonja flüstert mir grinsend zu: »Das kann ja heiter werden!«

Um fünf Uhr treffen die nächsten Gäste ein: vier Männer, von denen ich annehme, dass es sich um Tims Freunde handelt.

Unsere drei Tischnachbarinnen springen auf und folgen Tim und Mandy, die den Männern entgegengehen.

»Es ist einer zu viel«, stellt Sonja fest.

»Das haben die drei bestimmt noch nicht bemerkt«, sage ich.

»Da bleibt einer für uns übrig«, meint Sonja.

Ich blicke sie schelmisch an. »Baby, du wirst mir doch so kurz nach unserem Coming-out nicht untreu werden?«

Sie schüttelt den Kopf. »Niemals. Aber das mit dem Preisboxer hättest du nicht unbedingt ausplaudern müssen. Das nehme ich dir übel.«

Wir beobachten die Begrüßung zwischen Mandy, Tim und seinen Freunden. Konstanze, Jacqueline und Natascha stehen dabei und kichern albern.

»Was genau macht eigentlich einen Tierarzt zu einer guten Partie?«, will Sonja wissen.

Ich zucke mit den Schultern. »Keine Ahnung. Finde es heraus! Heute Abend hast du Gelegenheit dazu.«

Tatsächlich tut Sonja ihr Bestes. Sie flirtet hemmungslos mit Tims Kollegen, was ihr böse Blicke von unseren neuen blonden Freundinnen einbringt. Kurze Zeit später gelingt es ihr jedoch, die drei wieder zu besänftigen, indem sie die Mädchen in ihre Gespräche mit den Männern mit einbezieht.

Der Garten füllt sich immer weiter mit Tims Freunden und Bekannten. Inzwischen hat sich der Himmel leider bedrohlich zugezogen.

»Das hält nicht«, prophezeit Onkel Fred und legt die Stirn in tiefe Falten. Gemeinsam mit Vati bewacht er das Grillfeuer.

»Das hält!«, widerspricht Vati, der unverbesserliche Optimist.

»Wenigstens bis zum Grillen sollte es halten«, versuche ich zu vermitteln.

»Meine Hebamme sagt, dass eine Geburt auch durch Gewitter ausgelöst werden kann«, mischt sich Nicole ein. Sie hat sich tatsächlich von ihrem Thron am Kopfende des Tisches erhoben.

»Dann pass mal lieber auf, dass du nicht so nah am Grill stehst«, warne ich sie.

Sie sieht mich böse an. »Du hast ja keine Ahnung«, knurrt sie.

»Sie hat es doch nur gut gemeint«, sagt eine Stimme hinter mir. Tim legt den Arm freundschaftlich um meine Schultern. »Im Tierreich gibt es massenhaft Beispiele für eine plötzliche Sturzgeburt.«

Nicole wirkt besorgt.

»Keine Angst, liebes Schwesterherz«, stichele ich. »Du bist hier in den besten Händen. Hier laufen mindestens vier Ärzte herum.«

»Tierärzte«, sagt Nicole geringschätzig.

»Ja, Tierärzte«, wiederhole ich gereizt und lauter als nötig, doch in diesem Moment unterbricht Tim den aufkeimenden Streit. »Ich entführe euch Silke mal für einen Moment.« Er schiebt mich in Richtung unseres Apfelbaumes. Hier ist es angenehm ruhig.

Als wir außer Hörweite sind, sagt er freundlich: »Das hier ist meine Party und da will ich keinen Streit.«

»Entschuldige«, erwidere ich zerknirscht.

»Da seid ihr ja!« Sonja kommt mit zwei Gläsern auf uns zu. »Was macht ihr denn hier so allein?«

In diesem Moment hat uns Mandy entdeckt und winkt Tim zu sich. »Timmy, Baby, kannst du mal kommen?«

Sonja grinst hämisch und schiebt ihren Bruder in Richtung Terrasse. »Geh schon. Mandy wartet sehnsüchtig. Vielleicht musst du ihr helfen, ihre Schuhe neu zu binden.«

Tim setzt sich in Bewegung. Sonjas letzten Satz scheint er überhört zu haben.

An mich gewandt, verkündet Sonja: »Ich weiß jetzt, was das Geheimnis zwischen blonden Kosmetikerinnen und jungen, unschuldigen Tierärzten ist.« Ich sehe sie fragend an.

»Also«, beginnt sie, »auf Seiten der blonden Hohlköpfe ist es eindeutig Bewunderung für den Beruf des Tierarztes. In ihrer naiven Fantasie tun diese Männer nichts anderes als kleine, niedliche Gipsfüße für Wellensittiche anzufertigen oder die Nagelbettentzündung einer reizenden Pudeldame zu behandeln.«

Ich muss lachen. »Und auf Seiten der Männer?«

»Da ist es eher die Faszination des Unglaublichen. Es scheint ihnen wie ein Wunder, dass es Wesen gibt, die den treuen Blick eines Hundes haben, die Schönheit einer Katze und die Geschmeidigkeit einer Schlange.«

»Das klingt doch gar nicht so schlimm.«

»Tja.« Sie lacht hämisch. »Es dauert eben einige Zeit, bis sie bemerken, dass leider auch nur der Wortschatz eines Papageis und der Verstand eines Zwergkaninchens vorhanden sind.«

»Die Würstchen sind fertig!«, verkündet Onkel Fred und unterbricht damit unser Gespräch. Sonja und ich mischen uns wieder unter die Gäste. Während Sonja an einem Tisch mit drei von Tims Freunden Platz nimmt, finde ich mich an Niklas' Seite am Familientisch wieder. Nicole hat es vorgezogen, sich mit Mandy und Jens an einen separaten Tisch in der Wiese zu setzen.

»Ist hier noch frei?« Tim steht neben mir und deutet auf den freien Stuhl.

»Ja.« Ich rücke ein wenig zur Seite, damit er Platz hat.

»Kannst du mir mein Würstchen schneiden?«, fragt Niklas.

»Aber sicher, mein Schatz. Magst du auch Senf und Kartoffelsalat dazu?« Niklas nickt begeistert und ich versorge ihn mit dem Gewünschten.

Wir sitzen zu siebt am Tisch: Mutti, Vati, Tante Hilde, Onkel Fred, Tim, Niklas und ich. Einer von Tims Freunden hat den Dienst am Grill übernommen. Er wird unterstützt von Konstanze und Natascha, die sich vermutlich an den Grillgerüchen satt schnüffeln wollen.

Die Unterhaltung bei uns am Tisch dreht sich zuerst um die neuesten Sportergebnisse. Dann fangen Tante Hilde und Onkel Fred an, von Tims Kindheit zu erzählen. Besonders Niklas freut sich, ein paar schlimme Geschichten über seinen Onkel zu hören.

Die meisten von Tims Streichen sind mir bekannt, schließlich war ich oft genug das Opfer seiner Untaten. Trotzdem wird es mir nicht langweilig beim Zuhören. Es gibt viel zu lachen und so vergeht die Zeit schnell. Inzwischen ist es dunkel geworden.

Auch an den Tischen auf der Wiese ist die Stimmung gestiegen. Ich entdecke Sonja und Nicole einträchtig in ein Gespräch vertieft. Mandy und Jens stehen ein wenig abseits und tuscheln angeregt. Die übrigen Gäste haben sich um einen Tisch versammelt und unterhalten sich lautstark.

Niklas möchte auf meinen Schoß. »Ich will mit dir kuscheln«, fordert er.

Tante Hilde schüttelt den Kopf. »Du bist doch völlig verdreckt, du wirst Silke das Kleid ruinieren.«

»Ist schon gut, Tante Hilde. Das kann man waschen.« Ich nehme Niklas in die Arme. Erfreut macht er es sich auf meinem Schoß bequem. Sein kleiner Körper wärmt mich angenehm, während ich satt und zufrieden dem Gespräch am Tisch folge.

»Niklas ist eingeschlafen«, flüstert Tim mir nach einer Weile zu.

Tatsächlich, der Kleine atmet ruhig und gleichmäßig vor sich hin. Seine Wangen sind gerötet, die Augen fest geschlossen.

»Ich mache das schon.« Tante Hilde erhebt sich und will mir Niklas abnehmen.

»Nein, lass nur. Ich habe ihn schon seit Ewigkeiten nicht mehr ins Bett gebracht«, wehre ich ab.

Tante Hilde nickt lächelnd. »Wenn du möchtest, gern. Das Zähneputzen können wir heute wohl mal ausfallen lassen. Der Schlafanzug liegt in seinem Bett. Vielleicht schaffst du es ja irgendwie, ihm wenigstens die Hände und das Gesicht zu waschen. Ein Waschlappen liegt im Bad im Dachgeschoss neben ...«

Tim unterbricht seine Mutter: »Mama, entspanne dich! Ich gehe mit und sorge dafür, dass Silke alles richtig macht.« Er folgt mir die Treppe hinauf.

Gemeinsam gelingt es uns, den schlafenden Niklas umzuziehen.

»Ich hätte nicht gedacht, dass er einen so festen Schlaf hat«, sagt Tim leise.

»Das haben fast alle Kinder in dem Alter«, kläre ich ihn auf. »Außerdem brauchst du nicht zu flüstern. Er wacht bestimmt nicht auf, wenn wir uns in normaler Lautstärke unterhalten.«

»Viele Dinge klingen geflüstert aber viel besser.«

»Zum Beispiel?«

»Zum Beispiel: Du siehst wunderschön aus, wenn du Niklas so liebevoll anschaust.« Täusche ich mich oder wird er tatsächlich rot?

Ich räuspere mich. »Gleichfalls. Und jetzt hol mir mal einen Waschlappen!«

Während er im Bad verschwindet, versuche ich krampfhaft, meine Gedanken zu ordnen. War das gerade ein Kompliment, womöglich sogar mehr als das? Oder lag es einfach an der friedlichen Stimmung mit dem schlafenden Kind?

Weder noch, entscheide ich. Vermutlich haben wir beide ein bisschen zu viel getrunken.

»Hier.« Tim reicht mir den Waschlappen. »Ich habe extra warmes Wasser genommen.«

»Danke.« Sorgfältig wische ich Niklas Gesicht und Hände ab. Dann streiche ich ihm noch einmal übers Haar und drücke ihm einen Kuss auf die Wange. »Schlaf gut, mein Kleiner.« Jetzt habe ich tatsächlich auch geflüstert.

Tim hat es bemerkt und grinst mich an. Dann beugt er sich über seinen Neffen und deckt ihn fürsorglich zu.

Ich muss schlucken. Wenn ich noch länger zusehe, dann kann ich für nichts garantieren! Bin ich denn völlig verrückt geworden?

Doch gerade in diesem Moment donnert es laut und heftig. Gleich darauf prasselt der Regen auf das Dach.

»Komm, lass uns nach unten gehen!« Tim zieht mich mit sich zur Treppe. »Wir müssen das Zeug im Garten schnell ins Trockene bringen.«

Auf der Treppe kommt uns Sonja entgegen. »Schläft Niklas?«, fragt sie besorgt.

Ich nicke.

»Ich bleibe lieber bei ihm, falls er vom Gewitter aufwacht.« Sie geht weiter nach oben, dann beugt sie sich noch einmal über das Geländer zu uns herunter. »Übrigens danke, dass ihr Niklas ins Bett gebracht habt.«

»Gern geschehen.« Ich winke ihr zu und eile hinter Tim die Treppe hinunter.

Das Erdgeschoss hat sich inzwischen gut gefüllt. Offensichtlich haben die Gäste beschlossen, die Party im Wohnzimmer fortzusetzen. Meine Eltern und Hausmanns laufen zwischen Wohnzimmer und Garten hin und her und versuchen zu retten, was bei dem Regen noch zu retten ist.

Mandy steht mit ihren Freundinnen im Flur. Sie haben den großen Garderobenschrank entdeckt und betrachten sich begeistert in den Spiegeltüren. Keine von ihnen ist auch nur ansatzweise nass geworden.

Tim ist meinem Blick gefolgt. »Mandy, hilf uns bitte, ja?«, ruft er ihr zu.

Mandy schüttelt resolut den Kopf. »Bist du verrückt? Dann ruiniere ich mir mein Kleid und meine Frisur!«

Tim presst die Lippen aufeinander, sagt aber nichts. Er läuft weiter in den Garten. Ich folge ihm. Leider kann ich nicht mit ihm Schritt halten, weil meine Schuhe inzwischen stark drücken. Kurz entschlossen ziehe ich sie aus. Es regnet zwar in Strömen, aber es ist immer noch sehr warm.

Eine Viertelstunde später haben wir gemeinsam mit unseren Eltern und ein paar von Tims Freunden den Garten geräumt. Ich bin durchnässt bis auf die Haut. Von meiner Brille fallen mir dicke Wassertropfen in den Ausschnitt. Meine Füße sind heiß vom vielen Laufen, aber leider ebenso dreckig.

Vermutlich ist dies der richtige Zeitpunkt, um nach Hause zu gehen, beschließe ich. Um mein Äußeres kann ich mich später noch kümmern. Jetzt muss ich erst einmal meine Brille putzen.

Ich gehe in Tante Hildes Küche und finde wie erwartet an einem Haken hinter der Tür ein Handtuch. Gerade als ich meine Brille nach der Reinigung wieder aufsetze, wird die Tür noch ein Stück weiter in meine Richtung gestoßen, sodass ich völlig in dem Spalt zwischen Tür und Küchenwand verschwinde. Ich will augenblicklich protestieren, als ich Mandys Stimme höre.

»Timmy, Baby, lass uns von hier verschwinden«, nörgelt sie.

»Was denkst du dir? Das ist meine Geburtstagsfeier. Da kann ich nicht einfach gehen.« Ich höre Tims Schritte. Dann wird etwas mit leisem Klirren auf dem Küchentisch abgestellt.

»Aber deine Eltern sind doch da und kümmern sich ganz wunderbar um alles.«

»Ganz wunderbar ...«, wiederholt Tim.

Ich sollte mich bemerkbar machen! Aber leider hält mich meine unselige Neugierde zurück.

»Ja«, sagt Mandy glücklich. »Es läuft doch toll, findest du nicht?«

»Nein«, antwortet Tim heftiger als nötig.

»Was hast du denn?«, fragt Mandy unschuldig.

»Was ich habe?« Tim lacht bitter. »Ich glaube, mir ist in den letzten Stunden einiges klar geworden.«

»Und was?«

»Ich will mit dir so nicht mehr weitermachen.«

»Was meinst du damit?«, fragt Mandy hoffnungsvoll. »Heißt das etwa, dass du mich heiraten willst und wir ein Baby bekommen?«

Sie kann doch unmöglich so dumm sein!

Doch, offensichtlich kann sie es. »O Tim, das ist ja ganz wunderbar«, höre ich sie entzückt rufen. Armer Tim!

Doch er weiß sich zu helfen. »Nein«, brüllt er. »Ich will dich nicht heiraten. Und ich will schon gar kein Kind von dir. Es ist aus zwischen uns, verstehst du? A ... U ... S«, buchstabiert er.

»Vergiss es, das ist zu hoch für sie. Sie wird mindestens eine Stunde brauchen, um die drei Buchstaben richtig zusammenzusetzen«, mischt sich eine dritte Stimme ein. Sonja kommt in die Küche.

O Gott, das ist ja besser als jede Seifenoper! Auftritt der großen Schwester. Gleich wird Mandy ihr an den Kragen gehen! Liebe, Gewalt und Eifersucht ... fehlt nur noch die komische Komponente. Ich muss schlucken, denn schlagartig wird mir klar, dass mir diese Rolle zufallen könnte.

»Verschwinde«, knurrt Tim, und offensichtlich gehorcht ihm Sonja. Ihre Schritte entfernen sich wieder.

»Aber warum, Tim?«, schluchzt Mandy. »Warum?«

»Wir haben nichts gemeinsam, Mandy. Gar nichts.«

»Aber das kann man doch ändern. Wenn wir erst ein Baby haben ...«

»Wann begreifst du es endlich? Ich will kein Kind, jedenfalls nicht mit dir!«

Mandys Schluchzen ist in leises Weinen übergegangen. Sie tut mir auf einmal unendlich leid.

Ich sollte nicht hier sein! Ich sollte das nicht hören! Aber wie komme ich einigermaßen würdevoll aus dieser Situation wieder heraus? Ich kann nur warten und hoffen, dass mich die beiden nicht entdecken.

Tim läuft geschäftig in der Küche herum, ohne sich um die weinende Mandy zu kümmern. »Du solltest nach Hause gehen«, schlägt er ihr nach einer Weile vor. Seine Stimme klingt wieder ruhig.

»Okay.« Auch Mandy hat sich beruhigt.

»Ich wünsche dir alles Gute!« Ich höre einen Kuss.

»Ich dir auch!« Noch ein Kuss.

»Warte mal! Bevor du gehst, wäschst du dir besser erst einmal über das Gesicht«, empfiehlt Tim.

Mandy schreit auf. »Ist etwa mein Make-up zerlaufen?«

»Ein wenig.«

Ich höre den Wasserhahn und ahne, was gleich passieren wird. Verzweifelt sehe ich mich um, aber ich kann mich nirgendwo verstecken. Panisch klammere ich mich am Handtuch fest.

»Sehe ich schlimm aus?«, fragt Mandy.

»Nein«, versichert Tim.

»Wirklich nicht?«

Schritte kommen näher. Dann wird die schützende Tür vor meiner Nase bewegt und ich stehe den beiden gegenüber. Völlig durchnässt, mit strähnigen Haaren und furchtbar dreckigen Füßen. Bestimmt bin ich feuerrot im Gesicht.

Tim nimmt mir seelenruhig das Handtuch ab. »Du siehst längst nicht so schlimm aus wie sie«, ist alles, was er zu Mandy sagt.

Mandy steht sprachlos da und mustert mich ungläubig von oben bis unten. Dabei sinkt ihr Kinn und ihr Mund öffnet sich immer weiter.

»Hallo, Mandy, hallo, Tim. Ich stehe nur zufällig hier und wollte bestimmt nicht lauschen. Und jetzt entschuldigt mich bitte!«

Täusche ich mich oder unterdrückt Tim da tatsächlich ein Lächeln? Ich nehme meinen letzten Rest Würde zusammen, drücke mich an den beiden vorbei und verschwinde aus der Küche. Draußen nehme ich meine Schuhe und verabschiede mich von Hausmanns.

»Du willst schon gehen?«, bedauert Tante Hilde.

»Es ist spät. Außerdem bin ich klitschnass.« Ich umarme sie kurz.

»Kannst du denn noch fahren?«, fragt Vati besorgt.

»Aber sicher.« Ich glaube, ich bin noch nie im Leben so schnell wieder nüchtern geworden wie innerhalb der letzten Viertelstunde. »Außerdem ist es ja nur ein Katzensprung.«

»Ruf doch kurz an, wenn du gut zu Hause angekommen bist!« Das ist natürlich Mutti.

»Ich gehe auch«, verkündet Mandy hinter mir.

»Aber warum denn?«, fragt Sonja ganz unschuldig. »Die Party ist doch noch gar nicht zu Ende.«

Mandy hebt ihren Kopf. »Für mich schon.« Dann schaut sie sich nach ihren Freundinnen um. »Kommt ihr mit?«

Die drei schütteln den Kopf.

Mandy nickt. »Wie ihr wollt. Viel Spaß noch!« Ohne sich noch einmal umzublicken, verlässt sie das Haus.

»Du musst dir etwas überziehen.« Onkel Fred tätschelt fürsorglich meine Hände. »Du bist schon ganz kalt.«

»Meine Sachen passen dir leider nicht«, wirft Sonja ein.

»Es regnet nicht mehr. Ich kann ja schnell zu uns rübergehen und etwas von Mutti holen«, schlage ich vor. Etwas Trockenes zum Überziehen wäre jetzt tatsächlich nicht schlecht.

»Das brauchst du nicht. Ich habe noch dein Nachthemd oben und einen Pulli kann ich dir auch ausleihen.« Auf einmal steht Tim neben seinen Eltern.

»Nachthemd?«, murmelt Tante Hilde. Die Ehepaare Kuhfuß und Hausmann drehen sich vorwurfsvoll zu mir um.

»Silke, was hast du gemacht?«, fragt Mutti besorgt.

Ich? Wieso bekomme ausgerechnet ich jetzt Vorwürfe zu hören? Wenn etwas passiert wäre, dann hätten wir es ja wohl zu zweit gemacht!

»Ich ... Also, ich ... Tim hat sich mein Nachthemd geliehen, weil er nach dem Duschen was Frisches anziehen wollte«, stammele ich.

Das trägt leider keineswegs zur Klärung der Sachlage bei. Ich kann es Tante Hildes Gesicht ansehen, dass sie sich gerade vorstellt, wie ich ihren Sohn unter der Dusche vernasche.

Gott sei Dank kommt mir Tim zur Hilfe. »Silke war so freundlich, mir nach der Notoperation neulich ein sauberes T-Shirt zu leihen. Davon habe ich euch doch erzählt.«

Der Reihe nach atmen unsere Eltern auf.

Sonja, die sich die ganze Zeit prächtig amüsiert hat, winkt mich zur Treppe. »Komm, ich gebe dir die Sachen.«

Sie bringt mir mein T-Shirt, einen blauen Pulli und ein Paar grüne Wollsocken von Tim. Ich ziehe alles im Badezimmer an und betrachte mich danach kritisch im Spiegel. Meine Haare hängen immer noch nass und strähnig herunter. Das T-Shirt und den Pullover habe ich einfach über das Kleid gezogen. Tims Pulli ist mir viel zu groß, aber trotzdem schaut mein T-Shirt darunter hervor. Mit den grünen Socken an den Füßen passen mir die Schuhe nicht mehr so richtig, sodass ich die Schnallen offen lassen muss. Kurz gesagt: Ich sehe aus wie eine farbenblinde Reinigungskraft mit akuten Haarproblemen.

Doch mir ist inzwischen alles egal, ich will nur so schnell wie möglich nach Hause. Mit Sonjas Hilfe gelingt es mir sogar, einigermaßen unbemerkt aus dem Haus zu kommen. Im Garten prallen wir dann aber mit Nicole, Mandy und Jens zusammen. Nur gut, dass es dunkel ist, sodass meine Kleidung nicht weiter auffällt.

Die drei haben sowieso ihre eigenen Probleme und beachten uns gar nicht.

»Du fährst sie nach Hause«, sagt Nicole in ihrem üblichen Befehlston und sieht Jens auffordernd an. »Wir können sie jetzt nicht im Stich lassen.«

»Das wäre wirklich sehr lieb von dir«, flötet Mandy. »Ich konnte ja nicht ahnen, dass mein Auto ausgerechnet jetzt den Geist aufgibt.«

»Vermutlich ist der Tank leer«, flüstert Sonja mir zu.

»Oder der Aschenbecher ist zu voll«, zische ich leise zurück. Daraufhin müssen wir beide lachen.

Meine Schwester achtet nicht auf uns, sondern hält Mandys Hand. »Nach dem, was Tim dir gerade angetan hat, kannst du hier nicht bleiben. Jens fährt dich nach Hause.«

»Was hat er ihr denn angetan?«, erkundigt sich Sonja scheinheilig.

Nicole schüttelt den Kopf. »Das ist nichts, was ich ausgerechnet mit euch beiden diskutieren möchte.«

»Aber Mandy wohnt in Hanau«, wirft Jens ein. »Ich werde ewig lange unterwegs sein.«

»Das macht nichts.« Nicole lächelt mich an. »Silke wird mich nach Hause fahren.«

Ich nicke ergeben. Schließlich können wir die arme Mandy nicht hier im Garten übernachten lassen. Eigentlich ist es sogar sehr nett von meiner Schwester, dass sie sich gerade jetzt um Mandy kümmert. So etwas hätte ich ihr gar nicht zugetraut.

Nicole begleitet Jens und Mandy zum Auto. »Ich warte auf der Straße auf dich«, sagt sie zu mir.

Sonja verabschiedet sich am Gartentor. »Ich werde auch bald ins Bett gehen. Niklas ist garantiert morgen früh um sieben wach.«

»Aber Sonja – dann verpasst du ja das große Finale! Welche Blondine geht mit welchem Tierarzt nach Hause?«

Sie lacht. »Ich kenne zumindest einen Tierarzt, der die Nacht allein verbringen wird. Wie du vielleicht schon bemerkt hast: Tim hat mit Mandy Schluss gemacht.«

»Aha.« Ich gebe mir Mühe, interessiert zu klingen.

»Ich kam gerade dazu, als er ihr in der Küche eröffnet hat, dass es aus ist. Und jetzt möchte ich zu gern wissen, was er ihr noch alles gesagt hat.«

Das könnte ich ihr wortwörtlich wiederholen, doch ich verzichte lieber darauf – aus Respekt vor Mandy, wie ich mir selbst einzureden versuche. In Wirklichkeit jedoch ist mir meine eigene Rolle in dieser Geschichte einfach zu peinlich.

»Silke!«, ruft Nicole leise von der Straße her. »Mir wird kalt.«

»Wahrscheinlich kann Kälte ähnlich wie Gewitter eine Sturzgeburt auslösen. Ich sollte mich lieber beeilen, sonst verschmutzt sie mir mein schönes Auto.« Ich winke Sonja kurz zum Abschied zu.

Dann laufe ich zum Auto und öffne meiner Schwester die Beifahrertür. Schweigend steigen wir ein. Auch auf der Fahrt zu ihrer Wohnung reden wir so gut wie gar nicht. Sie macht nicht einmal eine spitze Bemerkung über mein Aussehen.

Zum Glück ist es kein großer Umweg zur Wohnung von Nicole und Jens. Nachdem ich meine Schwester abgesetzt habe, fahre ich sofort weiter nach Hause.

Zunächst gönne ich mir eine sehr heiße Dusche. Dann rufe ich pflichtbewusst bei Hausmanns an.

Es ist Tim, der den Anruf entgegennimmt. Ausgerechnet Tim!

»Hallo, hier ist Silke. Ich wollte nur sagen, dass ich gut zu Hause angekommen bin.« Vielleicht kann ich mich ja ganz schnell wieder verabschieden.

»Das ist schön. Ist es dir jetzt wärmer?«

»Ja.« Wie fürsorglich!

»Dann hast du ja bestimmt ein paar Minuten Zeit, um mir zu erklären, warum du so gern hinter Küchentüren herumstehst.« Ich hätte mir denken können, dass so etwas kommt.

»Das war nicht geplant. Ich konnte ja nicht wissen, dass ihr beide auf einmal in der Küche erscheinen würdet«, verteidige ich mich.

»Wen hast du denn sonst erwartet? Und warum hinter der Tür?«

»Ich wollte nur meine Brille putzen, weiter nichts.«

»Und warum bist du dann nicht herausgekommen, als du uns gehört hast?«, setzt er das Verhör fort.

»Weil ich euch nicht stören wollte.«

»Natürlich. Es hat uns ja auch überhaupt nichts ausgemacht, dass du alles mitbekommen hast ...«

So langsam werde ich wütend. »Ich entschuldige mich hiermit ganz offiziell bei dir. Was ich getan habe, war dumm. Und jetzt lass uns auflegen, damit du den Rest des Abends noch genießen kannst!«

Er schweigt für einen Moment. »Das kann ich nicht. du bist ja nicht mehr da«, sagt er dann.

Jetzt macht er sich auch noch über mich lustig! »Ich glaube, ich habe heute schon genug zu deiner Erheiterung beigetragen«, entgegne ich bissig. »Zuerst renne ich barfuß im Regen herum, dann stehe ich völlig verdreckt hinter eurer Küchentür und erschrecke schließlich unsere Eltern mit der Vorstellung einer gemeinsamen Duschszene zu Tode ...«

»Das war gut.« Tim lacht. »Aber so habe ich das gar nicht gemeint«, fügt er leise hinzu.

Wie er es sonst meinen könnte, will ich mir jetzt lieber nicht ausmalen. Ich bin restlos erschöpft und habe nicht mehr die Kraft, mich dieser Art von Problemen zu stellen.

»Ich bin müde und will schlafen gehen. Gute Nacht«, verabschiede ich mich deshalb hastig von ihm, noch bevor er seine Bemerkung weiter erklären kann. Heute will ich gar nichts mehr hören. Ich will nur noch ins Bett.

10

Die nächsten Tage verbringe ich damit, alles das zu tun, was ich sonst nicht gern mache. Ich wasche Wäsche, räume die Wohnung auf, putze und kümmere mich ausgiebig um Gurke, der das sehr erfreut aufnimmt. Nach draußen gehen wir so gut wie gar nicht. Seit dem Gewitter am Samstagabend regnet es unaufhörlich.

Meine Geschäftigkeit lenkt mich von den Grübeleien über Tims Bemerkungen ab. Allerdings ist das Problem damit nicht behoben. Am Dienstagmorgen erinnere ich mich mit Schrecken, dass ich ihn abends beim Essen mit Erwin wiedersehen werde. Und ab Mittwoch werden wir für zwei Wochen Tür an Tür wohnen.

Große Krise! Was soll ich denn jetzt tun?

Ich muss mit jemandem reden. Aber leider scheiden meine beiden besten Krisenberaterinnen aus.

Martina ist mit ihrer Familie im Sommerurlaub, wo ich sie nicht stören will. Außerdem habe ich keine Ahnung, ob ihr Handy in Dänemark überhaupt funktioniert. Und Sonja kann ich auf keinen Fall einweihen. Schon bei dem Gedanken daran, was sie mir alles an den Kopf werfen würde, wird mir ganz schlecht.

Da fällt mir zum Glück Markus ein. Was hat er gesagt? »Wenn du mal Beratung in Sachen Männer brauchst, dann kannst du mich gern anrufen.«

Erleichtert greife ich zum Telefon und wähle seine Nummer.

»Ja?«, meldet er sich gleich nach dem ersten Klingeln mit barscher Stimme.

»Hier ist Silke. Guten Morgen«, sage ich schüchtern.

»Silke! Wie geht es dir?« Das hört sich schon wesentlich freundlicher an.

»Gut. Aber was ist mit dir los? Du klingst so gereizt.«

»Ach, ich habe gerade einen Anruf von Katrin Meier bekommen. Sie ist ab nächsten Dienstag in München und will mich sehen.«

»Und?«

»Ich will mich nicht mit ihr treffen. Außerdem dachte ich, unsere angebliche Beziehung hätte sie auf immer und ewig abgeschreckt.« Er seufzt.

Ich muss lächeln. »Da kennst du Katrin schlecht.«

»Übrigens hat sie sich erkundigt, ob ich auch genug esse, und mir versichert, dass sie meine Figur genau richtig findet. Kannst du mir das erklären?«

»Ja.« Ich erzähle ihm kurz von unserer Begegnung im Kaufhaus.

Er lacht. »Jetzt verstehe ich. Danke, dass du weiterhin mitspielst.«

»Damit sind wir jetzt quitt, oder?«

»Einverstanden.«

»Hast du Zeit?«

»Ja. Ich muss erst um zehn Uhr in der Kanzlei sein. Warum?«

»Ich habe ein Problem.«

»Mit einem Mann?«

»Nein. Nur mit Tim.«

Er lacht. »Ist das nicht der behaarte Typ, dem wir zweimal im Garten begegnet sind? Dieser Tierarzt, der ins Haus meiner Eltern ziehen will? Der sah aber ziemlich männlich aus.«

»Okay«, gebe ich zu. »Dann ist er eben ein Mann.«

»Und? Ist er einer der Traumprinzen aus deinem Tagebuch?«

»Nein, natürlich nicht. Als ich Tagebuch geschrieben habe, hat er noch mit seinen Playmobil-Indianern gespielt. Ich bin sechs Jahre älter als er.«

»Du kennst ihn also schon lange?«
»Wir sind als Nachbarskinder praktisch zusammen aufgewachsen.«
»Und wo genau liegt jetzt dein Problem?«
»Eigentlich ist es kein Problem. Ich brauche eher deinen Rat. Ich muss ihm irgendwie klarmachen, dass ich nichts für ihn empfinde.«
»Stimmt das denn?«
»Natürlich.« Was denkt er sich eigentlich?
»Und wie kommst du auf die Idee, dass er an dir interessiert sein könnte?«

Zuerst erzähle ich ihm von dem Unfall und der Operation. »Das hat mir einfach imponiert. So kannte ich Tim gar nicht.«
»Das klingt aber noch nicht besonders nach Interesse seinerseits«, wirft Markus kritisch ein.
»Warte ab!« Ich berichte ihm in allen Einzelheiten von Tims Geburtstagsparty und dem anschließenden Telefongespräch.
»Eigentlich ist also noch gar nichts passiert«, schließe ich.

Markus stimmt mir auffällig schnell zu. »Dann ist doch alles nicht so schlimm.«
»Nicht so schlimm?« Allmählich werde ich wütend.
Markus seufzt. »Nehmen wir mal an, er will tatsächlich etwas von dir. Wäre das so schrecklich?«
»Ja!«, brülle ich ins Telefon.
»Warum?«
»Weil ich ihn nicht liebe.«
»Das hast du bereits gesagt.«
»Außerdem ist er sechs Jahre jünger als ich.«
»Und?«
»Wenn er so alt ist, wie wir beide jetzt sind, werde ich zweiundvierzig sein. Zweiundvierzig Jahre! Ich werde mit Lockenwicklern beim Frühstück sitzen, eine Faltencreme benutzen und regelmäßig zu den Treffen der Weight Watchers gehen müssen, um meine Figur auch nur ansatzweise halten zu können.«

»Silke!«

»Ich will mir das nicht antun. Und ich will ihm das nicht zumuten. Kannst du das nicht verstehen?«

»Nein. Ich kann dir nur eines sagen: Wenn Alex noch leben würde, dann wäre er jetzt vierundvierzig Jahre alt. Und es wäre mir vollkommen egal, ob er Lockenwickler, Nachtcreme oder Diätpillen benutzen würde. Hauptsache, er wäre noch bei mir!«

»Das ist etwas ganz anderes.«

»Ist es nicht und das weißt du.« Seine Stimme klingt auf einmal sehr traurig.

»Entschuldige. Vielleicht hast du ja tatsächlich recht. Trotzdem ist die ganze Situation unmöglich. Du hast ja nicht die Gesichter unserer Mütter gesehen, als sie dachten, Tim und ich hätten gemeinsam geduscht.«

Markus lacht. Wenigstens habe ich ihn wieder aufgeheitert. »Na und?«, ist alles, was er dazu sagt.

Er ist mir keine große Hilfe! Aber wenigstens weiß ich jetzt, was ich tun werde.

»Ich werde Tim ab jetzt auf Distanz halten und ihm klarmachen, dass ich nicht interessiert bin. Abgesehen davon bin ich gar nicht sein Typ. Deshalb wird sich mein Problem bestimmt bald schon von selbst lösen«, verkünde ich Markus.

»Dann ist ja alles klar, oder?« Seine Stimme klingt leicht belustigt.

»Ich denke schon. Danke!«

»Gern geschehen.«

Als ich auflege, fühle ich mich stark genug für die kommende Zeit. Schon heute Abend kann ich beweisen, dass es mir mit meinen guten Vorsätzen ernst ist.

Am Abend entscheide ich mich für einen Hosenanzug und eine weiße Bluse. Das sieht zusammen sehr seriös aus. Die Haare lasse ich offen – ich will zwar, dass man mir mein Alter ansieht, aber ich muss es ja nicht übertreiben.

Erwin sitzt bereits am Tisch, als ich beim »Schlosswirt« eintreffe. Er begrüßt mich herzlich. »Doktor Hausmann kommt zusammen mit der Familie Schulz. Er will sich noch einmal den Hund ansehen.«

Ich setze mich neben Erwin. Er bestellt für uns beide eine Weinschorle. Nachdem wir eine Weile lang über das Wetter geplaudert haben, geht die Tür auf, und Tim betritt zusammen mit Jonas und seinen Eltern den Gastraum.

Er trägt das neue weiße Hemd, das ich ihm geschenkt habe. Wieso muss er darin so verteufelt gut aussehen? Außerdem war er beim Frisör, seine Haare sind jetzt kurz geschnitten. Das lässt ihn erwachsener erscheinen. Und irgendwie auch attraktiv.

»Hallo, Silke!« Er begrüßt mich mit einer kurzen Umarmung und setzt sich dann wie selbstverständlich neben mich.

Das passt mir überhaupt nicht. »Eigentlich würde ich ganz gern Jonas neben mir haben, wenn es dir nichts ausmacht«, sage ich schnell. »Ich möchte mich mit ihm über die Schule unterhalten.«

»Na, das wird ihm aber bestimmt Freude machen.« Tim rückt einen Stuhl weiter. »Welcher Junge redet nicht gern mit einer Lehrerin über die Schule …«

Jonas, der unsere kurze Unterhaltung glücklicherweise nicht mitbekommen hat, nimmt bereitwillig neben mir Platz. Erwin bestellt für alle ein Glas Wein und für Jonas eine Limonade. »Tim hat gesagt, dass Bounty bald schon wieder ganz gesund ist«, erzählt er mir strahlend.

»Das ist schön.« Ich gebe ihm den kleinen Stoffhund. »Hier, der ist für dich.«

»Toll!« Er drückt das Stofftier fest an sich. »Jetzt habe ich für immer eine Erinnerung an dich.«

»Ich habe auch so einen von Silke geschenkt bekommen«, mischt sich Tim ein.

»Schenkst du den Hund jedem?«, erkundigt sich Jonas leicht enttäuscht.

Prima, jetzt ergibt sich die erste Gelegenheit, Tim auf den Altersunterschied zwischen uns hinzuweisen! Ich räuspere mich und lege den Arm um Jonas. »Weißt du, diesen Hund verschenke ich nur an ganz besondere Menschen.« Täusche ich mich oder fangen Tims Augen an zu strahlen?

»Nämlich nur an so nette Jungs wie dich oder Tim«, fahre ich fort.

Jonas kichert. »Aber Tim ist doch kein Junge mehr.«

»Aber er ist auch noch nicht so alt wie deine Eltern oder ich.« Ich werfe einen kurzen Blick zu Tim. Sein Gesicht hat sich bei meinem letzten Satz verfinstert.

Tim will gerade etwas sagen, als der Kellner kommt und die Getränke und die Speisekarten bringt. Wir stoßen an. »Darauf, dass Silke und Tim zur richtigen Zeit am richtigen Ort waren!«, sagt Erwin.

Danach sind wir alle damit beschäftigt, die Karte zu lesen.

Jonas' Eltern schlagen mir vor, die Filetpfanne zu versuchen. »Die nehmen wir immer, wenn wir hier sind«, sagt Frau Schulz.

»Dann werde ich sie heute mal probieren«, beschließe ich.

Aus den Lautsprechern ertönt sanfte Klaviermusik.

»Ist hier jemand im Raum und spielt ein echtes Klavier?«, will Jonas wissen und dreht sich suchend um.

»Nein, ich glaube, das ist vom Band«, antworte ich ihm.

»Das ist Richard Claydermann« Erwin weiß es ganz genau.

»Richard Clayderman? Wer ist das?«, fragt Jonas.

»Ein Klavierspieler. Aber der muss jetzt schon ganz alt sein. Es macht nichts, wenn du ihn nicht kennst«, erwidert Tim. »Ich habe seine Lieder als Kind auch nicht gemocht.«

»Ich finde ihn toll.« Erwin lächelt und lauscht der Musik.

Ich lege die Hand auf seinen Arm. »Lassen Sie mal, Erwin. Ich glaube, Clayderman ist eher etwas für unsere Generation.«

Neben mir hustet Tim, der sich bei meinem letzten Satz am Wein verschluckt hat. War das jetzt etwas zu dick aufgetragen? Ich habe mich soeben auf eine Stufe mit einem Mann gestellt, der fünfundzwanzig Jahre älter ist als ich. Ich blicke kurz in die Runde. Jonas' Eltern studieren die Speisekarte und scheinen meine Bemerkung nicht gehört zu haben.

Erwin lächelt mich freundlich an. »Sie sind sehr charmant.« Damit wendet auch er sich wieder der Speisekarte zu.

»Was meinst du, soll ich den Kinderteller nehmen?«, flüstert Tim mir über Jonas' Kopf hinweg zu.

»Sei nicht albern!«, zische ich zurück.

»Ich und albern? Wer tut denn hier so, als wäre ich noch ein kleiner Junge?«

Erwin beobachtet uns interessiert. »Wissen Sie, was ich gedacht habe, als wir uns kennenlernten?«

»Nein, was denn?« Ich werfe Tim noch einen bösen Blick zu und wende mich dann wieder zu Erwin herum.

»Ich dachte, dass Sie beide ein Paar sind.«

»Das dachten wir auch.« Jetzt mischt sich auch noch Jonas' Vater ein. »Sie wirken so vertraut und eingespielt miteinander.«

O Gott, das geht ja schon wieder in die Richtung, die ich unbedingt vermeiden will! Ich lache etwas gezwungen und erkläre dann hastig: »Das kommt vermutlich daher, dass wir uns seit Ewigkeiten kennen. Wir sind Nachbarskinder«, erkläre ich.

In diesem Moment unterbricht uns zum Glück der Kellner und nimmt die Bestellung auf. Anschließend lenke ich das Gespräch rasch auf ein anderes Thema. »Was machen Sie eigentlich beruflich, Erwin?«, frage ich.

»Ich war lange im Vorstand bei einem der größten deutschen Konzertveranstalter. Jetzt helfe ich nur noch hier und da mal aus, wenn meine speziellen Kontakte gefragt sind.«

»Welche Art von Konzerten haben Sie betreut?«, will Frau Schulz wissen.

»Alle möglichen, vorwiegend jedoch Konzerte von Popsängern.«

»Silke ist ein Riesenfan von Victor David«, bemerkt Tim.

»Wer ist das nicht?« Erwin lacht begeistert. »Victor ist ein toller Sänger und ein wunderbarer Mensch.«

»Sie kennen ihn?« Vor Überraschung fällt mir fast mein Glas aus der Hand.

»Ich kenne und schätze ihn. Wir sind Freunde.«

»Ich habe gehört, er soll große Probleme mit Drogen gehabt haben«, wirft Herr Schulz ein.

Erwin schüttelt den Kopf. »Das gehört der Vergangenheit an. Glauben Sie mir, ich kenne Victor fast wie meinen eigenen Sohn. Er ist schon seit Jahren clean.«

»Was heißt clean?«, will Jonas wissen.

»Das ist englisch und heißt so viel wie ›sauber‹. Es bedeutet, dass dieser Mensch keine Drogen mehr nimmt«, erkläre ich ihm.

»Das ist gut. Dann kann er ruhig Erwins Freund sein.« Damit ist das Thema für Jonas beendet. Er beginnt, aus den Bierdeckeln ein Haus für seinen kleinen Stoffhund zu bauen.

»Wenn Sie noch etwas von Victor wissen möchten, Silke, dann fragen Sie mich ruhig«, fordert Erwin mich auf.

Ich erröte ein wenig. Alle schauen mich abwartend an, nur Jonas baut seelenruhig an seinem Haus weiter. Tim grinst mir frech und offensichtlich sehr amüsiert ins Gesicht.

Ich schüttele den Kopf und sage so beiläufig wie möglich: »Ach, lassen Sie nur, Erwin! Das ist zwanzig Jahre her. Eigentlich interessiere ich mich gar nicht mehr für ihn.«

Erwin seufzt. »Das ist leider das große Problem mit Victor. Viele verbinden ihre Jugenderinnerungen mit seinen Liedern. Heute kauft kaum noch jemand seine Musik und er gibt sich mit kleinen Konzerten zufrieden.«

»Ich wusste nicht einmal, dass er überhaupt noch auftritt«, bemerkt Frau Schulz.

»Aber ja.« Erwin nickt. »Im August plant er sogar drei Veranstaltungen in Deutschland. Zur Vorbereitung darauf kommt er dieses Wochenende nach Frankfurt. Übermorgen werde ich ihn vom Flughafen abholen. Meine Firma hat ihn eingeladen, weil wir ein paar Verträge mit ihm abschließen wollen.«

»Aber das passt doch wunderbar!«, ruft Tim. Sein Grinsen wird immer breiter. »Dann kannst du ihn vielleicht sogar treffen, Silke!«

Das geht jetzt wirklich zu weit! »Ich will ihn aber gar nicht treffen. Ich will mich zurzeit mit keinem Mann treffen, verstehst du das?« Ich funkele ihn böse an. Nun streiten wir uns schon wieder vor allen anderen!

Zum Glück werden gerade jetzt die Salate serviert. In den nächsten Stunden dreht sich unser Gespräch um das Essen, Jonas' Erlebnisse in der Schule und Tims Erfahrungen in der Tierarztpraxis. Ich atme erleichtert auf – nun verläuft der Abend doch noch harmonisch.

Erst beim Abschied vor dem Gasthof kommt Erwin noch einmal auf Victor David zu sprechen. »Wenn Sie möchten, liebe Silke, dann stelle ich Ihnen Victor gern einmal vor.«

Ich schüttele energisch den Kopf. »Vielen Dank, Erwin, aber das ist nicht nötig. Man sollte nicht versuchen, seine Jugendträume neu zu beleben.«

Tim lacht durchtrieben und streift mich mit einem Seitenblick. »Dazu ist Silke viel zu vernünftig. Sie weiß, dass es nichts bringt, in seinen alten Liebschaften herumzustochern, nicht wahr?«

Ich beiße mir auf die Lippen, sage aber nichts.

Tim nimmt meinen Arm. »Ich bringe dich noch schnell zu deinem Auto«, sagt er, als wir uns von den anderen verabschiedet haben.

»Das ist nicht nötig. Ich stehe gleich um die Ecke.« Ich löse mich aus seinem Griff.

»Es ist aber schon dunkel.« Er schaut in den Himmel. »Wer weiß, was da alles passieren kann.«

»Ich habe keine Angst.«

»Ich aber.« Mit diesen Worten ergreift er wieder meinen

Arm und begleitet mich zu meinem Auto. »Außerdem habe ich neben dir geparkt.«

Wir laufen eine Weile lang schweigend nebeneinanderher.

»Soll ich dir beim Einsteigen helfen?«, fragt er, als ich meine Fahrertür aufschließe.

»Wieso das denn?«

»Weil du den ganzen Abend so getan hast, als wärest du schon mindestens hundert Jahre alt. Was sollte das?«

»Ich weiß gar nicht, wovon du redest. Das musst du dir eingebildet haben.«

Jetzt wird er ungeduldig. »Und was sollte dann die Bemerkung über Richard Clayderman?«

»Ich wollte Erwin zur Hilfe kommen. Außerdem stimmt es doch, dass ich ein paar Jahre älter bin als du.«

»Sechs Jahre. Das ist nicht viel«, stellt Tim klar. »Ist das dein einziges Argument?« Er sieht mich abwartend an. Waren seine Augen schon immer so wunderschön braun?

Für einen klitzekleinen Moment werde ich schwach. Was wird geschehen, wenn ich ihn jetzt einfach weitermachen lasse? Der Gedanke an die möglichen Folgen macht mich fast schwindelig. Ich muss mich zusammenreißen!

»Für manche Dinge sind sechs Jahre einfach zu viel«, sage ich deshalb schnell.

Er schüttelt den Kopf. »Und manche Dinge erfordern einfach nur ein bisschen Mut«, entgegnet er leise.

Dann räuspert er sich und lässt meinen Arm los. »Wir sehen uns dann morgen am Flughafen.«

O Gott, daran habe ich ja heute Abend gar nicht mehr gedacht! Morgen fliegen unsere Eltern, Sonja und Niklas nach Spanien.

»Ja, bis morgen!« Ich steige ins Auto.

Er winkt mir zu, als ich losfahre.

11

Zu Hause ist an Schlafen erst einmal nicht zu denken. Zu viele Gedanken schwirren mir im Kopf herum. Und sie alle kreisen immer nur um eine Person: Tim Hausmann.

Meint er es wirklich ehrlich mit seiner Zuneigung? Oder will er nur testen, wie weit ich gehen würde? Ich entspreche so gar nicht seinem üblichen Beuteschema. Vielleicht macht das für ihn vorübergehend einen gewissen Reiz aus.

Außerdem ist er erst seit ein paar Tagen nicht mehr mit Mandy zusammen. Vielleicht soll ich einfach nur ein Trostpflaster sein, bis die nächste Blondine vor seiner Tür steht.

Ja, irgend so etwas muss es sein. Denn daran, dass er eine ernsthafte Beziehung mit mir will, kann ich nicht glauben.

Ich schüttele unwillig den Kopf und zwinge mich, an etwas anderes zu denken. Da fällt mein Blick durchs Fenster direkt auf Gurkes Lieblingstanne, die vom Licht der Straßenlaterne beleuchtet wird.

Eigentlich könnte ich meine Erinnerung an Victor David etwas auffrischen. Ich habe zwar nicht vor, mich mit ihm zu treffen, aber im Moment ist mir jede Abwechslung recht.

Kurz entschlossen gehe ich hinaus und beginne im fahlen Licht der Laterne zu graben. Ich kann nur hoffen, dass mich die Nachbarn nicht beobachten!

Doch es bleibt alles ruhig und fünf Minuten später halte ich den Schlüssel in der Hand. Schnell kehre ich ins Haus zurück, öffne die Schmuckschatulle und nehme den blauen und den grünen Band meiner Tagebücher heraus.

Dienstag, 10. Januar 1984
Heute Abend kommt ein Bericht über Victor David im Fernsehen. Ich zähle die Stunden und freue mich total darauf, ihn gleich zu sehen. Er wird seine aktuelle Platte vorstellen und ein Interview geben. Ich bin so aufgeregt!

Donnerstag, 29. März 1984
Ich habe einen neuen Zeitungsartikel über Victor David.
Gestern in der Oberstufenbibliothek habe ich ein wenig in den alten Zeitschriften geblättert, die da lagen. Da entdeckte ich auf einmal einen großen Bericht über Victor David, mit zwei tollen Bildern, die ich noch nicht kannte.

Für mich stand sofort fest: Den Bericht muss ich haben! Aber leider war ich nicht allein im Raum, und der andere Schüler machte keine Anstalten zu gehen. Ich musste also warten. Endlich, bei Stundenanfang, ging der andere. Schnell nahm ich die Zeitschrift und steckte sie ein.

Dann brachte ich den Schlüssel zurück und ging in den Unterricht. Natürlich kam ich zu spät – aber das war mir in diesem Moment egal.

Der Artikel ist es wert: ein tolles Bild von Victor allein und eines zusammen mit einer Schildkröte. Dazu ein Bericht, in dem steht, dass er seit kurzem mit einer griechischen Schildkröte zusammenlebt, die er in einer Zoohandlung in London gekauft hat. Die Schildkröte heißt Mathilda und er nimmt sie überallhin mit.

Natürlich weiß ich, dass meine Schwärmerei aussichtslos ist. Es wäre naiv zu glauben, dass aus uns etwas werden kann. Er kennt mich ja nicht einmal.

Aber trotzdem – jetzt gerade bin ich sehr glücklich!

Freitag, 13. April 1984
Ich weiß es: Es gibt doch so etwas wie Fügung oder Schicksal. Denn das, was heute passiert ist, kann kein Zufall gewesen sein. Und das auch noch an einem Freitag, dem Dreizehnten!

Heute Morgen sind wir nach Hamburg gefahren, um Vatis Bruder und seine Frau zu besuchen. Ich hatte mich schon vorher damit abgefunden, dass es langweilig werden würde, und setzte mich nach der Ankunft gottergeben mit an den Wohnzimmertisch. Nicole sah auch nicht gerade begeistert aus. Ich glaube, sie vermisst Jens.

Zufällig fiel mein Blick auf die Zeitung, die auf dem Tisch lag, und was ich dort las, ließ mir das Blut stocken: »Victor David in Hamburg eingetroffen« stand da in großen, fetten Buchstaben. Mir fielen fast die Augen aus dem Kopf, so angestrengt las ich. Victor wird morgen Abend ein Konzert hier in Hamburg geben. Natürlich ist das Konzert längst ausverkauft.

Aber was soll's? Victor wird heute nur wenige Kilometer von mir entfernt schlafen!

Samstag, 14. April 1984
Das Wunder geht weiter. Und ich bin mittendrin.

Heute Morgen beim Frühstück lief im Radio ein Gewinnspiel. Man musste drei Fragen zu Victor David beantworten und der Preis waren zwei Karten für das Konzert heute Abend.

»Silke weiß bestimmt alle Antworten«, sagte Nicole. Blöde Kuh! Ich wette, sie wollte mich nur ärgern.

Onkel Horst nahm das Ganze aber ernst und meinte, ich solle doch ruhig mal anrufen.

Und was soll ich sagen bzw. schreiben??? Ich bin tatsächlich durchgekommen, konnte alle Fragen richtig beantworten und habe die beiden Karten gewonnen.

Es sind sogar Tickets für den VIP-Bereich. Womöglich werde ich Victor persönlich gegenüberstehen.

Kann man so viel Glück auf einmal fassen?

Vor Aufregung ist mir jetzt schon ganz schlecht.

Sonntag, 15. April 1984
Das Konzert ist vorbei. Und ich bin zum Platzen glücklich. Ich habe Victor David tatsächlich kennengelernt. Er hat mir sogar die Hand geschüttelt. Ich werde diese Hand nie wieder waschen!!!

Aber erst mal der Reihe nach:

Ich bin also gestern Abend mit Onkel Horst zu dem Konzert gegangen. Er meinte, dass es ja schließlich seine Idee gewesen sei, beim Radio anzurufen. Also hätte er auch das Recht, mit seiner Nichte zum Konzert zu gehen.

Mir war das ganz lieb. Onkel Horst ist viel jünger als Vati und somit ist seine Begleitung auch nicht ganz so peinlich.

Schon die Gruppe im Vorprogramm war echt gut und hat tolle Stimmung gemacht.

Und dann kam Victor. Im schwarzen Anzug, mit Turnschuhen und seinen langen blonden Haaren stand er auf einmal auf der Bühne. Seine unendlich blauen Augen strahlten.

Er sang alle seine besten Songs. Zum Schluss kamen die Liebeslieder und da gingen sämtliche Lichter aus. Man sah nur noch die Feuerzeuge leuchten. Mir lief echt eine Gänsehaut runter!

Nach dem Konzert durften wir hinter die Bühne. Onkel Horst knipste die ganze Zeit. Und auf einmal stand ich neben IHM. Niemals hätte ich mir träumen lassen, ihn mal persönlich kennenzulernen! Er gab mir die Hand und fragte, ob ich ein Autogramm möchte. Seine Stimme klang so sanft und er lächelte mich sogar an. Ich nickte nur.

Er schrieb gleich mehrere Autogramme für mich und gab sie mir. Ich sagte artig »Thank you« und ging dann.

Ich werde Victor vermutlich nie wiedersehen. Einerseits macht mich das sehr traurig. Andererseits bin ich so glücklich, dass ich die Chance hatte, ihn persönlich zu treffen. Wie viele Menschen haben schon das Glück?

Es ist natürlich viel zu spät, als ich die Tagebücher aus der Hand lege und endlich ins Bett gehe.

Am nächsten Morgen bin ich entsprechend unausgeschlafen und habe Kopfschmerzen, doch leider nimmt mein Wecker darauf keine Rücksicht. Er klingelt pünktlich um fünf Uhr in der Früh. Ich quäle mich seufzend aus dem Bett – warum habe ich mich nur bereit erklärt, meine Eltern um diese unmenschliche Zeit zum Flughafen zu bringen?

Mit Grauen male ich mir aus, wie sie gleich gut gelaunt, völlig wach und sehr aufgeregt in mein Auto steigen werden. Bis zum Flughafen überlebe ich das nicht!

Zu allem Überfluss stelle ich ein paar Minuten später auch noch fest, dass ich meine Tage bekommen habe. An sich kein Problem – nur sind mir die Tampons ausgegangen. In der Schachtel liegt nur noch ein einziger. Wie ärgerlich! Woher bekomme ich jetzt so schnell Nachschub?

Meine Schwester ist schwanger und hat sicherlich zurzeit keine Tampons im Haus. Meine Mutter braucht so etwas schon seit ein paar Jahren nicht mehr.

Da fällt mir zum Glück Sonja ein. Sie ist organisierter als ich und hat bestimmt welche auf Vorrat. Also klingele ich eine halbe Stunde später nicht direkt bei meinen Eltern, sondern zuerst bei Hausmanns.

Onkel Fred öffnet mir die Tür und schaut erschrocken auf seine Uhr. »Müssen wir schon los?«, fragt er besorgt.

Ich schüttele den Kopf. »Ich wollte noch mal kurz zu Sonja.«

Er nickt erleichtert und deutet die Treppe hinauf.

»Sonja!«, rufe ich und steige ins Dachgeschoss.

»Sie ist gerade mit Niklas auf der Toilette.« Tim steht in Sonjas Schlafzimmer und verschließt einen ihrer Koffer. »Kann ich dir helfen?«

»Äh ... lieber nicht. Ich warte.«

»Silke?«, ruft Sonja durch die Badezimmertür. »Was ist?«

»Ich wollte mir etwas von dir ausleihen«, schreie ich zurück.

»Ich bin hier noch eine Weile mit Niklas beschäftigt. Was willst du denn haben?«

»Nicht so wichtig ...« Ich kann das ja schlecht durch das ganze Haus brüllen.

»Was? Ich verstehe dich so schlecht!« Sonjas Stimme klingt ungeduldig.

Ich seufze und setze mich auf einen Stuhl. Zu den Kopfschmerzen kommen jetzt auch noch Bauchkrämpfe hinzu. Ich reibe mir müde die Augen.

Tim beobachtet mich aufmerksam. »Geht es dir nicht gut?«

»Doch, alles in Ordnung.« Das stimmt leider nicht. Ich brauche dringend einen neuen Tampon.

»Du siehst aber ganz fürchterlich aus.«

So etwas lasse ich mir natürlich nicht bieten. Schon gar nicht, wenn ich weiß, dass es stimmt.

»Ach ja?«, fauche ich wütend. »Soll ich dir mal was sagen? Ich fühle mich auch ganz fürchterlich. Mein Bauch tut weh, ich habe Kopfschmerzen, meine Augen brennen und ich habe total miese Laune.«

Er sieht mich erschrocken an. »Und was genau hat Sonja, das dir helfen kann?«, fragt er vorsichtig.

Jetzt ist mir alles egal. »Tampons«, sage ich knapp und erwarte gespannt seine Reaktion.

Normalerweise geraten Männer nämlich in Panik, wenn Frauen mit diesem Thema beginnen. Männer können stundenlang über Sex diskutieren und lassen dabei kein noch so pikantes Detail aus. Aber wenn es um die Zyklusbeschwerden einer Frau geht, dann werden sie blass und wechseln schnell das Thema.

Nicht so Tim. Er lächelt nur nachsichtig, öffnet einen Schrank und holt eine Packung Tampons heraus.

»Hier.« Er drückt sie mir in die Hand. »Viel Spaß damit!« Danach wendet er sich wieder den Koffern zu.

»Danke.« Ich stecke die Tampons in meine Handtasche und gehe langsam die Treppe hinunter.

»Bis gleich«, ruft Tim mir nach.

Bei meinen Eltern gönne ich mir erst einmal eine Kopfschmerztablette und einen starken Kaffee. Mutti und Vati laufen hektisch hin und her und treffen die letzten Vorbereitungen. Ich muss lächeln. Schon vor Jahren hat sich Vati eine Urlaubs-

Checkliste erstellt, die er jedes Mal systematisch abarbeitet und damit die ganze Familie zum Wahnsinn treibt.

»Wo ist meine Ersatzbrille?«, fragt er nervös.

»Schon längst bei mir in der Handtasche«, beruhigt ihn Mutti. Dann sieht sie mich an. »Geht es wieder?«

Ich nicke. Noch eine Stunde, dann habe ich dieses Haus ganz für mich allein. Nein, korrigiere ich mich, nicht ganz allein. Mein Kater wird bei mir sein. Gleich nachdem ich meine Eltern am Flughafen abgesetzt habe, werde ich Gurke und den Rest meiner Sachen von zu Hause holen. Und dann werde ich es mir hier gemütlich machen. Draußen regnet es zwar nicht mehr, aber es ist kühl geworden.

»Und wo ist meine Sonnenbrille?« Vati hat die Liste noch nicht beendet.

»Eingepackt.« Mutti lässt sich nicht aus der Ruhe bringen.

»Die Sonnencreme?«

»Eingepackt.«

»Das Mückenmittel?«

»Ja.«

»Ja, was?«

»Eingepackt.«

»Die Nasentropfen?«

Wenn ich noch länger zuhöre, werde ich verrückt. »Ich gehe schon mal raus«, sage ich deshalb und nehme den ersten Koffer mit. Auf der Straße treffe ich Tim, der gerade sein Auto aufschließt und die Koffer von Sonja und Niklas einlädt.

»Ich habe noch etwas für dich.« Tim kommt zu mir ans Auto.

»Eine Packung Tampons reicht vorerst völlig aus. Vielen Dank!«, entgegne ich.

Er schüttelt grinsend den Kopf und hält mir eine Frauenzeitschrift unter die Nase. Fragend sehe ich ihn an.

»Aus unserem Wartezimmer«, erklärt er. »Auf Seite dreiunddreißig steht ein Artikel über Victor David.«

»Und warum glaubst du, dass mich das interessieren könnte?«

»Weil er der letzte noch verbliebene Traumprinz ist. Und außerdem hat er das richtige Alter für dich!« Damit lässt er mich stehen und kehrt zu seinem Auto zurück.

In diesem Moment kommen Hausmanns mit Sonja und Niklas auf die Straße. Auch meine Eltern treffen wenig später ein.

»Dann kann es ja losgehen.« Vati verstaut das Gepäck und setzt sich auf den Beifahrersitz. In dem Durcheinander vor beiden Autos komme ich gar nicht dazu, noch ein paar Worte mit Sonja zu wechseln.

Erst am Flughafen vor dem Check-in-Schalter haben wir Gelegenheit, miteinander zu reden.

»Pass gut auf meinen kleinen Bruder auf«, bittet Sonja mich.

Ich werfe einen Blick auf Tim, der ein wenig abseitssteht und das hektische Treiben beobachtet. »Der kann gut auf sich selbst aufpassen«, entgegne ich.

»Ich weiß nicht.« Sonja wirkt ein wenig besorgt. »Seit seiner Geburtstagsparty ist er irgendwie anders als sonst.«

»Vielleicht leidet er unter der Trennung von Mandy«, schlage ich vor.

Sonja schüttelt den Kopf. »Bestimmt nicht. Mandy war nur eines von vielen Marzipan-Eiern.«

Ich sehe sie fragend an.

»Zuerst freut man sich, wenn man es hat. Aber irgendwann bekommt man genug davon, es wird einem übel und man schwört sich, nie wieder eines anzurühren«, erklärt Sonja.

»Bis zum nächsten Osterfest«, füge ich hinzu.

Sonja runzelt die Stirn. »Das ist ja das Komische: Ich glaube nicht, dass es das ist, was er will.« Dann zuckt sie mit den Schultern. »Aber jetzt habe ich erst einmal Urlaub und werde mir keine weiteren Gedanken machen. Du bist ja da und wirst auf ihn achtgeben.«

Bestimmt nicht!

»Mal sehen«, sage ich nur.

Dann verabschieden wir uns. Ich winke meinen Eltern und

Hausmanns zu, als sie durch die Sicherheitskontrolle verschwinden. »So, das wäre geschafft«, sage ich aufatmend.

»Ja.« Auch Tim seufzt erleichtert. »Ich werde die Ruhe im Haus genießen.«

»Fährst du gleich in die Praxis?«, frage ich ihn.

Er nickt. »Und du?«

»Ich hole jetzt meinen Kater und meine Sachen, und dann werde ich mich bei meinen Eltern häuslich niederlassen.«

»Du nimmt Gurke mit?«

»Sollte ich nicht?« Wieso können einen Ärzte eigentlich immer so leicht verunsichern?

Er lacht. »Doch, natürlich.«

»Ich will ihn nicht so lange allein zu Hause lassen«, erkläre ich ihm hastig. »Allerdings traue ich mich nicht, ihn bei meinen Eltern rauszulassen.«

»Wenn du dich viel mit ihm beschäftigst und ihm genug Abwechslung bietest, dann ist das schon okay«, beruhigt er mich.

Zufrieden atme ich auf. Eigentlich ist so eine Unterhaltung mit Tim ja doch ganz nett. »Hast du heute Abend schon was vor?«, frage ich deshalb und ärgere mich gleich darauf über mich selbst. Warum bin ich jetzt wieder weich geworden?

»Nein.« Seine Reaktion lässt nicht erkennen, ob er sich über meine Frage freut.

»Dann komm doch zum Essen rüber. Meine Mutter hat mir massenhaft Gerichte vorgekocht. Das kann ich gar nicht alles allein essen.« Das stimmt sogar: Mutti hat den Kühlschrank voller guter Sachen hinterlassen.

»Also gut. Passt es dir so gegen sieben Uhr?«

Ich nicke.

Er schaut auf seine Uhr. »Ich muss los. Bis dann!« Keine Umarmung zum Abschied, kein Kuss. Nicht einmal ein Lächeln.

Aber das ist doch genau das, was ich will ... oder?

Den übrigen Tag verbringe ich damit, es mir im Haus meiner Eltern gemütlich zu machen. Ich beziehe mein altes Zimmer, räume meine Sachen ein und beschäftige mich dann ausgiebig mit Gurke. Der Kater hat die Autofahrt ohne einen Mucks ertragen, sich danach beleidigt unter das Sofa verzogen und erkundet nun neugierig die Umgebung.

Als ich nachmittags Kaffee koche, fällt mein Blick auf die Frauenzeitschrift, die Tim mir am Morgen gegeben hat. Ich blättere sie kurz durch.

Mit solchen Zeitschriften konnte ich noch nie viel anfangen. Die Mode, die vorgestellt wird, würde ich allenfalls zu Fasching tragen. Außerdem leide ich weder unter Orangenhaut, noch will ich meine ersten Fältchen »schonend, aber effizient« bekämpfen. Die Diät, die »garantierten Erfolg und kinderleichte Zubereitung« verspricht, ist das einzige Thema, das mich interessieren könnte.

Auf Seite dreiunddreißig blicke ich direkt in das Gesicht von Victor David. Es ist ein Schwarzweißfoto, aber ein sehr gutes. Victor ist älter geworden, sieht jedoch immer noch verteufelt gut aus. Seine blonden Haare trägt er zu einem Pferdeschwanz gebunden. Seine hellen Augen leuchten und sein Lachen wirkt völlig natürlich.

Kein Wunder, dass ich als Teenager schwach geworden bin!

»Victor David ist zurück« lautet die Überschrift. Gespannt beginne ich zu lesen.

»Victor David war in den Achtzigerjahren ein Weltstar.
Kaum ein Mädchen, das nicht von ihm geträumt hat. Kaum eine Single, die es nicht auf Platz eins der Charts geschafft hat. Kaum ein Konzert, das nicht ausverkauft war.

Wer könnte diesen blonden Engel je vergessen, der sich medienwirksam vor die Friedensbewegung stellte und dessen Lieder zu deren Hymnen wurden?

Aber es gab auch die andere, die Schattenseite in Victor Davids

Leben. Zu den Problemen mit Drogen kamen zahlreiche weitere Skandale hinzu. Mal schlug er die Luxus-Suite eines Hotels kurz und klein, dann prügelte er sich mit der Polizei oder legte sich mit Journalisten an.

Sein Privatleben war nie wirklich privat. Dreimal war er verheiratet: zuerst mit seiner Jugendfreundin Cathy, dann mit der Greenpeace-Aktivistin Jean und zum Schluss mit dem Porno-Sternchen Billie. Keine seiner drei Ehen hielt länger als ein Jahr.

Für einen Menschen mit einer solch bewegten Lebensgeschichte gibt es nur zwei Alternativen: Er stirbt früh und geht als Legende in die Geschichte ein, oder er ändert seinen Lebensstil und tritt – völlig verwandelt – wieder an die Öffentlichkeit.

Victor David (42) hat sich für die zweite Möglichkeit entschieden. Seit einigen Monaten arbeitet er leise, aber stetig an einem Comeback. Er tritt in kleinen Konzerthallen auf, singt seine alten Songs genauso gern und intensiv wie seine neuen Lieder und hat tatsächlich Erfolg damit. Die Hallen sind gefüllt.

Im Sommer wird er auch nach Deutschland kommen. Grund genug, einmal nachzufragen, was es Neues gibt bei Victor David. Wir trafen den Sänger im Juni zu einem kurzen Interview in seiner Heimatstadt London.

Frage: Wie geht es Ihnen? Wir haben so viel über Ihren veränderten Lebensstil gehört. Haben Sie wirklich mit Ihrem alten Leben abgeschlossen?

Antwort: Ja, allerdings. Wenn ich so weitergemacht hätte, dann wäre ich vor die Hunde gegangen. Zum Glück wurde mir das rechtzeitig klar. Und ich hatte ein paar wirklich gute Freunde, die mir geholfen haben.

Frage: Sie haben einige neue Lieder aufgenommen und geben auch wieder Konzerte. Wollen Sie an alte Erfolge anknüpfen?

Antwort: Nein, das kann und will ich nicht. Die Achtziger waren eine tolle Zeit, aber sie gehören der Vergangenheit an. Viele Themen, die gerade die jungen Leute damals bewegten, sind in dieser Form nicht mehr aktuell. Heute gibt es andere Probleme.

Frage: *Ihre neuen Lieder haben keine politischen Inhalte mehr. Warum nicht?*

Antwort: *Die Zeiten, in denen ich den Menschen vorschreiben wollte, was sie zu denken haben, sind vorbei. Heute singe ich lieber über die Liebe (lacht).*

Frage: *Sind Sie denn zurzeit verliebt?*

Antwort: *Nein. Oder doch, ja. Ich bin immer verliebt. In das Leben, die Sonne, die Zukunft und ganz besonders in meine Schildkröte.*

Frage: *Mathilda lebt noch?*

Antwort: *Aber ja! Schildkröten können weit über hundert Jahre alt werden. Mathilda ist sozusagen noch ein Twen und in den besten Jahren!*

Frage: *Möchten Sie unseren Leserinnen zum Schluss noch etwas sagen?*

Antwort: *Ja, ich möchte mich für einiges von dem entschuldigen, was ich früher getan habe. Und ich möchte allen Mut machen. Es ist niemals zu spät, sein Leben zu ändern. Ich bin das beste Beispiel dafür!*«

Nachdenklich lege ich die Zeitung beiseite. Es freut mich, dass Victor sein Leben anscheinend wieder im Griff hat. Mehr aber auch nicht – ich habe keinesfalls vor, mich mit ihm zu treffen, auch wenn sich über Erwin eine Gelegenheit dazu bieten würde.

Nein, lieber nicht! Ich habe auch so schon genügend Männerprobleme. Dabei fallen mir Tim und meine Einladung zum Abendessen wieder ein. Was soll ich kochen? Nach einem Blick in den Kühlschrank entscheide ich mich für die vorbereitete Tomatensauce. Nudeln finde ich im Küchenschrank. Außerdem entdecke ich noch einen Salat und ein fertiges Dressing im Gemüsefach. Mutti ist wirklich ein Schatz!

12

Pünktlich um sieben Uhr klingelt Tim an der Tür. Er hat zwei Flaschen Rotwein mitgebracht.

»Das ist ein guter Merlot aus Kalifornien«, erklärt er. »Passt zu fast allem.«

Dann schnuppert er neugierig an den Kochtöpfen. »Was gibt es denn? Hast du das selbst gekocht?«, fragt er misstrauisch.

»Nein, das ist von meiner Mutter.«

»Fein.«

»Ich kann aber auch kochen«, verteidige ich mich und drohe ihm mit dem Kochlöffel.

»Das kann jeder sagen.« Er öffnet den Wein und schenkt die bereitgestellten Gläser voll. Dann lässt er sich auf einen Küchenstuhl fallen und seufzt.

»Was ist los?«, frage ich besorgt.

»Ach, eigentlich nichts. Heute war nur mal wieder einer dieser Tage, an denen ich meinen Beruf hasse.«

Ich setze mich zu ihm. »Warum?«, will ich wissen.

»Ich musste einen Dackel mit Magenkarzinom einschläfern.« Auf meinen fragenden Blick hin fügt er erklärend hinzu: »Krebs im Endstadium. Da war nichts mehr zu machen.«

»Und?«, frage ich. Das allein kann nicht der Grund für seine Stimmung sein.

»Der Dackel gehörte einer alten Dame, für die er so etwas wie ein Kinderersatz war. Er war ihr Lebensinhalt. Die arme Frau hat furchtbar geweint, als sie sich von dem Tier verabschieden musste. Es war einfach schrecklich.«

Was soll ich darauf sagen? Mir fällt leider nichts Tröstendes ein. Doch Tim redet schon weiter.

»Jeden Tag habe ich es mit den unterschiedlichsten Tieren und ihren Herrchen zu tun. Ich stutze Krallen und Nagezähne, entferne Stachel, sterilisiere und kastriere. Das sind alles zwar notwendige, aber irgendwie doch sinnlose Tätigkeiten. Dann kommt da endlich mal jemand, der wirklich meine Hilfe braucht – und was tue ich? Ich muss ihm das Liebste nehmen, was er hat. Das ist so unfair!«

»Deine Tätigkeit ist nicht sinnlos«, widerspreche ich. »Auch nicht das Krallenschneiden und Kastrieren.«

»Das weiß ich«, entgegnet er. »Aber es kommt mir manchmal so vor. Ich werde nicht wirklich gefordert. Und wenn, dann kann ich nicht einmal helfen.«

Da fällt mir etwas ein. »Gibt es nicht so etwas wie eine Notarztpraxis für Tiere? Nach der Sache mit Bounty hatte ich das Gefühl, dass du in so einem Fall genau der richtige Mann bist.«

Tim überlegt. »Natürlich gibt es mehrere Tierkliniken hier in der Nähe. Die meisten bieten auch eine Notfallversorgung an. Vielleicht sollte ich mich da tatsächlich mal umhören.«

»Und dann hast du ja auch noch deine Wale und Delfine. Vermisst du sie nicht schrecklich?«

Er lächelt. Gott sei Dank! »Ja, schon«, gibt er zu.

»Du kannst ja auch zu ihnen zurückkehren«, schlage ich vor.

»Das ist nicht ganz so einfach. Ich habe meinem Kollegen versprochen, noch mindestens bis September in der Praxis mitzuarbeiten.«

»Und dann?«

»Ich weiß es nicht. Es gibt so vieles zu bedenken.« Tim seufzt wieder und lehnt sich zurück. »Übrigens kochen gerade deine Nudeln über.«

Mit einem Schreckensschrei springe ich auf und rette, was noch zu retten ist.

»Lass uns zuerst essen, bevor noch ein weiteres Unglück geschieht. Danach reden wir weiter.« Ohne seine Antwort abzuwarten, trage ich die Töpfe ins Esszimmer. Tim folgt mir mit den beiden Weingläsern.

»Danke!«, sagt er, als wir uns an den Tisch setzen.

»Wofür? Du hast doch noch gar nicht probiert.«

»Ich meine auch nicht das Essen. Danke dafür, dass du mir zuhörst. Du bist eine gute Freundin.«

Ich werde rot. Gleichzeitig registriere ich zufrieden, dass er mich als gute Freundin bezeichnet hat. Mehr will ich doch auch gar nicht sein!

»Guten Appetit!« Etwas Sinnvolleres fällt mir als Erwiderung leider nicht ein.

Wir essen eine Weile lang schweigend, dann ergreift Tim wieder das Wort. »Habe ich dir eigentlich schon meine Fotos aus Amerika gezeigt?«

»Nein.« Ich schüttele den Kopf. »Aber ich würde sie gern sehen.«

»Ich hole sie nach dem Essen.« Er strahlt mich an und ich lächele zurück.

Insgeheim beglückwünsche ich mich selbst – dieser Abend läuft fantastisch. Tim hat endlich begriffen, dass wir nicht mehr als gute Freunde sein können. Und mit den Bildern aus Amerika werden wir genug Gesprächsstoff haben, um jegliche unangenehmen Themen auszuklammern.

Drei Stunden später sitzen wir gemütlich bei der zweiten Flasche Wein und einer Dose Erdnüsse vor Tims Bildern. Er erzählt pausenlos von seinen Erlebnissen mit Walen, Delfinen und sonstigen Wassertieren. Seine Augen leuchten, während er spricht. Verhängnisvollerweise macht ihn das besonders attraktiv. Ich muss schlucken. So einfach geht das mit der platonischen Freundschaft anscheinend doch nicht!

»Was ist?«, reißt er mich aus meinen Gedanken.

»Hm?« Ich schaue ihn erstaunt an.

»Du siehst irgendwie abwesend aus. Langweile ich dich mit meinen Geschichten?«

»Aber nein.« Ich schüttele energisch den Kopf. »Ich mag es sehr, wenn du so begeistert erzählst. Ich habe mich nur gerade gefragt, ob du mit dieser Begeisterung in einer deutschen Kleintierarztpraxis richtig aufgehoben bist«, füge ich hinzu.

Er zuckt mit den Schultern. »Das frage ich mich auch andauernd.«

»Was ist denn mit den Angeboten von den Meeresinstituten?«

»Die stehen noch.« Er runzelt die Stirn. »Vielleicht hast du recht: Ich sollte mich endlich mal um meine berufliche Zukunft kümmern.«

Ich nicke, sage jedoch nichts.

Tim schaut auf die Uhr. »Es ist spät und ich muss morgen früh raus – ich gehe jetzt mal besser rüber.« Er nimmt seine Sachen. »Soll ich dir noch mit dem Abwasch helfen?«

»Lass ruhig, das mache ich morgen. Ich habe ja sonst nichts zu tun.« Ich begleite ihn zur Tür.

»Es war ein wunderschöner Abend. Ich werde mich bald mal revanchieren.« Tim lächelt mich an, aber wieder bekomme ich weder eine Umarmung noch einen Kuss.

»Gute Nacht!« Damit dreht er sich um und geht.

Ich bleibe noch eine Weile lang an der Tür stehen. Irgendwie bin ich enttäuscht über Tims kurz angebundenen Abschied. Und gleichzeitig ärgere ich mich über mich selbst, *weil* ich so enttäuscht bin.

In dieser Stimmung kann ich unmöglich sofort einschlafen! Ich greife nach der Fernsehzeitung. In einem Privatsender fängt gleich ein alter Liebesfilm an. Genau das Richtige für meinen derzeitigen Gemütszustand.

Ich habe es mir gerade im Bett bequem gemacht und den Fernseher eingeschaltet, als es an der Tür klingelt. Nein, es klingelt nicht nur, es läutet Sturm.

Wütend laufe ich die Treppe hinunter. Was denkt Tim sich eigentlich? Er wird wohl etwas vergessen haben, aber deshalb muss er ja nicht gleich so ungeduldig werden. Doch als ich die Tür öffne, strahlen mir nicht Tims braune Augen entgegen.

Stattdessen blicke ich in die verweinten Augen meiner Schwester.

»Nicole!« Was will sie hier? Und warum ist sie so aufgelöst?

»Silke«, ruft sie und umarmt mich heftig. Immer wieder wird sie von Weinkrämpfen geschüttelt. Oder sind das etwa Wehen? Vorsichtig halte ich sie ein wenig auf Abstand und betrachte sie kritisch.

»Kommt das Baby?«, frage ich sicherheitshalber.

»Nein«, schluchzt sie.

»Aber was –?«, beginne ich. Weiter komme ich nicht.

»Jens«, unterbricht sie mich. »Jens hat mich betrogen.«

»Er hat dich betrogen? Aber wann?« Eine bessere Frage fällt mir nicht ein.

»Er hat mir gerade gestanden, dass er mich seit ein paar Tagen betrügt.« Sie lacht hysterisch. »Und ich Dummkopf habe es überhaupt nicht bemerkt. Ich dachte, er will einfach nur nett zu ihr sein ...«

»Jetzt komm erst einmal rein. Ich mache dir einen Tee.« Keine Ahnung, ob Tee helfen kann. Aber damit sind wir erst einmal für eine Weile beschäftigt.

Bereitwillig folgt sie mir in die Küche und lässt sich dort auf einen Stuhl fallen.

»Hattest du Besuch?«, fragt sie nach einem Blick auf den Küchentisch, auf dem noch immer die beiden Rotweingläser und die leere Erdnussdose stehen.

»Ja.« Ich setze Wasser auf und hole einen Teebeutel aus dem Schrank.

»Ein Mann?« Nicole ist offenbar nicht so sehr am Boden zerstört, dass sie darüber ihre Neugierde völlig vergisst.

»Nein. Oder doch, ja. Nur Tim.«

»Tim«, wiederholt sie düster. »Ausgerechnet.«

»Wie meinst du das? Was hat er denn damit zu tun?« Ich bin völlig verwirrt.

»Mandy! Es ist Mandy. Jens hat mich mit Mandy betrogen!« Nicole schluchzt herzerweichend.

Ich muss mich setzen. Das kann doch nicht wahr sein! Mein harmloser, schwerfälliger Schwager Jens und die naive Mandy – das ist ungefähr so, als ob Oliver Hardy ein Verhältnis mit Stan Laurel angefangen hätte. Das kann einfach nicht wahr sein!

»Das glaube ich nicht«, sage ich tonlos.

»Es ist aber wirklich so. Er hat es gerade zugegeben.« Wie zur Bestätigung pfeift in diesem Moment der Wasserkocher. Ich brühe den Tee auf und setze mich dann wieder zu meiner Schwester an den Tisch.

»Erzähl mir das jetzt mal schön der Reihe nach!«, fordere ich sie auf, nachdem ich uns beiden Tee eingegossen habe.

Nicole nimmt drei Löffel Zucker und will gerade anfangen zu reden, als es erneut an der Tür klingelt.

»Erwartest du noch Besuch?«, fragt sie.

»Natürlich nicht.« Ich schüttele den Kopf. »Wir haben schon fast elf Uhr.«

»Um diese Zeit solltest du nicht mehr die Tür öffnen!«, rät sie mir.

»Dir habe ich doch gerade auch aufgemacht«, entgegne ich und laufe in den Flur. »Vielleicht ist es ja Jens.«

Aus der Küche ertönt ein Aufschrei. »Ich will ihn nicht sehen!« Dann beginnt sie wieder zu weinen.

Das kann ja heiter werden! Wer auch immer da vor der Tür steht – meinem neuen Gast wird einiges geboten. Fast hoffe ich sogar, es möge mein Schwager sein. Dann wäre ich wenigstens meine Schwester wieder los!

Doch es ist nicht Jens, sondern Tim.

»Alles in Ordnung bei dir?«, erkundigt er sich fürsorglich. »Mir war so, als hätte ich jemanden an eurer Tür gehört.«

»Ja, das stimmt.« Ich verdrehe die Augen. »Nicole ist bei mir.«

Wie zur Bestätigung ertönt aus der Küche erneut hemmungsloses Schluchzen.

»Was ist denn los?« Tim blickt mich besorgt an.

»Das wollte sie mir gerade erzählen. Komm doch rein, dann kannst du es mit anhören.« Ich schließe die Tür und ziehe ihn hinter mir her in die Küche.

»Aber vielleicht will sie gar nicht, dass ich dabei bin.« Tim befreit sich aus meinem Griff.

»O doch, du sollst es ruhig erfahren«, meldet sich Nicole mit erstickter Stimme zu Wort. »Schließlich geht es dich auch an!«

Tim wirft mir einen fragenden Blick zu, doch ich hole schweigend eine weitere Tasse Tee und setze mich wieder zu meiner Schwester an den Tisch. Tim nimmt neben mir Platz.

Nicole putzt sich lautstark die Nase und sieht uns dann aus geröteten, verquollenen Augen an. »Sag du es ihm«, fordert sie mich auf.

Wieso ich? Ich habe doch nun wirklich nichts damit zu tun!

»Aber ich habe doch gar nichts —«, beginne ich deshalb auch.

Sie unterbricht mich sofort. »Du kannst schlechte Nachrichten besser überbringen.«

Vielen Dank, so etwas hört man doch gern!

Tim wird allmählich nervös. »Würde mich mal endlich jemand aufklären, was eigentlich passiert ist?«

»Jens hat Nicole mit Mandy betrogen.« Ich zucke mit den Schultern. »Mehr weiß ich auch noch nicht.«

Nicole hat bei meinen Worten wieder angefangen zu weinen. Ich bringe ihr ein neues Taschentuch und umarme sie kurz. Dann fällt mein Blick auf Tim. Er hat das Kinn auf die Hände gestützt und sitzt erstaunlich ruhig da.

»Erzähl uns jetzt mal die ganze Geschichte von Anfang an«, fordert er meine Schwester auf.

Und das tut Nicole. Viel gibt es allerdings nicht zu berichten. Offensichtlich haben Jens und Mandy schon seit einer Weile Gefallen aneinander gefunden. Am Abend von Tims Geburtstagsparty ist Jens dann wohl tatsächlich in Mandys Bett gelandet.

»Und mir hat er gesagt, dass auf dem Rückweg ein Stau war«, schluchzt Nicole.

Dann erzählt sie weiter. Seit dem Wochenende haben sich Jens und Mandy anscheinend täglich gesehen, doch Nicole hat nicht den leisesten Verdacht geschöpft. »Es kommt schließlich öfter vor, dass Jens lange arbeiten muss.«

»Und warum hast du es ausgerechnet heute gemerkt?«, will ich wissen.

»Ich habe es nicht gemerkt. Er hat es mir gesagt.«

»Freiwillig?« Das fällt mir schwer zu glauben.

»Jens kann mich nicht über einen längeren Zeitraum belügen. Das hält er gar nicht aus.« Nicole sieht mich entrüstet an.

»Die letzten vier Tage hat er es aber getan.« Endlich sagt Tim auch mal etwas.

Bei Nicole löst das den nächsten Weinkrampf aus. »An allem bist nur du schuld«, wirft sie Tim an den Kopf.

»Er hat doch gar nichts damit zu tun«, verteidige ich ihn.

»Hätte er nicht ausgerechnet an dem Abend mit Mandy Schluss gemacht, dann wäre das nie passiert«, behauptet Nicole.

»Dann wäre es nicht mit Mandy passiert. Vielleicht aber mit Konstanze oder Natascha oder Jacqueline oder wie sie alle heißen ... Du kannst nicht einfach Tim die Schuld an allem geben! Wer hat dich denn betrogen? Er oder Jens?« Jetzt rege ich mich richtig auf.

Tim legt mir die Hand auf den Arm. »Es nutzt doch nichts, wenn ihr euch jetzt auch noch streitet«, sagt er vollkommen ruhig zu mir. »Lass sie. Von mir aus kann sie mir die Schuld geben, wenn ihr das hilft. Im Augenblick ist die Hauptsache, dass sie sich nicht unnötig aufregt. Oder willst du die nächste Notoperation auf dem Küchentisch?«

Ich muss wider Willen lachen. Er hat recht, Nicole sollte sich in ihrem Zustand schonen.

»Was willst du denn jetzt machen?«, frage ich sie.

»Ich werde hier bei dir wohnen.«

Das hatte ich befürchtet! »Natürlich.« Mir bleibt wohl keine andere Wahl. »Hast du wenigstens ein paar Sachen dabei?«

Sie schüttelt den Kopf. »Daran habe ich gar nicht gedacht. Nachdem Jens mir sein Geständnis gemacht hatte, wollte ich nur so schnell wie möglich weg von ihm.« Sie sieht mich an. »Vielleicht kann ich ja was von dir anziehen.«

Und mir damit meine besten Sommersachen für immer auf die Größe eines Zirkuszeltes ausdehnen? Das geht nun wirklich nicht. Gerade will ich eine spitze Bemerkung fallen lassen, als Tim mich wieder beruhigend am Arm fasst.

»Ist Jens jetzt zu Hause?«, fragt er.

»Keine Ahnung. Wo sollte er sonst sein?« Nicole sieht ihn unsicher an.

Ich wüsste, wo er noch sein könnte. Aber wenn ich das jetzt sage, löse ich mit Sicherheit den nächsten Weinkrampf aus. Also halte ich lieber den Mund.

»Wenn du mir eine Liste mit den Sachen schreibst, die du gern hier hättest, dann hole ich sie dir heute noch.«

Ich könnte Tim umarmen. In Krisensituationen ist er der ruhigste und verlässlichste Mensch, den ich kenne.

Ich bringe Nicole Stift und Zettel, und sie beginnt folgsam mit ihrer Liste. Währenddessen zieht mich Tim ins Wohnzimmer.

»Sie darf sich heute auf keinen Fall weiter aufregen. Vermeide jeden Streit mit ihr und sieh zu, dass sie möglichst bald ins Bett geht. Morgen früh sollte sie ihren Frauenarzt aufsuchen.«

»Kann ihr denn die Aufregung so sehr schaden?«

»Bei Menschen kenne ich mich natürlich nicht so gut aus.

Aber wenn schwangere Schweine nervös sind ...« Er zwinkert mir zu.

Ich grinse verschwörerisch zurück. »Das bleibt jetzt besser unter uns.« Dann wechsele ich das Thema. »Willst du um diese Zeit wirklich noch zu Jens fahren?«

Er nickt. »Vermutlich sitzt er zu Hause und macht sich schreckliche Sorgen. Ich kann ja mal versuchen, mit ihm zu reden.«

»Meinst du, dass ausgerechnet du der richtige Mann dafür bist? Schließlich ist Mandy deine Freundin.«

»Meine Exfreundin«, korrigiert er mich. »Ich habe mit ihr Schluss gemacht. Das solltest du am besten wissen, du warst ja schließlich dabei.« Mit diesen Worten verabschiedet er sich von mir, holt sich Nicoles Liste aus der Küche und ist im nächsten Moment zur Tür hinaus.

Seufzend will ich zu meiner Schwester zurückgehen, doch sie kommt mir bereits im Flur entgegen. Wie ein kleines Kind lässt sie sich beim Ausziehen und Waschen helfen. Für heute Abend muss eines von Vatis alten T-Shirts als Nachthemd herhalten.

Dann beziehe ich ihr rasch das Bett in ihrem früheren Zimmer. Nicole legt sich hin und ist augenblicklich eingeschlafen.

Tim kommt erst lange nach ein Uhr nachts zurück. Er hat eine Reisetasche bei sich und ein rundes, längliches Kissen über dem Arm.

»Das ist ein Stillkissen«, erklärt er, als er meinen fragenden Blick bemerkt. »Damit kann sie angeblich besser schlafen.«

»Du siehst müde aus«, sage ich überflüssigerweise. Ich selbst biete vermutlich einen ähnlich erschöpften Anblick.

Er stellt die Tasche und das Kissen ab und lässt sich dann auf unser Sofa fallen. »So fühle ich mich auch.«

»Möchtest du noch einen Tee? Ich habe mir gerade einen Kräutertee gemacht.«

»Gerne. Und dann will ich nur noch in mein Bett. Ich glaube, ich bekomme eine Erkältung. Mir kratzt es im Hals.«

»Dann hilft der Tee bestimmt.« Ich hole ihm eine Tasse und mache es mir dann in einem alten Sessel ihm gegenüber bequem. Es ist ruhig im Haus, man hört nur das Ticken der Wohnzimmeruhr. Wir trinken beide unseren Tee und schweigen. Nach der Aufregung tut die Stille richtig gut.

Da kommt Gurke ins Zimmer geschlichen und ist hocherfreut, uns um diese Zeit wach anzutreffen. Schnurrend macht er es sich auf Tims Schoß bequem.

»Dein Kater mag mich.« Tim streichelt Gurke ausgiebig.

»Das täuscht. Der ist nur froh über jede Abwechslung.«

»Wie kommt er denn hier zurecht?«

»Es geht so. Ich muss ständig aufpassen, dass er keine Tapeten oder Möbel zerkratzt. Ich glaube, er vermisst seinen Freilauf.«

»Seit wann lebt er eigentlich bei dir? Ich kann mich gar nicht erinnern, dass du ihn schon hattest, als ich nach Amerika gegangen bin.«

»Ich habe ihn vor ungefähr zwei Jahren aus dem Tierheim geholt. Damals habe ich mich gerade von meinem Mann getrennt und wollte nicht so allein sein.«

»Hat es geholfen?«

»Und wie. Er ist ein absolut liebenswertes Tier. Ich würde ihn um nichts in der Welt wieder hergeben.«

»Dann hast du es ja richtig gut getroffen, mein Kleiner!« Tim krault ihm den Bauch. Genüsslich wälzt sich Gurke auf den Rücken und streckt alle viere von sich.

»Wenn er anfängt, sich zu langweilen, kannst du ihm zum Beispiel einen Spiegel aufstellen. Katzen lieben es, mit ihrem Spiegelbild zu spielen. Oder du richtest ihm auf der Fensterbank einen Platz ein, von dem er nach draußen schauen kann«, schlägt Tim mir vor.

Ich runzele die Stirn.

Das entgeht ihm nicht. »Was ist?«

Ich seufze. »Eigentlich sollten die zwei Wochen bei meinen Eltern die reinste Erholung werden. Stattdessen muss ich mich jetzt um meine Schwester kümmern, die sich auf keinen Fall aufregen darf. Und ich muss eine Katze beschäftigen, die sich keinesfalls langweilen sollte. Ganz schön anstrengend, findest du nicht?«

Er lacht leise und hustet dann.

»Du musst schlafen gehen. Dein Husten hört sich gar nicht gut an.« Jetzt fange ich auch noch an, mir um ihn Sorgen zu machen!

Er trinkt ein paar Schlucke Tee. »Ich gehe auch gleich.« Dann sieht er mich auffordernd an. »Du hast mich noch gar nicht gefragt, was Jens gesagt hat.«

»Ich wollte dich damit nicht gleich in der Tür überfallen. Aber natürlich interessiert es mich.«

»Er ist todunglücklich und macht sich schreckliche Sorgen um Nicole.«

»Und warum sagt er ihr das nicht?«

»Er hat es ihr gesagt. Sie will es aber nicht hören.«

»Verstehe ich nicht.«

»Wirklich nicht? Ich dachte, Frauen hören prinzipiell nicht auf das, was Männer sagen.«

»Es kommt darauf an, *was* sie sagen.«

»Aha.« Er lehnt sich zurück und schweigt.

»Und weiter?«, frage ich.

Er zuckt mit den Schultern. »Viel mehr hat er nicht gesagt. Ich habe ihm geraten, Nicole jetzt erst einmal zur Ruhe kommen zu lassen. Wenn ein paar Tage vergangen sind, werden die beiden sicherlich wieder zueinander finden.«

»Ich hoffe es. Meine Eltern würden einen Herzinfarkt bekommen, wenn sie aus dem Urlaub zurückkehren und Nicole immer noch hier wohnt.«

»Wirst du es ihnen erzählen, wenn sie anrufen?«

»Nein, bestimmt nicht. Sie sollen ihren Urlaub genießen. Mit der Situation hier werden wir beide schon fertig.«

Er entgegnet nichts, sondern lächelt nur. Habe ich etwas Falsches gesagt? Nach Mitternacht sollte man keine tiefschürfenden Gespräche mehr führen!

»Ich gehe jetzt.« Tim erhebt sich und stellt seine Tasse auf den Tisch. Gurke verzieht sich beleidigt in die Küche.

»Wann musst du morgen raus?« Der Arme hat ja gar keine Ferien.

»Ich muss um acht Uhr in der Praxis sein. Ich melde mich mittags mal telefonisch bei dir, wenn du nichts dagegen hast.«

»Nein, natürlich nicht.« Ich begleite ihn zum dritten Mal an diesem Abend zur Tür. »Tim?«

»Hm?«

»Wirst du mit Mandy sprechen?« Was geht mich das eigentlich an?

»Ich weiß es noch nicht.« Er reibt sich die Augen. »Gute Nacht!«

13

Der nächste Morgen ist wieder sonnig und warm. Ich schlafe bis weit nach neun Uhr. Als ich aufwache, höre ich Nicole bereits in der Küche hantieren. Der Duft nach frischem Kaffee zieht durch das Haus und lockt mich aus dem Bett.

»Guten Morgen«, begrüßt mich meine Schwester, als ich nach dem Duschen in die Küche komme. Sie wirkt ruhig und lächelt mich sogar an.

»Hast du deine Sachen gefunden?«, frage ich.

»Ja.« Sie nickt. »Ich habe sie auch schon eingeräumt.« Offensichtlich hat sie tatsächlich vor, länger hier zu bleiben.

Flüchtig kommt mir der Gedanke, sie hier allein zu lassen. Sie kann ebenso gut auf das Haus aufpassen wie ich. Aber nein, das geht wohl nicht. In ihrem jetzigen Zustand und nach dem, was gestern passiert ist …

»Hast du schon einen Termin bei deinem Arzt gemacht?«, frage ich fürsorglich. »Du solltest zur Sicherheit mal nachprüfen lassen, ob alles in Ordnung ist.«

»Ich habe um halb zwölf einen Termin bei Doktor Schuster«, erwidert Nicole. Sie hat wirklich an alles gedacht. Warum bin ich nicht so perfekt?

»Magst du ein Ei?«, will sie wissen, als der Eierkocher losbrummt.

Ich nicke und setze mich an den liebevoll gedeckten Frühstückstisch. Nicole nimmt neben mir Platz und reicht mir einen Eierbecher mit dem Ei unter einem handgestrickten Hütchen.

Ich muss lächeln. »Die sind noch von Oma.«

Auch Nicole lacht. »Weißt du noch, wie sie darauf bestanden hat, dass wir stricken lernen?«

»O ja. Ich habe es nie wirklich gern gemacht. Das Einzige, was ich konnte, waren Wollschals.« Ich schlage mein Ei auf. Meine Schwester hat sich sogar daran erinnert, dass ich nur harte Eier mag. Erstaunlich!

»Du hast mir mal einen ganz fürchterlichen Schal zum Geburtstag geschenkt. Den habe ich sogar noch.« Nicole gießt uns Kaffee ein.

»Echt?« Ich hätte nicht gedacht, dass sie so an meinem Geschenk hängen würde.

»Ja. Ich dichte damit immer die Ritze unter der Kellertür ab, wenn es im Winter sehr kalt ist.«

Wir müssen beide lachen. Irgendwie beginnt dieser Tag besser als erwartet. Wir frühstücken in aller Ruhe und unterhalten uns ausnehmend gut. Ich glaube, ich habe mich seit vielen Jahren nicht mehr so nett mit meiner Schwester unterhalten.

Das Thema »Jens und Mandy« vermeide ich bewusst, schließlich soll sie erst einmal zur Ruhe kommen.

Nach dem Frühstück räumen wir gemeinsam auf und spülen ab. »Soll ich uns für mittags einen Salat mitbringen?«, fragt Nicole, ehe sie zu ihrem Arzttermin aufbricht.

»Gern. Ich glaube, wir können sogar draußen essen. Ich werde auf jeden Fall mal die Gartenmöbel rausholen.« Der Himmel ist klar und wolkenlos, und die Sonne scheint warm auf die Terrasse.

»Ob Tim vielleicht mit uns essen möchte?«, fragt Nicole und schaut rüber zu Hausmanns Garten.

»Ich denke nicht. Er muss arbeiten.«

»Ach, er arbeitet wieder? Das wusste ich gar nicht.« Sie scheint wirklich erstaunt zu sein.

»Schon seit ein paar Wochen«, entgegne ich ein wenig ungeduldig. Worüber haben sich Mandy und Nicole eigentlich unterhalten, als sie ganze Tage gemeinsam im Garten verbracht haben? Und hat Nicole sich nicht gewundert, weshalb Tim immer erst am Abend aufgetaucht ist?

Sie lächelt mich entschuldigend an. »Ist mir gar nicht aufgefallen. Ich glaube, ich bin zurzeit sehr mit mir selbst beschäftigt.«

Das »zurzeit« könnte sie durch »immer« ersetzen! Aber ich nehme mich zusammen, schließlich will ich die gute Stimmung zwischen uns nicht gleich wieder verderben.

»Er hilft bei einem Kollegen in dessen Praxis aus.«

»Aha.« Nicole nimmt ihre Autoschlüssel. »Dann fahre ich jetzt mal los.«

Ich atme auf. Endlich habe ich mal eine Stunde ganz für mich allein. Aber halt, das stimmt nicht ganz! Ich muss mich ja auch noch um Gurke kümmern, der faul auf dem Sofa liegt.

»Na, mein Süßer, Lust auf ein kleines Spiel?«, locke ich ihn.

Er blickt mich völlig desinteressiert an, gähnt herzhaft und rollt sich dann zusammen. Als ich ihn streicheln will, springt er auf, faucht und verschwindet unter dem Sofa.

»Dann eben nicht.« Etwas beleidigt ziehe ich mich zurück und gehe in den Garten. Ich baue Tisch, Stühle und Liegen auf und denke sogar auch an die Sitzkissen. Als ich gerade den Sonnenschirm zusammenstecke, klingelt das Telefon.

Das muss Tim sein!

»Hallo, Schatz!« Nein, das ist nicht Tim. Das ist meine Mutter.

»Mutti! Wie geht es euch?«

»Gut. Es ist himmlisch hier!«

»Wie war der Flug?«

»Sehr ruhig. Wir haben gleich nach dem Start ein richtig leckeres Frühstück bekommen.«

»Und wie ist das Hotel?«

»Es ist ein Traum. Vati und ich haben sogar Blick aufs Meer.«

»Das ist schön.«

»Was gibt es denn bei dir Neues?«

Was es hier Neues gibt? Jens hat Nicole mit Tims Exfreundin betrogen, ich selbst bin völlig verwirrt und mein Kater leidet unter extremen Stimmungsschwankungen. Sonst noch etwas?

»Nichts. Alles okay.«

»Fein. Dann werde ich mich jetzt noch kurz bei Nicole melden.« Mutti will schon auflegen.

»Nein«, rufe ich, etwas lauter als nötig.

»Wieso nicht?«, will sie wissen.

»Nicole ist bestimmt nicht mehr zu Hause, sie hat nämlich einen Termin. Ich habe heute Morgen mit ihr telefoniert.«

Jetzt wird Mutti misstrauisch. »Du hast freiwillig bei deiner Schwester angerufen? Warum?«

Tja, warum eigentlich? Unter normalen Umständen finden wir tatsächlich keinen Grund, miteinander zu reden. Fieberhaft denke ich nach. Worüber haben Nicole und ich uns beim Frühstück so gut unterhalten?

»Ich dachte mir, ich könnte ihr etwas für das Baby stricken, und da wollte ich wissen, welche Farben sie bevorzugt«, lüge ich.

»Du strickst? Seit wann das denn?« Es ist wirklich nicht leicht, der eigenen Mutter etwas vorzumachen.

Ich lache verlegen. »Ich habe doch gerade so viel Zeit, da wollte ich es wieder einmal probieren.«

Es klickt in der Leitung. »Das Geld ist gleich alle. Wir melden uns nächste Woche wieder bei dir. Grüße bitte Nicole von uns!«

Dem Himmel sei Dank! Das war schlimmer als jedes Verhör! Jetzt besteht nur noch die Gefahr, dass sie nach dem Urlaub tatsächlich die Ergebnisse meiner Strickkünste sehen will. Zuzutrauen wäre es ihr!

Ich hole mir noch eine Tasse Kaffee und mache es mir dann seufzend im Schatten auf einer Liege bequem. Um das Problem

Babykleidung kann ich mich später noch kümmern. Vielleicht hat Nicole schon das eine oder andere gestrickte Teil geschenkt bekommen und kann es mir ausleihen.

Ich muss eingeschlafen sein, denn plötzlich sitzt Tim neben mir und berührt sanft meinen Arm. Oder träume ich das nur?

Er niest kräftig und hustet dann. Nein, das ist kein Traum – Erkältungen kommen in Träumen niemals vor.

»Hallo«, sagt er mit verschnupfter Stimme.

»Was ist …? Wie spät …?«, murmele ich, noch immer etwas verschlafen.

»Es ist ein Uhr.«

»Aber wieso bist du hier? Ist etwas mit Nicole?«, frage ich erschrocken.

Er schüttelt den Kopf. »Nein. Nicole ist gerade nach Hause gekommen. Es geht ihr gut.«

Ich muss wirklich fest geschlafen haben, wenn ich nicht einmal mitbekommen habe, dass jemand durch den Garten gelaufen ist!

Dann sehe ich mir Tim genauer an. Seine Augen sind rot und müde, seine Nase läuft. »Aber dir geht es nicht gut«, stelle ich fest.

Er lächelt etwas schief. »Es geht so.« Dann stellt er mir eine Kiste auf den Bauch. »Ich wollte dich um etwas bitten.«

»Was ist das?« Neugierig öffne ich den Deckel und blicke direkt in das traurige faltige Gesicht einer Schildkröte. Schnell schließe ich den Deckel wieder. »Vergiss es! Ich werde dir keine Schildkrötensuppe kochen«, sage ich und gebe ihm die Kiste zurück. »Auch wenn das gegen Erkältung helfen sollte.«

Er schiebt den Karton wieder auf meinen Schoß. »Dies ist eine griechische Landschildkröte und sie hat starken Durchfall.« Misstrauisch stelle ich die Kiste auf die Wiese. Man weiß ja nie, ob der Karton wirklich hält und ich nicht gleich die ganze Bescherung auf meiner Hose habe! »Und was soll ich jetzt mit ihr machen? Soll ich ihr vielleicht einen Kamillentee kochen?«, frage ich wütend.

»Genau das.« Tim nickt. »Keine Angst, es sind keine Würmer oder sonstigen Parasiten. Sie hat einfach nur etwas Falsches gefressen. Etwas Tee und strenge Diät, und in zwei Tagen ist sie wieder fit.«

»Warum kümmerst du dich nicht selbst um sie?«

»Weil ich gleich wieder in die Praxis muss und dort nicht die Zeit habe, sie regelmäßig zu beobachten. Bei dir weiß ich sie in den besten Händen.«

Warum gerade ich? »Wo ist ihr Besitzer? Wieso kümmert der sich eigentlich nicht um sie?«

»Weil er nur auf der Durchreise hier ist, im Hotel übernachtet und in den nächsten Tagen wichtige Geschäftstermine hat. Ich habe ihm zugesagt, mich so lange um die Schildkröte zu kümmern.«

»Das muss aber ein komischer Typ sein, der seine Schildkröte ins Hotel mitschleppt«, brumme ich missmutig.

Tim grinst. »Eigentlich ist er ganz nett.« Dann schaut er auf die Uhr. »Ich muss wieder weg. Hier ist die Nummer der Praxis, falls du eine Frage hast. Du kannst mich jederzeit anrufen.« Damit drückt er mir einen Zettel in die Hand und erhebt sich.

»Warte mal!« Auch ich springe auf. »Wie lange soll ich mich denn um die Kröte kümmern?«

»Die Kröte heißt Mathilda«, sagt Tim und muss schon wieder niesen. »Heute Abend hole ich sie ab und nehme sie mit zu mir. Alles, was du tun musst, ist, sie von Zeit zu Zeit mal zu beobachten. Sie sollte viel trinken. Sobald dir etwas komisch vorkommt, rufst du mich an, okay?«

Ich seufze. »Eine Schildkröte mit Verdauungsproblemen ist genau das, was in diesem Haushalt noch gefehlt hat! Aber meinetwegen, ich werde mich um sie kümmern.« Ich bin viel zu gutmütig für diese Welt!

»Wunderbar!« Tim strahlt mich an. »Du bist ein Schatz!« Er

kramt in seiner Hosentasche nach einem Taschentuch und verlässt den Garten. »Bis heute Abend!«, ruft er mir noch zu.

Ich stelle den Karton mit der Schildkröte unter den Baum neben meine Liege und gehe dann in die Küche, um Kamillentee zu kochen. Nicole steht am Tisch und schneidet Salat.

»Hallo«, begrüßt sie mich strahlend.

»Alles in Ordnung?«, frage ich, während ich in Muttis Vorratsschrank nach den Teebeuteln krame.

»Ja, alles bestens. Dem Baby geht es prächtig.« Sie beobachtet mich neugierig. »Was suchst du da eigentlich?«

»Kamillentee.«

»Ist es dir nicht gut?«

»Doch, mir schon. Nur der Schildkröte nicht.«

»Welche Schildkröte?« Sie blickt sich suchend um.

»Sie sitzt in einem Karton im Garten. Eine Patientin von Tim. Sie muss heute ständig beobachtet werden, aber er hat in der Praxis keine Zeit dazu.«

»Und was ist mit dem Besitzer des Tieres?«

»Der hat irgendwelche wichtigen Termine und kann sich nicht um sie kümmern. Muss ein komischer Kauz sein. Er ist nur zu Besuch hier und nimmt seine Schildkröte sogar mit ins Hotel.«

Nicole kichert. »Vielleicht hat er kein anderes Hobby.«

Inzwischen habe ich die Teebeutel gefunden und bereite einen Kamillentee zu.

»Es ist bestimmt besser, wenn du die Kanne zum Abkühlen in den Keller stellst«, rät mir Nicole.

Gute Idee! Als ich die Teekanne in den Keller bringe, treffe ich dort auf Gurke, der mit Muttis alten Putzlappen spielt. Sobald er mich kommen sieht, verschwindet er schnell unter einer Kiste und lässt sich auch durch meine Rufe nicht dazu bewegen, wieder herauszukommen. Stattdessen beginnt er ein hingebungsvolles Spiel mit ein paar alten Socken, die er unter der Truhe gefunden hat. Erleichtert atme ich auf. Wenigstens braucht der Kater meine Zuwendung zurzeit wohl nicht so dringend wie meine Schwester und die Schildkröte!

Als ich wieder in die Küche komme, sitzt Nicole am Tisch und blättert in der Frauenzeitschrift, die Tim mir gegeben hat. Der Salat steht auf einem Tablett, dazu ein Korb voller Brötchen, Teller und Besteck.

»Fein, dann können wir ja essen«, sage ich und nehme das Tablett. »Ich gehe schon mal nach draußen und schaue nach Mathilda.«

Verdutzt sieht meine Schwester auf. »Mathilda?«

Ich nicke. »So heißt die Schildkröte.«

Ihr Blick wandert wieder zu der Zeitschrift. »Komisch«, sagt sie dann langsam. »Hier steht, dass die Schildkröte von Victor David auch Mathilda heißt.«

Ich brauche ungefähr eine Minute, um das zu verarbeiten. Eine Schildkröte, die Mathilda heißt. Ihr Besitzer, der sie überallhin mitnimmt. Ein Tierarzt, der sich bereitwillig anbietet, auf das Tier aufzupassen, und es dann einer Frau überlässt, die vollkommen naiv und gutgläubig zustimmt.

Mit einem Schlag wird mir klar, wer der Besitzer der Schildkröte sein muss.

»Das kann ja wohl nicht wahr sein!« Ich stelle das Tablett wieder ab und sinke auf den nächsten Küchenstuhl.

»Was?« Nicole hat sich inzwischen wieder in die Zeitschrift vertieft.

»Das erkläre ich dir später. Jetzt muss ich erst mal dringend telefonieren!« Mit diesen Worten krame ich den Zettel mit Tims Telefonnummer aus meiner Hosentasche und stürze zum Telefon. Mit einem kurzen Blick auf die Uhr stelle ich fest, dass er inzwischen wieder in der Praxis angekommen sein müsste.

Nach dreimaligem Klingeln meldet sich jedoch nur der Anrufbeantworter mit der Ansage, dass die Sprechstunde erst wieder um halb drei Uhr beginnt und ich bitte dann noch einmal anrufen solle. In dringenden Fällen könne ich aber nach dem

Piepton eine Nachricht hinterlassen.»Vielen Dank und auf Wiederhören«.

Es piept.

»Guten Tag. Ich habe eine Nachricht für Doktor Hausmann. Er soll mich doch bitte mal zurückrufen.« Ich gebe meine Telefonnummer durch und lege dann auf.

Nicole späht neugierig zur Wohnzimmertür herein.»Was ist denn los?«

Wozu lange darum herumreden? Früher oder später wird sie doch erfahren, welch hohen Besuch wir in einer Pappkiste unter dem Apfelbaum sitzen haben!

»Die Schildkröte gehört tatsächlich Victor David. Da bin ich mir ganz sicher.«

»Nein!« Sie blickt mich aus großen Augen an.

»Doch! Er ist seit heute früh in der Stadt.«

»Was? Woher weißt du das?«

»Ich kenne einen Freund von ihm, der ihn heute früh am Flughafen abgeholt hat.«

»Das gibt es doch gar nicht!« Ihre Augen werden noch ein wenig größer.»Aber was hat Tim damit zu tun?«

»Tim kennt diesen Freund auch. Wir waren am Dienstag alle zusammen essen.«

»Aber –«

In diesem Moment klingelt das Telefon.

»Tim!«, brülle ich wütend in den Hörer.

Die unsichere Stimme einer jungen Frau meldet sich.»Guten Tag, hier ist die Tierarztpraxis Doktor Huber, Yvonne Schlosser am Apparat. Sie haben auf unserem Anrufbeantworter eine Nachricht für Doktor Hausmann hinterlassen. Er möchte gern wissen, um was es geht.«

Das weiß Doktor Hausmann bestimmt sehr genau, sonst hätte er selbst zurückgerufen. Ich bin stinkwütend!

»Das würde ich ihm lieber persönlich mitteilen«, sage ich, so ruhig ich kann.

Am anderen Ende der Leitung wird etwas geflüstert. Dann höre ich erneut die Stimme von Yvonne Schlosser. »Ist etwas mit der Schildkröte?«

»Nein, der Schildkröte geht es gut.«

»Der Schildkröte geht es gut«, wiederholt sie. Ich wette, Tim steht neben ihr!

»Kann ich jetzt bitte den Doktor sprechen?« Ich kratze den letzten Rest meiner Höflichkeit zusammen.

Sie zögert einen Moment lang und erklärt mir dann: »Tut mir leid, der Doktor muss sich auf einen kleinen Eingriff vorbereiten.«

Ich bin mir sicher, dass das nicht stimmt. »Es ist aber sehr wichtig.«

Sie seufzt leise. »Er hat gerade das Zimmer verlassen.«

»Gut.« Ich ändere meine Taktik. »Ich warte, bis er wiederkommt.«

»Sie warten?«

»Ja.«

»Aber Sie können doch hier nicht das Telefon blockieren«, protestiert sie.

»Doch, das kann ich.«

»Bitte, tun Sie das nicht! Ich bin nur zur Aushilfe hier und das auch erst seit gestern. Ich will keinen Ärger«, fleht sie mich an.

»Ich will auch keinen Ärger.« Was hat sie gesagt? Sie ist Aushilfe und neu in der Praxis – das kann ich ausnutzen!

»Jetzt möchte ich aber endlich meinen Mann sprechen«, fordere ich freundlich, aber bestimmt.

»Ihren Mann?«, wiederholt sie, hörbar verunsichert. »Warum haben Sie das denn nicht gleich gesagt?«

»Nun ja, wir streiten öfter mal miteinander, und dann weigert er sich, mit mir zu sprechen. Mir ist das immer etwas peinlich«, flüstere ich in den Hörer.

Sie ist beeindruckt. »Das muss Ihnen doch nicht peinlich sein.«

»Wir Frauen sollten doch zusammenhalten, nicht wahr? Würden Sie mir jetzt bitte meinen Mann holen?«

Yvonne lacht verschwörerisch. »Aber gern. Er sitzt nebenan und trinkt Tee.«

So etwas Ähnliches habe ich mir schon gedacht. Während ich warte, beobachte ich Nicole, die bei meinen letzten Worten in einen Sessel gesunken ist und verzweifelt versucht, das Lachen zu unterdrücken. Gleichzeitig höre ich durchs Telefon, wie Yvonne Tim aus dem Nebenzimmer holt. »Ihre Frau will Sie unbedingt sprechen«, sagt sie.

»Meine Frau?«, erwidert Tim belustigt. Schritte nähern sich.

»Ja.« Hoffentlich bekommt Yvonne meinetwegen keinen Ärger!

»Na, da bin ich aber neugierig.« Der Hörer wird aufgenommen. »Hallo, Schatz!«, flötet Tim ins Telefon. »Was gibt es denn?« Trotz des schweren Schnupfens ist sein Grinsen nicht zu überhören.

»Du hast gesagt, ich soll anrufen, wenn mir etwas komisch vorkommt.« Ich bemühe mich, ruhig zu bleiben.

»Und, ist es denn so?« Er klingt betont unschuldig.

»Allerdings! Mir kommt gerade etwas sehr komisch vor. Sogar extrem komisch!« Meine Lautstärke steigert sich.

»Und was?«

»Gehört die Schildkröte Victor David?«

»Wie kommst du denn darauf?«

»Weil alles zusammenpasst. Der Name, die Beschreibung ihres Besitzers, die Tatsache, dass Erwin Victor heute Morgen vom Flughafen abgeholt hat.«

»Klug kombiniert.«

»Also, stimmt es?« Jetzt brülle ich ins Telefon.

»Ja«, ertönt die Antwort aus dem Hörer.

Ich muss mich erst einmal setzen.

»Erwin kam gleich heute früh mit Victor und Mathilda in die Praxis. Sie haben sich schreckliche Sorgen um die Schildkröte gemacht. Glücklicherweise konnte ich sie schnell beruhigen«, erzählt Tim weiter. »Und als Victor fragte, ob ich jemanden wüsste, dem er Mathilda anvertrauen kann, war mir gleich klar, dass das deine Chance ist.«

»Ich hasse dich.«

»Warum? Ich verschaffe dir immerhin die Möglichkeit, doch noch deinen Traumprinzen zu finden.«

»Vielen Dank.«

»Bitte!«

»Sag deiner Assistentin, dass ich mich scheiden lassen will!«

»Ich mich auch. Aber ich beantrage das Sorgerecht für den Kater. Der mag mich sowieso viel lieber als dich.« Mit diesen Worten legt er einfach auf.

»Mathilda gehört wirklich Victor David?« Meine Schwester schaut mich ungläubig an.

Ich nicke nur.

»Wo ist die Schildkröte?« Jetzt ist sie nicht mehr zu halten. Sie läuft, so schnell es ihr Zustand zulässt, hinaus in den Garten. Ich folge ihr langsam.

»Hallo, Mathilda!« Nicole beugt sich über den Karton. »Wie geht es dir?«

»Wenn sie dir nicht antwortet, könnte es daran liegen, dass sie nur Englisch spricht und dich nicht versteht.« Auch ich werfe einen Blick in den Karton. Die Schildkröte liegt ruhig in einer Ecke und starrt uns ausdruckslos an.

Nicole kichert und versetzt mir einen Stoß mit dem Ellenbogen. »Ich finde das alles furchtbar aufregend!«

Schön, wenn wenigstens eine ihren Spaß hat!

»Sie scheint keinen Durchfall mehr zu haben.« Ich streichele vorsichtig über Mathildas Fuß. Dann gehe ich in den Keller und hole ihr etwas Tee. Das Tier kann schließlich nichts dafür, dass ich mich so ärgere!

Nicole bleibt die ganze Zeit vor dem Karton sitzen und beobachtet die Schildkröte fürsorglich. »Ich kann es immer noch nicht glauben, dass sie Victor David gehört«, sagt sie, als ich mit einer Schale Kamillentee zurückkomme.

»Willst du sie jetzt etwa die ganze Zeit anstarren?«

»Nein, natürlich nicht.« Nicole erhebt sich schwerfällig. »Eigentlich wollte ich ein wenig Ordnung in meinem alten Kleiderschrank machen. Mittags ist es mir einfach zu heiß hier draußen.«

Vermutlich braucht sie eine sinnvolle Beschäftigung, um nicht über Jens nachdenken zu müssen. Und Aufräumen ist eigentlich nie verkehrt. Deshalb stimme ich ihr sofort zu.

»Weißt du was? Mathilda und ich kommen mit dir. Ich glaube, sie könnte auch ein wenig Kühle vertragen. Hier, halt das mal!« Ich gebe ihr die Schüssel und nehme selbst den Schildkröten-Karton.

Zuerst gehen wir in die Küche, um den Salat zu essen. Mathilda hockt die ganze Zeit in ihrem Karton zu unseren Füßen und starrt vor sich hin.

»Was findet Victor eigentlich ausgerechnet an einer Schildkröte?« Ich schüttele den Kopf. »Die sitzt doch nur rum. Man kann sie nicht richtig streicheln, nicht mit ihr spielen, und sie bellt nicht einmal, wenn Einbrecher kommen.«

»Dafür wird sie steinalt.« Nicole nimmt sich noch ein Brötchen. »Wer weiß, was diese Schildkröte schon alles gesehen hat.«

Ich denke an Victors drei Exfrauen und die Drogen. »Bestimmt eine ganze Menge.«

Wie zur Bestätigung nickt Mathilda kurz mit dem Kopf und bewegt sich dann auf die Schüssel mit dem Tee zu.

»Sie trinkt!«, ruft Nicole begeistert.

Auch ich bin erleichtert. Zwar habe ich nicht vor, Victor David kennenzulernen, aber ich bin auch nicht besonders erpicht darauf, dass seine Schildkröte sozusagen in meinen Armen stirbt.

Mathilda trinkt noch eine Weile lang und zieht sich dann zu

einem Schläfchen in ihre Ecke zurück. Als ich den Karton nach dem Essen in Nicoles Zimmer trage, blinzelt die Schildkröte nur kurz, schläft dann jedoch weiter. Ich stelle sie vorsichtig auf Nicoles ehemaligem Schreibtisch ab und wende mich dann meiner Schwester zu, die vor dem Schrank steht und ihre alte Kleidung aussortiert.

Dabei kommen ein paar wirklich komische Sachen zum Vorschein: selbstgestrickte Stulpen, ein alter Bundeswehr-Parka, Jeans mit Karottenschnitt und ein schwarzweiß gemustertes Palästinenser-Halstuch.

Die Zeit vergeht, ohne dass wir es recht bemerken. Erst gegen vier Uhr sind wir schließlich beim letzten Kleid angekommen.

Es handelt sich um ein bunt gemustertes, weit schwingendes Sommerkleid mit kleinen Blümchen, Spitzen und Rüschen.

»Warum hat Mutti das nur alles aufbewahrt?« Ich schüttele den Kopf. »So was zieht doch heutzutage kein Mensch mehr an.«

»Meine Lockenwickler und die alte Trockenhaube!« Nicole nimmt eine Plastiktasche aus der Schublade. »Ob die noch funktioniert?«

»Probier's doch aus.« Ich zeige auf die Steckdose neben dem Schrank.

»Sie geht tatsächlich noch.« Aus unerfindlichen Gründen scheint sie das glücklich zu machen. Dabei könnte sie sich jetzt gar keine Locken mehr drehen, dafür trägt sie die Haare zu kurz.

»Weißt du noch, wie du mir damals die Haare gelockt hast, als ich Abschlussball hatte?«, frage ich sie.

Sie lächelt und nickt. »An dem Abend haben wir uns richtig gut verstanden.«

»Ja, daran erinnere ich mich.«

»Weißt du, worauf ich jetzt große Lust hätte? Ich würde gern noch einmal das Sommerkleid anziehen!« Sie hält sich das Kleid vor ihren Bauch.

Ich räuspere mich. Wie kann ich ihr schonend beibringen, dass sie das Kleid nicht einmal ansatzweise über ihre Brust bekommen wird, ohne sämtliche Knöpfe zu sprengen?

Doch sie hat es bereits selbst erkannt. »Es passt nicht«, stellt sie fest und seufzt. Dann fällt ihr Blick auf mich. »Aber du könntest es anziehen.«

Ich will protestieren, doch Nicole lässt mich nicht zu Wort kommen. »Bitte, Silke, nur dieses eine Mal! Ich würde das Kleid so gern noch einmal angezogen sehen, bevor ich es der Altkleidersammlung spende.«

Ich gebe nach. Was kann es schaden? Ich muss ja nicht für den Rest des Tages damit herumlaufen. »Also gut.«

Das Kleid passt mir nicht hundertprozentig. Es ist am Busen etwas zu eng und außerdem ein Stück zu lang. Nicole ist trotzdem begeistert. »Du siehst toll aus! Jetzt müssen wir nur noch was mit deinen Haaren machen!«

Wie bitte? Davon war nie die Rede! Aber meine Schwester hat schon ihre Lockenwickler in der Hand. »Komm schon, Silke, das wird lustig«, versucht sie, mich zu überzeugen. »Wir verkleiden dich so wie vor zwanzig Jahren. Dann machen wir ein Foto von dir und du kannst dich wieder umziehen.«

Sie bettelt so lange, bis ich schließlich einwillige. »Okay, aber nur dir zuliebe.«

Nicole lächelt glücklich. »Du darfst auch Patentante werden.« Sie streichelt ihren Bauch.

»Ich gehe mir dann mal die Haare nass machen«, sage ich und verschwinde ins Bad.

»Wo ist denn deine Brille?«, fragt Nicole, als ich zurückkomme.

»Ich habe mir Kontaktlinsen eingesetzt. Mit Brille kann ich unmöglich unter das Ding da!« Ich zeige auf die Trockenhaube.

»Ich wusste gar nicht, dass du noch Linsen hast.«

»Ich trage sie nur zum Schwimmen. Sonst komme ich mit diesen kleinen Dingern einfach nicht zurecht.«

In der nächsten halben Stunde wickelt Nicole mir eine Locke nach der anderen. Dann bekomme ich die alberne Haube aufgesetzt und darf mich für eine weitere halbe Stunde kaum bewegen.

Um fünf Uhr habe ich es endlich überstanden. Meine Schwester erlöst mich von den Lockenwicklern und betrachtet zufrieden ihr Werk. »Jetzt fehlt nur noch das Foto.«

Sie holt ihre Kamera aus der Handtasche und schiebt mich in Richtung Fenster. »Hier ist das Licht besser.«

Langsam werde ich ungeduldig. »Mach endlich das Bild, damit wir in den Garten können.« Sehnsüchtig schiele ich zu meinem Liegestuhl unter dem Apfelbaum. Dort hat es sich inzwischen mein Kater bequem gemacht.

Augenblick mal! Gurke soll doch gar nicht nach draußen!

»Hast du die Terrassentür aufgelassen?«, frage ich Nicole, bereits auf dem Weg zur Treppe.

»Wieso läufst du denn jetzt weg?«, protestiert sie und lässt enttäuscht die Kamera sinken.

»Weil Gurke im Garten sitzt, obwohl er hier bei Mutti und Vati nicht aus dem Haus darf.« Draußen angekommen, schleiche ich mich vorsichtig an den Kater heran.

Ich hätte wissen müssen, dass ich gegen ihn keine Chance habe. Kurz bevor ich ihn erreicht habe, springt er auf und verschwindet im Apfelbaum.

»Verdammt!« Ärgerlich streiche ich mir die Locken aus dem Gesicht. Gurke starrt mich aus sicherer Entfernung von einem Ast missmutig an.

In diesem Moment geht die Gartentür auf und Tim kommt herein. Aber er ist nicht allein.

Hinter ihm steht Victor David!

14

Die nächsten Sekunden scheinen in Zeitlupe zu vergehen. Ich komme mir vor wie in einer gut gemachten Shampoo-Werbung.

Victor David schreitet an Tim vorbei langsam auf mich zu. Die Sonne scheint ihm ins Gesicht und lässt seine blauen Augen noch eine Spur heller erscheinen. Der Wind spielt leicht in seinem langen Haar.

Auch meine wild gelockten Haare tanzen mir ums Gesicht und das Kleid schmiegt sich vorteilhaft an meine Beine. Ich kann gar nicht anders – ich muss Victor anlächeln.

»Hi«, sagt er auf Englisch, als er vor mir stehen bleibt. »Ich bin Victor.« Seine Stimme klingt unvorstellbar sanft.

»Ich bin Silke«, flüstere ich zurück.

Es würde mich nicht wundern, wenn er mich gleich in die Arme schließt und küsst!

»Kann ich ein Autogramm haben?«, mischt sich da eine andere Stimme ein. Nicole steht schwer atmend vor uns und schaut Victor bittend an.

Er löst seinen Blick von mir und wendet sich Nicole zu. »Du musst Nicole sein.«

Meine Schwester kichert albern. »Woher weißt du das?« Ihr Englisch ist nicht besonders gut, wie ich befriedigt feststelle. Lange wird sie sich nicht mit ihm unterhalten können.

»Der Doc hat es mir erzählt.« Victor deutet mit einer Kopfbewegung hinter sich. Dabei schwingen seine blonden Haare um seine Schultern. Ich muss ein Seufzen unterdrücken.

»Warum ist der Kater im Baum?«, will Tim wissen. Richtig, Tim ist ja auch noch da! Er mustert mich kritisch von oben bis unten. »Was hast du mit deinen Haaren gemacht? Und wo ist deine Brille?« Zum Glück redet er deutsch!

»Gurke ist ausgerissen. Wenn du Lust hast, kannst du ihn gern wieder einfangen. Er mag dich ja sowieso lieber als mich, nicht wahr?«, entgegne ich schnippisch. »Was meine Haare und mein Aussehen betrifft – das ist ja wohl meine Sache. Ihm scheint es jedenfalls zu gefallen!« Ich strahle Victor an.

Der hat mich keinen Moment aus den Augen gelassen. »Soll ich uns einen Tee machen?«, frage ich ihn freundlich und wechsele dabei wieder in die englische Sprache.

»Ich liebe Tee.« Er sieht mich begeistert an. »Und ich mag dein Kleid.«

»Eigentlich ist das mein Kleid«, bemerkt Nicole, doch niemand beachtet sie.

Victor macht einen Schritt, dreht sich dann um und nimmt meine Hand. »Zeigst du mir zuerst, wo Mathilda ist?«

Ich nicke ergriffen, fühle seine warme Hand in meiner. »Sie steht im Haus.« Hand in Hand laufen wir langsam zur Terrasse. Nicole folgt uns verzückt.

Tim bleibt unter dem Apfelbaum stehen. »Du siehst aus wie Laura Ingalls, frisch von der kleinen Farm entsprungen«, ruft er mir mürrisch nach. Dann muss er kräftig niesen.

Ich achte gar nicht auf ihn. Dazu bin ich viel zu sehr damit beschäftigt, meine Gefühle unter Kontrolle zu bringen. Victor David und ich laufen händchenhaltend durch unseren Garten! Ich kann es kaum glauben. Er sieht noch viel besser aus, ist noch viel sanfter und viel freundlicher, als ich es mir erträumt habe.

Viel zu schnell erreichen wir Mathildas Karton und er lässt meine Hand los, um die Schildkröte hochzunehmen. »Sie sieht gut aus«, stellt er fest.

»Sie hat sehr viel geschlafen und auch viel getrunken. Ich denke, es geht ihr wieder besser.«

Er lächelt mich dankbar an. »Sie hat ja auch eine fantastische Pflegerin gehabt«, sagt er charmant.

»Darf ich mal?« Tim drängt sich dazwischen. Er trägt Gurke auf dem Arm. Hinter ihm kommt auch Nicole ins Zimmer. Er muss sie auf halbem Weg überholt haben.

»Wie sieht es denn hier aus?«, fragt er und starrt entgeistert den Kleiderberg auf dem Boden an.

Nicole lacht verlegen. »Wir haben ein bisschen ausgemistet.«

Tim wirft mir einen langen Blick zu. »Das erklärt einiges.« Dann lässt er Gurke laufen und wendet sich Mathilda zu. Nachdem er sie kurz untersucht hat, erklärt er: »Sie ist auf dem Weg der Besserung, sollte aber noch ein paar Tage Diät halten.« Sein amerikanisches Englisch hört sich schrecklich an, und dass seine Stimme nach wie vor verschnupft klingt, macht die Sache nicht besser.

Victor nickt. »Kann ich sie wieder mitnehmen?«

»Nein!«, rufe ich. Nicole, Tim und Victor sehen mich erstaunt an. Ich werde rot. »Sie kann ruhig noch hierbleiben. Ich habe mich so sehr an sie gewöhnt. Hier hat sie doch auch viel mehr Abwechslung als im Hotelzimmer. Und Victor könnte sie jederzeit besuchen«, erkläre ich hastig.

Die Aussicht auf tägliche Besuche bei mir scheint Victor zu gefallen. »Okay«, sagt er nur und schaut sehr erfreut aus.

Auch Nicole ist begeistert. »Vielleicht können wir ja abends mal zusammen grillen«, schlägt sie vor. Dann verdüstert sich ihr Gesicht. »Heute Abend geht es aber leider nicht. Ich habe gleich meinen Geburtsvorbereitungskurs.« Sie wirft einen Blick auf die Uhr und ruft erschrocken: »Höchste Zeit, ich muss sofort los!«

»Du solltest noch etwas essen!«, rufe ich ihr nach, als sie die Treppe hinunterläuft.

»Nein«, kommt es zurück. »Wir gehen nach dem Kurs alle zusammen essen. Es kann später werden.« Man hört sie noch eine Weile lang im Hausflur hantieren, dann fällt die Tür ins Schloss.

Ich atme auf. Störenfried Nummer eins wäre damit vorerst aus dem Weg. Jetzt muss ich nur noch Störenfried Nummer zwei loswerden!

Doch Tim macht es mir einfach. »Ich glaube, ich verzichte auf den Tee und gehe jetzt auch lieber. Ich muss dringend ins Bett.« Mich befällt ein Anflug von schlechtem Gewissen. Er sieht wirklich nicht gut aus. Seine Nase ist rot und geschwollen, die Wangen sind blass und er hat tiefe Ränder unter den Augen.

»Ich mache uns noch schnell etwas zu essen, okay?«, schlage ich vor.

Tim schüttelt den Kopf. »Ich habe keinen Hunger. Ich will jetzt nur noch baden und danach ins Bett.« Dann sieht er Victor auffordernd an. »Gehen wir?«

Wieso muss Victor mitgehen? »Soll er dir vielleicht beim Baden helfen und dich ins Bett bringen?«, frage ich gereizt auf Deutsch.

»Nein. Ich dachte nur, du willst vielleicht endlich aus diesem Ding da raus. Das sieht ganz schön unbequem aus.« Völlig ungeniert betrachtet er die Stelle auf meiner Brust, an der die Knopflöcher des Kleides inzwischen stark in die Breite gezogen werden.

»Keine Angst, das hält noch bis heute Nacht. Und dann werde ich es ja so oder so ausziehen müssen, wie?«, entgegne ich schnippisch.

»Wie du willst.« Er hustet.

Victor klopft ihm auf den Rücken. »Du solltest dich hinlegen.« Täusche ich mich, oder hofft auch er auf einen Abend mit mir allein? Ich nehme all meinen Mut zusammen. »Möchtest du nicht zum Essen bleiben?«, frage ich ihn schüchtern.

»Aber gern!« Victor nickt begeistert.

Tim presst die Lippen zusammen, sagt jedoch nichts. Als er zur Haustür geht, folge ich ihm.

»Tim?«

Er dreht sich um.

»Laura Ingalls hatte Zöpfe.«

Er verzieht keine Miene. »Im Übrigen sah sie aber ähnlich albern aus wie du heute!«

Ich öffne ihm die Tür. »Trotzdem gute Besserung!«

»Danke.« Damit ist er im Garten verschwunden.

Ich atme so tief durch, wie es mein Kleid zulässt. Ich bin allein mit Victor David!

Langsam gehe ich zurück ins Wohnzimmer, wo es sich Victor inzwischen auf dem Sofa gemütlich gemacht hat.

»Gehört das Haus dir?«, fragt er und sieht sich neugierig um.

Das wäre ja noch schöner! In meinem Wohnzimmer steht weder ein Eichenschrank noch eine Ledergarnitur!

»Nein, es ist das Haus meiner Eltern. Ich passe nur darauf auf, solange sie in Urlaub sind«, erkläre ich.

»Und deine Schwester?«

»Sie leistet mir Gesellschaft«, sage ich unbestimmt. Ich habe nicht vor, Nicoles Beziehungsprobleme vor ihm auszubreiten.

»Wie nett von ihr.«

»Ich habe eine eigene Wohnung, nur etwa zwanzig Minuten von hier entfernt.«

»Interessant.«

Interessiert ihn das wirklich oder will er nur höflich sein? Überhaupt – was soll ich denn jetzt mit ihm anfangen? Wieso ist das Haus so still?

Ich räuspere mich. »Soll ich vielleicht etwas Musik anmachen?«

Er lächelt mich an. »Gern.«

Auf dem Weg zum CD-Spieler verfluche ich meine Idee. Der Musikgeschmack meiner Eltern reicht allenfalls für einen bayerischen Heimatabend aus. Hoffentlich finde ich wenigstens einen passenden Radiosender!

Ich habe Glück. Gleich beim ersten Versuch erwische ich einen Privatsender. Sanfte Popmusik klingt durch den Raum.

Ich drehe mich zufrieden zu Victor um. »Möchtest du jetzt einen Tee?«.

Er zuckt mit den Schultern. »Wie du willst.«

»Eigentlich könnten wir auch gleich zum Abendessen übergehen«, überlege ich laut.

»Fein.« Er steht vom Sofa auf und kommt auf mich zu. »Ich helfe dir beim Kochen.«

Gemeinsam gehen wir in die Küche, wo ich verblüfft feststelle, dass Victor wirklich etwas vom Kochen versteht. Geschickt schneidet er Zwiebeln und Kräuter klein, während ich Putenfleisch schnetzele und den Reis koche.

»Darf ich?«, fragt Victor, als ich die Pfanne für das Fleisch auf den Herd stelle. »Hast du Pfeffer, Curry und Paprika für mich?«

Ich nicke und reiche ihm das Gewünschte. Dann beobachte ich fasziniert, wie er das Fleisch würzt und anschließend mit ein wenig Fett anbrät.

»Du machst das gut«, lobe ich ihn.

Er lächelt geschmeichelt. »Ich koche leidenschaftlich gern. Und am liebsten koche ich für Leute, die ich mag. Deshalb geht es mir gerade jetzt sehr gut!«

Ich werde rot und wende rasch den Blick ab. »Wenn du dich um das Essen kümmerst, dann kann ich ja inzwischen den Tisch decken.« Geschäftig laufe ich zwischen Küche und Terrasse hin und her.

»Möchtest du einen Wein zum Essen?«, frage ich, als ich die Gläser holen will.

»Gern.«

»Rot oder weiß?«

Er zuckt mit den Schultern. »Entscheide du!«

Na gut, dann entscheide ich. Ich greife nach den Weißweingläsern und laufe anschließend in den Keller, wo ich wie erwartet in Vatis Weinregal eine passende Flasche finde.

Eine halbe Stunde später sitzen wir im Garten und essen. Victor hat die Kiste mit Mathilda aus Nicoles Zimmer geholt und zwischen uns auf den Boden gestellt. Die Schildkröte sitzt zufrieden in einer Ecke und hat die Augen geschlossen.

»Auf uns!« Victor erhebt sein Glas.

»Und auf Mathilda!« Ich deute auf den Karton.

»Auf Mathilda«, wiederholt Victor. »Ohne sie hätte ich dich niemals kennengelernt«, fügt er leise hinzu.

Eigentlich hatte ich eher auf die Gesundheit von Mathilda trinken wollen. Aber wenn Victor das anders sieht, habe ich auch nichts dagegen. Ich jubiliere innerlich. Dieser Abend entwickelt sich in eine Richtung, die mir außerordentlich gut gefällt!

Nach dem Essen besteht Victor darauf, den Abwasch allein zu erledigen. Währenddessen habe ich Gelegenheit, kurz in mein Zimmer zu verschwinden und das Kleid über der Brust zu öffnen. Es tut gut, mal wieder richtig durchatmen zu können!

»Silke?« Victors Ruf setzt meinen Entspannungsübungen ein Ende. Während ich die Knöpfe hastig wieder schließe, fällt mein Blick in den Spiegel am Schrank. Seufzend stelle ich fest, dass Tim recht hat: Ich sehe wirklich ein wenig so aus wie die Mädchen aus »Unsere kleine Farm«.

»Silke?« Wieder ertönt Victors Stimme.

»Ich komme!« Schnell schüttele ich meine Lockenpracht auf und laufe die Treppe hinunter.

Victor steht in der Küche und wischt gerade die Spüle sauber. »Da bist du ja. Ich habe dich schon vermisst.«

»Ich war doch nur kurz oben«, verteidige ich mich verlegen und ärgere mich im nächsten Moment über mich selbst. Ich benehme mich wie ein unsicheres Schulmädchen!

Victor scheint das zu gefallen. »Du siehst entzückend aus, wenn du rot wirst.« Er streicht mir sanft über das Gesicht.

Ich nehme seine Hand von meiner Wange und ziehe ihn mit mir nach draußen. »Komm, lass uns noch ein wenig im Garten sitzen. Der Abend ist so schön.«

»Wann kommt eigentlich deine Schwester zurück?«, fragt Victor, als wir wieder am Tisch Platz genommen haben.

»Keine Ahnung.« Ich fülle unsere Weingläser nach.

»Ist es das erste Kind, das sie erwartet?«

Ich nicke.

»Möchtest du auch mal Kinder?«, erkundigt er sich vorsichtig.

»Sicher. Bis jetzt habe ich nur leider noch nicht den passenden Vater gefunden.«

»Bis jetzt«, wiederholt Victor zufrieden. »Das kann sich ja schnell ändern!« Er lächelt mich an.

Meine Knie werden weich. Nur gut, dass ich sitze. Hastig trinke ich einen Schluck Wein, um nicht antworten zu müssen.

»Ich möchte mindestens drei Kinder.« Victors Augen haben einen träumerischen Ausdruck angenommen. »Ich sehe sie schon, wie sie zusammen mit meinen Hunden vor dem Haus spielen.«

»Wo steht denn dein Haus?«, frage ich.

»In Cornwall, direkt an der Küste. Ich habe ein altes Herrenhaus gekauft und es restaurieren lassen. Vom Garten und von den Schlafzimmern aus hat man einen wunderbaren Blick auf das Meer.« Er lächelt mich an. »Du hast bestimmt von den Problemen gehört, die ich in der Vergangenheit hatte, nicht wahr?«

Ich murmele etwas Unbestimmtes. Schließlich will ich ihn nicht kränken.

Er seufzt. »Natürlich hast du davon gehört. Die Presse hatte ja nichts Besseres zu tun, als sich auf diese Geschichten zu stürzen.«

Ich würde ihn gern fragen, ob die Berichte in den Zeitschriften tatsächlich der Wahrheit entsprechen, doch ich halte mich zurück, um die vertrauliche Stimmung zwischen uns nicht zu zerstören.

»Ich habe viel gelernt in den letzten Jahren«, fährt er fort. »Und ich bin jetzt ein anderer Mensch.«

Auch auf diese glaubhafte Versicherung weiß ich nichts Passendes zu erwidern.

Doch Victor erwartet wohl auch keine Entgegnung, denn er redet bereits weiter. »Ich weiß jetzt genau, was gut für mich ist. Bisher fehlte mir ein Platz auf dieser Welt, an den ich mich zurückziehen konnte. Mir fehlte die Heimat.« Er lehnt sich entspannt zurück. »Aber jetzt habe ich ein Zuhause. Zu meinem Glück fehlt mir nur noch eine Familie.«

Ich nicke, ergriffen von so viel Sehnsucht nach Harmonie.

Victor ist noch nicht fertig. »Ich bin mir sicher, dass ich bald die Frau meines Lebens treffen werde. Vielleicht habe ich sie ja sogar schon getroffen?« Behutsam nimmt er meine Hand.

Mir wird ganz schwindelig. Hauptsächlich liegt das sicher an seinen Worten. Ein wenig könnte es aber auch daran liegen, dass ich vor Aufregung schneller atmen muss und das enge Kleid keine tiefen Atemzüge zulässt.

»Entschuldige mich!« Ich verlasse fluchtartig den Garten und laufe schnell auf die Toilette. Hier öffne ich das Kleid und atme erst einmal richtig durch. Das tut gut!

Als ich ein paar Minuten später zu ihm zurückkehre, ist er aufgestanden und läuft mir entgegen. »Du bist so schüchtern. Das ist süß«, stellt er fest und küsst mich sachte auf den Mund. Seine Lippen sind unvorstellbar weich.

Dann sieht er mich ernst an. »Du brauchst keine Angst zu haben, ich werde dich nicht bedrängen.« Wieder küsst er mich.

Ich bin nicht ganz bei der Sache. Er hält mich für schüchtern und süß. So weit, so gut. Wenigstens hat er nicht verklemmt gesagt! Wenn ich endlich aus diesem Kleid herauskomme, kann ich vielleicht auch wieder vernünftig reagieren!

»Ich werde jetzt gehen. Könntest du mir ein Taxi rufen?« Victor lässt mich langsam los.

Ich nicke. Nachdem ich das Taxi bestellt habe, nimmt er mich noch einmal in die Arme. »Sehen wir uns morgen?«

»Gern!« Ich strahle ihn an und nehme mir vor, morgen etwas sehr Bequemes anzuziehen.

»Ich habe bis mittags ein paar Termine. Danach bin ich zu

einer Bootsfahrt auf dem Rhein eingeladen. Meine Plattenfirma meint, dass ein kleines Privatkonzert vor erlesenem Publikum meine Karriere wieder ankurbeln könnte. Kommst du mit?«

»Ja. Das klingt gut.«

»Erwin wird auch da sein.«

»Schön!«

»Gegen zwei Uhr könnte ich hier sein und dich abholen.«

»Was trägt man eigentlich zu einer Bootsfahrt?«, überlege ich laut.

»Was immer du willst.« Er küsst mich zum Abschied. Dann betrachtet er mich noch einmal liebevoll von oben bis unten. »Hauptsache, du siehst wieder so toll aus wie heute!«

Als Victor ins Taxi gestiegen ist, laufe ich ins Haus und ziehe mich erleichtert um. Außerdem nehme ich die Kontaktlinsen heraus, setze meine Brille auf und binde mir einen Zopf. Ein Blick in den Spiegel überzeugt mich davon, dass ich jetzt wieder ganz ich selbst bin.

Anschließend räume ich im Garten auf und setze mich dann mit einer Tasse Tee in den Liegestuhl. Bei Hausmanns ist alles dunkel. Vermutlich schläft Tim schon.

Eine Viertelstunde später kommt Nicole in den Garten gestürzt. »Ist er noch da?«, fragt sie atemlos.

»Wer?«

»Victor David.« Sie blickt sich suchend um.

»Beruhige dich. Er hat sich nicht hinter einem Baum versteckt. Er ist ins Hotel gefahren.«

»Schade.« Sie wirkt ehrlich enttäuscht.

»Aber er kommt morgen wieder.«

Ihr Gesicht hellt sich auf. »Morgen habe ich nichts vor.«

Moment mal – Victor kommt meinetwegen, nicht wegen Nicole! »Dann kannst du ja morgen den Garten gießen«, schlage ich ihr vor.

Sie funkelt mich erbost an. »Ich werde gar nichts gießen!«

»Wie du willst. Wir werden sowieso nicht hierbleiben, sondern eine Bootstour auf dem Rhein unternehmen. Victor hat eine Einladung von seiner Plattenfirma.«

»Und du bist dir ganz sicher, dass er dich mitnimmt?«, fragt sie spöttisch.

»Natürlich.« Ich trinke genüsslich ein paar Schlucke Tee.

Nicole hat immer noch nicht verstanden. »Wieso sollte er das tun?«

»Mal überlegen … Vielleicht weil er gern mit mir zusammen sein will?«

»Du meinst … Du willst sagen …«, stammelt sie ungläubig.

»Genau.«

»Ich fasse es nicht. Meine Schwester und Victor David.« Sie lässt sich auf einen Stuhl fallen und atmet schwer.

»Alles in Ordnung?«, erkundige ich mich ein wenig besorgt.

Sie grinst. »Ja, klar.« Dann schweigt sie einen Moment lang nachdenklich. »Was wirst du denn morgen anziehen?«

»Keine Ahnung.« Ich muss wieder an Victors Worte denken: »Hauptsache, du siehst wieder so toll aus wie heute!«

»Dir ist hoffentlich klar, dass dein Anblick ihn gleich zu Beginn ziemlich umgehauen hat«, stellt Nicole fest.

»Ach, das hast du also bemerkt?«, frage ich spitz.

»Es war ja nicht zu übersehen.« Sie lächelt. »Die Frage ist nur, wie wir das morgen noch überbieten können.«

Dass sie »wir« sagt, gefällt mir ebenso wenig wie die Aussicht auf eine weitere unmögliche Verkleidung.

Ich winke ab. »Wir werden gar nichts überbieten. Ich ziehe einfach irgendetwas Sommerliches an.«

»Das täte ich an deiner Stelle nicht«, widerspricht sie.

»Warum nicht?«

»Weil er denkt, dass das, was du heute getragen hast, dein Stil ist. Du kannst ihn doch nicht gleich zu Anfang mit zwei völlig verschiedenen Outfits verwirren.«

Was sie sagt, klingt irgendwie logisch. »Und was schlägst du vor?«

Sie überlegt kurz. »Hast du noch den weiten Rock mit dem schwarzweißen Batikmuster?«

»Ja. Der hängt bei mir zu Hause im Schrank. Ich ziehe ihn manchmal zu Fasching an, wenn ich als Hexe gehe.«

Nicole nickt zufrieden. »Dann brauchst du nur noch ein enges schwarzes Oberteil.«

Bei der Erwähnung des Wortes »eng« zucke ich zusammen, aber Nicole redet schon weiter. »Mutti muss doch auch noch den alten Silberschmuck von Oma haben. Der sieht auf einem schwarzen T-Shirt bestimmt toll aus. Und dazu machen wir dir wieder die Haare!« Sie ist schon wieder zum »Wir« übergegangen!

»Wenn du meinst«, seufze ich. Leider muss ich ihr recht geben: Mein wahres Äußeres kann ich Victor auch morgen noch nicht präsentieren.

Nicole erhebt sich. »Ich gehe jetzt lieber rein. Ich will noch duschen.«

»Nicole?« Ich rufe sie zurück.

»Ja?«

»Setz dich doch noch einen Moment zu mir!« Ich klopfe auf den Stuhl neben mir.

Sie nimmt Platz und sieht mich fragend an. »Was ist?«

»Wann willst du mit Jens sprechen?«, erkundige ich mich behutsam.

»Ich weiß es noch nicht. Heute jedenfalls nicht mehr und morgen auch nicht!« Müde reibt sie sich die Augen.

»Wirst du ihm verzeihen?«

»Habe ich denn eine andere Wahl? Wir erwarten in wenigen Wochen ein Baby.« Ihre Stimme klingt bitter.

»Es gibt immer eine Wahl.«

Sie lächelt mich traurig an. »Für dich vielleicht. Du warst immer schon die Stärkere von uns beiden.«

Diesen Eindruck hatte ich bisher eigentlich nicht. Aber bitte, wenn sie meint ...

»Liebst du ihn noch?«

Sie zuckt mit den Schultern. »Ich weiß es nicht.«

»Irgendwann wirst du dich den Problemen stellen müssen.«

»Ich weiß.« Sie atmet tief durch. »Aber nicht jetzt gleich. Dazu bin ich einfach noch zu verletzt. Lass mir ein paar Tage Zeit, okay?« Bittend sieht sie mich an. »Ich will jetzt einfach noch ein bisschen Spaß haben mit dir und Victor.«

Ich bezweifele, dass ihre Pläne mit denen von Victor und mir vereinbar sind, doch ich sage nichts, sondern lächele nur.

Nicole umarmt mich kurz und steht dann auf. »Gute Nacht, kleine Schwester«, sagt sie sanft. »Träum was Schönes!«

Und das tue ich in dieser Nacht wirklich. Ich träume von vier bildhübschen blond gelockten Kindern, die in einem Garten mit Seeblick spielen. Victor sitzt mit einer Gitarre auf der Gartenbank und singt gefühlvolle Liebeslieder, während ich in einem bunt gemusterten Sommerkleid auf einem Felsen stehe und sehnsüchtig das Meer beobachte.

Leider kann ich mich später nicht mehr erinnern, nach was ich eigentlich Ausschau gehalten habe.

15

Am nächsten Morgen wache ich schon um sieben Uhr auf. Das Wetter verspricht wieder wunderschön sonnig zu werden. Außerdem ist Freitag, mein liebster Wochentag.

Voller Elan springe ich aus dem Bett. Unter der Dusche lege ich mir das Programm für den Vormittag zurecht: Nach dem Frühstück muss ich zuerst einkaufen gehen, danach werde ich den Garten gießen und mich anschließend den Händen meiner Schwester anvertrauen. Die Aussicht auf eine weitere Stunde unter der Trockenhaube hebt meine Stimmung zwar nicht gerade, aber schließlich ist das Ergebnis sehenswert. Und es gefällt Victor.

Victor ...

Ich kann es immer noch nicht glauben, dass er mich gestern geküsst hat. Ein Traum, den ich schon als Teenager gehegt habe, ist wahr geworden. Ausgerechnet der letzte Traumprinz, um den ich mich nicht einmal selbst bemüht habe, entpuppt sich als Volltreffer. Er ist so unvorstellbar sanft, gutaussehend, wohlhabend ... und er hat ein Haus, das nur darauf wartet, eine Familie zu beherbergen. Ist das nicht einfach perfekt?

Ich schlüpfe schnell in meine Shorts und ein T-Shirt und laufe barfuß in die Küche. Nicole ist noch nicht aufgestanden. Fein, dann kann ich mich heute mal revanchieren, indem ich das Frühstück vorbereite. Ich schalte die Kaffeemaschine ein, decke den Tisch und gehe dann hinaus, um die Zeitung zu holen.

Am Gartentor begegne ich Tim, der gerade in die Praxis fahren will.

»Guten Morgen! Wie geht es dir?«, erkundige ich mich freundlich.

»Besser.« Er klingt immer noch verschnupft, sieht aber nicht mehr so krank aus. »Was machst du denn schon so früh im Garten?«

»Ich hole die Zeitung.«

»Hattet ihr gestern noch einen schönen Abend?«

»O ja. Wunderschön.« Ich lächele verzückt bei dem Gedanken an Victors Kuss.

»Guten Morgen!« Nicole ist ebenfalls aus dem Haus gekommen. »Ich wollte auch gerade zum Briefkasten.« Sie strahlt uns an. »Aber wenn wir hier schon mal alle so nett beisammenstehen, können wir uns doch eigentlich gleich für heute Abend zum Grillen verabreden.«

»Ich weiß nicht«, sage ich unbestimmt. Vielleicht dauert die Bootsfahrt länger oder Victor will mit mir allein zu Abend essen.

Auch Tim schüttelt den Kopf. »Ich gehe heute mit ein paar Freunden aus.«

»Dann verschieben wir die Grillparty eben auf morgen!« Für Nicole ist das anscheinend kein Problem. »Morgen Abend um sechs Uhr treffen wir uns hier im Garten zum Grillen. Silke und ich besorgen das Fleisch und die Salate«, bestimmt sie.

Ich seufze. Wenn Nicole sich etwas vornimmt, dann pflegt sie ihren Willen durchzusetzen. »Also gut. Sofern Victor Zeit hat, werden wir kommen.«

Tim schaut mich überrascht an. »Kannst du neuerdings schon über seine freie Zeit verfügen?«

»Was dagegen?« Ich funkele böse zurück.

Er schüttelt den Kopf. »Nicht im Geringsten.«

»Tim, du kommst doch auch, oder?«, bettelt Nicole.

»Eigentlich wollte ich mich morgen mit dem Team aus der Tierarztpraxis treffen.« Er lässt sich nicht so leicht überreden.

Bei Nicole hat er dennoch keine Chance. »Dann lade die

Leute doch einfach mit zu uns ein«, schlägt sie vor. »Wie viele sind es denn? Ich frage nur wegen der Einkäufe.«

Tim überlegt kurz und zählt dann laut zusammen. »Christian Huber, das ist der Kollege, dem die Praxis gehört. Seine Frau und seine beiden Kinder. Das macht schon mal vier Personen. Und wenn die beiden Mädchen vom Empfang Zeit haben, kommen sie auch mit. Yvonne und Anja. Das wären dann sechs Leute.«

»Yvonne? Ist das nicht die Dame, die glaubt, dass wir verheiratet sind?«, frage ich.

»Keine Angst. Ich habe sie inzwischen aufgeklärt. Sie war übrigens sehr erfreut zu hören, dass ich noch zu haben bin.«

»Wie schön für dich!« Mein Tonfall ist nicht so freundlich, wie er sein sollte.

Tim schaut auf die Uhr. »Ich muss weg. Bis morgen Abend also!« Damit lässt er uns stehen und steigt in sein Auto.

Nicole lächelt glücklich. »Das wird eine tolle Grillparty. Vielleicht kann Victor uns sogar etwas auf der Gitarre vorspielen...« Sie scheint die Einzige zu sein, die sich aufrichtig freut.

Doch im Laufe des Vormittags steckt sie mich mit ihrer guten Laune an. Wir bummeln zusammen über den Wochenmarkt, gehen dann im Supermarkt einkaufen und sehen kurz in meiner Wohnung nach dem Rechten. Bei dieser Gelegenheit nehmen wir auch den schwarzweißen Batikrock mit. Rechtzeitig um zwölf Uhr treffen wir wieder im Haus unserer Eltern ein.

»Ich versorge Gurke und Mathilda und du gießt inzwischen den Garten«, bestimmt Nicole nach dem Mittagessen. »Danach treffen wir uns in meinem Zimmer zum Lockenwickeln.«

Ich seufze. Angesichts der bevorstehenden Tortur ist meine gute Laune mit einem Schlag wieder dahin. Als ich nach der Gartenarbeit zu meiner Schwester ins Zimmer komme, hat Nicole bereits meinen Rock gebügelt, ein schwarzes T-Shirt für mich ausgesucht und sogar Omas alten Silberschmuck irgendwo aufgetrieben.

»Wir haben nur noch eine Stunde Zeit«, treibt sie mich an. »Beeil dich bitte mit dem Haarewaschen und den Kontaktlinsen!«

Folgsam verschwinde ich im Bad. Eine Stunde später stehe ich vor dem Spiegel und bewundere meinen Aufzug. Nicole hat wieder einmal ganze Arbeit geleistet. Meine Haare sind ebenso lockig wie gestern, der Rock schwingt weit um meine Knöchel und sitzt dank dem Gummizug weitaus bequemer als gestern das Kleid. Ich kann sogar ohne Probleme durchatmen!

Die Krönung ist allerdings Omas Silberschmuck. Die beiden Ohrringe bestehen aus jeweils einer schwarzen Perle mit silberner Fassung. Die Kette ist ziemlich dick und ebenfalls aus schwarzen silbergefassten Perlen zusammengesetzt. Irgendwie hat Nicole sogar noch Zeit dafür gefunden, das Silber zu putzen, und so glänzt die Kette hell auf meinem schwarzen T-Shirt.

Dazu trage ich leichte schwarze Sandalen, die mich dank der Absätze ein ganzes Stück größer und schlanker erscheinen lassen, als ich tatsächlich bin. Zufrieden mit mir selbst und meinem Aussehen hüpfe ich die Treppe hinunter, gerade als Victor draußen aus dem Taxi steigt.

»Hallo, Baby! Ich habe dich vermisst« Er schließt mich fest in die Arme.

Was für eine Begrüßung! Ich wette, dass Nicole uns von ihrem Fenster aus beobachtet hat und soeben in Ohnmacht gefallen ist.

»Ich bin gleich fertig, ich muss nur noch meine Handtasche holen. Möchtest du so lange hier warten?«, frage ich.

Er schüttelt den Kopf. »Ich würde gern nach Mathilda sehen.«

»Sie steht in der Küche.« Ich nehme seine Hand und ziehe ihn mit mir ins Haus.

In der Küche finden wir nicht nur Mathilda vor, sondern auch meine Schwester. Vermutlich hat sie geahnt, dass es Victor zu seiner Schildkröte zieht.

Als wir eintreten, lächelt Nicole Victor entgegen. »Hallo,

Victor. Ich habe gerade ausgiebig mit Mathilda gespielt«, behauptet sie.

Wie bitte? Diese Schleimerin!

»Ach, tatsächlich?«, frage ich spöttisch. »Ich hätte schwören können, dass du die ganze Zeit oben warst.«

Sie lacht affektiert. »Was hätte ich denn da oben deiner Meinung nach tun sollen? Etwa Röcke bügeln, Locken wickeln oder Silber putzen?« Sie sieht mich herausfordernd an.

Ich ziehe es vor zu schweigen und gehe meine Handtasche holen.

Als ich wieder in die Küche komme, hat Victor seine Hand auf Nicoles Bauch gelegt. »Wahnsinn!«, flüstert er ergriffen. »Man spürt, wie das Baby strampelt.«

»Können wir gehen?«, unterbreche ich die beiden ungeduldig.

Victor nickt und lächelt Nicole zum Abschied noch einmal zu. »Pass gut auf das Baby auf, Nicole.«

Nicole grinst selig zurück.

Im Taxi bringe ich vorsichtig die Planung für den Samstag zur Sprache. »Wir wollen gegen sechs Uhr bei uns eine kleine Grillparty veranstalten. Tim und ein paar seiner Freunde kommen auch. Ich hoffe, du hast Zeit.«

Victor strahlt. »Eine Grillparty ist cool.« Damit ist das Thema für ihn schon erledigt.

Dann nimmt er meine Hand. »Es ist schön, wieder mit dir zusammen zu sein.«

Auch ich genieße seine Nähe. Viel zu schnell erreichen wir Rüdesheim, von wo aus wir mit dem Ausflugsdampfer den Rhein hinunterfahren werden.

Am Bootssteg erwartet Erwin uns bereits. »Frau Sommer, Sie sehen bezaubernd aus!«, begrüßt er mich charmant. Mit einem Seitenblick zu Victor fügt er hinzu: »Kein Wunder, dass er Feuer und Flamme für Sie ist.«

»Woher wissen Sie das?«, frage ich erstaunt.

Erwin lächelt mich an. »Ich habe Ihnen doch gesagt, Victor ist ein wirklich guter Freund von mir. Er hat mich gestern Abend noch angerufen und mir alles erzählt. Ich freue mich für Sie beide.«

»Aber ...«, stammle ich, »aber es ist doch noch gar nichts passiert ...«

»So genau will ich das gar nicht wissen.« Erwin zwinkert mir zu. Dann nimmt er meinen Arm. »Kommen Sie, ich begleite Sie auf das Schiff.«

Ich blicke mich suchend nach Victor um und entdecke ihn wenige Meter von mir entfernt, umringt von Menschen.

Als ich auf ihn zugehen will, hält Erwin mich zurück. »Überlassen Sie ihn für eine Weile seinen Fans. Er genießt das Gefühl, von ihnen belagert zu werden.« Leiser fügt er hinzu: »Außerdem sollen die Leute schließlich seine neue CD kaufen, da kann er ruhig etwas Werbung machen.«

Erst nachdem das Boot abgelegt hat, treffe ich wieder mit Victor zusammen. Seine Augen strahlen, sein Gesicht ist leicht gerötet. »Hast du die vielen Menschen hier an Bord gesehen?«, fragt er glücklich. »Die sind alle wegen meiner Musik hier.«

»Dann gib dein Bestes!«, fordere ich ihn auf und drücke ihm einen Kuss auf die Wange.

Und das tut er. Zwei Stunden lang singt er für die etwa hundert Leute auf dem Boot. Kaum einer der Menschen hat einen Blick für die wunderschöne Landschaft, durch die das Schiff gleitet. Alle Augen sind auf Victor gerichtet, der mit seiner Gitarre auf einer kleinen Bühne sitzt.

Die Frau neben mir hat Tränen der Rührung in den Augen. »Ich würde alles dafür geben, ihn einmal umarmen zu dürfen«, flüstert sie mir zu.

Ich mustere sie verstohlen. Sie ist ein wenig älter als ich, aber viel dicker und in meinen Augen deutlich hässlicher, folglich keine Konkurrenz. Deshalb wispere ich freundlich zurück: »Wer will das nicht?«

Leider bekomme ich selbst kaum Gelegenheit dazu, Victor nahe zu sein. Nachdem er sein kleines Konzert beendet hat, wandelt er glücklich zwischen seinen Fans umher und lässt sich von ihnen feiern.

Auch Erwin kann sich nicht um mich kümmern, weil er einige geschäftliche Kontakte vertiefen muss, wie er mir vertraulich mitteilt. Und so sitze ich die meiste Zeit allein auf einer Bank und bewundere vermutlich als einziger Passagier auf dem Boot die herrliche Aussicht auf das Rheinufer.

Erst gegen Abend, als wir wieder in Rüdesheim anlegen, kommt Victor zu mir. »Ich bin gerade eingeladen worden, mit Erwin und ein paar seiner Kollegen zu Abend zu essen. Wir wollen in ein japanisches Restaurant gehen. Kommst du mit?«

Ich überlege kurz. Will ich das? Will ich die Abendstunden damit verbringen, gelangweilt auf rohem Fisch herumzukauen, während Victor sich im Erfolg sonnt?

Nein, entscheide ich. Lieber setze ich mich mit Nicole vor den Fernseher und streite mit ihr um eine Tüte Chips. »Tut mir leid«, sage ich deshalb zu Victor. »Ich bin furchtbar müde und möchte lieber nach Hause.«

Er wirkt enttäuscht. »Schade.« Dann nickt er mir aufmunternd zu. »Das war heute sicher sehr anstrengend für dich, nicht wahr?«

»Ja«, gebe ich zu.

»Morgen habe ich nur für dich Zeit«, verspricht er mir. »Wann soll ich bei dir sein?«

»Gegen Mittag?«, schlage ich vor.

»Abgemacht.« Er strahlt mich an. »Dann komme ich um zwölf Uhr.«

Nicole wundert sich sehr, als ich schon um sieben wieder zu Hause bin. Gurke hingegen ist hocherfreut, mich zu sehen. Er springt schnurrend auf meinen Schoß, als ich mich zu Nicole an den Küchentisch setze. Sie hat sich ein paar Brote gemacht und sich zur Unterhaltung die Fernsehzeitung geholt, die aufgeschlagen vor ihr liegt. Jetzt schiebt sie den Teller in die Mitte, damit ich mich auch bedienen kann.

»Habt ihr euch gestritten?«, will sie wissen.

Ich nehme mir ein Käsebrot und beiße herzhaft hinein. »Nein. Ich hatte nur keine Lust, Victor zu einem Geschäftsessen zu begleiten«, erkläre ich mit vollem Mund.

»Aber er kommt doch morgen wieder?« Offensichtlich befürchtet sie, ich hätte ihn vergrault.

»Natürlich. Wir wollen doch zusammen grillen, schon vergessen?«

Sie atmet auf. »Gut.«

Dann vertieft sie sich wieder in die Fernsehzeitung.

Wir essen schweigend weiter. Nicole liest einen Kurzkrimi in der Zeitschrift und vergisst darüber sogar das Kauen. Ich hingegen hänge meinen Gedanken nach und esse, ohne es recht zu merken.

Der heutige Tag ist nicht ganz so verlaufen, wie ich es mir vorgestellt hatte. Victor hatte kaum Zeit für mich. Während in seinem Privatleben ein Haus auf die zukünftige Mutter seiner Kinder wartet, ist in seinem Berufsleben offenbar kein Platz für eine Frau.

Aber könnte ich mich damit zufriedengeben, zu Hause zu sitzen und auf ihn zu warten? Sicher ist es ein sehr schönes Haus, in dem ich meine Zeit totschlagen würde. Und vermutlich wäre es mir mit den vielen Kindern, die er plant, auch nicht besonders langweilig. Trotzdem – wäre ich wirklich glücklich?

Unwillig schüttele ich den Kopf.

Nicole sieht mich fragend an. »Hast du was gesagt?«

»Nein.« Ich erhebe mich und räume den Tisch ab. »Heute bin ich irgendwie ziemlich müde. Ich werde es mir jetzt auf dem Sofa gemütlich machen.«

»Fein.« Sie strahlt. »Ich komme mit!«

Bevor ich ins Wohnzimmer gehe, ziehe ich mich schnell um.

Dabei bräuchte ich mich eigentlich gar nicht zu beeilen, denn zurzeit kann Nicole mir das Sofa sowieso nicht streitig machen. Sie braucht wegen ihrer fortgeschrittenen Schwangerschaft ein festes Sitzpolster und bevorzugt deshalb Omas alten Ohrensessel.

»Hattest du einen schönen Tag?«, erkundigt sie sich, als wir einträchtig vor den Nachrichten sitzen.

»Ja. Und du?«, frage ich zurück.

»Ich auch.« Sie kichert. »Wir reden schon wie ein altes Ehepaar.«

Auch ich muss lachen. »Wenn das so ist, mein Schatz, dann hol uns doch mal eine kalte Limonade aus dem Kühlschrank!«

»Hol dir deine Limonade doch selbst!«, murrt sie.

Seufzend erhebe ich mich. »So weit ist es also mit unserer Ehe gekommen«, schimpfe ich vor mich hin.

Den Rest des Abends verbringen wir erstaunlich friedlich vor dem Fernseher. Ich erwähne Jens mit keinem Wort und sie hält sich ihrerseits mit Bemerkungen über Victor zurück.

Erst beim Frühstück am nächsten Morgen kommt sie wieder auf ihr Lieblingsthema zu sprechen. »Was wirst du heute anziehen?«

Ich zucke mit den Schultern. »Keine Ahnung.«

»Das dachte ich mir.« Sie lehnt sich selbstzufrieden zurück. »Ich habe mir aber bereits Gedanken gemacht.«

Ich brauche nichts zu erwidern, denn schon legt sie los: »Ich habe bei dir im Kleiderschrank eine schwarze Caprihose mit Gummizug gefunden.«

Gummizug ist schon mal gut. Bloß nichts Enges!

»Dazu ziehst du einfach Muttis alte Bluse mit den Schulterpolstern an. Und darüber die Ketten mit den bunten Kugeln«, fährt sie fort.

»Ketten mit bunten Kugeln?«, wiederhole ich beunruhigt. Das hört sich irgendwie nach Christbaumschmuck an.

»Muttis Modeschmuck aus den Siebzigern«, erklärt Nicole ungeduldig. »Das sieht bestimmt toll aus.«

Davon bin ich leider weniger überzeugt. Soweit ich die Kette in Erinnerung habe, besteht sie aus vielen knallbunten Plastikkugeln. Ich komme aber nicht dazu, meine Bedenken anzumelden, denn in diesem Moment steckt Tim seinen Kopf durch die Terrassentür.

»Guten Morgen«, wünscht er uns. Dann mustert er mich von oben bis unten. »Heute noch nicht zur Schönheitskönigin der Achtzigerjahre mutiert?«, fragt er und grinst mich frech an.

»Nein.«

»Schade.« Er setzt sich an den Tisch und nimmt sich ein Stück Käse.

»Du scheinst deine Erkältung überwunden zu haben«, bemerke ich, als er nach dem zweiten Stück Käse greift.

»Fast.« Seelenruhig kaut er weiter.

»Wenn du satt bist, könntest du uns verraten, was du eigentlich um diese Zeit schon von uns willst«, schlage ich ihm vor.

»Bis ich satt bin, kann es dauern. Ich habe heute noch nicht gefrühstückt. Willst du so lange warten?« Jetzt nimmt er sich auch noch eine Scheibe Salami. »Du kannst mir ja in der Zwischenzeit erzählen, wie es mit deinem Victor läuft.«

»Gut«, sage ich möglichst ruhig.

»So würde ich es nicht bezeichnen«, mischt sich Nicole ein. »Silke war gestern Abend schon um sieben Uhr wieder zu Hause. Ohne Victor«, fügt sie überflüssigerweise hinzu.

»Ohne Victor«, wiederholt Tim.

»Na und?«

»Kann ich einen Kaffee haben?« Tim übergeht meine letzte Bemerkung.

»Du weißt ja, wo die Tassen stehen.« Ich schiebe ihm die Kaffeekanne hin und deute auf den Schrank. Seufzend erhebt er sich und holt sich eine Tasse.

»Seit wann trinkst du eigentlich wieder Kaffee?«, will ich wissen, während er sich bedient.

»Seit heute. Der Abend gestern war ganz schön lang, da kann ich einen Koffeinstoß am Morgen gut gebrauchen.« Genüsslich trinkt er ein paar Schlucke.

Wenn er erwartet, dass ich ihn jetzt nach seinen Erlebnissen vom Vortag befrage, dann hat er sich getäuscht. Stattdessen schaue ich demonstrativ auf meine Uhr und bekomme prompt einen Schreck. Es ist bereits kurz vor elf. In einer Stunde kommt Victor!

Nicole ist meinem Blick gefolgt und wird nun ebenfalls nervös. »Wir müssen anfangen.«

»Womit?« Tim versteht nicht.

»Frauensache.« Ich werde ihm auf keinen Fall verraten, dass ich gleich wieder eine quälend lange Stunde in den Fängen meiner Schwester und unter einer viel zu heißen Trockenhaube verbringen werde. »Du kannst gern hier unten sitzen bleiben und frühstücken. Wir müssen nach oben.«

Nicole und ich stehen auf. Auch Tim erhebt sich und trinkt hastig seinen Kaffee aus. »Ich bin eigentlich nur vorbeigekommen, um euch zu sagen, dass ich Baguette und Getränke besorgen werde. Einverstanden?«

Wir nicken fast gleichzeitig.

Tim schaut uns interessiert an. »Das muss ja was Tolles sein, das ihr jetzt vorhabt.«

Als er keine Antwort bekommt, winkt er uns kurz zu und verschwindet dann hinaus in den Garten.

Nicole atmet erleichtert auf. »Los, lass uns anfangen!«

Ich tausche wieder einmal meine Brille gegen die Kontaktlinsen und lasse mich frisieren. Da keine Zeit für weitere Diskussionen bleibt, ziehe ich tatsächlich meine alte Caprihose und die weiße Bluse an. Sogar die Kette lasse ich mir aufschwatzen. Anschließend mustere ich mich kritisch im Spiegel. »Mit den Schulterpolstern sehe ich aus wie ein Eishockeyspieler.«

Nicole schüttelt den Kopf. »Überhaupt nicht.«

»Jetzt fehlen mir nur noch Schuhe.« Suchend schaue ich mich um. Hier müssten doch irgendwo meine Sandalen stehen, die ich vorhin ausgezogen habe.

Nicole grinst triumphierend und fördert aus dem Schrank ein Paar schwarze Leinenschuhe mit Plateausohlen zutage. »Die habe ich im Keller gefunden. Ich glaube, sie haben mal Mutti gehört. Hoffentlich passen die dir!«

Ich kann es kaum fassen, welche Energie meine Schwester entwickelt, um mich modetechnisch in die Siebziger- und Achtzigerjahre zu versetzen! Allerdings beschleicht mich allmählich das Gefühl, dass sie mich als ihr neues Hobby ansieht. Das sind keine angenehmen Aussichten! Ich kann nur hoffen, dass ihr Interesse wieder nachlässt, wenn erst einmal das Baby auf der Welt ist.

Die Schuhe sind mir ein wenig zu klein.

»Das macht nichts«, versichert Nicole. »Leinen dehnt sich. Du wirst sie kaum spüren.«

Davon bin ich nicht ganz so überzeugt. Aber zum Umziehen bleibt keine Zeit mehr – Victor hat soeben unseren Garten betreten und blickt sich suchend um.

Ich laufe ihm entgegen, so gut ich das auf den hohen Absätzen vermag. »Hallo, Victor!«

Er betrachtet mich entzückt von oben bis unten. »Du siehst toll aus! Viel schöner, als ich dich in Erinnerung habe.«

»Du siehst aber auch gut aus.« Ich schnuppere an seinen langen blonden Haaren. »Und du riechst so gut!«

»Das ist das Nussbaumshampoo aus Brasilien. Fairer Handel, ohne Tierversuche und sehr umweltschonend hergestellt. Soll ich dir mal eine Flasche mitbringen?«

Warum nicht? Ich wusste bis jetzt nicht einmal, dass eine Flasche Shampoo eine derart spektakuläre Angelegenheit sein kann. »Gern.«

»Was machen wir heute?« Er legt den Arm um mich und wir gehen gemeinsam ins Haus.

»Ich weiß nicht. Das darfst du entscheiden.«

Er schüttelt den Kopf. »Ich will gar nicht entscheiden. Was immer du willst, ist mir recht.«

Nicole, die gerade die Treppe herunterkommt, hat seinen letzten Satz noch aufgeschnappt. Sie seufzt verzückt.

»Nicole!« Victor begrüßt sie mit einem Kuss auf die Wange. »Wie geht es dir und dem Baby?«

»Gut«, haucht Nicole und hält sich die Wange, die Victor gerade geküsst hat.

»Und wo habt ihr Mathilda?« Victor blickt sich suchend um.

»Sie ist in Nicoles Zimmer.« Gemeinsam statten wir der Schildkröte einen Besuch ab. Victor ist sehr zufrieden mit ihrem Zustand. »Ich glaube, sie will nie wieder ohne dich sein. Genauso wie ich«, flüstert er mir ins Ohr.

Vor meiner Schwester sind mir diese Szenen peinlich. »Lasst uns wieder nach unten gehen«, schlage ich vor.

»Ich werde dann mal die Kartoffeln für den Salat kochen«, sagt Nicole, als wir wieder im Erdgeschoss sind. Sie lächelt Victor noch einmal dümmlich an und verschwindet dann in der Küche.

»Und was machen wir jetzt, schöne Lady?«, will Victor wissen.

»Wir könnten ein wenig im Schlosspark und am Rhein spazieren gehen«, schlage ich vor.

»Prima Idee. Ich liebe lange Spaziergänge!«

16

Drei Stunden später weiß ich, dass er das mit den langen Spaziergängen wirklich ernst gemeint hat. Außerdem habe ich gelernt, dass Leinen sich nicht dehnt und meine Füße sehr wohl spüren, dass die Schuhe zu klein sind. Man sollte niemals auf die große Schwester hören!

Victor bemerkt nichts von meinen Problemen, sondern läuft glücklich plaudernd neben mir her. Wir haben bereits sein gesamtes Leben durchgesprochen. Viel mehr als das, was in der Presse berichtet wurde, habe ich allerdings trotzdem nicht erfahren.

Ich seufze leise vor mich hin.

Victor bemerkt es. »Was ist? Langweile ich dich?«

»Aber nein«, versichere ich. »Es ist nur – meine Füße tun weh. Ich fürchte, ich habe mir Blasen gelaufen.«

»Dann machen wir dort im Gras eine Pause.« Er führt mich auf eine Wiese, hilft mir beim Hinsetzen und zieht mir dann die Schuhe aus. An beiden Fersen haben sich große Blasen gebildet, die sogar schon aufgeplatzt sind.

»Das sieht nicht gut aus.« Victor ist ehrlich besorgt.

»Es wird schon gehen. Ab jetzt laufe ich barfuß.« Ich erhebe mich und nehme meine Schuhe in die Hand.

»Das kommt nicht infrage. Ich werde dich tragen!« Auch Victor springt auf und läuft hinter mir her. Eine Weile lang kann ich ihm entkommen, dann bekommt er mich zu fassen und hebt mich hoch. »Ich lasse dich nie wieder los«, beteuert er.

Doch gleich darauf verliert er das Gleichgewicht und wir fallen beide ins weiche Gras. Lachend hält er mich fest und drückt mir ein paar Küsse aufs Haar. Ich schließe die Augen und genieße den Moment. Warum kann es nicht immer so sein wie jetzt?

Als ich die Augen wieder öffne, schaue ich direkt in die sabbernden Gesichter von zwei Boxern, die sich interessiert über uns beugen.

»Brutus! Nero!« Ein drittes Gesicht erscheint in meinem Blickfeld. Es sabbert zwar nicht, ist mir aber genauso unsympathisch.

»Ach, hallo, Katrin!«

»Silke! Da habe ich vorhin doch richtig gesehen. Ich schaue euch schon seit einer Weile zu.« Katrin Meier mustert Victor anklagend. »Wer ist das?«

Ich rappele mich hastig auf und klopfe mir das Gras von der Kleidung. Die beiden Hunde sind inzwischen ans Rheinufer gelaufen, wo sie verschreckte Enten aufstören. Katrins Blick ruht voller Verachtung auf mir.

Auch Victor ist aufgestanden. »Hi, ich bin Victor David«, sagt er auf Englisch und will ihr freundlich die Hand geben.

Die Verachtung schlägt in Verblüffung um. »Victor David? Der Sänger? Was will der denn hier? Und wieso bist du mit ihm zusammen?«, fragt sie verdutzt.

»Ach, weißt du, das ist eine längere Geschichte.« Verlegen streiche ich mir die Locken aus dem Gesicht.

Victor steht immer noch abwartend da und beobachtet uns interessiert.

»Victor, das ist Katrin, eine Schulfreundin von mir.« Leider fällt mir auf Englisch keine andere Bezeichnung für sie ein.

Katrin nickt Victor kurz zu und konzentriert sich dann wieder auf mich.

»Weiß Markus, was du hier treibst?«, fragt sie drohend. »Und weiß Victor von Markus? Oder hast du praktischerweise in jeder Stadt einen Liebhaber?«

Gott sei Dank redet sie deutsch mit mir, sodass Victor nichts verstehen kann.

Mit aller Würde, die ich in dieser Situation aufbringen kann, hebe ich den Kopf und begegne trotzig ihrem Blick. »Ich würde sagen, das geht dich gar nichts an.«

»Wie du meinst.« Sie presst die Lippen zusammen und ruft ihre Hunde. »Brutus! Nero!«

Ohne einen Gruß geht sie weiter.

Victor sieht ihr kopfschüttelnd nach. »Was für eine unangenehme Person! Und so eine negative Ausstrahlung.«

»Allerdings.«

Leider weiß ich nur zu gut, was diese unangenehme Person mit der negativen Ausstrahlung als Erstes tun wird, wenn sie nach Hause kommt. Soweit ich mich erinnern kann, wohnt sie hier in der Nähe. Selbst ohne Blasen an den Füßen hätte ich nicht den Hauch einer Chance, vor ihr am Telefon zu sein.

Aber was soll's? So wird Markus eben von ihr erfahren, dass ich ihn mit Victor David betrüge!

Als Katrin hinter der nächsten Biegung verschwunden ist, sieht Victor mich fragend an. »Was machen wir denn jetzt?«

Das wüsste ich auch gern. Katrin wird Markus die Hölle heißmachen.

Ich zucke mit den Schultern. »Keine Ahnung. Ich wünschte, wir könnten schnell nach Hause.« Warum habe ich mein Handy nicht mitgenommen?

»Mit deinen Füßen kommen wir aber nicht so schnell voran«, wendet er ein.

Ich zeige ihm ein altes Haus am Ufer. »Da vorn ist ein Ausflugslokal. Da gehen wir jetzt rein, bestellen uns zuerst noch einen Kaffee und dann ein Taxi, das uns nach Hause bringt. Einverstanden?«

Er strahlt. »Du weißt dir immer so gut zu helfen«, stellt er bewundernd fest. »Wie gut, dass ich dich gefunden habe!«

Damit nimmt er mich in die Arme und trägt mich zum Gasthof.

Eigentlich ist mir das ein bisschen peinlich, schließlich könnte ich sehr gut selbst laufen. Aber ich bin in Gedanken noch zu sehr mit Katrin Meier beschäftigt, um Victor ernsthaft zu widersprechen.

Am Eingang des Gasthofes stellt Victor mich vorsichtig ab. Wir haben Glück und finden noch einen freien Tisch auf der Terrasse direkt am Rheinufer.

»Kaffee oder Tee?«, frage ich, als die Bedienung kommt.

Victor hat seine Sonnenbrille aufgesetzt und beobachtet fasziniert zwei Lastkähne, die auf dem Fluss aneinander vorbeifahren. Er wendet nur kurz den Kopf und sagt: »Egal. Ich nehme, was du nimmst!«

»Dann also zwei Tassen Kaffee, bitte«, bestelle ich und lehne mich aufseufzend zurück. Diesen Nachmittag hätte ich mir eigentlich etwas anders gewünscht.

Victor deutet meine Geste falsch. »Hast du schlimme Schmerzen?«, will er wissen und streichelt mich sanft am Arm.

Ich schüttele den Kopf. »Nein, überhaupt nicht.«

Als die Bedienung den Kaffee bringt, bitte ich sie, uns ein Taxi zu bestellen. Die Kellnerin nickt bereitwillig und lässt dabei Victor nicht aus den Augen. Sie ist nur wenig älter als ich und hat Victor vermutlich längst erkannt.

»Du solltest ihr zum Dank ein Autogramm geben«, schlage ich ihm leise vor, als sie mit der Rechnung kommt.

»Natürlich.« Er lächelt sie liebenswürdig an und fragt nach ihrem Namen. Dann gibt er ihr bereitwillig so viele Unterschriften, wie sie haben möchte. Die gute Frau kann ihr Glück kaum fassen.

Ich beobachte Victor verstohlen. Jetzt ist er in seinem Element. Charmant plaudert er mit seinem Fan und genießt dabei die Bewunderung, die ihm zuteil wird.

Da schießt mir auf einmal ein beunruhigender Gedanke

durch den Kopf. Müsste ich jetzt nicht furchtbar eifersüchtig sein? Bedeutet mir Victor so wenig, dass es mich kaltlässt, wenn er mit anderen Frauen flirtet? Oder bin ich mir seiner Liebe schon so sicher, dass es mich nicht stört?

Unwillig schüttele ich den Kopf. Darüber kann ich mir später noch den Kopf zerbrechen, nachdem ich mit Markus telefoniert habe.

Als das Taxi kommt, besteht Victor darauf, mich zum Auto zu tragen. Ich protestiere nur leise, da ich hier auf der gut besuchten Terrasse keine Szene machen will.

Als er dann aber nach der Fahrt vor unserem Haus wieder den Arm um mich legt und mich hochheben will, weise ich ihn ab. »Ich kann allein laufen!«

Victor sieht das anders. »Baby, ich will dir doch nur helfen!« Er ignoriert meinen Protest und trägt mich in unseren Garten.

Allmählich werde ich wirklich wütend. »Lass mich runter!«

»Nein!« Dies ist das erste Mal, dass er mir ernsthaft widerspricht. Warum muss es ausgerechnet hier und jetzt sein?

»Bitte!« Ich lächele ihn flehend an.

»Du bist so süß, wenn du dich aufregst. Trotzdem, ich lasse dich nicht allein laufen.«

Das, was ich befürchtet habe, tritt ein: Unsere Auseinandersetzung lockt die ersten Zuschauer an.

Nicole und Tim kommen gemeinsam zum Gartentor und beobachten uns neugierig. Nicole hat sich Muttis alte Schürze umgebunden. Sie hält einen Gurkenschäler in der einen Hand, die andere Hand stützt sie in den Rücken.

Tim war offensichtlich gerade damit beschäftigt, die Holzkohle im Grill aufzuschichten. Seine Hände sind bis zu den Handgelenken kohlrabenschwarz.

»Übt ihr schon mal für die Hochzeit?«, erkundigt sich Tim. »Trägt man in England die Braut überhaupt über die Schwelle?«

Nicole lässt bei Erwähnung des Wortes »Hochzeit« vor Aufregung den Gurkenschäler fallen. Victor setzt mich sanft ab und reicht ihr das Messer wieder hoch.

Dann wendet er sich an Tim. »Natürlich.«

»Vielleicht haben wir ja gerade tatsächlich geheiratet. Wer weiß?«, sage ich unschuldig.

Nicole lässt den Gurkenschäler erneut fallen.

»Habt ihr?« Täusche ich mich oder wird Tim plötzlich ganz blass?

»Natürlich nicht!«, wehre ich unwirsch ab und hebe das Gurkenmesser wieder auf. Ich behalte es vorsichtshalber selbst in der Hand.

»Silke kann nicht mehr laufen, weil sie Schmerzen hat«, erklärt Victor.

»Was ist denn? Bist du krank?«, fragt Tim hörbar besorgt.

Ich schüttele den Kopf. »Ich war mit neuen Schuhen wandern und habe mir Blasen gelaufen, weiter nichts.«

Er betrachtet meine Fersen. »Das sieht ziemlich schmerzhaft aus. Wieso gehst du auch mit neuen Schuhen spazieren?«

»Weil mir jemand versichert hat, dass Leinen sich dehnt und ich die Schuhe gar nicht spüren werde!« Ich werfe meiner Schwester einen bösen Blick zu.

Nicole jedoch lässt sich nicht einschüchtern. »Seit wann hörst du auf mich? Außerdem habe ich nie gesagt, dass du damit stundenlang wandern kannst.«

»Wir gehen jetzt besser rein. Du solltest dir die Blasen dick mit Creme bestreichen. Das hilft.« Victor macht Anstalten, mich erneut zu tragen.

Jetzt reicht es mir! Ich brauche weder übertriebene Fürsorge noch eine besserwisserische Schwester, und Spott schon gar nicht.

»Aus dem Weg!«, rufe ich und schwenke das Gurkenmesser. »Ich muss dringend Markus anrufen!«

»Markus?«, fragt Nicole. »Wer ist das? Und wieso ist es so dringend?«

»Geht es auch wirklich mit den Schmerzen, Liebling?«, erkundigt sich Victor gleichzeitig.

Tim ist der Einzige, der keine Fragen stellt. Er tritt gelassen zwischen mich und die beiden anderen. »Wir sollten sie lieber in Ruhe lassen. Sie ist bewaffnet!«

Während ich am Telefon darauf warte, dass Markus sich meldet, binde ich mir schnell die Haare mit einem Haargummi zurück, das ich auf dem Couchtisch finde.

»Steiger«, meldet sich Markus nach dem fünften Rufton.

»Hallo, Markus, hier ist Silke.«

»Silke! Ich dachte mir schon, dass du anrufen würdest. Gerade habe ich einen äußerst absurden Anruf von Katrin Meier erhalten.«

Ich wusste es! Seufzend lasse ich mich aufs Sofa fallen und beobachte Tim, der sich in der Küche ausgiebig die Hände wäscht. Nicole und Victor sind nirgends zu sehen.

»Was hat sie denn erzählt?«, frage ich, obwohl ich es mir bereits denken kann.

»Sie sagt, du betrügst mich. Stimmt das?«

»Ich fürchte, es stimmt.«

»Sie hat auch behauptet, dass sie dich mit Victor David ertappt hat.«

»Auch das ist richtig.«

»Wie bist du denn an den geraten?«

»Das tut jetzt nicht, zur Sache. Ich erzähle es dir ein anderes Mal in Ruhe.«

»Schade. Ich hatte gehofft, dass sie sich getäuscht hätte und es Tim war.«

»Markus!«

Er lacht. »Ist ja schon gut.«

»Nichts ist gut«, widerspreche ich. »Sie kommt nächste Woche zu dir nach München und erwartet einen gebrochenen Mann, den sie trösten kann. Was wirst du denn jetzt tun?«

»Keine Ahnung.«

Ich denke fieberhaft nach. »Vielleicht solltest du ihr erzählen, dass ich bei einem Preisausschreiben gewonnen habe und einen Tag mit Victor verbringen durfte.«

»Das klingt sehr unwahrscheinlich.«

»Ich habe aber schon mal zwei Karten für ein Konzert mit ihm gewonnen«, verteidige ich mich.

»Habt ihr euch damals auch in aller Öffentlichkeit auf einer Wiese vergnügt?«

»Wir haben uns nicht vergnügt. Jedenfalls nicht so, wie du jetzt vielleicht denkst«, stelle ich klar.

»Das beruhigt mich.«

»Wieso? Magst du ihn etwa nicht?«

»Ich muss ihn nicht mögen. Das ist ganz allein deine Entscheidung. Ich finde nur, du hast was Besseres verdient.«

»Was Besseres. Und wen zum Beispiel?«

»Zum Beispiel den netten Tierarzt von nebenan«, schlägt er vor.

Schnell werfe ich einen Blick in die Küche. Tim steht immer noch am Waschbecken.

»Ich kann jetzt nicht reden«, sage ich leise. »Außerdem sind wir vom Thema abgekommen. Was machst du mit Katrin?«

»Vielleicht muss ich sie gar nicht treffen. Ich gehe einfach nicht ans Telefon.«

»Du kennst Katrin schlecht!«

»Mir wird schon irgendetwas einfallen. Vielleicht sage ich ihr sogar die Wahrheit.«

»Viel Spaß!«

Wir plaudern noch eine Weile lang und verabschieden uns dann.

Ich will gerade vom Sofa aufstehen, als Tim zu mir ins Wohnzimmer kommt.

»Was ist denn jetzt schon wieder passiert?«, will er wissen und setzt sich zu mir.

Ich erzähle ihm kurz von der Begegnung mit Katrin Meier. Um seine Mundwinkel zuckt es, aber er bleibt sachlich.

»Und, habt ihr euch eine Erklärung einfallen lassen?« Wieso fragt er das? Ich wette, er hat in der Küche das ganze Gespräch mit angehört.

»Nein. Markus will die Sache allein regeln.«

»Gut.« Tim wirkt erleichtert.

»Warum macht dich das so zufrieden?«, frage ich misstrauisch.

Er lächelt mich an. »Weil ich glaube, dass du in letzter Zeit genug Persönlichkeiten entwickelt hast. Noch eine mehr, und du verzettelst dich vollends.«

»Wie meinst du das?«

»Erst erzählst du meinen Kollegen, du seist meine Frau. Kurz darauf erfahre ich von Mandys Freundinnen unter dem Siegel der Verschwiegenheit, dass du seit Jahren die heimliche Geliebte meiner Schwester bist.« Er rauft sich die Haare. »Soll ich weitermachen?«

»Ich bitte darum.«

»Für Katrin Meier bist du Markus' untreue Geliebte, für Hintereggers eine mehrfache Mutter auf Abwegen und hier gibst du seit drei Tagen die Wiedergeburt eines Hippies.«

Ich muss lachen, obwohl ich mich über seine letzten Worte ärgere.

»Vielleicht hast du recht. Ich sollte mich mal wieder auf meine eigene Person konzentrieren und ehrlich mir selbst gegenüber sein«, gebe ich zu.

Tim nickt und blickt mich nachdenklich an. Er will etwas sagen, wird aber von Victor unterbrochen, der auf der Suche nach mir ins Zimmer kommt. »Silke? Setzt du dich zu Nicole und mir auf die Terrasse?«

»Gleich.« Ich stehe auf. »Ich ziehe mich nur noch schnell um.«

»Und ich sehe mir mal ihre Blasen an«, sagt Tim und wendet sich an mich. »Du tust keine Creme auf die Blasen, sondern wäschst dir nur gründlich die Füße. Geh schon mal rauf, ich hole inzwischen etwas Desinfektionsmittel und Pflaster.«

Mit diesen Worten schiebt er mich zur Treppe und verschwindet selbst in den Garten.

Ich lasse Victor stehen und suche mir in meinem Zimmer etwas anderes zum Anziehen. Als Erstes nehme ich die Ketten ab. Dann entscheide ich mich für eine Jeans, ein weißes T-Shirt und ein Paar Badelatschen. Im Bad tausche ich die Kontaktlinsen gegen meine Brille und wasche mir danach vorsichtig die Füße.

Als ich wieder in die Küche komme, steht Tim schon mit dem Desinfektionsmittel und dem Verbandszeug bereit.

»Wo ist denn deine Verkleidung?«, fragt er erstaunt.

»Ich denke, ich kann Victor jetzt mein wahres Äußeres zumuten.«

Tim grinst. »Wie schön, dass ich das live miterleben darf.« Dann deutet er auf den Küchenstuhl. »Setz dich mal da hin.«

Gehorsam nehme ich Platz. Von hier aus habe ich durch die Terrassentür einen guten Blick auf Nicole und Victor. Sie sitzen einträchtig am Gartentisch und schneiden Gemüse.

Tim kniet sich vor mir auf den Boden und schiebt mein linkes Hosenbein vorsichtig hoch. »Ich desinfiziere nur die Ränder. Trotzdem kann es gleich ein wenig brennen«, kündigt er an. Dann fasst er meinen Knöchel.

Tatsächlich zucke ich zusammen. Entschuldigend blickt er zu mir auf. »Tut mir leid.«

»Ist schon gut.« Soll er ruhig glauben, dass es der Schmerz ist, der mich so erschreckt hat. In Wahrheit schockiert mich viel mehr die Erkenntnis, dass Tims Hand auf meinem Knöchel mehr Gefühle in mir weckt als alle Küsse von Victor zusammen!

Behutsam versorgt Tim die Wunden. »Du solltest die Pflaster nur so lange tragen, wie wir im Garten sind. Sie schützen vor Verschmutzung. Im Haus kannst du barfuß laufen, damit Luft an die Wunden kommt«, rät er mir.

»Zu Befehl, Herr Doktor!« Vorsichtig schlüpfe ich in meine Badelatschen und lächele ihn an. »Danke!«
»Gern geschehen.«

17

Mir bleibt keine Zeit, weiter über das Chaos in meiner Gefühlswelt nachzudenken, denn gerade als Tim sein Verbandszeug zusammenräumt und ich das Grillfleisch aus dem Kühlschrank hole, kommt Victor in die Küche.

Als er mich mit Brille und ohne die vorherige Kostümierung sieht, weiten sich seine Augen vor Erstaunen. »Was ist passiert?«, fragt er völlig entgeistert und mustert mich von oben bis unten.

»Es hat ›Plopp‹ gemacht und aus dem hässlichen Hippie wurde wieder der sympathische Schwan mit Brille«, antwortet Tim auf Deutsch und setzt sich in aller Seelenruhe an den Küchentisch.

Ich werfe ihm einen bösen Blick zu, dann wende ich mich wieder an Victor. »Gar nichts ist passiert.«

»Warum hast du dich umgezogen?«

»Ich finde es bequemer so.«

»Und wieso trägst du eine Brille?«

»Weil ich ohne Brille kaum etwas sehe. Und die Kontaktlinsen vertrage ich nur für ein paar Stunden.«

Er kann es immer noch nicht fassen. »Willst du damit sagen, dass du normalerweise immer so aussiehst?«

Jetzt mischt Tim sich wieder ein. »Ja, das will sie. Gefällt sie dir nun nicht mehr?«

»Doch, doch«, stottert Victor. »Aber warum hast du dich die letzten drei Tage so völlig anders angezogen?«

»Das war ein dummer Zufall am Tag unserer ersten Begegnung«, rechtfertige ich mich. »Und dann habe ich gemerkt, dass es dir gefällt.«

»Du hast das also nur mir zuliebe gemacht?« Er strahlt. »Cool.«

Offensichtlich ist die Sache damit für ihn erledigt. Das hatte ich mir nicht so einfach vorgestellt. Ehrlich gesagt hätte ich sogar Lust auf einen richtigen Streit mit Victor. Aber ich befürchte allmählich, dass es unmöglich ist, mit diesem Mann eine Auseinandersetzung zu führen.

»Ich mache das Fleisch.« Victor nimmt es mir ab und trägt es zur Spüle. »Du solltest dich noch schonen!«

»Sie will es ja nicht mit den Füßen zubereiten.« Tim schüttelt den Kopf.

»Lass ihn. Er macht das gern«, nehme ich Victor in Schutz.

»Wie du willst.« Tim verlässt die Küche. »Ich kümmere mich dann mal um das Feuer.«

Gegen sechs Uhr trifft Tims Besuch ein. Die Familie Huber erweist sich als äußerst sympathisch. Christian, Tims Kollege, ist ein großer Mann mit Vollbart und tiefer Stimme. Er stellt sich gleich zu Tim an den Grill und übernimmt das Kommando.

Christians Frau Eva ist klein, zart und sehr fröhlich. Sie ist ganz begeistert, Victor David kennenzulernen, und bald sind die beiden in ein heiteres Gespräch vertieft.

Die Töchter der Hubers sind acht und zehn Jahre alt. Als sie erfahren, dass ich Lehrerin bin, setzen sie sich zu mir an den Gartentisch und bestürmen mich mit Fragen.

Eva lächelt mich entschuldigend an. »Wenn Ihnen das zu viel wird, dann sagen Sie es. Aber die beiden haben sich nun einmal fest in den Kopf gesetzt, Lehrerin zu werden, und dies ist für sie eine tolle Gelegenheit, mehr über den Beruf zu erfahren.«

Ich schüttele den Kopf. »Nein, es wird mir bestimmt nicht zu viel. Im Gegenteil, ich freue mich über so reges Interesse!«

In diesem Moment geht das Gartentor erneut auf und zwei junge Frauen betreten das Grundstück.

»Yvonne und Anja kommen«, verkündet Tim erfreut und lässt den Grill für einen Moment im Stich, um die beiden zu begrüßen.

»Das sind unsere guten Geister in der Praxis: Yvonne und Anja«, stellt er sie Nicole und mir vor. »Und das« – Er deutet auf meine Schwester und mich – »sind Nicole und Silke, meine Nachbarinnen.«

Ich nicke den beiden freundlich zu, weiß jedoch für den Moment nichts zu sagen. Zum einen ärgert mich, dass Tim mich zur »Nachbarin« degradiert hat, und zum anderen sehen diese »guten Geister« alles andere als gespensterhaft aus.

Anja ist eine lebhafte, etwas mollige Person mit frechem Kurzhaarschnitt und reichlich Sommersprossen. Sie setzt sich zu Nicole an den Tisch und hört sich geduldig ihre Schwangerschaftsgeschichten an.

Yvonne ist größer und wesentlich hübscher als ihre Kollegin. Ihre langen roten Haare fallen ihr lockig um die Schultern und umrahmen ein freundliches Gesicht mit klugen Augen.

Und diese Augen hängen die ganze Zeit an Tim! Es ist mehr als offensichtlich, dass sie ihn mag. Fröhlich plaudernd stellt sie sich neben ihn an den Grill und weicht nicht von seiner Seite, bis die Würstchen fertig sind.

Am Tisch sitzt Yvonne dann auf einmal neben mir. Ich nutze die Gelegenheit, mich für meine Ehe-Lüge am Telefon zu entschuldigen. Doch sie ist mir nicht böse. »Im Gegenteil, dadurch bin ich endlich mal richtig mit dem Doktor ins Gespräch gekommen. Ich weiß jetzt, dass er gerade eine Beziehung beendet hat und wieder solo ist.« Sie zwinkert mir vielsagend zu.

Nur mit Mühe gelingt es mir zurückzulächeln. Dieses nette, hübsche und vor allem so herrlich junge Ding hat ein Auge auf Tim geworfen. Warum regt mich das so auf? Bei Mandy hat es mich doch auch nicht gestört?

Doch die Unterschiede zwischen Yvonne und Mandy sind

nicht zu übersehen. Während Mandy ein blondiertes, Sonnenbank-gebräuntes Kunstprodukt ist, glänzt Yvonne durch natürliche Schönheit, Humor und Intelligenz. Im Verlauf unserer Unterhaltung erfahre ich, dass sie Tiermedizin studiert.

In ein paar Jahren wird sie also denselben Beruf haben wie Tim. Und dann?

Sie werden heiraten, eine gemeinsame Praxis eröffnen, in einem tollen Haus wohnen, in ihrer Freizeit Wale retten und nebenbei ein paar nette Kinder bekommen. Und ich werde als alte, unverheiratete und kinderlose Tante ab und zu auf Besuch kommen und die ganze Familie mit Geschichten aus meiner Jugend unterhalten. Vielleicht sollte ich ihnen auch aus meinen Tagebüchern vorlesen?

»Kann ich mich hier hinsetzen?«, reißt mich eine Stimme aus meinen trüben Gedanken. Tim steht mit seinem Teller rechts von mir. »Oder hältst du den Stuhl für Victor frei?« Er sieht mich abwartend an.

Victor? Den habe ich ja ganz vergessen! Wo ist er überhaupt? Ratlos schaue ich mich um.

»Er sitzt bei Christian und Eva, aber wenn du nach ihm pfeifst, kommt er bestimmt sofort.« Tim hat meinen suchenden Blick bemerkt.

»Unsinn.« Ich rücke meinen Stuhl ein wenig zur Seite, sodass er Platz hat. »Du kannst dich gern hier hinsetzen.«

»Danke.« Aufseufzend lässt er sich auf den Stuhl fallen. »Am Grill ist es ganz schön heiß.«

»Ich kann dich ja mal für eine Weile ablösen«, bietet sich Yvonne an.

Tim schüttelt den Kopf. »Du bist als Gast hier. Wenn ich eine Ablösung brauche, dann frage ich Silke.«

Wie charmant.

»Alles klar.« Yvonne lächelt Tim an.

Der häuft sich inzwischen Salat auf den Teller und beißt dann genüsslich in seine Bratwurst.

»Ihr seid Nachbarn?«, versucht Yvonne das Gespräch mit ihm wieder in Gang zu bringen. Wenigstens ist sie so höflich, mich mit einzubeziehen.

»Ja.« Ich nicke. »Wir sind praktisch zusammen aufgewachsen.«

»Allerdings ist Silke sechs Jahre älter als ich«, stichelt Tim.

»Wirklich?« Yvonne betrachtet mich neugierig. »Das sieht man Ihnen gar nicht an.«

Sie ist nicht nur hübsch und intelligent, sondern auch noch ausgesprochen nett. Warum kann ich sie nicht hassen?

Höchste Zeit für einen Themenwechsel! »Sagen Sie, Yvonne, Sie studieren also Tiermedizin – wie läuft es denn so?«

»Ganz gut. Ich habe ja erst zwei Semester hinter mir und bin froh, dass ich jetzt während der Semesterferien Gelegenheit habe, in der Praxis zu arbeiten.«

Tim gestikuliert mit seiner Gabel. »Da fällt mir noch etwas ein. Ich habe neulich etwas ausgemistet und dabei ein paar Lehrbücher gefunden, die vielleicht ganz nützlich für deine nächsten Semester sein können. Ich hole sie dir später runter«, sagt er zu Yvonne.

»Oder ich komme mit dir nach oben. Dann kann ich mir auch dein Zimmer ansehen.«

»Gute Idee!«, ermuntere ich sie. Ich bin gespannt, was sie zu den weißen Möbeln und der Blümchentapete sagen wird.

Tim wirft mir einen strafenden Blick zu und wechselt seinerseits das Thema. Wir plaudern eine Weile lang, bis Tim seine Bratwurst aufgegessen hat und wieder aufsteht. »Jetzt entschuldigt mich, ich muss zurück zum Grill!«

Yvonne seufzt leise, als er uns verlässt.

»So schlimm?«, frage ich sie mitfühlend.

Sie wird rot und nickt. »Und er merkt es nicht einmal. Natürlich ist er immer nett zu mir, aber genauso nett ist er auch zu Anja und jeder anderen Frau.« Sie deutet mit einer Kopfbewegung auf ihre Kollegin, die es sich neben Nicole bequem gemacht hat.

»Na ja, ich glaube nicht, dass er zu jeder Frau so freundlich ist.« Zu mir jedenfalls nicht, setze ich in Gedanken hinzu.

»Finden Sie?« Hoffnungsvoll sieht sie mich an. »Sie kennen ihn bestimmt besser als ich. Ich finde, Sie beide wirken irgendwie sehr vertraut miteinander.« Sie rückt etwas näher an mich heran. »Was meinen Sie – habe ich eine Chance bei ihm?«, flüstert sie mir zu.

Ich zucke mit den Schultern. Wenn ich nach Tims bisherigem Geschmack gehe, dann müsste sich Yvonne zuerst die Haare blondieren und sich drei Viertel ihrer Gehirnmasse entfernen lassen. Andererseits könnte auch ein Mann wie Tim dazugelernt haben und eine Frau bevorzugen, die zur Abwechslung weiter als bis drei zählen kann.

»Probieren Sie es aus!«, rate ich ihr.

»Prima Idee.« Sie lächelt glücklich.

Innerlich verfluche ich meine Gutmütigkeit. Ich treibe sie ja geradezu in seine Arme!

Später am Abend hat Yvonne Gelegenheit, ihr Vorhaben in die Tat umzusetzen. Wir sind mit dem Essen fertig und räumen den Tisch ab. Ein Teil des benutzten Geschirrs gehört Hausmanns, der Rest uns. Während Nicole in unserer Küche die Oberaufsicht führt, stehe ich an der Spülmaschine von Hausmanns und nehme Teller, Schüsseln und Besteck in Empfang. Die übrigen Gäste helfen nach Kräften mit, während Tim sich um den Grill kümmert.

Nachdem ein Großteil der Arbeit erledigt ist, schlägt Yvonne Tim vor, nach den Büchern zu sehen. Er willigt ein und die beiden verschwinden in den ersten Stock.

Ich räume die letzten Teller in die Spülmaschine und suche dann nach den Reinigungstabletten, doch Tante Hilde scheint sie gut versteckt zu haben. Allmählich werde ich nervös. Ich habe nicht vor, länger als nötig im Haus zu bleiben, während Yvonne ein Stockwerk höher womöglich gerade versucht, Tim zu verführen.

Vielleicht bewahrt Tante Hilde die Spülmaschinen-Tabs im Schrank hinter der Tür auf? Vorsichtig öffne ich den Schrank. In diesem Moment nähern sich schnelle Schritte und die Tür wird kräftig in meine Richtung gestoßen.

O nein! Eine ganz ähnliche Situation hatten wir doch schon vor genau einer Woche!

Wieder bin ich in der schmalen Nische zwischen Wand und Tür eingekeilt. Und wieder treibt mich meine verdammte Neugierde dazu, stillzuhalten und zu lauschen. Die ersten Worte klingen vielversprechend.

»Entschuldige! Ich wollte dich nicht überfallen!« Yvonnes Stimme klingt gefährlich brüchig.

Es folgt Schweigen.

»Tim!«, ruft Yvonne verzweifelt. »Jetzt sag doch mal was!«

Tim atmet kräftig durch. »Ist schon okay.«

»Es ist nur ... Ich wollte einfach ... Ich dachte ...«, stammelt Yvonne.

»Jetzt beruhige dich erst einmal. Du musst mir nichts erklären«, sagt er besänftigend.

»Ich möchte aber«, kommt es trotzig zurück. »Ich dachte doch, du empfindest genauso wie ich. Sonst hätte ich nie gewagt, dich so einfach zu küssen.«

Hoppla, sie hat meinen Rat aber wahrhaftig sehr ernst genommen!

»Du bist eine tolle Frau, Yvonne, und ich bin gern mit dir zusammen. Aber leider reicht das nicht.«

»Es ist wegen deiner Exfreundin, nicht wahr?«

»Was?«

»Du trauerst dieser Beziehung immer noch nach«, erklärt sie.

»Ja, vielleicht ...«, überlegt Tim laut.

»Und was ist es noch?« Yvonne kann wirklich hartnäckig sein.

Aber offenbar hat Tim keine Lust, das Thema weiter mit ihr zu diskutieren. Schade eigentlich!

»Das bleibt mein Geheimnis«, sagt er bestimmt.

»Und was tun wir jetzt?«, fragt Yvonne traurig.

»Jetzt gehst du nach draußen und genießt den Rest des Abends. Ich schalte noch schnell die Spülmaschine ein und komme dann nach.«

»Aber wie soll es jetzt zwischen uns weitergehen?«

»Genauso wie bisher. Ich habe kein Problem damit, die letzten zehn Minuten zu vergessen«, beruhigt er sie.

Yvonne atmet tief durch. »Okay. Dann bleibt mir wohl nichts anderes übrig, als sie ebenfalls zu vergessen.«

Ihre Schritte entfernen sich.

Dafür höre ich gleich darauf, dass jemand anderer in die Küche kommt.

»Silke?« Das ist Victors Stimme.

»Versuch es mal hinter der Tür!«, schlägt Tim beiläufig vor.

Mich trifft fast der Schlag! Wie lange weiß er schon, dass ich hier stehe?

Die Tür wird aufgerissen und ich blicke in Victors erstauntes Gesicht. »Silke! Was tust du da?«

Ich werde knallrot. »Ich suche Spülmaschinen-Tabs.« Wie zur Bestätigung zeige ich auf den geöffneten Schrank.

»Silke steht ganz gern mal hinter der Küchentür und lauscht, wenn ich Beziehungen beende oder Frauen abweise.«

Tim stellt sich neben Victor und sieht mich herausfordernd an. »Welche Entschuldigung hast du denn heute?«, fragt er auf Deutsch.

Auch ich wechsele in meine Muttersprache. »Keine.«

»Wenn du mein Liebesleben so interessant findest, warum ziehst du dann nicht gleich bei mir ein?«

»Und wieso musst du deine Beziehungsprobleme immer dann in der Küche lösen, wenn ich zufällig hinter der Tür stehe?«, gifte ich zurück.

»Wenigstens löse ich sie und ziehe sie nicht unnötig in die Länge!«, antwortet er mit einem bedeutungsvollen Blick zu Victor.

Der versteht zwar kein Wort von unserem Streit, mischt sich jetzt aber dennoch ein. »Hey, Leute, ihr sendet eine Menge negative Energie aus. Das ist nicht gut.« Sorgenvoll schüttelt er den Kopf. »Make love, not war!«

Ich atme tief durch und greife dann nach Victors Hand. »Komm, lass uns rausgehen.«

Bevor ich die Küche verlasse, drehe ich mich noch einmal zu Tim um. »Wenn ich das nächste Mal eure Küche betrete, werde ich dich vorher um Erlaubnis fragen. Und noch etwas«, füge ich lauter, als angemessen ist, hinzu. »Ich ziehe hier überhaupt nichts unnötig in die Länge!«

Tim zuckt mit den Schultern. »Wie du meinst.«

Als wir wieder in den Garten hinaustreten, legt Victor den Arm um mich. »Alles in Ordnung?«

Nein. Nichts ist in Ordnung.

»Ja, natürlich.«

Er atmet auf. »Dann bin ich ja beruhigt. Ich möchte nämlich nicht, dass du traurig bist. Du sollst immer nur glücklich sein!«

»Wenn das so einfach wäre«, seufze ich.

»Das ist es«, beteuert er und zieht mich mit sich auf die Wiese.

Erst beim Apfelbaum hält er an. »Es gibt da einen Ort, der wie für dich geschaffen ist. Dort würdest du immer nur glücklich sein. Mein Haus in Cornwall wartet schon lange auf eine Hausherrin«, flüstert er mir ins Ohr.

Wie bitte? Wird das jetzt ein Heiratsantrag? Bitte nicht!

Doch er spricht bereits weiter. »Ich möchte nicht, dass du dich mit anderen Leuten streitest. Und ich möchte dich auch nicht hier zurücklassen. Du hast etwas Besseres verdient.«

Er schaut mir tief in die Augen. »Heirate mich!«

Ich muss schlucken. Das war leider definitiv ein Heiratsantrag! Ich muss irgendetwas sagen. »Aber wir kennen uns doch gerade mal drei Tage«, wende ich verzweifelt ein.

Er zuckt mit den Schultern. »Na und? Ich weiß, was ich sehe, und ich sehe eine wunderbare Frau. Du wirst auf allen Partys mit mir glänzen, eine tolle Mutter für unsere Kinder sein und das Haus warm und gemütlich halten, während ich unterwegs bin.«

Aha! Da liegt der Haken. Das heißt im Klartext: Ich soll trotz mehrerer geplanter Schwangerschaften möglichst lange schlank und hübsch aussehen und nebenbei ein kleines Schloss verwalten, während er seinen früheren Erfolgen hinterherjagt. Will ich das?

»Nein.« Ich schüttele den Kopf. »Tut mir leid, Victor, aber ich kann dich nicht heiraten.«

»Warum nicht?« Das klingt eher erstaunt als verletzt.

»Ich liebe dich nicht.«

Er bleibt merkwürdig gelassen. »Das kann wachsen. Wenn du erst siehst, wie schön dein Leben an meiner Seite ist, wirst du deine Meinung ändern.«

Glaubt er wirklich an das, was er da sagt? »Das reicht mir nicht«, antworte ich leise. »Ich will mehr als nur ein schönes Heim und die perfekte Harmonie.«

Er versteht mich nicht. »Was gibt es denn sonst noch?«

»Ich weiß nicht – Verständnis, Verlässlichkeit, Streit, Versöhnung«, zähle ich auf. »Du suchst einen Partner, der perfekt in dein Leben passt und sich ganz auf dich konzentriert.« Ich schaue ihn entschuldigend an. »Das kann ich nicht. Es tut mir leid.« Dann küsse ich ihn sanft auf die Wange.

Er nickt. »Ist das ein Abschiedskuss?«

»Ich fürchte, ja«, sage ich leise.

»Okay.« Er schaut auf seine Uhr. »Ich glaube, dann werde ich jetzt gehen.«

Ist das zu glauben? Erst macht er mir einen Heiratsantrag und dann nimmt er meine Ablehnung beinahe gleichgültig auf ...

»Soll ich dir ein Taxi rufen?«, biete ich an.

»Nein, danke, ich werde laufen. Etwas frische Luft tut mir gut. Grüß den Rest der Party von mir!«

»Wann fliegst du nach London zurück?«

»Morgen Nachmittag. Wenn du nichts dagegen hast, komme ich mittags vorbei und hole Mathilda ab.«

Ich lächele ihn an. »Ich werde sie vermissen.«

»Also dann« – Er nickt mir zu – »bis morgen!«

Nachdem er gegangen ist, stehe ich noch einen Moment lang fassungslos da. So leicht gibt mein Traumprinz also den Gedanken an eine gemeinsame Zukunft mit mir wieder auf. Wie ernst kann es ihm wohl gewesen sein?

Als ich an den Gartentisch zurückkehre, schaut Nicole mich fragend an. »Wo ist Victor? Er wollte uns noch etwas vorsingen.«

»Victor musste gehen. Ich soll euch alle schön grüßen.«

»Habt ihr euch gestritten?«, will Nicole wissen.

»Nein«, antworte ich wahrheitsgemäß. Mit Victor kann man nicht streiten.

»Dann ist ja alles in Ordnung.« Zufrieden lehnt sie sich zurück.

Nachdem ich mich wieder auf meinen Platz neben Yvonne gesetzt habe, beobachte ich sie verstohlen. Sie lässt sich ihre Enttäuschung nicht anmerken, sondern unterhält sich angeregt mit den anderen. Diese Frau hat Klasse! Warum kann ich nicht so sein?

Ich selbst verbringe den Rest des Abends nämlich ziemlich schweigsam. Glücklicherweise fällt das nicht weiter auf, da die Stimmung der anderen rasch steigt. Sogar Nicole wirkt so gelöst wie schon lange nicht mehr.

Und Tim? Der hat sich demonstrativ von mir weggesetzt und flirtet ausgiebig mit Anja und Eva. Unser Streit tut mir inzwischen schrecklich leid, aber ich fürchte, die Versöhnung wird nicht einfach werden.

Seufzend wende ich mich den beiden Kindern zu und spiele mit ihnen »Stadt, Land, Fluss«. Bald schon sind wir ins Spiel vertieft und streiten darüber, ob man den Bodensee auch als

Fluss bezeichnen darf oder ob die Riesenboa tatsächlich eine eigene Schlangenart ist.

»Kinder, wir müssen gehen«, unterbricht Eva unsere hitzigen Diskussionen.

»Schade!« Die beiden Mädchen verabschieden sich widerwillig und folgen ihren Eltern zur Gartentür.

Auch Anja und Yvonne brechen auf und auf einmal sind Nicole, Tim und ich wieder allein im Garten.

»Wir räumen noch ein wenig auf und gehen dann schlafen«, schlägt Tim vor, und an Nicole gewandt fügt er hinzu: »Du siehst müde aus.«

»Das bin ich auch.« Sie gähnt und nimmt die ersten Gläser vom Tisch. Ich helfe ihr schweigend. Auch Tim sagt kein Wort, sondern räumt die Gartenstühle in den Schuppen. Nach einer Viertelstunde sind wir mit dem Nötigsten fertig.

»Gute Nacht«, wünscht uns Tim und ist auch schon in Hausmanns Garten verschwunden.

Ich atme auf.

»Silke?« Nicole hat sich auf unsere Bank gesetzt und klopft auf den Platz neben sich. »Setz dich doch mal einen Moment zu mir!«

Nachdem ich Platz genommen habe, sieht sie mich forschend an. »Was war heute Abend los?«

»Warum?«, frage ich zurück.

»Du warst irgendwie seltsam. Hat es etwas mit Victor zu tun?«

Eigentlich nicht, aber das braucht sie ja nicht unbedingt zu erfahren. »Er hat mir einen Heiratsantrag gemacht.«

»Und?«

»Ich habe abgelehnt.« Ich rechne fest damit, dass sie gleich über mich herfällt.

Stattdessen nickt sie nur zufrieden. »Gut.«

»Wie bitte?« Ich dachte, sie könne es gar nicht erwarten, die Schwägerin eines berühmten Sängers zu werden!

»Ich sagte: gut«, wiederholt sie ruhig. »Er passt nicht zu dir.«

»Woher willst du das wissen?«, begehre ich auf.

Nicole lächelt. »Ich bin momentan in meinen Aktivitäten stark eingeschränkt. Und außerdem bemühe ich mich nach Kräften, mich von meinen eigenen Problemen abzulenken. Also habe ich Zeit, herumzusitzen und meine Umgebung genau zu analysieren.«

»Aha.« Mehr fällt mir dazu nicht ein. Was soll sie schon großartig bemerkt haben?

»Du liebst Victor nicht«, stellt sie sachlich fest.

»Stimmt.« Sie scheint recht gut beobachtet zu haben.

Nicole schweigt eine Weile lang.

Ich will ihr schon eine gute Nacht wünschen und mich zurückziehen, als sie plötzlich sagt: »An deiner Stelle würde ich Tim eine Chance geben.«

»Was?« Ich muss mich verhört haben!

Erschrocken zuckt sie zusammen. »Schrei doch nicht so. Im Ernst – wenn ich du wäre, dann würde ich Tim nehmen und ihn nie wieder loslassen.«

Ich habe mich also nicht verhört.

»Red doch keinen Unsinn!« Nur gut, dass es hier stockdunkel ist und sie nicht sehen kann, wie rot ich werde.

»Weshalb sollte das Unsinn sein?« Sie schüttelt ungeduldig den Kopf. »Du liebst ihn doch, oder?«

Tue ich das?

»Oder?«, wiederholt Nicole eindringlich.

Ja, gestehe ich mir selbst ein. Ich liebe ihn. Diese Erkenntnis trifft mich wie der Blitz.

»Silke! Sei endlich mal ehrlich mit dir selbst!«, fordert Nicole ungeduldig. »Ich habe euch in den vergangenen Tagen genau beobachtet. Ihr habt mir gemeinsam beigestanden, als ich am Boden zerstört war, ihr habt euch gestritten, wieder versöhnt und jede Menge gute Gespräche geführt. Überhaupt, ihr geht so vertraut miteinander um. Und heute habe ich zufällig gesehen, wie zärtlich er dir die Füße verarztet hat.«

Dachte ich es mir doch, dass sie uns durch die geöffnete Terrassentür genau im Blick hatte!

Ich räuspere mich verlegen. »Weißt du eigentlich, was du da sagst? Tim ist sechs Jahre jünger als ich. Er will zurück nach Amerika. Und er ist der Bruder meiner besten Freundin.«

»Na und?«

»Das sind alles keine guten Voraussetzungen für eine Beziehung«, argumentiere ich kläglich.

Nicole legt den Arm um mich. Das hat sie nicht mehr getan, seit wir beide klein waren und Angst vor einem Gewitter hatten. Es fühlt sich gut an.

»Ich will dir jetzt mal etwas sagen, sozusagen von großer Schwester zu kleiner Schwester«, beginnt sie. »Es gibt keine perfekten Voraussetzungen für eine Partnerschaft. Schau dir doch nur mal mein Leben an. Mein Mann ist ein Jahr älter als ich. Wir leben seit vielen Jahren zusammen in geordneten Verhältnissen und erwarten zur Krönung unseres Glücks ein Baby.« Sie schluckt. »Und was tut Jens? Er betrügt mich mit einer dummen Gans.«

Da muss ich ihr jetzt ausnahmsweise einmal recht geben.

»Siehst du, worauf ich hinauswill?«, fährt Nicole fort. »Es gibt keine perfekten Voraussetzungen. Was ist schon dabei, wenn Tim sechs Jahre jünger ist? Ihr seid schließlich beide erwachsen!«

»Aber was werden Mutti und Vati und Hausmanns dazu sagen?«

Sie lacht. »Sie werden sicher eine Weile brauchen, um sich mit dem Gedanken anzufreunden, aber sie werden es akzeptieren.«

»Und wenn er auf einmal wieder zurück zu seinen Seekühen will?«

»Dann gehst du eben mit. Oder bleibst hier und wartest auf ihn. Das wird sich schon alles finden.«

»Bei dir hört sich das so einfach an.« Ich bin noch nicht überzeugt.

»Es *ist* einfach«, beharrt sie. »Du brauchst nur ein wenig Mut.«

Das habe ich doch schon einmal gehört!

»Und wenn er mich gar nicht will?«

»Vertrau mir. Ich habe ihn lange genug beobachtet.«

»Ich weiß nicht«, sage ich zweifelnd. Nach der heutigen Erfahrung mit den Schuhen ist mein Vertrauen in Nicoles Einschätzung immer noch ein wenig getrübt. Trotzdem lassen mich ihre Argumente nicht unbeeindruckt.

»Und jetzt gehen wir besser ins Bett. Es ist schon spät und langsam wird es kühl.« Sie erhebt sich schwerfällig.

»Nicole?«

»Hm?«

»Danke!« Ich nehme sie fest in den Arm.

Sie räuspert sich und klopft mir sanft auf den Rücken. »Schon gut. Wofür hat man schließlich eine große Schwester?«

18

Am nächsten Morgen ist es drückend schwül. Über Nacht sind Wolken aufgezogen, die sich jetzt in der Ferne zu dicken grauen Knäueln zusammenballen.

»Es wird heute noch Gewitter geben«, prophezeit Nicole beim Frühstück.

»Möglich.« Ich bin nicht ganz bei der Sache. Mir will unser Gespräch vom gestrigen Abend nicht aus dem Kopf. Soll ich wirklich mit Tim reden? Dann müsste ich zuerst einmal unseren Streit aus dem Weg räumen – wobei ich allerdings immer noch der Meinung bin, dass auch er sich entschuldigen sollte.

Und was dann? Ich kann schlecht zu ihm sagen: »Übrigens, ich habe festgestellt, dass ich dich liebe, und ich bin bereit, es mit dir zu versuchen.« Ich weiß ja nicht einmal, ob er mich tatsächlich will.

Seufzend gieße ich mir noch einen Kaffee ein. Heute Morgen, bei Tageslicht, erscheint mir die ganze Sache viel komplizierter als gestern Abend mit Nicole auf der Bank.

Meine Schwester wischt sich den Schweiß von der Stirn. »Diese Schwüle macht mir ganz schön zu schaffen.«

»Dann bleibst du heute im Haus und legst die Beine hoch«, schlage ich vor.

Doch sie schüttelt den Kopf. »Das geht nicht. Ich bin gleich mit Jens verabredet.«

»Was?« Vor Überraschung verschlucke ich mich am heißen Kaffee.

»Ich treffe Jens um elf Uhr im Schlosscafé.«

»Wann hast du dich denn dazu entschlossen?«, frage ich erstaunt.

»Gestern Mittag, als du mit Victor spazieren warst. Da habe ich Jens angerufen und um ein Gespräch gebeten«, erklärt sie vollkommen ruhig. »Ich kann doch schließlich nicht ewig hier wohnen bleiben.«

»Und was hast du jetzt vor?«, erkundige ich mich vorsichtig.

Sie zuckt mit den Schultern. »Keine Ahnung. Ich höre mir erst einmal an, was Jens zu sagen hat. Danach werde ich eine Entscheidung treffen.«

»Bist du sicher, dass du allein gehen willst? Ich komme gern mit dir und setze mich dann an einen anderen Tisch, damit ihr beide in Ruhe reden könnt.« Die Vorstellung, meine hochschwangere Schwester allein auf ihren untreuen Ehemann loszulassen, behagt mir gar nicht.

Doch Nicole schüttelt energisch den Kopf. »Du bleibst hier. Das ist eine Sache zwischen Jens und mir.«

»Also gut«, gebe ich nach. »Dann versprich mir aber, dass du dein Handy mitnimmst. Ich werde den ganzen Tag zu Hause sein. Wenn irgendetwas schiefläuft, dann rufst du mich bitte an, ja?«

Sie lächelt gerührt. »Versprochen.« Dann steht sie auf. »Jetzt werde ich mal unter die Dusche verschwinden.«

Ich bleibe allein in der Küche zurück und hänge weiter meinen trüben Gedanken nach. Da klingelt das Telefon.

Es ist Victor. »Hallo, Baby. Ich wollte fragen, wie es dir geht.«

»Gut.« Und wenn es nicht so ist, dann geht ihn das gar nichts an!

»Hast du es dir inzwischen vielleicht noch einmal überlegt und deine Meinung zu unserer Heirat geändert?«, fragt er hoffnungsvoll.

Ich habe tatsächlich die halbe Nacht lang wach gelegen und gegrübelt. Allerdings habe ich dabei keinen einzigen Gedanken an Victor verschwendet.

»Nein, es tut mir leid, aber ich habe meine Meinung nicht geändert.«

»Okay.« Er klingt nicht einmal sehr enttäuscht. Wieder frage ich mich, wie viel ich ihm wohl tatsächlich bedeutet habe.

»Wann geht dein Flug?«

»Um fünf Uhr. Ich würde gern so gegen zwei bei dir vorbeikommen, um Mathilda abzuholen.«

»Einverstanden. Ich werde da sein.«

»Kann der Doc bis dahin vielleicht noch einmal checken, ob Mathilda wieder richtig gesund ist?«, bittet er mich.

»Ich werde ihn fragen.« Das wird einer der leichtesten Sätze sein, die ich heute zu Tim sagen will.

»Dann bis nachher!«

»Ja, bis dann.«

Als ich auflege, ruft Nicole aus dem Obergeschoss: »Wer war das?«

»Victor. Er kommt gegen zwei Uhr und holt die Schildkröte ab.«

»Gut. Dann werde ich auch um zwei zurück sein, sodass ich ihn noch einmal sehen kann.«

»Bist du sicher, dass du bis dahin alles erledigt hast?«, frage ich zweifelnd.

»Bestimmt. Ich will ihn unbedingt noch einmal treffen. Außerdem hat er mir versprochen, etwas auf die erste Seite im Baby-Album zu schreiben. Stell dir das mal vor: Mein Baby bekommt eine Widmung von Victor David!«

Ich kann mir kaum vorstellen, dass das Baby diese Ehre zu schätzen weiß. Aber ich hüte mich, ihr zu widersprechen. Sie hat ein paar schwere Stunden vor sich, da sollte ich sie nicht unnötig aufregen.

Eine Viertelstunde später kommt sie frisch geduscht die Treppe herunter.

»Wünsch mir Glück!«, bittet sie, als sie das Haus verlässt.

»Klar doch.«

In der Tür dreht sie sich noch einmal um. »Und versprich mir, dass ihr nachher auf mich wartet! Victor darf nicht gehen, ohne in das Baby-Album zu schreiben.«

»Ja, wir werden auf dich warten. Allerdings geht Victors Flieger um fünf Uhr.«

»Ich bin ganz bestimmt bis zwei Uhr wieder da«, versichert sie mir.

»Und was machst du mit Jens, falls ihr euch wieder vertragt?«, will ich wissen.

»Dann kommt er eben mit. Er will Victor bestimmt auch mal treffen. Außerdem kann er mir danach gleich beim Packen helfen!« Damit ist sie auch schon zur Tür hinaus.

Ich bleibe noch eine Weile lang im Flur stehen und genieße die Stille, die mich umgibt. Dann gehe ich in die Küche und gönne mir in aller Ruhe noch einen Kaffee.

Gurke kommt maunzend angelaufen und verlangt sein Fressen. Der arme Kerl hat in den letzten Tagen nicht besonders viel von mir gehabt. Aber immerhin hat er sich jetzt so weit an die Umgebung und seine zeitweilige Gefangenschaft gewöhnt, dass er keinen Unsinn mehr anstellt.

Zur Feier des Tages setze ich ihm heute mal sein Lieblingsfutter vor. Er stürzt sich begeistert auf den Napf und frisst schnurrend. Danach sucht er tatsächlich Kontakt zu mir. Ich fühle mich sehr geehrt. Gemeinsam legen wir uns aufs Sofa und spielen eine Weile lang miteinander.

»Ich muss jetzt duschen gehen«, flüstere ich ihm ins Ohr. »Was meinst du – was zieht man an, wenn man jemandem die Wahrheit sagen will?«

Er blinzelt mich schläfrig an, rollt sich zusammen und schließt die Augen.

Seufzend erhebe ich mich. Dieser Kater ist mir keine große Hilfe!

Bevor ich ins Bad gehe, räume ich noch die Küche auf. Dabei nehme ich mir vor, in der nächsten Woche gründlich sauber zu machen. Sonst bekommt Mutti einen Schreck, wenn sie zurückkommt.

Anschließend trödele ich noch ein wenig im ersten Stock herum. Mathilda liegt in Nicoles Zimmer und schläft. So leise wie möglich räume ich ein paar von Nicoles Sachen in den Schrank und mache ihr Bett. Dabei fällt mein Blick auf den Schreibtisch. Sie hat ihr Handy vergessen! Wie ärgerlich!

Ich spiele kurz mit dem Gedanken, ihr ins Schlosscafé nachzufahren, verwerfe diese Idee jedoch schnell wieder. Sie würde es mir sicher übelnehmen.

Verstohlen werfe ich durchs Fenster einen Blick zu Hausmanns Terrasse. Tim sitzt am Gartentisch und hat Unmengen von Papieren vor sich ausgebreitet. Es sieht so aus, als ob er damit noch eine Weile beschäftigt sein wird.

Das ist gut. Dann kann ich in aller Ruhe duschen und mich ein wenig hübsch machen. Die Kleiderfrage löse ich recht schnell, indem ich mich für Shorts, T-Shirt und Badelatschen entscheide. Für alles andere ist es heute einfach zu schwül. Schließlich sähe es auch nicht gut aus, wenn ich ihm schwitzend meine Liebe gestehen müsste!

Eine halbe Stunde später gehe ich langsam auf ihn zu. Er blickt auf, als er mich bemerkt, und konzentriert sich dann wieder auf seine Papiere.

»Hallo«, begrüße ich ihn. Der Anfang ist doch schon mal gut, oder?

»Hallo«, sagt er, ohne mich anzusehen.

»Bist du beschäftigt?« Dumme Frage, das sieht man doch!

Dementsprechend spöttisch fällt seine Antwort aus. »Nein. Ich sitze hier nur so zum Spaß rum und lese Stellenangebote.«

»Oh.« Er kümmert sich um seine Zukunft. Ich bin genau im richtigen Moment gekommen. Kurz entschlossen setze ich mich neben ihn.

Er schaut mich erstaunt an. »Was tust du da?«

»Ich möchte nur so zum Spaß mitlesen.«

»Warum?«, fragt er und runzelt die Stirn.

Warum? Weil ich in seiner Nähe sein will. Aber das sage ich natürlich nicht. »Es interessiert mich einfach.«

»Okay.« Er schiebt mir einen Stapel mit Briefen hin und vertieft sich erneut in das Dokument, das er in der Hand hält.

Seufzend beginne ich zu lesen, gebe aber schnell wieder auf. Der gesamte Schriftverkehr ist auf Englisch verfasst und es wimmelt darin von zoologischen Fachbegriffen. Immerhin erkenne ich auf Anhieb, dass es sich um drei zeitlich befristete Stellenangebote von Marine-Instituten in Amerika handelt.

Amerika! Das ist so weit weg! Ich lege die Briefe seufzend zurück auf den Tisch und beobachte Tim.

Nach einer Weile blickt er auf. »Was ist los?«

»Nichts.«

»Ich kann nicht lesen, wenn du mich immerzu ansiehst!«

»Entschuldige.«

Endlich beginnt er zu lächeln. »Entschuldigung akzeptiert.«

»Auch für gestern Abend?«, füge ich schnell hinzu.

»Okay, auch für gestern Abend«, wiederholt er gedehnt.

Ich atme auf.

Mein erstes Ziel habe ich erreicht. Leider habe ich keine Ahnung, wie ich jetzt weiter vorgehen soll. Deshalb greife ich mir wieder eines der Dokumente und tue so, als ob ich lese.

»Interessiert dich das wirklich?«, fragt Tim neugierig.

»Natürlich«, behaupte ich eifrig. Dabei habe ich in Wirklichkeit überhaupt keine Ahnung, was ich da lese.

»Es ist wirklich traurig, dass nach Marineübungen mit Sonareinsatz so viele Wale Dekompressions-Unfälle erleiden«, bemerkt Tim nach einer Weile beiläufig.

Fragend sehe ich ihn an. »Was?«

Er deutet auf das Schreiben in meiner Hand. »Das steht doch da.«

Ich kenne keine Dekompressions-Unfälle, ich kenne nur

Kompressions-Strümpfe! Aber die haben wohl nichts mit den Unfällen bei Walen zu tun.

»Ja, das ist eine Schande. Man sollte die Solar-Anlagen verbieten. Immer diese schlimmen Kompressionen«, improvisiere ich.

Grinsend nimmt er mir das Papier aus der Hand und legt es auf den Stapel zurück. Dann lehnt er sich zurück und sieht mich herausfordernd an. »Also, weshalb bist du wirklich gekommen?«, fragt er

»Äh ...« Verdammt, das wird schwieriger, als ich dachte! Zum Glück fällt mir genau im richtigen Moment die Schildkröte wieder ein. »Victor hat darum gebeten, dass du dir Mathilda noch einmal ansiehst, bevor er sie wieder abholt. Er fliegt heute zurück nach England.«

»So, so, Victor kommt.« Tim verschränkt die Arme und sieht ein wenig enttäuscht aus. »Willst du dich nicht schnell noch verkleiden, um ihm den Abschied zu versüßen? Dann hat er etwas, worauf er sich freuen kann, bis ihr euch wiederseht.«

»Es ist aus mit der Verkleidung. Und es wird auch kein Wiedersehen geben«, sage ich leise.

»Nicht?«, fragt er überrascht. »Ich dachte, ihr steht kurz vor dem Heiratsantrag.«

Ich schüttele den Kopf. »Den habe ich gestern Abend abgelehnt.«

Tim beugt sich vor. »Das habe ich gar nicht mitbekommen.« Nachdenklich schüttelt er den Kopf. »Und warum hast du ihn abgelehnt?«

Mir bricht der Schweiß aus. »Es ist furchtbar heiß hier, findest du nicht?«

Er nickt, wiederholt jedoch seine Frage: »Warum?«

Ich hole tief Luft. »Weil ich ihn nicht liebe, deshalb.«

»Tatsächlich nicht? Woher willst du das so genau wissen? Du kennst ihn doch gar nicht so gut. Vielleicht braucht ihr einfach mehr Zeit.«

Das kann doch jetzt nicht sein Ernst sein! Ich suche gerade verzweifelt nach einem Weg, ihm meine Liebe zu gestehen, und er analysiert seelenruhig meine Beziehungsprobleme mit einem anderen Mann. Aber bitte, wenn er unbedingt will …

»Daran liegt es nicht«, entgegne ich.

»Woran liegt es dann?« Er lässt nicht locker.

Mir schlägt das Herz bis zum Hals. »Ich kann ihn nicht heiraten, weil ich jemand anderen liebe.« So, jetzt ist es heraus.

Aber irgendwie versteht Tim wohl immer noch nicht. Er blickt mich überrascht an. »Tust du das?«

Ich nicke.

»Und wen?« Seine Stimme klingt belegt.

Ist er denn wirklich so begriffsstutzig? Plötzlich habe ich das Gefühl, diese Situation keinen Moment länger ertragen zu können. »Mir wird es hier zu schwül. Ich gehe lieber wieder ins Haus zurück.« Ich springe auf.

Auch Tim erhebt sich schnell und hält mich an der Hand fest, noch bevor ich flüchten kann. »Was genau versuchst du mir eigentlich die ganze Zeit zu sagen?«, fragt er und schaut mir fest in die Augen.

Genau in diesem Moment geht das Gartentor und Victor kommt herein. »Hallo, Doc! Hallo, Silke!«

Nur mühsam kann ich mich von Tims Blick losreißen. Er hat wohl ebenfalls Probleme, denn er fährt sich verwirrt mit der Hand durchs Haar.

»Ist es schon zwei?« Ich schaue auf meine Armbanduhr am linken Handgelenk. Die rechte Hand hält Tim immer noch fest.

Victor schüttelt den Kopf. »Nein. Ich bin etwas zu früh, sorry.«

»Schade. Da wird Nicole traurig sein. Sie wollte dich unbedingt noch einmal sehen, aber sie kommt erst gegen zwei Uhr zurück.« Ich lächele ihn an. Offenbar macht ihm das Ende unserer kurzen Beziehung tatsächlich nicht das Mindeste aus.

»Dann werde ich hier auf sie warten. Ich habe Zeit. Mein Gepäck wird vom Hotel aus direkt zum Flughafen gebracht.« Er setzt sich an den Tisch.

Ratlos schaue ich Tim an. Er zuckt mit den Schultern. »Ich räume dann wohl besser meine Bewerbungen zusammen, damit wir hier mehr Platz haben«, sagt er. Leider lässt er jetzt meine Hand los.

»Bewerbungen?«, fragt Victor neugierig. »Wohin willst du denn gehen?«

Gute Frage! Das interessiert mich auch. Schnell lasse ich mich auf den Stuhl neben Victor fallen.

»Ich habe ein tolles Angebot für ein Jahr Forschungstätigkeit an einem Meeresinstitut in Florida erhalten«, erzählt Tim ein wenig stolz.

»Florida?« Ich springe auf. »Aber das ist so weit weg!«

Victor mustert mich erstaunt von der Seite.

»Deine Mutter wird dich schrecklich vermissen«, füge ich hastig hinzu.

Tim schmunzelt. »Meinst du? Das weiß man bei ihr nie so genau.«

»Du scheinst ja eine komische Mutter zu haben«, bemerkt Victor.

Tim nickt. »Ja, sie ist manchmal ein wenig seltsam, aber im Grunde eine gute Seele.« Er sortiert die Papiere säuberlich auf mehrere Stapel. »Außerdem ist noch gar nichts entschieden. Ich habe noch ein anderes Angebot, das mich sehr reizt.«

»Und was für ein Angebot ist das?«, erkundigt sich Victor freundlich.

»Es handelt sich um eine Tierklinik im Taunus, mitten auf dem Land. Das Besondere an der Praxis ist, dass sie eine große Notfallambulanz hat, in der ich anfangen könnte.«

»Das sind aber zwei sehr gegensätzliche Möglichkeiten«, werfe ich kritisch ein.

»Stimmt.« Tim seufzt. »Das macht es nicht leichter. Ich muss mich entscheiden, ob ich die Meeresbiologie weiter vertiefen oder in Zukunft lediglich als Hobby betreiben möchte.«

»Bis wann hast du Zeit?«, frage ich.

»Ich muss in zwei Wochen in Florida Bescheid geben, ob ich die Forschungsstelle antreten werde. Bis dahin habe ich hoffentlich mit meiner Mutter geredet.« Er lächelt mir vielsagend zu.

»Ich glaube nicht, dass sie sich dir in den Weg stellt. Wenn du gehen willst, dann lässt sie dich gehen«, erwidere ich traurig.

»Vielleicht will ich sie aber auch gar nicht allein lassen«, sagt er leise.

Jetzt mischt sich Victor wieder ein. »Hey, Mann, du hast aber ein merkwürdiges Verhältnis zu deiner Mutter. Hat die Frau denn keine anderen Probleme?«

»O doch«, versichert Tim. »Sie hat sogar jede Menge Probleme. Man muss gut auf sie aufpassen, sonst stellt sie nichts als Unsinn an.«

Das reicht jetzt! »Das ist nicht wahr!«, verteidige ich mich. Oder spreche ich hier vielleicht doch für Tante Hilde? Ich blicke überhaupt nicht mehr durch! Es hat keinen Sinn, auf dieser Ebene weiterzudiskutieren. Ich bin bereits restlos verwirrt. Wer weiß, vielleicht meint er am Ende wirklich seine Mutter … Ich muss mich gedulden und warten, bis Victor wieder fort ist.

Leider macht dieser keinerlei Anstalten zu gehen. Nach einer halben Stunde belangloser Konversation gebe ich auf.

»Möchtest du vielleicht einen Tee?«, frage ich höflich.

Er nickt. »Gern.«

Seufzend gehe ich hinüber ins Haus meiner Eltern, um Teewasser aufzusetzen. Tim folgt mir. »Ich hole Mathilda und untersuche sie noch einmal«, sagt er, als er in die Küche kommt.

»Sie ist oben in Nicoles Zimmer.« Ich stehe am Spülbecken, als er mich plötzlich an den Schultern berührt. Atemlos warte ich auf das, was kommen wird.

Doch ich habe mich zu früh gefreut. »Darf ich?« Er schiebt mich ein Stück zur Seite. »Ich will mir nur schnell die Hände waschen, bevor ich das Tier anfasse.« Dann dreht er den Wasserhahn auf und nimmt sich die Seife.

»Äh ... ja, natürlich«, stammele ich. Jede Wette, dass er sich gerade prächtig über mich amüsiert!

Aber er sagt nichts, sondern trocknet sich gründlich die Hände ab und verschwindet dann ins Obergeschoss. Wenige Minuten später kommt er wieder herunter, den Karton mit der Schildkröte unter dem Arm. Vorsichtig stellt er Mathilda auf dem Küchentisch ab. »Alles in Ordnung. Sie darf ab sofort wieder normal fressen.«

»Sag das nicht mir, sondern Victor«, entgegne ich.

»Richtig. Du wirst ihn ja nicht mehr wiedersehen.«

»Leider. Auch der letzte Traumprinz war nicht der erhoffte Volltreffer«, seufze ich, während ich geschäftig die Teekanne, das Geschirr und eine Packung Kekse auf ein Tablett räume.

»Aber er hat sich doch gut geschlagen, oder?«

»Mag sein«, gebe ich zu. »Nur leider kam er im falschen Moment zu Dornröschen. Sie wollte weder sein Märchenschloss noch seine Schätze oder das Königreich.«

Mit einem Schlag ist Tim wieder ernst. »Was wollte sie dann?«

Ich schüttele den Kopf. »Wenn du das immer noch nicht begriffen hast, dann bist du für dieses Märchen leider zu alt.« Damit drücke ich ihm das Tablett in die Hand.

»Und das aus dem Mund einer Frau, die sich vor ein paar Tagen als Fan von Richard Clayderman geoutet hat!« Frech grinsend sieht er mich an. »Außerdem bin ich sechs Jahre jünger als du, hast du das schon vergessen?«

Diesmal lasse ich mich nicht provozieren. »Das relativiert sich mit der Zeit. Frauen haben eine um sechs Jahre höhere Lebenserwartung als Männer. Das bedeutet also, dass wir im gleichen Jahr sterben werden.«

»Wie beruhigend! Damit wäre dann ja alles klar«, murmelt Tim und verlässt kopfschüttelnd die Küche.

Für mich leider nicht! Warum macht er es mir jetzt so schwer?

»Weißt du, warum, Mathilda?«, frage ich die Schildkröte.

Natürlich bekomme ich keine Antwort. Mathilda liegt faul in einer Ecke und beobachtet mich mit ihren kleinen Augen.

»Sei froh, dass du keinen Krötenmann hast. Die machen nur Ärger«, erkläre ich ihr. »Der Erste will dich, aber du zögerst noch. Dann tauchen ein paar andere Krötenmänner auf und sorgen für das totale Kröten-Chaos. Zum Schluss willst du den ersten Krötenmann haben, aber der stellt sich auf einmal furchtbar blöd an.«

Mathilda blinzelt kurz. Vermutlich lässt sie sich meine Geschichte durch ihren faltigen Kopf gehen.

»Wenn ich dir einen Rat geben darf: Bleib lieber Single!« Ich streichele sie sanft am Fuß. »Damit ersparst du dir jede Menge Ärger. Gönn dir lieber mal ab und zu ein kleines Abenteuer.«

»Kann ich den Karton mit Mathilda jetzt zu Victor bringen oder bist du mit deinem Mutter-Tochter-Gespräch noch nicht fertig?«, ertönt Tims belustigte Stimme von der Tür her. Er versucht nicht einmal, sich das Lachen zu verbeißen.

»Ich trage sie selbst rüber«, sage ich ärgerlich. »Schließlich war sie in den vergangenen Tagen so etwas wie ein Pflegekind für mich. Da werde ich ihr doch noch ein paar gute Tipps für ihr weiteres Liebesleben geben dürfen?«

»Deine Ratschläge kannst du dir sparen.« Er hält mir die Tür auf. »Schildkröten sind nämlich Einzelgänger.«

19

Als wir wieder bei Victor sind, donnert es in der Ferne. »Nicole hatte recht, es gibt ein Gewitter.« Ich nehme die Kanne und schenke Tee ein.

»Wo ist Nicole eigentlich?«, erkundigt sich Tim.

»Sie trifft sich mit Jens im Schlosscafé. Die beiden wollen sich endlich aussprechen.«

Tim nickt zufrieden. »Der Tag scheint ja günstig zu sein für Aussprachen jeglicher Art«, fügt er dann noch durchtrieben hinzu.

Aber ich bin in meinen Gedanken immer noch bei meiner Schwester. »Sie wollte eigentlich schon längst wieder zu Hause sein.« Besorgt schaue ich auf die Uhr. Es ist kurz nach zwei. Wieder donnert es.

Auch Victor wird nervös, allerdings geht es ihm eher um seine eigenen Interessen. »Ich glaube, ich mache mich jetzt lieber auf den Weg. Der Hotelportier hat mir erzählt, dass es eine Unwetterwarnung gibt. Ich sollte zusehen, dass ich zum Flughafen komme, ehe es zu schlimm wird.« Hastig trinkt er seinen Tee und bestellt sich dann ein Taxi.

Der Abschied von ihm fällt kurz aus.

»Auf Wiedersehen und danke schön«, sagt Victor auf Deutsch zu mir.

»Alles Gute!«, wünsche ich ihm und küsse ihn flüchtig auf die Wange. Er lächelt und winkt noch einmal, ehe er mit Mathilda ins Taxi steigt.

Jetzt werde ich doch noch ein wenig traurig.

»Damit ist das Kapitel ›Victor David‹ beendet«, kommentiert Tim neben mir.

»Ja«, seufze ich. »Das ist es.«

»Schade, dass Nicole ihn nicht noch einmal sehen konnte.«

Gemeinsam kehren wir in den Garten zurück. »Es sieht ihr gar nicht ähnlich, zu spät zu kommen«, bemerke ich nachdenklich. »Und sie hat nicht einmal ein Handy dabei!«

»Hat Jens ein Handy?«, fragt Tim, während wir die Teetassen zusammenräumen.

»Keine Ahnung. Selbst wenn – ich habe seine Nummer nicht.« Normalerweise wüsste ich keinen vernünftigen Grund, warum ich meinen Schwager anrufen sollte. Ich bin immer schon froh, wenn wir auf Familientreffen wenigstens ein halbwegs interessantes gemeinsames Gesprächsthema finden.

Inzwischen hat sich der Himmel bedrohlich zugezogen. Das Donnergrollen wird lauter und der Wind frischt plötzlich auf, sodass wir Mühe haben, den Garten aufzuräumen. Aber schließlich sind Geschirr, Papiere, Sitzkissen und Tischtuch in Sicherheit gebracht, und wir sitzen gemeinsam auf der Treppe in Hausmanns Flur. Draußen wird es immer dunkler.

»Ich könnte Mandy anrufen«, sagt Tim plötzlich.

»Wieso das denn?« Ich mache mir Sorgen um meine Schwester und er will wieder Kontakt zu seiner Exfreundin aufnehmen!

»Vielleicht hat sie die Handynummer von Jens«, erklärt er.

»Gute Idee.«

Er verschwindet im Wohnzimmer und kurze Zeit später höre ich ihn sprechen. Nach zwei Minuten ist er wieder bei mir und lässt sich aufseufzend auf eine Stufe fallen.

»Was ist?« Ich kann seinem Gesicht ansehen, dass er schlechte Neuigkeiten hat.

»Ich habe mit Mandys Mitbewohnerin gesprochen. Mandy ist nicht zu Hause«, beginnt er zögernd.

»Dann ist sie vielleicht wieder in Rio?«, vermute ich.

»Nein.« Unzufrieden runzelt er die Stirn. »Sie ist vor einer halben Stunde mit Jens ausgegangen.«

»Was?« Vor Empörung falle ich fast von der Treppe.

»Jens kam völlig überraschend vorbei und hat Mandy abgeholt. Mehr weiß die Mitbewohnerin leider auch nicht.«

»Und wo ist Nicole?«, frage ich verzweifelt.

Tim schüttelt bedauernd den Kopf. »Keine Ahnung.« Dann steht er auf und greift nach meiner Hand. »Aber wir werden sie schon finden. Komm!« Damit zieht er mich mit sich zum Telefon. »Als Erstes rufst du jetzt mal bei Nicole zu Hause an«, befiehlt er mir.

Ich befolge die Anweisung, doch leider meldet sich dort niemand. »Keiner zu Hause«, sage ich überflüssigerweise.

»Könnte sie bei einer Freundin sein?«

»Schon möglich«, räume ich ein. »Aber ich kenne ihre Freundinnen nicht. Und soweit ich weiß, hat sie außer uns beiden niemandem von ihrem Streit mit Jens erzählt.«

»Vielleicht will sie auch einfach nur ein bisschen allein sein und geht spazieren«, versucht Tim mich zu beruhigen.

»Im neunten Monat schwanger, bei dieser Schwüle und kurz vor einem Unwetter?«, wende ich ein.

Die Sorgenfalten auf Tims Stirn vertiefen sich. »Du hast recht. Das ist wirklich höchst unwahrscheinlich.«

»Da stimmt irgendetwas nicht. Ich werde sie suchen.« Entschlossen gehe ich zur Tür.

Tim folgt mir auf dem Fuß. »Ich komme mit.« Er nimmt seine Autoschlüssel und hält mir die Haustür auf. »Wir nehmen mein Auto. Ich möchte nicht, dass du bei diesem Wetter und mit dem Kopf voller Sorgen fährst.«

Ich will protestieren, gebe dann jedoch nach. Er hat recht. »Okay.«

Dann kommt mir ein Gedanke. »Ich hole noch schnell den Ersatzschlüssel für Nicoles Wohnung. Dort sollten wir zuerst nachsehen.«

»Silke?« Er hält mich zurück. »Wir müssen Nicole eine Nachricht hinterlassen. Falls sie zurückkommt, kann sie uns anrufen. Ich habe mein Handy im Auto. Hast du meine Nummer?«

Ich schüttele den Kopf.

»Dann wird es aber Zeit.« Er lächelt mich kurz an und notiert hastig seine Handynummer auf einem Papier.

»Danke!« Ich nehme den Zettel und laufe nach Hause. Zuerst hole ich den Ersatzschlüssel aus dem Schrank, dann schreibe ich einen kurzen Brief an meine Schwester.

Liebe Nicole,
Tim und ich sind unterwegs, um dich zu suchen. Falls du vor uns nach Hause kommst, dann warte bitte auf uns und rufe uns umgehend an. Die Telefonnummer von Tims Handy steht auf dem Zettel.
Gruß
Silke

Sorgfältig platziere ich den Brief und das Papier mit Tims Telefonnummer mitten auf dem Küchentisch. Hier müsste Nicole beides finden, falls sie tatsächlich vor uns nach Hause kommt.

Als ich wieder in den Garten komme, wirft Tim einen sorgenvollen Blick zum Himmel. Die Wolken werden immer düsterer und bedrohlicher. »Schnell, lass uns zum Auto laufen. Gleich geht es los!«, treibt er mich an.

Als wir das Auto erreichen, beginnt es zu regnen. Ein Blitz erhellt die Straße und gleich darauf donnert es.

»Gerade noch geschafft«, kommentiert Tim und startet den Motor. Langsam fahren wir durch das Gewitter. Immer stärker trommelt der Regen auf das Autodach und an die Scheibe, deren Wischer kaum noch gegen die Wassermassen ankommen. Aber Tim bleibt ruhig.

Ich beobachte ihn eine Weile lang. »Tim?«

»Hm?«

»Ich weiß, dies ist nicht der richtige Zeitpunkt. Aber ich bin trotzdem froh, dass du bei mir bist.«

Er lächelt, konzentriert sich jedoch weiter auf die Straße. »Ich war die ganze Zeit da.«

Wieder blitzt und donnert es.

»Ich weiß«, sage ich leise. Und ich hoffe nur, dass ich das nicht zu spät erkannt habe!

»Wir sind gleich da«, unterbricht er meine trüben Gedanken.

Trotz Schirm sind wir beide bis auf die Haut durchnässt, als wir die Wohnungstür aufschließen.

Ich atme tief durch, dann rufe ich ihren Namen. Eigentlich rechne ich nicht damit, eine Antwort zu bekommen. Deshalb zucke ich zusammen, als ich Nicoles Stimme aus dem Badezimmer höre. »Silke? Ich bin hier!«, ertönt es schwach, aber erleichtert.

Vorsichtig öffne ich die Tür zum Bad. Zum Glück ist sie nicht abgeschlossen.

Meine Schwester liegt auf dem Boden neben der Badewanne und wimmert leise. Ihre Kleidung ist durchnässt und blutig.

»Was ist passiert?«, frage ich entsetzt, während ich mich neben sie auf den Boden setze und ihr vorsichtig das Gesicht streichele. Sie umklammert meine Hand und beginnt zu stöhnen. Ihr Körper krampft sich zusammen.

»Sie hat Wehen«, stellt Tim fest und kniet sich ebenfalls hin. »Und die Fruchtblase ist auch schon geplatzt.«

Ich atme auf. »Das erklärt auch das Blut, oder?«

Er nickt. »Wann hat es angefangen?«, fragt er Nicole, als diese sich langsam wieder entspannt.

»Erst vor ein paar Minuten, glaube ich«, antwortet Nicole. »Als ich auf der Toilette war, ist plötzlich das Fruchtwasser abgegangen. Danach muss ich wohl ohnmächtig geworden sein. Und als ich wieder zu mir kam, ging es los mit den Wehen.« Sie wimmert leise vor sich hin.

»Jetzt sind wir da und helfen dir«, beruhige ich sie und streiche ihr sanft über den Kopf. Dabei bemerke ich eine Platzwunde an ihrer Stirn.

»Das muss bei dem Sturz passiert sein«, vermutet Nicole, als ich sie nach ihrer Verletzung frage.

Tim richtet sich wieder auf. »Ich rufe den Notarzt. Wo steht das Telefon?«

»Im Flur neben dem Spiegel.« Sie versucht aufzustehen, doch Tim hindert sie daran. »Bleib liegen, mit einer geplatzten Fruchtblase solltest du nicht laufen.« Dann wendet er sich an mich. »Du kannst Decken und Kissen holen, damit Nicole es ein bisschen bequemer hat.«

Ich nicke und mache mich auf den Weg. Als ich zu Nicole zurückkomme, lächelt sie mich entschuldigend an. »Tut mir leid, dass ich euch solche Umstände mache!«

Energisch schüttele ich den Kopf. »Wenn du dich bei mir entschuldigen willst, dann wüsste ich ganz andere Gründe, aber ganz bestimmt nicht die Geburt meiner Nichte oder meines Neffen!« Damit versorge ich sie mit Kissen und Decken.

»Es wird ein Mädchen.« Sie lächelt mich an.

»Was?«

»Du bekommst eine Nichte. Wir haben es bis jetzt nur noch niemandem erzählt. Jens meinte, es solle eine Überraschung sein.«

Jens! Den habe ich völlig vergessen. Weiß sie, wo er ist? Wie kann ich das herausfinden, ohne sie unnötig aufzuregen?

Ich komme nicht dazu, sie zu fragen, denn schon wird sie von der nächsten Wehe erfasst und greift wieder nach meiner Hand. Leider habe ich überhaupt keine Ahnung, wie ich ihr in diesem Moment beistehen kann, und so begnüge ich mich damit, ihr wieder sanft über die Stirn zu streichen.

»Lass das!«, befiehlt sie mit zusammengepressten Zähnen.

Erschrocken ziehe ich meine Hand zurück.

»Die andere Hand brauche ich!«, stößt Nicole hervor und drückt sie krampfhaft zwischen ihren Fingern.

»Ist es sehr schlimm?«, erkundige ich mich vorsichtig. Wenn die Wehen noch stärker werden, wird sie mir sicher die Hand brechen!

»Schlimm?« Mit weit aufgerissenen Augen ringt sie nach Luft. »Schlimm?«, wiederholt sie hysterisch. »Hast du mal versucht, einen Apfel aus deiner Nase zu pressen? Das ist nichts dagegen!«

»Ist das schon wieder eine Wehe?«, fragt Tim, der wieder in der Tür erschienen ist.

Ich sage lieber nichts, sondern nicke nur.

»Die Abstände sind ziemlich kurz«, stellt er fest.

Der Druck auf meine Hand lässt nach. »Wann kommt der Arzt?«, fragt Nicole, als sie wieder ruhiger atmen kann.

»So schnell es geht«, beruhigt Tim sie.

»Wie können wir eigentlich Jens erreichen?«, fragt er nach einer kleinen Pause.

»Er wollte zu Mandy und ihr mitteilen, dass es aus ist. Ich hatte ihn gebeten, das möglichst schonend zu tun.« Sie lacht bitter. »Da wusste ich ja noch nicht, dass ich ihn hier viel dringender brauchen würde.«

»Hat er ein Handy?«

Sie schüttelt den Kopf. »Er weiß gar nicht, wie man so etwas bedient.«

»Dann müssen wir wohl warten, bis er wieder nach Hause kommt«, seufze ich.

Tim nickt. An Nicole gewandt, erkundigt er sich: »Hast du irgendwo Verbandsmaterial? Dann kann ich zumindest deine Wunde am Kopf versorgen.«

»Als ob das jetzt wichtig wäre«, schimpft Nicole, doch dann erklärt sie ihm, wo der Erste-Hilfe-Kasten steht.

»Silke, kommst du mal eben mit?« Er hilft mir beim Aufstehen.

Draußen im Flur schüttelt er besorgt den Kopf. »Es könnte noch eine Weile dauern, bis der Arzt kommt. Auf der Autobahn hat es einen Großunfall mit vielen Verletzten gegeben. Fast alle Rettungskräfte aus der Umgebung sind dort im Einsatz.«

»Dann bringen wir sie doch einfach selbst ins Krankenhaus«, schlage ich vor.

Tim schüttelt den Kopf und deutet zum Fenster. Draußen tobt immer noch ein schwerer Gewittersturm. »Bei diesem Wetter sollten wir es nicht wagen, Nicole in ihrem jetzigen Zustand im Auto herumzufahren. Im Ernstfall haben wir hier in der Wohnung mehr Möglichkeiten.«

»Und was ist mit Jens?«

Er zuckt mit den Schultern. »Jens ist im Moment nicht unser größtes Problem.«

»Du hast recht. Nicole ist wichtiger«, stimme ich ihm zu. »Also, was soll ich jetzt tun?«

»Bei ihr bleiben«, schlägt er vor. »Ich hole das Verbandsmaterial und komme dann nach.«

»Kannst du nicht auch deinen Arztkoffer holen?«, erkundige ich mich hoffnungsvoll.

Doch Tim verneint. »Das hier geht weit über meine Fähigkeiten hinaus. Da kann ich leider so gut wie gar nichts –«

»Aber so groß kann der Unterschied zwischen Schweinen und Menschen doch gar nicht sein!«, unterbreche ich ihn verzweifelt und lauter als nötig.

Hastig bedeutet er mir, leiser zu sprechen. »Nicole muss nicht mitbekommen, was wir hier reden. Sie hat schon genug Angst.«

»Und du kannst wirklich gar nichts machen?«

»Nichts, was ihr das Ganze wesentlich erleichtern würde.« Er schüttelt bedauernd den Kopf. »Und jetzt sollten wir wieder zu ihr gehen.«

»Okay.« Ich hole noch einmal tief Luft. »Wir werden das schon schaffen«, rede ich mir selbst Mut zu.

Leider entwickelt sich die Situation in der nächsten halben Stunde alles andere als positiv. Die Wehen werden immer stärker und kommen in immer kürzeren Abständen. Nicole hält sich tapfer, wird aber zusehends schwächer.

»Ich rufe noch einmal den Notdienst an«, sagt Tim in einer Wehenpause.

»Und ich hole einen frischen Waschlappen.« Schnell laufe ich hinter ihm her.

»Irgendetwas stimmt da nicht«, teilt er mir mit besorgter Miene mit, als wir uns im Flur gegenüberstehen. »Ich fürchte, wenn der Notarzt nicht sehr bald kommt, werden wir es doch wagen müssen, Nicole selbst ins Krankenhaus zu fahren.«

Er telefoniert noch einmal, während ich einen neuen Waschlappen besorge.

»Sie haben zugesagt, in etwa fünf bis zehn Minuten hier zu sein.« Erleichtert kommt er wieder ins Badezimmer und beugt sich fürsorglich über meine Schwester. »Meinst du, so lange hältst du noch durch?«

Nicole nickt tapfer. Sie klammert sich wieder an meine Hand und versucht sogar ein mattes Lächeln. »Ihr werdet beide Paten!«, verspricht sie uns, bevor die Schmerzen sie erneut überwältigen.

Mir wird fast schwarz vor Augen, so fest drückt sie meine Hand. Aber ich gebe keinen Laut von mir. Verglichen mit dem, was Nicole gerade durchmacht, ist eine zertrümmerte Hand sicher nur eine Bagatelle.

Nach fünf weiteren qualvollen Minuten klingelt es endlich an der Tür. Tim führt den Notarzt ins Bad und winkt mich heraus.

Auf dem Flur untersuche ich leise stöhnend meine lädierte Hand.

»Was hast du?«, fragt Tim besorgt.

»Ich glaube, Nicole hat mir die Hand gebrochen«, flüstere ich mit schmerzverzerrtem Gesicht.

Behutsam nimmt Tim meine Hand und massiert sie. »Kannst du alle Finger bewegen?«

Ich nicke.

»Dann ist nichts gebrochen.« Doch er lässt meine Hand nicht los, sondern streichelt sie weiter.

So stehen wir eine Weile lang schweigend im Flur, bis der Arzt aus dem Badezimmer kommt. »Sind Sie mit der Patientin verwandt?«, fragt er. Seine besorgte Miene verheißt nichts Gutes.

»Ich bin ihre Schwester«, stelle ich mich vor.

Er nickt mir kurz zu und erklärt dann: »Wir müssen sie sofort ins Krankenhaus bringen. Das Baby steckt im Geburtskanal fest und die Herztöne werden bereits unregelmäßig.«

Zum Glück hat das Unwetter endlich aufgehört. Ich steige zu Nicole in den Krankenwagen, während Tim uns mit seinem Auto zur Klinik folgt.

In der Notaufnahme treffe ich ihn wieder, nachdem Nicole, begleitet von mehreren Ärzten und Pflegern, hinter einer großen Glastür verschwunden ist.

»Gibt es schon etwas Neues?«, fragt er atemlos.

Ich schüttele den Kopf. »Nein, leider nicht.«

Er legt den Arm um mich und führt mich zu einer Sitzgruppe. »Dann werden wir hier warten, bis wir etwas hören.«

Endlose Minuten lang starre ich auf die Glastür, bis diese schließlich wieder geöffnet wird.

Mich trifft fast der Schlag – vor mir steht Katrin Meier!

»Silke? Was machst du denn hier?« Skeptisch mustert sie mich von oben bis unten. Mit dem Arztkittel wirkt sie richtig respekteinflößend.

»Meine Schwester ist da drin!«, piepse ich kleinlaut und deute auf die Tür.

»Die geplatzte Fruchtblase mit den Komplikationen im Geburtskanal?«

»Nein«, mischt sich Tim ein. »Die Patientin heißt Nicole Fröhlich, geborene Kuhfuß.«

Katrins kalter Blick wandert von mir zu Tim. »Und wer sind Sie, wenn ich fragen darf? Sind Sie der Vater des Kindes?«

Tim schüttelt den Kopf.

»Sind Sie sonst irgendwie mit der Patientin verwandt?«

Wieder verneint Tim.

»Dann darf ich Sie bitten, Silke und mich für einen Moment allein zu lassen. Ich muss kurz mit ihr über ihre Schwester sprechen.«

»Nein!« Hastig springe ich auf und halte Tim zurück, als dieser gehen will. »Er gehört zu mir«, erkläre ich Katrin.

Wie zur Bestätigung legt Tim wieder den Arm um mich.

Sie bedenkt uns beide mit einem verächtlichen Blick. »Genauso wie dieser Victor und der arme Markus?« Doch dann reißt sie sich zusammen. »Im Grunde geht es mich ja nichts an. Sprechen wir lieber über den Zustand deiner Schwester.« So viel Professionalität hätte ich ihr gar nicht zugetraut.

Leider hat sie keine besonders guten Neuigkeiten. »Wir müssen sofort einen Kaiserschnitt machen, um das Leben von Mutter und Kind nicht zu gefährden. Zurzeit wird deine Schwester auf die Operation vorbereitet. Wo ist der Vater des Kindes?«

»Das wissen wir nicht«, gebe ich kleinlaut zu.

Katrins Schweigen spricht Bände. Vermutlich passt die Tatsache, dass wir keinen Vater präsentieren können, wunderbar in das Bild, das sie von mir und meiner Familie hat.

»Ich werde noch einmal bei Mandy anrufen.« Tim kramt in seinen Hosentaschen, kann sein Handy jedoch nicht finden. »Verdammt!«, ruft er aus. »Ich habe es die ganze Zeit im Auto liegen lassen!« Fluchend macht er sich auf den Weg, um es zu holen.

Auch Katrin verlässt mich wieder. »Ich muss mich jetzt um deine Schwester kümmern.« Als sie sieht, dass ich den Tränen nahe bin, bringt sie sogar so etwas wie ein Lächeln zustande.

»Keine Angst, sie schafft das schon!« Damit verschwindet sie mit wehendem Kittel durch die Glastür.

Zehn Minuten später kommt Tim zurück. »Ich habe Jens erreicht«, ruft er mir schon von weitem zu. »Er ist auf dem Weg hierher.«

Erleichtert lasse ich mich in den nächsten Sessel fallen. »Gott sei Dank! Wo hat er denn die ganze Zeit gesteckt?«

Tim setzt sich neben mich. »Zuerst war er mit Mandy spazieren, um ihr schonend beizubringen, dass es aus ist. Dann wurden die beiden von dem Unwetter überrascht und saßen längere Zeit in einem Café fest. Sobald der Sturm sich gelegt hat, ist Jens zu euch nach Hause gefahren. Nicole und er hatten vereinbart, sich dort zu treffen.«

»Und da hat er den Zettel gefunden und verzweifelt versucht, dich auf dem Handy zu erreichen«, ergänze ich. »Leider erfolglos, weil das Telefon in deinem Auto lag, während wir bei Nicole waren.«

Schuldbewusst senkt Tim seinen Blick. »Das Wichtigste ist doch, dass er jetzt auf dem Weg hierher ist.«

Zwanzig Minuten später ist Jens zur Stelle. Völlig außer Atem erkundigt er sich: »Gibt es schon etwas Neues?«

Ich will gerade bedauernd den Kopf schütteln, als die Glastür sich öffnet und Katrin Meier auf uns zukommt. Tim und ich springen auf.

Sie lächelt. Das ist schon mal ein gutes Zeichen.

»Gratuliere! Du hast eine gesunde kleine Nichte bekommen. Und deiner Schwester geht es den Umständen entsprechend gut.«

Jens ruft erleichtert aus: »Gott sei Dank!«

Etwas irritiert schaut Katrin ihn an. »Wer ist das nun wieder?«, fragt sie mich. Vermutlich glaubt sie, es handele sich um einen weiteren meiner zahlreichen Liebhaber.

»Das ist der Vater des Kindes«, antwortet Tim für mich, weil er erkennt, dass ich im Moment kein Wort herausbringe.

»Sehr schön. Dann kommen Sie bitte mit mir!« Katrin schiebt Jens vor sich her zur Glastür.

Als sich diese hinter den beiden wieder schließt, laufen mir dicke Tränen über die Wangen. Die Anspannung und Angst der letzten Stunden lösen sich langsam auf.

»Du zitterst ja.« Tim beobachtet mich besorgt.

Ich nicke, immer noch unfähig zu sprechen.

»Komm mal her!«, fordert er mich leise auf und schließt mich in die Arme. Eng umschlungen stehen wir im Gang der Notaufnahme.

Wie lange – keine Ahnung. Ich weiß nur, dass sich in meinem ganzen Leben noch nie etwas so gut und so vollkommen richtig angefühlt hat.

20

Irgendwann später steht Katrin Meier auf einmal wieder neben uns und räuspert sich lautstark.

»Silke?«

Widerwillig löse ich mich aus Tims Umarmung. »Ja?«

»Wenn ihr wollt, könnt ihr gleich für einen Moment zu deiner Schwester und dem Baby. Wir verlegen sie jetzt in einen Nebenraum des Kreißsaals und dort darf sie kurz Besuch empfangen.« Sie erklärt uns den Weg und fügt mit einem Blick auf die Uhr hinzu: »In etwa zwanzig Minuten kannst du deine kleine Nichte sehen.«

Mit diesen Worten verabschiedet sie sich und geht langsam den Gang hinunter.

»Katrin!« Ich laufe ihr nach. »Ich bin noch gar nicht dazu gekommen, mich bei dir zu bedanken. Du hast heute bestimmt einiges dazu beigetragen, dass alles gut verlaufen ist.«

Verlegen schüttelt sie den Kopf. »Das ist schließlich mein Beruf.«

»Trotzdem«, beharre ich. »Wenn man bedenkt, dass du mich eigentlich hassen musst ...«

Überrascht blickt sie auf. »Ich hasse dich nicht.«

»Wirklich nicht?«

»Nein. Ich habe dich eigentlich nur um Markus beneidet. Aber anscheinend ist er ja nicht mehr aktuell.« Sie schaut vielsagend in Tims Richtung.

Ich hole tief Luft. »Markus war nie aktuell. Jedenfalls nicht so, wie du glaubst«, sage ich langsam.

»War er nicht?« Ein Hoffnungsschimmer leuchtet in ihren Augen auf.

»Nein.« Aber die Wahrheit wird sie auch nicht glücklicher machen.

Ist es überhaupt meine Aufgabe, ihr das alles zu erklären? Wäre es nicht viel leichter, sie unbedarft auf Markus loszulassen?

Unzufrieden schüttele ich den Kopf. Nein, das wäre nicht fair.

Kurz entschlossen schlage ich vor: »Lass uns doch zusammen einen Kaffee trinken gehen, dann kann ich dir alles erklären.«

»Was gibt es denn da zu erklären?«, fragt sie misstrauisch.

»Einiges.« Vermutlich viel mehr, als sie hören will.

»Da hinten ist eine Cafeteria. Na ja, ich habe sowieso gerade eine kleine Pause.« Das soll wohl heißen, sie ist einverstanden.

»Ich bin gleich wieder da.« Schnell laufe ich zu Tim, der die ganze Zeit im Gang gewartet hat.

Als er mich anlächelt, werde ich tatsächlich rot. Eine Umarmung ist die eine Sache, danach den richtigen Ton zu finden, eine ganz andere!

»Ich ... ich ... müsste mal kurz mit Katrin reden«, stottere ich. »Sie hat ein Recht auf die Wahrheit, denke ich.«

Er nickt. »Gute Idee.«

Unschlüssig stehe ich vor ihm. »Ich bin gleich wieder da.«

»Ich warte.« Er macht es sich auf einem Besucherstuhl bequem.

»Bestimmt?«

»Keine Angst, ich laufe dir nicht weg«, beruhigt er mich und greift nach einer der ausliegenden Zeitschriften.

Seufzend kehre ich zu Katrin zurück und folge ihr in die Cafeteria. Wir bestellen uns zwei Tassen Kaffee und setzen uns an einen freien Tisch.

»Und?« Sie sieht mich abwartend an, während sie langsam ihren Kaffee trinkt.

Auch ich nehme erst einmal einen Schluck aus meiner Tasse. »Der Kaffee schmeckt gut«, bemerke ich beiläufig.

»Wir sind nicht hier, um uns über heiße Getränke zu unterhalten«, entgegnet sie gereizt.

Das wäre aber so viel leichter!

»Meine Pause ist in zehn Minuten zu Ende.« Langsam wird sie ungeduldig.

»Okay.« Ich atme tief durch. Na schön, wenn sie darauf besteht, dann erfährt sie die Wahrheit eben ohne Umschweife. »Markus ist schwul.«

Katrin verschluckt sich an ihrem Kaffee. »Was?«, stößt sie hustend hervor.

»Er ist schwul«, wiederhole ich bereitwillig und halte ihr eine Serviette hin.

»Das erfindest du!« Empört funkelt sie mich an, während sie sich mit der Serviette die Hände abwischt.

»Nein«, entgegne ich seufzend. »Ich habe in letzter Zeit eine Menge Geschichten erfunden, aber leider gehört das nicht dazu.«

Sie schlägt die Hände vors Gesicht. »O Gott!«, stöhnt sie leise.

»So etwas Ähnliches habe ich auch gesagt, als er es mir gestanden hat«, tröste ich sie.

»Wann?«, fragt Katrin und massiert sich die Schläfen. »Wann hat er es dir gesagt?«

»Nach dem Klassentreffen«, gestehe ich widerwillig. Ich kann mir schon denken, was jetzt kommt.

»Und warum habt ihr mir dann etwas vorgespielt? Warum hat Markus mir am Telefon erzählt, dass ihr zusammen im Bett liegt? Wieso hast du solche Geschichten erfunden wie die mit dem Hemd und seiner angeblichen Diät?« Verzweifelt sieht sie mich an.

Wo soll ich anfangen? Und wie sage ich es ihr, ohne sie unnötig zu verletzen? »Ich lag nicht allein mit ihm im Bett. Siegfried und Roy waren auch dabei.«

Falsch, ganz falsch! Ich verzettele mich hier in Einzelheiten, die sie nur noch mehr verwirren.

»Siegfried und Roy?«, wiederholt sie dann auch etwas ratlos.

»Die beiden Katzen von Markus«, kläre ich sie auf. »Aber die sind eigentlich unwichtig, weil sie sowieso nur den ganzen Tag schlafen.«

»Ich verstehe überhaupt nichts mehr.« Katrin runzelt die Stirn.

»Kann ich helfen?«, fragt eine Stimme hinter mir. Tim steht mit einer Tasse Tee neben unserem Tisch und setzt sich unaufgefordert auf einen freien Stuhl.

»Ich bleibe nicht lange«, versichert er mir, als er sieht, dass ich protestieren will. »Aber ich glaube, ich kann das Gespräch hier etwas verkürzen.«

Dann wendet er sich an Katrin. »Mein Name ist Tim Hausmann und ich bin so etwas Ähnliches wie der Freund von Silke.« Dabei streift er mich mit einem entschuldigenden Blick.

Ich nicke ihm aufmunternd zu. Seine Formulierung gefällt mir zwar nicht, aber wenn wir jetzt auch noch anfangen, unsere noch nicht einmal existente Beziehung vor Katrin aufzurollen, dann sitzen wir morgen früh noch hier!

»Markus Steiger ist schwul«, fährt Tim fort.

»Das hat Silke mir bereits gesagt«, entgegnet Katrin ungeduldig.

»Silke hat nie etwas mit Markus gehabt. Er hat sie eigentlich nur benutzt, um andere Frauen abzuwehren.«

»Er hat mich nicht benutzt«, widerspreche ich empört. »Ich habe freiwillig mitgespielt.«

»Und warum?« Katrins fragender Blick wandert von Tim zu mir.

Hätte ich doch nur meine Klappe gehalten! Was soll ich denn jetzt sagen?

»Äh...«, beginne ich, doch Tim nimmt mir die Antwort ab.

»Weil sie ein netter Kerl ist, deswegen. Und um Markus weiterhin zu schützen, hat sie immer wieder kleine Lügen erfunden.«

Dann nimmt er seine Tasse und steht auf. »So, den Rest bekommt ihr sicher auch ohne mich hin, oder?« So schnell, wie er aufgetaucht ist, verschwindet er auch wieder aus der Cafeteria.

Katrin schaut ihm nachdenklich hinterher. »Das weiße Hemd war für ihn, nicht wahr?«

Ich nicke.

»Und was ist mit Victor David?«

»Gar nichts.«

»Bist du sicher? Das sah gestern aber ganz anders aus.«

»Ich weiß«, räume ich ein. »Ich habe mich einfach einem schönen Traum hingegeben, aber zum Glück bin ich rechtzeitig daraus erwacht.«

»Und was soll ich jetzt tun?« Katrin hat meine letzten Worte kaum wahrgenommen. »Ich kann Markus doch unmöglich wieder in die Augen sehen!«

»Warum denn nicht?«, widerspreche ich ihr.

»Weil ich jetzt etwas weiß, das er vor mir verbergen wollte.«

»Na und?« Ich verstehe immer noch nicht. »Er ist doch nach wie vor derselbe Mensch.«

Sie beugt sich vor. »Ich glaube, es hat noch niemand bemerkt, aber ich war mal unsterblich in ihn verliebt«, flüstert sie mir zu.

Niemand bemerkt? Auf welchem Planeten lebt sie eigentlich?

»Nein!«, erwidere ich ebenfalls im Flüsterton und bemühe mich, ein erstauntes Gesicht zu machen.

»Doch.« Sie nickt nachdrücklich und fügt dann traurig hinzu: »Aber das ist ja jetzt auch alles egal! Ich weiß nicht einmal, ob ich ihn nächste Woche in München überhaupt noch sehen will.«

So viel Glück hat Markus gar nicht verdient!

Eine Viertelstunde später halte ich meine kleine Nichte im Arm.

»Sie heißt Pauline Hildegard Silke«, verkündet Nicole stolz.

Mitleidig wiege ich Pauline hin und her. Ihre Zukunft sieht nicht rosig aus. Welche Chance hat ein Baby schon mit einem solchen Namen?

»Ein ziemlich ausgefallener Name«, bemerkt Tim, der neben mir steht und ebenfalls das Baby betrachtet.

»Nicht wahr?« Jens strahlt. »Pauline nach meiner Großmutter, Hildegard nach Tim und Silke nach meiner Lieblings-Schwägerin.« Er grinst mich an und lacht über seinen eigenen albernen Scherz.

Ich ringe mir mühsam ein Lächeln ab. »Könntest du den mittleren Teil noch einmal wiederholen? Wieso Hildegard?«

»Wegen Tims Mutter. Tim wird zwar Pate, aber wir können Pauline ja keinen Männernamen geben.«

Wieso eigentlich nicht? Alles klingt besser als Pauline Hildegard Silke!

Ich will gerade eine entsprechende Bemerkung fallenlassen, als Tim mir hastig zuvorkommt. »Darf ich sie auch mal halten?« Offensichtlich hat er meine Unzufriedenheit bemerkt.

»Natürlich«, erlaubt Nicole großzügig.

»Du musst aber gut auf das süße kleine Köpfchen aufpassen!«, schärft Jens ihm ein.

»Tim ist Tierarzt. Er weiß, wie man mit süßen kleinen Köpfchen umgeht«, murre ich ärgerlich.

Warnend tritt mir Tim auf den Fuß, während er das Baby nimmt. »Ich bin ganz vorsichtig«, beruhigt er meinen Schwager.

Ich muss mich beherrschen, um wenigstens einigermaßen freundlich zu Jens zu sein. Was denkt er sich eigentlich? Er betrügt seine Frau kurz vor der Geburt und kommt erst zurück, als alles überstanden ist und er als frischgebackener Vater selbstzufrieden vor sich hin grinsen kann!

Demonstrativ kehre ich ihm den Rücken und wende mich an meine Schwester. »Wie geht es dir jetzt?«

»Gut.« Sie lächelt tapfer. »Ich habe jede Menge Schmerzmittel bekommen, sodass ich bestimmt gut schlafen kann.«

»Hast du schon mit Mutti und Vati gesprochen?«

»Jens hat vorhin bei ihnen im Hotel angerufen und eine

Nachricht hinterlassen. Ich denke, dass sie sich später noch bei Jens melden werden.«

»Ist denn zwischen euch beiden alles wieder okay?«, erkundige ich mich leise. Jens und Tim sind gerade in ein Gespräch über Paulines Haare vertieft und hören uns nicht zu.

Nicole nickt. »Ich denke schon. Ich habe ihm verziehen.«

Ich noch nicht. Aber das sage ich ihr jetzt besser nicht. Sie muss sich noch schonen.

Die beiden Männer sind inzwischen zu dem Schluss gekommen, dass Pauline die Haare ihrer Mutter hat. »Aber sonst kommt sie ganz nach mir«, behauptet Jens und lächelt stolz.

»Das arme Kind!« Ich streichele Pauline sanft über die Wange. »Hoffentlich verwächst sich das noch.«

»Silke!«, warnt Tim mich leise. »Du fliegst gleich hier raus.«

»Wir müssen sowieso gehen. Der Arzt hat uns nur ein paar Minuten erlaubt.« Ich schaue auf die Uhr. Tim nickt und legt Nicole das Baby wieder in den Arm.

»Ich komme morgen wieder. Kann ich dir dann noch irgendetwas mitbringen?«, frage ich meine Schwester, als wir uns verabschieden. Sie schüttelt nur den Kopf, ohne den Blick von Pauline zu wenden. »Im Moment bin ich wunschlos glücklich.«

Dann hält sie mich aber doch noch an der Hand zurück. »Danke für alles!«

Ihr Blick wandert weiter zu Tim. »Ich weiß gar nicht, wie ich das wiedergutmachen kann, was ihr beide für mich getan habt.«

Als auch Jens sich bedanken will und dabei Anstalten macht, mich zu umarmen, flüchte ich schnell zur Tür. Tim hat nicht so viel Glück. Jens erwischt ihn, drückt ihn an seine Brust und klopft ihm kräftig auf den Rücken.

Zum Glück beginnt in diesem Moment das Baby zu schreien, woraufhin der junge Vater augenblicklich das Interesse an Tim verliert und sich besorgt über seine Tochter beugt.

»Was hat denn meine kleine süße Zuckerschnauze?«, säuselt

er in den höchsten Tönen, während wir die Tür hinter uns schließen.

»Das hätte ich keinen Moment länger ertragen!« Ich atme auf.

Auch Tim wirkt erleichtert. »Von dem möchte ich nie wieder umarmt werden!« Er schüttelt sich.

»Keine Sorge, ab jetzt hat er ja seine kleine süße Zuckerschnauze. Endlich mal jemand, mit dem er sich auf seinem Niveau unterhalten kann.«

Als wir hinaus zum Auto gehen, ist es bereits dunkel. Nach dem Gewitter hat sich die Luft deutlich abgekühlt. Jetzt wird mir erst bewusst, dass ich immer noch in Shorts, T-Shirt und Badelatschen herumlaufe.

»Frierst du?«, fragt Tim besorgt und holt einen Anorak aus dem Kofferraum.

Während er das Auto anlässt, hülle ich mich fest in seine Jacke. »Danke.«

Er nickt und konzentriert sich dann auf den Verkehr.

Eine Weile lang fahren wir schweigend durch die Stadt. Allmählich wird mir wieder wärmer. Ich gähne verstohlen und reibe mir müde die Augen.

»Der Tag war ganz schön anstrengend, wie?« Tim wirft mir einen raschen Seitenblick zu.

»O ja«, seufze ich. Und dabei habe ich nicht einmal geschafft, was ich mir vorgenommen hatte: Ich habe ihm immer noch nicht gesagt, dass ich ihn liebe.

»Warum schaust du so unzufrieden?«, will er wissen.

»Kennst du das Gefühl, wenn man unbedingt etwas erledigen will, aber immer wieder etwas dazwischenkommt?«, frage ich.

Tim grinst und nickt. Wir biegen in unsere Straße ein und parken vor meinem Elternhaus.

»Aber noch ist der Abend ja nicht vorbei«, rede ich mir selbst Mut zu und hole tief Luft. »Noch habe ich Gelegenheit, dir zu sagen –«

Weiter komme ich nicht, denn Tim unterbricht mich. »Nicht jetzt.«

»Wieso nicht?« Ärgerlich sehe ich ihn an. »Das Auto ist so gut wie jeder andere Ort.«

»Prinzipiell gebe ich dir ja recht. Aber meinst du nicht, wir sollten dazu allein sein?« Er deutet auf eine Gestalt, die vor Hausmanns Gartentor steht und uns erwartungsvoll entgegenschaut.

Mandy ist zurückgekommen! Und anscheinend glaubt sie sogar, sie könne Tim zurückhaben, denn sie stürzt sich schluchzend in seine Arme.

»Tim! Da bist du ja endlich! Ich warte seit Stunden auf dich!«

Behutsam schiebt Tim Mandy ein Stück von sich weg. »Was willst du hier?«, fragt er ruhig.

»Ich will mich entschuldigen. Es tut mir alles so furchtbar leid!«

»Okay. Aber ich bin nicht derjenige, bei dem du dich entschuldigen solltest.«

»Bei wem denn sonst?«, fragt sie mit großen Augen.

»Bei Silke zum Beispiel«, schlägt Tim ihr geduldig vor.

»Silke? Welche Silke?«

Tim dreht sich um und zieht mich an seine Seite. Widerwillig lasse ich es geschehen. »Diese Silke hier.«

Mandy mustert mich abschätzig von oben bis unten. Gegen ihre Designerjeans, die Stöckelschuhe und das figurbetonte Top wirke ich mit meinen Badelatschen und der umgehängten Jacke sicher wie ein Dorftrottel auf Urlaub.

»Du bist doch Nicoles Schwester, nicht wahr?«, fragt sie vorsichtig.

Ich nicke.

»Die Lesbe.« Ihr Interesse an mir steigt.

»Silke ist nicht lesbisch«, entgegnet Tim. »Ein bisschen verrückt vielleicht, aber nicht lesbisch.«

»Aber Konstanze und Natascha haben es gesagt«, beharrt Mandy störrisch.

»Wenn die beiden es sagen, dann muss es wohl stimmen«, mische ich mich ein. »Tut mir ja wirklich leid für dich, Tim.«

»Siehst du?« Mandy schaut ihn triumphierend an.

»Darum geht es doch gar nicht.« Ärgerlich schüttelt Tim den Kopf, dann lässt er das Thema auf sich beruhen. »Nicole hat gerade ihr Baby bekommen.«

»Wirklich? Wie schön für sie.« Mandy schluckt.

»Jens ist bei ihr und wird hoffentlich auch bei ihr bleiben«, fährt er fort.

»Natürlich.« Eifrig nickt sie mit dem Kopf. »Wir haben uns ja getrennt.«

»Gut so.«

»Und jetzt will ich dich zurück«, verkündet sie und schmiegt sich an ihn.

Mir scheint, hier läuft etwas schief. »Ich glaube, ich gehe dann mal lieber ins Haus«, murmele ich und will mich zurückziehen. Sie so nah bei Tim zu sehen ist heute Abend einfach zu viel für mich.

»Du bleibst!«, befiehlt er.

»Aber ich will nicht stören«, protestiere ich.

»Das hat dich in der letzten Zeit auch nicht davon abgehalten, hinter der Tür zu lauschen. Wenn es dir irgendwie hilft, kannst du dich gern hinter das Gartentor stellen.«

»Ich stehe hier sehr gut.« Ärgerlich ziehe ich die Jacke fester um mich.

»Du frierst schon wieder«, stellt er fest.

»Dann sollte sie vielleicht doch lieber reingehen«, mischt sich Mandy ein. »Sie muss ja nicht mit ansehen, wenn wir uns hier gleich küssen«, raunt sie Tim leise zu.

»Ich werde dich nicht küssen.«

»Nicht?«

»Warum sollte ich?«

»Weil wir uns versöhnen werden. Ich habe eingesehen, dass ich ohne dich nicht leben kann.«

»Das wirst du aber müssen. Ich will mich nicht mehr mit dir einlassen.«

Sie bricht in Tränen aus. »Warum nicht? Habe ich dich zu sehr verletzt?«

»Eigentlich nicht.« Langsam wird er nervös.

»Gefalle ich dir nicht mehr?«

»Doch, du bist ein hübsches Mädchen. Aber das reicht nicht«, erklärt er ihr ungeduldig.

»Ist es eine andere Frau?« Sie blickt ihm direkt ins Gesicht. »Es ist eine andere Frau, nicht wahr?«

Er räuspert sich und mustert mich von der Seite. »Wenn dir kalt ist, kannst du auch gern reingehen«, schlägt er vor.

»Mir ist nicht kalt. Ich bleibe«, entgegne ich liebenswürdig. Jetzt wird es spannend!

»Mir wäre aber wohler dabei, wenn du im Warmen bist«, beharrt er mit aufsteigender Verzweiflung in der Stimme.

»Vorhin hast du gesagt, ich soll hierbleiben«, entgegne ich trotzig.

»Na gut, wie du willst!« Böse sieht er mich an.

»Also, was ist nun? Liebst du eine andere oder nicht?«, verlangt Mandy zu wissen.

»Ja!«, brüllt Tim entnervt. »Ja, das tue ich. Zufrieden?«

»Nein!«, schreit Mandy erschüttert.

»Ja!«, flüstere ich so leise, dass nur er es hören kann.

Mandy mag nicht besonders intelligent sein, aber selbst sie erkennt, wann sie verloren hat.

»Dann gehe ich jetzt wohl besser«, sagt sie traurig und holt ihre Autoschlüssel aus der Tasche. Sie nickt uns beiden zu und fährt schnell davon.

Jetzt stehen wir allein auf der Straße.

»Ich habe Hunger«, sagt Tim und hält mir das Gartentor auf.

»Ich auch«, entgegne ich. »Außerdem ist mir kalt. Ich muss mich umziehen.«

»Dann werde ich uns in der Zwischenzeit etwas zu essen machen«, schlägt Tim vor.

»Einverstanden.« Langsam gehe ich durch den dunklen Garten zum Haus meiner Eltern. Nach dem Regen riecht es angenehm frisch. Tief atme ich die kühle Luft ein und genieße die Stille.

Aber nicht lange. Dann nämlich siegt meine Ungeduld. Schnell laufe ich ins Haus, mache mich frisch und ziehe mir eine Jeans und einen Pulli über.

Da klingelt das Telefon und meine völlig aufgelöste Mutter will von mir weitere Details über ihre kleine Enkeltochter erfahren. Im Hintergrund redet mein Vater ständig dazwischen. Die beiden sind vor Freude ganz aus dem Häuschen.

Geduldig beschreibe ich Paulines Aussehen und versichere meinen Eltern, dass es Nicole gut geht. Die weiteren Details des heutigen Tages können warten, bis sie wieder aus dem Urlaub zurück sind.

»Und was tust du jetzt noch?«, fragt Mutti zum Abschied.

Ich gehe jetzt rüber zu Tim und werde ihn lange und intensiv küssen. Vermutlich werden wir danach irgendwann im Bett landen und Tante Hildes schöne Blümchen-Bettwäsche zerwühlen.

»Nichts Besonderes.« Zum Glück kann sie nicht sehen, dass ich knallrot werde.

»Du solltest an so einem Abend nicht allein sein«, kritisiert meine Mutter. »Geh doch zu Tim rüber!«

Na gut, wenn sie darauf besteht! Dann kann sie nachher wenigstens nicht leugnen, dass sie mich in seine Arme getrieben hat.

»Mal sehen, vielleicht ...«

»Ja, tu das doch. Macht euch gemeinsam einen schönen Abend!«

Angesichts ihrer wohlmeinenden Naivität muss ich grinsen. »Okay.«

Fünf Minuten später klopfe ich an Hausmanns Terrassentür. Tim lässt mich ein. »Ich soll dich von meinen Eltern grüßen«, sagt er. »Sie haben gerade angerufen und mir aufgetragen, mich heute Abend um dich zu kümmern.«

»Meine Mutter hat mich auch gerade zu dir geschickt.«

Er lächelt. »Dann haben wir ja sogar den Segen von oben.«

»Wie beruhigend.«

Vor der Küchentür bleibe ich stehen. Tim, der am Tisch steht, dreht sich um. »Was ist?«

»Darf ich reinkommen?«

Verständnislos sieht er mich an. »Wieso nicht?«

»Na ja.« Zaghaft trete ich ein. »Ich weiß ja nicht, ob du heute Abend hier nicht wieder ein schwerwiegendes Beziehungsproblem lösen musst.«

»Das habe ich doch schon auf der Straße erledigt.« Grinsend schüttelt er den Kopf. »Jetzt bist du an der Reihe!«

»Womit?«

»Du wolltest mir den ganzen Tag schon etwas sagen.«

»Stimmt«, seufze ich. »Nur leider kam immer irgendetwas dazwischen.«

Langsam kommt er auf mich zu. »Jetzt wäre ein günstiger Zeitpunkt«, schlägt er leise vor.

Ich hole tief Luft. »Wo war ich denn stehen geblieben?«

Er nimmt mein Gesicht in seine Hände. »Du kannst Victor nicht heiraten, weil du jemand anderen liebst.«

»Richtig«, flüstere ich und umarme ihn.

»Und wen?«, fragt er und küsst mich auf die Stirn.

Auf einmal ist es ganz einfach. »Dich natürlich! Wen denn sonst?«

»Das trifft sich aber gut«, murmelt er. »Ich liebe dich nämlich auch!«

Und dann passiert ungefähr das, was ich mir in Gedanken beim Telefongespräch mit Mutti schon ausgemalt habe.

Nur viel langsamer.

Und viel schöner!

Später – viel später – liegen wir in Sonjas altem Bett, trinken Sekt und teilen uns friedlich eine Tüte Chips.

»Tim?«

»Hm?«

»Wann ist dir klar geworden, dass du etwas für mich empfindest?«

»Da war ich ungefähr zwölf.«

»*Was?*«

»Ja, mit zwölf Jahren«, bestätigt er. »Allerdings habe ich damals beschlossen, lieber erst die Schule abzuschließen, bevor ich dir einen Heiratsantrag mache.«

Ich muss lachen.

»Und als ich dann mit der Schule fertig war, hast du längst in Freiburg studiert. Das war vielleicht eine Enttäuschung!« Er seufzt theatralisch.

»Deshalb hast du dich ganz schnell mit diversen Blondinen getröstet, nicht wahr?«

»Das ist dir also aufgefallen?« Frech grinst er mich an.

»Die Damen waren nicht zu übersehen.«

»Was sollte ich denn tun?«, verteidigt er sich. »Du hast geheiratet und mich hier ganz allein zurückgelassen. Irgendwie musste ich die Zeit ja totschlagen.«

»Und?«, erkundige ich mich spitz. »Sind hirnlose Blondinen ein guter Zeitvertreib?«

»Sie sind nicht annähernd so amüsant wie du.«

»Vielen Dank!« Ich boxe ihn sanft in die Seite.

»Nachdem du mich also mit deiner Heirat so fürchterlich enttäuscht hast, habe ich mir gedacht, dass es ganz sinnvoll wäre, einen Beruf zu erlernen.«

»Und dann kam Amerika«, ergänze ich.

»Ja, dann kam Amerika«, wiederholt er. »Den Rest kennst du ja.«

»Erzähl trotzdem weiter«, fordere ich ihn auf und kuschele mich in seinen Arm. »Ich höre dir so gern zu.«

Er küsst mich auf die Nase und lächelt. »Nachdem ich also gereift und ungeheuer gutaussehend aus Kalifornien zurückgekommen bin, hast du dich beim ersten Wiedersehen auf der Stelle in mich verliebt.«

»Gutaussehend?«, protestiere ich. »Ich habe vor lauter Haaren gar nicht viel von dir zu sehen bekommen. Außerdem war ich da noch viel zu sehr mit meinen Tagebüchern beschäftigt.«

»Ich hasse diese Bücher. Sie haben dich zu jeder Menge Unsinn verleitet.«

»Das ist leider wahr«, gebe ich zu.

»Ich habe die ganze Zeit gehofft, dass du bei deiner Suche nach vergangenen Gelegenheiten irgendwann auch mal auf mich stößt!«

»In meinen Tagebüchern?«, erwidere ich skeptisch.

»Warum nicht?«, fragt er zurück.

»Weil du da höchstens erwähnt wurdest, wenn du das Auto vollgekotzt hast.«

»Das wäre doch schon mal eine Basis gewesen, auf der man hätte aufbauen können.«

»Gott sei Dank haben wir eine andere Grundlage gefunden!«

Er lächelt und zieht mich an sich.

»Da ist noch etwas, was ich wissen muss«, sage ich nach einer kleinen Pause.

»Und das wäre?«

»Warum hast du Victor zu mir gebracht?«

Er seufzt. »Das ist ein sehr dunkles Kapitel in dieser skurrilen Geschichte. Eigentlich hatte ich gar nicht damit gerechnet, dass ihr beide Gefallen aneinander findet. Das hat mich fast wahnsinnig gemacht!«

»Ehrlich?«

Er nickt. »Im Grunde wollte ich nur, dass du endlich deine verrückte Suche abschließt. Ich konnte ja nicht ahnen, dass ihr Hals über Kopf übereinander herfallen würdet.«

Ich setze mich auf. »Wir sind nicht übereinander hergefallen! Jedenfalls nicht so ...«, rechtfertige ich mich.

»Das weiß ich doch«, beruhigt er mich und zieht mich wieder in seine Arme.

Fragend sehe ich ihn an.

»Du hast mir netterweise am letzten Mittwoch selbst mitgeteilt, dass du ...« – Er sucht rasch nach dem richtigen Wort – »... unpässlich warst. Da konnte ich doch einigermaßen sicher sein, dass nicht sofort etwas passiert.«

»Aha. Das hast du dir ja schlau ausgedacht.«

»Es ist doch nichts passiert, oder?«, erkundigt er sich besorgt.

Ich schüttele den Kopf.

Er seufzt zufrieden und gibt mir einen Kuss. »Und jetzt ist da kein Kandidat mehr in deinen Büchern, den du aufspüren musst?«, fragt er leise.

»Nein«, versichere ich ihm und schaue ihm fest in die Augen. »Ich glaube, ich habe meinen Traumprinzen gefunden.«

Epilog

Hier endet meine Geschichte vorerst, obwohl es noch so viel zu erzählen gäbe. Falls Sie zu den neugierigen Lesern gehören, die trotz meiner Hinweise im Vorwort an den Schluss dieses Buches geblättert haben, will ich Sie nicht länger im Ungewissen lassen: Silke Sommer hat tatsächlich den Mann ihrer Träume gefunden!

Märchen gehen immer gut aus, vor allem wenn ein Traumprinz darin vorkommt. Zum Schluss heißt es stets: Sie lebten glücklich bis an das Ende ihrer Tage. Nun, zumindest für die nächsten zehn Tage gilt das auch für uns.

Aber dann?

Dann kommen unsere Eltern und Sonja aus dem Urlaub zurück. Sollen wir sie gleich mit der frohen Nachricht überfallen oder unsere Liebe noch eine Zeit lang geheim halten?

Wie reagiert Sonja, wenn ich ihr die Wahrheit eröffne?

Für welche berufliche Zukunft wird Tim sich entscheiden?

Und wie wird es mit Nicole und Jens weitergehen?

Verglichen mit diesen ungelösten Fragen erscheinen mir die Probleme meiner Teenagerzeit, die ich in meinen Tagebüchern seitenweise gewälzt habe, wie Kinderkram.

Trotzdem habe ich einiges über mich selbst gelernt, während ich auf den Spuren meiner Jugend gewandelt bin. Und ich habe ein paar neue, wirklich gute Freunde gefunden.

Gut, bei einigen Leuten sollte ich mich vielleicht nie wieder blicken lassen. Die Familie Hinteregger ist so ein Beispiel. Aber wie groß ist schon die Wahrscheinlichkeit, dass ich einem von ihnen in diesem Leben noch einmal begegnen werde?

Ich hätte es besser wissen müssen! Denn noch während ich hier sitze und die letzten Zeilen schreibe, klingelt das Telefon. Es ist Sonja, die mich aus dem Urlaub anruft.

»Ich habe mich verliebt«, verkündet sie atemlos. »Er wohnt im selben Hotel wie wir. Und jetzt halt dich fest. Du errätst nie, wer es ist!«

»Wer denn?«

»Peter. Peter Hinteregger!«

Ich muss schlucken. Die nächste große Krise hat sich soeben angekündigt.

Wie gut, dass ich Tim habe!

Conni Lubek
Anleitung zum Entlieben
Roman
Originalausgabe

ISBN 978-3-548-26807-1
www.ullstein-buchverlage.de

In *Anleitung zum Entlieben* beschreibt Lapared (auch Lpunkt, Lchen, Rindvieh ...) ihre Trennung von 119, eine schwierige Trennung, denn 119 ist ein Mann und ihre große Liebe. Dennoch ist Lapared sich sicher: Ihre Trennung von 119 wird mustergültig sein. Ein Beispiel an Konsequenz und Geradlinigkeit. Sie verlässt ihn schließlich nicht zum ersten Mal.

Entstanden aus einem der beliebtesten Internet-Tagebücher.

250 000 Besucher, Platz 1 der Weblog-Charts!

Stefan Ulrich

Quattro Stagioni – Ein Jahr in Rom

Originalausgabe

ISBN 978-3-548-26854-5
www.ullstein-buchverlage.de

»Habt Ihr's gut ...« ist der Kommentar ihrer Freunde, als für Familie Ulrich endlich der alte Traum von der Dolce Vita in Bella Italia wahr wird. Doch das Leben in der ewigen Stadt erweist sich als alles andere als »dolce«: die Wohnung ist bei der Ankunft in chaotischem Zustand und Tochter Bernadettes Meerschweinchen wird vom Hausbesitzer mit einer Ratte verwechselt. Wichtige Erkenntnisse der Rom-Anfänger: Ein Palazzo ist ein ganz normales Mehrfamilienhaus, römische Kindergeburtstage haben es in sich und die Italiener beschweren sich auch bei strahlendem Sonnenschein andauernd übers Wetter. Trotzdem versuchen die Ulrichs, Bella Figura zu machen! Und entdecken doch noch das süße Leben in Rom.

Anette Göttlicher
Paul darf das!
Maries Tagebuch
Originalausgabe

ISBN 978-3-548-26683-1
www.ullstein-buchverlage.de

Marie ist seit einem Jahr glücklich mit Jan. Er ist bei ihr eingezogen und spricht immer häufiger von einem gemeinsamen Kind. Marie genießt die normale, harmonische Beziehung und freundet sich sogar mit dem Gedanken an Nachwuchs an. Doch eines Tages taucht Paul, von dem sie fast ein Jahr lang nichts gehört hat, wieder auf. Und Maries geordnete Welt gerät exakt in dem Moment ins Wanken, als ihr Pauls Duft in die Nase steigt.

»Und jede Frau wird ein Stück Marie in sich selbst entdecken.« *Cosmopolitan*

Carrie Karasyov
Lizenz zum Seitensprung
Roman
Deutsche Erstausgabe

ISBN 978-3-548-26863-7
www.ullstein-buchverlage.de

Ehe, Kinder, Karriereverzicht und statt Schmetterlingen im Bauch nur noch Langeweile daheim. Victoria, Eliza, Helen und Leelee stecken seelisch in der Krise. Sie schließen einen Pakt: Ein Jahr lang darf jede von ihnen nach Lust und Laune fremdgehen. Nur die Ehemänner der anderen sind tabu. Entschlossen stürzen sich die vier in diverse Affären – endlich haben sie die Chance, verpasste Abenteuer nachzuholen. Doch die heiklen Verwicklungen sind vorprogrammiert und bald wünschten sie, nie einen Schritt vom Wege getan zu haben.

Wolfgang Hohlbein
Das Blut der Templer
Roman

ISBN 978-3-548-26474-5
www.ullstein-buchverlage.de

Der 19-jährige David, aufgewachsen in einer Klosterschule, verbringt die meiste Zeit inmitten staubiger alter Bücher in der Bibliothek. Das einzig Ungewöhnliche in seinem Leben sind seine immer wiederkehrenden Alpträume. Und diese scheinen plötzlich wahr zu werden: David wird entführt, geliebte Menschen werden verletzt oder getötet und der geheimnisvolle Tempelritterorden trachtet ihm nach dem Leben. Denn angeblich fließt in seinen Adern Sangreal – heiliges Blut …

»Was Hohlbein aufschreibt, wird zum Bestseller.«
Bild am Sonntag